本书系2011年度教育部人文社科研究青年项目
“《宋书》文学研究”(11YJC751040)最终成果

《宋书》文学研究

李 翰 著

上海大学出版社
·上 海·

图书在版编目(CIP)数据

《宋书》文学研究/李翰著.—上海：上海大学出版社，2017.8

ISBN 978-7-5671-2886-6

Ⅰ.①宋… Ⅱ.①李… Ⅲ.①《宋书》—文学研究 Ⅳ.①I206.2

中国版本图书馆 CIP 数据核字(2017)第 182800 号

责任编辑 焦贵萍

助理编辑 时英英

封面设计 缪炎栩

技术编辑 金 鑫 章 斐

《宋书》文学研究

李 翰 著

上海大学出版社出版发行

(上海市上大路 99 号 邮政编码 200444)

(http://www.press.shu.edu.cn 发行热线 021-66135112)

出版人 戴骏豪

*

南京展望文化发展有限公司排版

上海华业装潢印刷厂印刷 各地新华书店经销

开本 787mm×960mm 1/16 印张 17.25 字数 273 千

2017 年 9 月第 1 版 2017 年 9 月第 1 次印刷

ISBN 978-7-5671-2886-6/I·460 定价 68.00 元

序

李翰《〈宋书〉文学研究》将付梓，索序于予。予览其书稿，虽阅不甚细，但初觉有三点颇受启发，值得称道。

一曰论史学与文学之关系有所发明。

李翰以咏史诗研究获博士学位，对文史关系向有关注。近年与予同做中国文学叙事传统研究课题，其相关著述及与我交谈中亦屡涉文史关系问题，故知其对此思考颇深。此番研究之沈约《宋书》，既属二十四史之一，文史关系自然更是首先要遇到的大问题。李翰在论述中，藉对史之“诗心”的辨析，明确提出所谓历史叙事，实含事实与事义两个层面。事实见于文字，强调的是直笔和实录，由此保证了著述的史性。事义则渗透、潜藏于全部的叙述之中，表现细腻幽微，实与中国史述向来重视的“春秋笔法”“微言大义”有关，须经读者作整体、贯通的考察方能有所悟解领略。从叙事学角度言之，事义的深隐和复杂乃是叙述主体干预在起作用的结果；从历史与文学、叙事与抒情的分野言之，则事义的存在，正是史述具有文学性和抒情性的依据。李翰遂曰：“所谓史家之诗心，当指历史叙事的文学性，但这不过是后人的阅读感受，其实史家并没有诗心，以《左传》而言，它不过是想把其史观、史识更好地通过史事表现出来罢了，即更自觉地将事义与事实融合所采取的叙述策略。说到底，还是史心而非诗心。今人从各方面来研究《左传》文学性的成果非常多，《左传》也确实具有文学价值，但这都是‘史心’结出来的‘诗果’，而‘史心’在历史的文本中就是‘事义’”。此一宏论及“事义”“诗果”之类概念的创设，颇具新意，引人深思，大有继续挖掘阐发之必要。

二曰对史述之叙事分析有所深入。

对《宋书》进行文学研究，自不能不涉及叙事问题。盖叙事为文史著述所必有，而在文史领域中又各有侧重，有异有同，此正是对史书作文学研究的重要题目。为揭示沈约史笔之特色，论证史家诗心与事义之关系，李翰对《宋书》纪传之互见、补叙、插叙、倒叙、回叙、隐笔等均作了较详细的例示和分析，并且将前人已论及的“带叙”与《宋书》的家传附传现象特列一节予以专论，而在论述中既引述中国古今学者的见解，以为厚实基础，亦努力借用西方叙事学关于“叙述主体”“受述者”等概念，以谋中西贯通。其论说虽尚未达圆通之境，此种探索精神却很可取。我们研究中国文学叙事传统，自然应该立足本土文学经验，重视中国自身的相关理论，明白中西文学创作和理论的种种差别，但对域外行之有效的学术（如叙事学）亦不能不关心不学习。理想的境界可能应该是以本土文学经验为基本依据，学习世界有益于我之经验与理论，努力消化吸收，进而创造出具有中国特色的研究理论和方法，以我们的研究参与到人类文化的创造和建设中去。李翰于此肯下功夫，《宋书》文学研究显示他既能立足本土，又愿开阔视野而绝不固步自封。作为中国古代文学的一个当代研究者，这是非常必要的。

三曰文字骏爽，语有风采，虽是学术著作，却有较强可读性。

古代文学研究文章，要在观点明晰，资料翔实，论证充分，一般并不要求文采，故即使质木无文似亦不妨。之所以如此，其关键在于作者往往追求心态冷静，力图完全置身所论之事外，笔下极少流露感情，久之，则往往连表达感情的欲望和能力也不免退化。李翰能诗能文，常有文艺性作品刊于报端或新媒体，抒泄情感，发挥议论，敞现心灵世界之一角。而此次在研究著述中也能放笔畅书，虽仍不免有所约束，但已表现出一种可见性情的骏爽之气。在我看来，也可以说，李翰是以其写作行为证实了叙事与抒情从来不可分裂割断、如能自觉融合则更能相得益彰的观点。其实，无论诗文，亦无论何种体裁的文章，若要深刻动人，亦非将两大传统交融结合不可。李翰作文能思虑及此，并尝试二者的结合，说明他已具备某种自觉，再加修炼，当臻成熟自由之境，待人书（文）俱老，则卓然自成一大家矣。企予望之！企予望之！

以上所述，不知李翰以为然否？亦不知可以充是书之序否？

董乃斌

2017年6月30日于上海

目　　录

绪　论

一、选题缘起及以往研究略述

“文学”是近代经日本翻译而引入中国的概念,即英文“literature”①,而中国古代的文学概念,义涵要宽泛得多。在今人看来,《宋书》为典型史著,与“文学”有着诸多本质差异,讨论《宋书》文学,至多不过是讨论其文学性因素而已。而古人则多将“文学”看成文章之学,包括文章写作、文章功用、文章审美,等等。此所谓“文章”,则无论“文学”与“非文学”。故在中国传统的文学概念中,文、史、哲在文章这一层面,并无分别,即便以今日“文学”概念来看,古代文、史、哲类文章,兼为文学作品的,也所在多有。因此,《宋书》文学研究,既符合文学史发展实际,也可拓展文学研究视野及格局。

廿二四正史中,前四史研究最火,《史记》《汉书》研究,更是源远流长,名家辈出。刘知几《史通》内篇卷七《鉴识》云:“《史》、《汉》继作,踵武相承,王充著书,既甲班而乙马;张辅持论,又劣固而优迁。”②刘氏概而论之,乃唐前情形。唐后,宋人倪思有《班马异同》,元人王恽有《迁固纪传不同说》,清人撰述更多,如徐乾学《班马异同辨》、蒋中和《班马异同议》、浦起龙《班马异同》、周中孚《补班马异同》、沈德潜《史汉异同得失辨》、熊士鹏《班马异同论》、汪之昌《马班异同得失考》等;民国以来,则有姚尹忠《史汉论略》、陈柱尊《马班异同论》、黄子亭《史汉异同》、郑鹤声《史汉研究》、陈衍《史汉研究法》、白寿彝《司马迁与班固》、

① 鲁迅《门外文谈·不识字的作家》考述“文学”出处,辨析其古今不同的用意,可参。文收于《且介亭杂文》,见《鲁迅全集》第六卷,人民文学出版社,1980年版。

② 刘知几《史通·鉴识》,见刘知几著,浦起龙释《史通通释》第190页,上海:上海古籍出版社,2009年版。

施丁《马班异同三论》，等等。[①] 上述大多为历史研究，但涉及著述的章法、结构、风格、语言，对《史》《汉》的文学价值也多有发明。

对于古代散文大家，《史》《汉》则是文章典范。韩愈《进学解》即将庄骚与太史等并称，柳宗元《答韦中立论师道书》自称其文“参之太史公以著其洁”，都是耳熟能详的例证。古文家将史著与文学作品放在一起讨论，视之为古文的重要渊源。而史著也确实催生并影响着散文的写作，它们孕育并滋生了中国古典文学的半壁江山，进而影响到近古小说、传奇的发展演化，其于文学的重要意义不言而喻。胡应麟《史书占毕》云：“班马之书，晋隋以前，习其义者，不啻百家，而于词忽焉；唐宋以后，习其词者亦且百家，而于义疏焉。故史汉之学盛于六代之前，而其文贵于六代之后，盖至明而极矣。”[②]可见，愈到后代，《史》《汉》作为文章的价值，愈加凸显，也愈被文学史家所看重，这在朱东润的传记文学研究，郭预衡的散文史研究，袁行霈、章培恒等的文学史研究中，都有体现。甚而因之形成专门的史传文学研究领域，产生了不少研究成果。如聂石樵《司马迁论稿》（中华书局，2010），围绕《史记》阐述司马迁在史学与文学两方面的贡献，对其文学性尤为侧重；张新科《〈史记〉文学经典的建构过程及其意义》（《文学遗产》2012年第5期）梳理了《史记》成为文学经典的建构过程，并从文学史的角度，指出其作为文学经典的意义；李少雍《司马迁传记文学论稿》（重庆出版社，1987）、可永雪《〈史记〉文学成就论衡》（中央民族大学出版社，2012），一者以《史记》为核心，论述司马迁的传记文学成就，一者则对《史记》总体上的文学成就作了细致探绎。研究《汉书》的成果也很多，如陈梓权《〈汉书〉的文学价值》（《中山大学学报》1983年第3期）、潘啸龙《简论班固和他的〈汉书〉》（潘氏著《楚汉文学纵论》，黄山书社，1993），等等。

相比较而言，同为廿二四正史，《宋书》的文学研究似乎略显冷清，但留心搜辑，就知道古人其实并未忽略《宋书》的文学价值。《文选》收录《谢灵运传论》《恩倖传论》，可说明《宋书》文学价值差不多在沈约同时即已受到重视；赵翼《廿二史札记》揭示《宋书》“带叙”法，谓其为作史良法；郝懿行辑《宋琐语》，致意于

---

① 参汪荣祖《史传通说·班固第九·附说·班马异同说》，第99页，北京：中华书局，2003年版。

② 胡应麟《少室山房笔丛·乙部》卷十三《史书占毕一》，上海：上海书店出版社，2009年版，第131页。

《宋书》"华赡清妍，纤秾有体"，对其文学性颇有发明。值得注意的是，不少学者从史学的角度考证或评论《宋书》批评，对我们的《宋书》文学研究也很有助益。如李慈铭《越缦堂读史札记》有《〈宋书〉札记》，对《宋书》文本的考订、校释，就涉及其中的文学文本或文学家，是《宋书》文学研究重要的参考。也有学者从史学角度批评《宋书》的著述之失，然往往却能从反面说明了《宋书》的文学价值。如胡应麟谓"读沈约、魏收诸史，而知李延寿之史之得也，其浮词简也"①，所谓"浮词"，刘知几《史通》专立一节讨论，其言有曰："夫人枢机之发，亹亹不穷，必有徐音足句，为其始末。是以伊、惟、夫、盖，发虞之端也；焉、哉、矣、兮，断句之助也。去之则言语不足，加之则章句获全。而史之叙事，有时类此。"刘氏以此为类比，阐述史著在记叙正事之外，往往前后加以铺垫，或补充细节，以为"论事之助"。②但如果失度，"轻事尘点，曲加粉饰"，就会导致芜累。这种芜累，其实正是使用了文学笔法的结果。赵翼也有类似看法，他在赞许《宋书》"带叙法"时，也指出个别篇目附传超过本传，不免"喧客夺主"。这从一个方面说明《宋书》因浓厚的叙事兴趣，而忽略其于史体是否适当。类似浮词之累，于史有失，但在某种情形下，于文却未必是失。

晚近学界于正史文学研究，多集中于《史》《汉》等数部经典，前面所列举的今人著述，都是一些有代表性的成果。个别学者的研究范围有所拓展，会在系统考察中古以前的史著中涉及《宋书》。如李少雍《从古史及"四史"看史传文学的发展》（《文学评论》1996 年第 4 期），指出在刘知几以前存在"文胜质则史"这一观念，影响到唐前史学著述，史著因重视文辞而具备文学色彩，也与此一观念有关，从创作思想上对史传具备文学性的成因作了探讨。该文主要还是以前四史为主，但在讨论史传文学的发展时，对《宋书》《南齐书》《魏书》等南北朝史著也作了综合考察。李少雍又有《略论六朝正史的文学特色》（《文学遗产》1998 年第 3 期），主要讨论沈约《宋书》、萧子显《南齐书》、魏收《魏书》，其中有不少篇幅论及《宋书》小说家言、叙事艺术、序论辞藻。张亚军是专攻南朝史著文学研究的学者，发表了一系列论文，如《论南朝四史史传人物的文集记载》（《齐齐哈

① 胡应麟《少室山房笔丛·乙部》卷十三《史书占毕一》，上海：上海书店出版社，2009 年版，第 134 页。

② 刘知几《史通·浮词》，见刘知几著，浦起龙释《史通通释》，上海：上海古籍出版社，2009 年版，第 146 页。

尔大学学报》2004年第1期)、《论南朝"四史"史臣的文学观》(《山西师范大学学报》2005年第2期)、《论南朝四史史传人物的文学定位》(《南阳师范学院学报》2005年第8期)、《论南朝"四史"史传人物的文学赏会》(《山西师范大学学报》2006年第4期)、《南朝史传之人物艺能脞录》(《阜阳师范学院学报》2008年第5期)、《南朝史传人物外貌描写述论》(《阜阳师范学院学报》2008年第6期)、《论南朝史书史传人物的诗歌选录》(《西华师范大学学报》2009年第1期)、《南朝四史史论之抒情与理性特征脞论》(《河南教育学院学报》2010年第3期)、《论南朝四史史论之骈俪色彩》(《乐山师范学院学报》2010年第7期),《宋书》是南朝史著中较重要的一种,在张氏的系列论文中,皆有涉及。

专论《宋书》或沈约的,以《宋书·谢灵运传论》研究最为充分。从王国维《五声说》、刘大白《关于"八病"的诸说》、陈寅恪《四声三问》、郭绍虞《永明声律说》《再论永明声律说》《蜂腰鹤膝解》等论文始,《谢灵运传论》就成为讨论中古声律理论的重要资料,得到诸多学者的关注。后来在几部著名的文学批评史,如郭绍虞《中国文学批评史》、罗根泽《魏晋六朝文学批评史》、朱东润《中国文学批评史大纲》等著作中,均充分肯定了该篇在文学批评史中的地位。

在后续的文学批评史中,如王运熙、杨明《魏晋南北朝文学批评通史》,这一认识继续得到深化。该著引《谢灵运传论》末尾所论声律文字,作详细释读,并引沈约多篇文章、书信,详论沈氏声律论的文学主张。除声律论之外,该著还着重讨论了《谢灵运传论》对历代文学的论述,认为较以前就某一种文体论文学发展,《谢灵运传论》全面系统地论述了先秦至近代的文学发展,有如一篇简括的文学史。沈约力求概括出某一时代文学创作的概貌,指出其时代风格,其后萧子显《南齐书·文学传论》就承袭了沈约的做法,《文心雕龙》和《诗品》也受到其影响。这是将《宋书·谢灵运传论》放在六朝前后的文学史学术史中,清晰地论述了其学术地位。①陈庆元《沈约文学批评六论》(《福建师范大学学报》1987年第4期)在《谢灵运传论》之外,还关注到《鲍照传》,同时结合沈约的阮籍诗注及其他文献所载沈约论诗文的言论,由《谢灵运传论》的声律论扩展到对沈约整体文学思想的探讨,取材于《宋书》的资料也大大扩展,开拓了《宋书》文学研究的

---

① 王运熙、杨明《魏晋南北朝文学批评通史》第二编第二章《沈约和声律论的形成》《沈约论历代文学》诸节,上海:上海古籍出版社,1989年版,第219—226页,第247—251页。

疆域。钱志熙《〈谢灵运传论〉与永明文学革新——兼论沈约的文学发展道路》(《求索》1993年第2期),从《宋书》的体制出发,认为《谢灵运传论》的文学史论是从《宋书》整个体例中派生出来的,《宋书》在文学中选择最重要的作家谢灵运,附以论赞来表达其文学思想,在儒学中选择臧涛、徐广、傅隆,附序论来表达其儒学思想,其体例是一贯的。《宋书》对于文化学术的重视,既是时代风气,也是著史体例中必须突出的重要问题。钱文还细致描述了沈约由史学转向文学的发展道路,对沈约及《宋书》在文学史上的价值,有较深入的揭示。

上述对《谢灵运传论》的研究,都较为系统深入,有些论著还扩大到《宋书》中的其他篇目,这些都为我们认识《宋书》的文学价值,提供了重要的参考。但仅此一篇传论及个别文人传记,尚不足以穷尽《宋书》的文学资源。在《谢灵运传论》之外,有不少学者也已注意到《宋书》其他部分的文学特色。刘师培早在《中国中古文学史讲义》中,对《宋书》的文学特色就有极高的评价,其言曰:"六朝文之传于今者,以沈休文为最多,而《宋书》实其大宗也。《宋书》为《三国志》以下最古之史,叙事论断,并有可观。其纪传叙论亦能夹叙夹议,各有警策。蔚宗而后,此实称最。"①刘氏高度肯定《宋书》的叙事艺术及其议论,认为差可与《后汉书》同列。今人则有专力于《宋书》文学研究的学者,如鲁云华《论〈宋书〉的写人艺术》(《浙江外国语学院学报》2003年第2期)、《论〈宋书〉的叙事艺术》(《宿州学院学报》2003年第2期),就是以整部《宋书》为对象,考察其在写人、叙事方面的文学性。鲁云华以《宋书》为观察点,还有《从〈宋书〉观照刘宋文学理论批评》(《成都教育学院学报》2005年第2期)、《论〈宋书〉的文学史料价值》(《浙江教育学院学报》2005年第4期)等,有意识地系统考究《宋书》文学性征,难能可贵,然对其在史著文学史上的渊源影响较少发明。他如郝润华《六朝史籍与史学》(中华书局,2005年版)、林家骊《沈约研究》(杭州大学出版社,1999年版)等,或是着重于史学,或是偏向于沈约的文章创作,虽也论及《宋书》的文学性或文学思想,皆较零散。

值得一提的是《宋书》的语词研究。郝懿行《晋宋书故》考释《宋书》语词,对于了解中古的语言与文化,具有重要价值。郝氏的考释多是从训诂与文献的角

① 刘师培《中国中古文学史讲义》之《汉魏六朝专家文研究》,上海:上海古籍出版社,2000年版,第124页。

度，而当代学者则从语言学的角度，对于《宋书》的语词特征作了深入系统的揭示。如万久富《〈宋书〉复音词研究》（凤凰出版社，2006版）、宋闻兵《〈宋书〉词语研究》（中华书局，2009版）等，尤其宋著，不但重视复音词研究，且细考《宋书》各类新词及评赞类用词特征。《宋书》是上古汉语走向中古汉语的绝佳语料标本，但这种语词转向于文学之意义，却有待进一步探索。

由上述可见，学界虽对《宋书》文学成就不乏思考，对其中部分篇章，甚至形成一定规模的研究热潮，但全面研究依然欠缺。曹道衡、沈玉成《南北朝文学史》承刘师培之论，云："沈约文数量之多，冠于南朝，但大多是诏告碑传和关于佛理的论文，文采远不如诗歌。他的骈文、散文成就，反倒在史学著作《宋书》里表现得比较清楚。"①其言洵然，却仍有未及。《宋书》既是文学文本，又是文学史料，富含文学史、批评史、文学理论诸多资源，所谓全面研究，即在文学史坐标下，对《宋书》文学资源的综合开发。

二、本书研究旨趣及内容概述

如前所述，古今关于"文学"的意涵多有出入，本书《宋书》文学研究，固然要揭示其符合现代"文学"意义上的审美品格，同时更要从当时人的文学观来看其"文学"价值，并以之为基础，将《宋书》放到现代意义上的"文学"历史中，考察其位置与价值。

在今人看来，《宋书》为典型史著，与"文学"有着诸多本质差异，讨论《宋书》文学，至多不过是讨论其文学性因素而已。而古人则多将"文学"看成文章之学，包括文章写作、文章功用、文章审美等。此所谓"文章"，则无论"文学"与"非文学"。故《宋书》文学研究，在中古"文学"概念中，即是《宋书》文章研究；在现代的"文学"概念中，是对其文章中与现代"文学"相关之因素的研究，这种相关因素，一是其文章中的"文学性"，二是其与现代"文学"相关的文献资源，通过这些文献，可了解当时文学活动、文坛情状，了解著者及当时的文学思想，等等。综合起来看，《宋书》文学研究包括《宋书》文本研究与《宋书》文学文献研究两大项。

先说《宋书》文本。作为廿二四正史之一，《宋书》本质上是纪传体史学著

① 曹道衡、沈玉成《南北朝文学史》，北京：人民文学出版社，1991年版，第177页。

述。经过两汉魏晋至《宋书》撰成的齐永明年间，中国史著修撰已积累了极其丰富的经验成果，史著体制逐渐规范，官修正史，更是趋于稳定的模式。刘知几《史通·六家》归纳史书体例有《尚书》《春秋》《左传》《国语》《史记》《汉书》六家，班固《汉书》大约完成于东汉章帝建初中，则中国史书体制至迟在公元 80 年左右，即告完备。《汉书》体制其实本自《史记》，二者区别仅在一为断代，一为通代，兹后正史即为《史》《汉》规制。《史通·二体》又论史著有“编年”“纪传”二体，《史记》为纪传之祖，刘知几云：“子长著《史记》，载笔之体，于斯备矣。后来继作，相与因循……班固、华峤，子长之流也。”[①]可见，正史著述早在司马迁著《史记》，即已大致定型。

“纪传”，是正史的通行体式，在史著中篇幅最多。此外，尚有书、表等类。《史通·二体》论此形制有云：“纪以包举大端，传以委曲细事，表以谱列年爵，志以总括遗漏，逮于天文、地理、国典、朝章，显隐必该，洪纤靡失”[②]。这些在《宋书》之前，皆已完备。《宋书》作为官修正史，是在南朝浓厚的修史风气中产生的，这一修史风气又与偏重文辞的文章写作风气处于同一时期，其最后集成者沈约，又是辞章大家、文坛领袖。这样两种风气的叠加、摩荡，使得《宋书》一方面受到史体的影响，篇目体式及行文结构都比较规范，有明确的史体意识；但另一方面，在语言及词语上，注重雅致精练、整齐和谐，又有明确的辞章意识。清人郝懿行《晋宋书故》谓《宋书》“叙致华妍，韵情朗畅”，即其文章之美，而这一审美特性，是具有文学性的。此外，《宋书》史材择取范围也比较广，奇事异闻，时有所载。如《刘穆之传》载刘穆之孙刘邕“嗜食疮痂”的奇闻，即为刘知几所批评，以为此类记载“殊失国史之体”(《史通·书事》)，但若是从文学的角度看，却是以精彩情节塑造人物的小说笔法。可见，《宋书》大多能做到史、文并重，其间未免与史体有乖者，恰其与文学之有合者。

因此，《宋书》文本研究，首先是其文章研究，包括史体文章与文学文章。古人往往文、史不分，文学文章也多在文、史互渗互融中不断演进。但就散文而言，史对文的影响更大。韩愈《进学解》云“周诰殷盘，佶屈聱牙，春秋谨严，左氏

---

① 刘知几《史通·二体》，见刘知几著，浦起龙释《史通通释》，上海：上海古籍出版社，2009 年版，第 24 页。

② 刘知几《史通·二体》，见刘知几著，浦起龙释《史通通释》，上海：上海古籍出版社，2009 年版，第 25 页。

浮夸，易奇而法，诗正而葩，下逮庄骚、太史所录”，所述大半竟是史著。廿二四正史中，以《史记》《汉书》为渊源，形成文章写作的两大流派，尚古文者尊《史》，尚骈文者尊《汉》，各有家法师承。文学史中散文这半壁江山，是与史著紧密联系在一起的，在某种意义上，史著本身也就是文学史的重要组成部分。《宋书》是南朝史学的代表性成果，尽管其对文学史影响不及《史》《汉》，但其文字整饬近《汉》，叙事丰华又近《史》，亦自有可观。清人章学诚云：“虽不敢希踪班、马，而文辞典雅，颇具别裁，抑亦范氏之亚匹也。”①将其与范晔《后汉书》相匹，评价较为中肯。沈约在《上宋书表》中自云“远愧南、董，近谢迁、固”②，实际上正反映了其继承前史、追求新创的著述理想，从而在《史》《汉》之间形成自己“叙致华妍，韵情朗畅”的特色。

《宋书》文章研究，就包括文章的辞章组成与文章的记人叙事功能两大部分，要能揭示其辞章之美与叙事之精，并能在文学史的流程中考察其价值与意义。具体而言，主要内容有四：一是文辞。沈约曾提出“易见事”“易识字”“易读诵”的作文原则，而《宋书》文畅韵谐，正可作为一个考察的标本。《宋书》也讲究辞藻富美，师范《五经》，规模《三史》，这是在炫耀文采，还是在追求书面语言的客观性？由之可以进一步思考文、史文辞风格的相关问题。《宋书》还是中古汉语书面语的典范，通过考察其使用习惯、语境来理解词义，并与其他史著语词比较，有助于更具体地认识《宋书》文辞的艺术特征、叙事表现力。二是叙事艺术。如所谓“带叙”法，具体表现如何，怎样增强叙事功能，与前辈史书“互见”法有何区别，对后代史著乃至小说的叙事技巧有何影响等；此外，《宋书》还有虚实、旁衬、伏应等叙述手法，有待提炼；再如《宋书》如何处理载文与叙事的关系，记人叙事中的细节、场景的描写，直叙、转叙等视角、笔法的把握，直笔、曲笔的运用等，皆为本书研究内容。三是情感性。既包括褒贬的价值取向，也包括史家主观撰述情感。《宋书》列传时见情感表露，而序论情感色彩更加突出，如《索虏传》的“史臣曰”，《良吏传序》等，笔挟深情，皆具文学性征。四是故事性。郝懿行曾谓《宋书》“喜谈搜琐，攟摭隐怪，时同小说家言”（《晋宋书故·宋书传》）。除正传中时见小说家言，他如《符瑞》《五行》二志，传奇志异，亟待从文学角度细

---

① 章学诚《章氏遗书·文史通义·外篇二·读史通》，影印版《章学诚遗书》，北京：文物出版社，1985 年版，第 74 页。

② 《宋书》卷一百《自序》，北京：中华书局，1974 年版，第 2468 页。

加考究。本书将结合其他史著及杂传、小说,探讨《宋书》故事性之渊源影响,及其所达到的艺术水准。在揭示《宋书》文学性特征的过程中,本书将具体分析其于史著之功过得失,进而结合古人著史实践、史学理论辨析文、史关系问题。

其二,《宋书》文学文献研究。对于中古文学研究而言,《宋书》具有重要的文学文献价值,主要体现在以下三个方面:一是所立文人传记。《宋书》虽无文苑传名目,但著名文人如陶渊明、鲍照、谢庄、傅亮等尽皆有传,而颜延之、谢灵运更是独得一卷篇幅。王鸣盛《十七史商榷》以此谓"沈约重文人",在正史著述中最为突出。这对于文学研究来说,当然是提供了极其重要与丰富的史料。二是所载刘宋文学现象。如帝王宗室对文士的招纳,文学集团活动,文人间的交游赏会等。文学史不仅仅只是现成的作品史,文学活动、文人交往既是文学史的重要背景,又是构成文学史的动因与缘由,其本身也应该就是文学史的内容之一。三是所录刘宋诗文。赵翼虽曾指责《宋书》"凡诏诰、符檄、章表,悉载全文",然其却给我们提供了刘宋文学大量原始文献。如《王微传》载王微祭王僧虔文,情深意挚,足可比肩《祭十二郎文》,但《文选》《文苑英华》均未收录;再如《乐志》,既载"汉世街陌谣讴",又载"江南吴歌杂曲",是研究汉魏六朝乐府的基础文献。这些文献资料,对于今天认识刘宋文学,具有不可或缺的重要作用。本书将全面清理《宋书》文学史料,重绘刘宋文学谱系,并揭示其于乐府文学研究之价值。

此外,《宋书》在文学批评方面也具有重要意义。《宋书》的文学批评价值,除声律论、文笔说等热点外,他如《范晔传》所收《与诸甥侄书》和《王微传》所收《与从弟僧绰书》中涉及的文学观,《裴松之传》相关碑文写作理论;再如《刘义庆传附鲍照传》《袁淑传》《徐湛之传》等对传主的评价,以及诸列传对传主作品的筛选、载录及删裁,等等,其中所体现出的文学批评思想,都有待深入研究。《宋书》还对后世文学批评产生重要影响,林田慎之助就认为《谢灵运传论》是促成刘勰、萧子显、钟嵘等建立齐梁文学史观构架的关键(《中国中世文学批评史》)。《宋书》对刘宋文学家的评论,往往皆成定论。如《文选》对颜延之、谢灵运、鲍照、谢惠连、陶渊明等的介绍,基本皆是《宋书》的浓缩;张溥《汉魏六朝百三家集》论刘宋作家、吴兆宜笺《玉台新咏》,也多取《宋书》意见。本书将系统清理这类文论资源,从作家论、作品论、美学观、文学史观等方面考察《宋书》的文学批评价值。

总之,《宋书》的文学研究,将以文学史的坐标系,来安放与衡量《宋书》于文学之价值。横轴为《宋书》自身的文学、文论成就,纵轴为《宋书》在史著文学系统及批评史、文学史、文学史学史之价值,纵横之间,刘宋文学图景、南朝文艺思潮、文史互动关联,则显溢可见。质言之,本书既以《宋书》为文学文本,又以之为文学史料,含涉史著文学、文学史、文学史学、文学批评诸方面,希望能以《宋书》为样本解读文、史关系,探索正史的文学性征及文学资源。

第一章
《宋书》撰成考述

第一节　沈约前后的行世宋史

《宋书》由沈约最后总成，然在此之前，实已规模粗具。《宋书》第100卷沈约《自序》，叙述在其之前《宋书》撰述情况，颇为详备：

> 宋故著作郎何承天始撰《宋书》，草立纪传，止于武帝功臣，篇牍未广。其所撰《志》，唯《天文》《律历》，自此外，悉委奉朝请山谦之。谦之，孝建初，又被诏撰述，寻值病亡，仍使南台侍御史苏宝生续造诸传，元嘉名臣，皆其所撰。宝生被诛，大明中，又命著作郎徐爰踵成前作。爰因何、苏所述，勒为一史，起自义熙之初，讫于大明之末。至于臧质、鲁爽、王僧达诸传，又皆孝武所造。自永光以来，至于禅让，十余年内，阙而不续，一代典文，始末未举。且事属当时，多非实录，又立传之方，取舍乖衷，进由时旨，退傍世情，垂之方来，难以取信。臣以谨更创立，制成新史，始自义熙肇号，终于升明三年。桓玄、谯纵、卢循、马、鲁之徒，身为晋贼，非关后代。吴隐、谢混、郗僧施，义止前朝，不宜滥入宋典。刘毅、何无忌、魏咏之、檀凭之、孟昶、诸葛长民，志在兴复，情非造宋，今并刊除，归之晋籍。①

据沈约所述，《宋书》在刘宋当代即已开始修撰，领其事者为宋文帝朝著作郎何承天。《宋书·何承天传》谓时在宋文帝元嘉十六年(439)，所撰纪传主要

① 《宋书》卷一百《列传之第六十·自序》，北京：中华书局，1974年版，第2467—2468页。

为武帝一朝之人事，所撰史志唯《天文志》《律历志》。《宋书·裴松之传》还提到在何承天之后，裴松之续国史，然“未及撰述”，即于文帝元嘉二十八年（451）卒[①]。不过，裴松之于宋文帝元嘉十二年（435）受诏撰《元嘉起居注》，为后人撰刘宋史，留下第一手重要资料[②]。兹后，有山谦之、苏宝生陆续续修，但他们在职时间都很短，估计撰成篇幅有限。孝武帝大明六年（462），著作郎徐爰根据何、苏等人旧稿，撰成“国史”，上自东晋义熙元年（405）刘裕实掌国政的“王业之始”，迄于大明之末。其中，臧质、鲁爽、王僧达等传，出自孝武帝刘骏之手。可见，沈约所总成之《宋书》，前后经手者凡六人。裴松之虽“未及撰述”，然其《元嘉起居注》是后世修宋史之基础，从这个角度说，其于《宋书》之撰述，与何承天同居开辟之功。

这是沈约最后总成的《宋书》系统的编撰情况。《隋书·经籍志》著录徐爰《宋书》六十五卷，沈约《宋书》一百卷，二书在唐初当并存于世，今《太平御览》等类书中，尚可见徐爰《宋书》残段。沈约《宋书》，即在徐爰等人《宋书》的基础上，扩充修改而成。按沈约《自序》所述，在其之前的《宋书》存在诸多问题：一是记录不完整。由于撰述者为当代人，自然不能记叙身后之事，所以“自永光以来，至于禅让，十余年内，阙而不续，一代典文，始末未举”，即自宋废帝永光以后的十余年刘宋史事，阙而未录。二是因当代人撰述，有些甚至是当事人撰述，难以做到客观信实。所谓“事属当时，多非实录，又立传之方，取舍乖衷，进由时旨，退傍世情，垂之方来，难以取信”，说的就是这种情况。比如臧质、鲁爽、王僧达等皆为孝武帝所仇怨，为仇敌立传，自然难以做到客观。

徐爰本人，在沈约《宋书》中入《恩倖传》，云其“便僻善事人，能得人主微旨。颇涉书传，尤悉朝仪。元嘉初便入侍左右，预参顾问，既长于附会，又饰以典文，故为太祖所任遇。大明世，委寄尤重，朝廷大礼仪注，非爰议不行。”[③]其在大明时撰《宋书》，涉及当事人、事，以其“长于附会，又饰以典文”的个性品格，“垂之方来”，自然“难以取信”。

《隋书·经籍志二》在沈约《宋书》一百卷的记载之下，有一段文字：“梁有宋

---

① 《宋书》卷六十四《列传之第二十四·裴松之传》，北京：中华书局，1974年版，第1701页。

② 裴子野《宋略·总论》，见《文苑英华》卷七百五十四，北京：中华书局，1966年版，第3949页。

③ 《宋书》卷九十四《列传第五十四·恩倖》，北京：中华书局，1974年版，第2310页。

大明中所撰《宋书》六十一卷，亡。”[①]尚有六十一卷的《宋书》一种，撰于宋大明中，梁时尚存。

除此之外，刘宋史著还有刘祥《宋书》、孙严《宋书》六十五卷、王智深《宋纪》三十卷、王琰《宋春秋》二十卷、鲍衡卿《宋春秋》二十卷、裴子野《宋略》二十卷等。

刘祥为刘宋开国功臣刘穆之曾孙，《南齐书》卷三十六有传，叙及其撰述《宋书》事："刘祥，字显徵……永明初，迁长沙王镇军，咨议参军，撰《宋书》，讥斥禅代。尚书令王俭密以启闻，上衔而不问。"刘祥所著《宋书》的具体情况不详，《隋书·经籍志》亦无纪录。刘知几《史通·鉴识》有一段文字谈到刘祥的《宋书序录》：

> 刘祥撰《宋书序录》，历说诸家晋史，其略云："法盛《中兴》，荒庄少气，王隐、徐广，沦溺罕华。"夫史之叙事也，当辨而不华，质而不俚，其文直，其事核，若斯而已可也。必令同文举之含异，等公之有逸，如子云之含章，类长卿之飞藻，此乃绮扬绣合，雕章缛彩，欲称实录，其可得乎？以此诋诃，知其妄施弹射矣。[②]

刘祥《宋书》在唐初盛时尚在。由刘知几的批评可以看出，刘祥著史推崇辞藻与情感，多文士气息。不唯如此，据《南齐书·刘祥传》又可知，刘祥在《宋书》的撰述中，有对宋、齐禅代的微言，从而招致齐武帝的不满。刘祥既为宋世贵裔，在著述中偏向刘宋，也是很自然的事。由此也可见，刘祥《宋书》和徐爰皆奉宋为正统，同时也都有"退傍世情""难以取信"的地方。齐武帝后令任遐奏劾刘祥"轻议乘舆，历贬朝望，肆丑无避，纵言自若"，借此将其贬谪广州，死于是所，年三十九。

孙严《宋书》六十五卷，见于《隋书·经籍志》，《新唐书·艺文志》著五十八卷，知唐宋间有散逸。刘知几《史通》外篇《古今正史》论《宋书》作者云"后又命裴松之续成国史。松之寻卒，史佐孙冲之表求别自创立，为一家之言"[③]。所云史佐孙冲之即孙严，时为裴松之助手。其在齐曾为冠军录事参军，史书无传，余

① 《隋书》卷三十三《志第二十八·经籍二》，北京：中华书局，1973 年版，第 955 页。

② 刘知几著，浦起龙释《史通通释》，上海：上海古籍出版社，2009 年版，第 191 页。

③ 同②，第 327 页。

皆不详。唐宋类书中，残存零星文字，如徐坚《初学纪》卷五"地理上""衡山"条："孙严《宋书》曰：'宗炳寻名山，西陟荆巫，南登衡岳，因结宇衡山，欲怀尚平之志。'"[①]文字雅洁，偶对工整，著述风格可见一斑。

王智深，《南齐书》卷五十二列于文学传中，《宋纪》三十卷，见于《新唐书·艺文志》目录。《南齐书》本传述其撰《宋纪》事：

> (齐世祖)又敕智深撰《宋纪》，召见芙蓉堂，赐衣服，给宅。智深告贫于豫章王，王曰："须卿书成，当相论以禄"。书成三十卷，世祖后召见智深于璇明殿，令拜表奏上。表未奏而世祖崩。隆昌元年，敕索其书。[②]

可知《宋纪》为奉敕官修。今从类书中可睹零星文字，较刘祥《宋书》，文字上要显得散体化一些。

王琰《宋春秋》二十卷，《隋书·经籍志》《旧唐书·经籍志》《新唐书·艺文志》皆有载。王琰，齐太子舍人，入梁为梁吴兴令。其人笃信佛教，梁《高僧传·序》与《破邪论·序》，皆云其为太原王氏。王琰另有《冥祥记》十卷，全书今佚，存《冥祥记·自序》，叙及生平行迹，稚年在交趾，约七、八岁至京城。《南史》卷五十七《范云传附从兄稹传》载其与范稹辩论神异之事，言及其曾祖为东晋后期宠臣王国宝。《隋志》将《宋春秋》与纪传体分开叙录，谓其为春秋左传体，即编年体史书。

鲍衡卿《宋春秋》二十卷，见于《新唐书·艺文志》。鲍衡卿，梁人，一作鲍行卿。《南史·鲍泉传》后附《鲍行卿传》，云："以博学大才著称，位后将军临川王录事兼中书舍人，迁步兵校尉。上《玉璧铭》，武帝发诏褒赏。好韵语，及拜步兵，面谢帝曰：'作舍人，不免贫；得五校，实大校。'例皆如此。有《集》二十卷。撰《皇室仪》十三卷，《乘舆龙飞记》二卷。"[③]钟嵘《诗品·下》有"梁步兵鲍行卿"条，云："行卿少年，甚擅风谣之美。"[④]

---

① 徐坚《初学记》，北京：中华书局，1962年版，第98页。

② 《南齐书》卷五十二《列传第三十三·文学·王智深》，北京：中华书局，1972年版，第897页。

③ 《南史》卷六十二《列传第五十二·鲍泉传·附鲍衡卿》，北京：中华书局，1975年版，第1530页。

④ 钟嵘著，曹旭注《诗品集注》，上海：上海古籍出版社，1994年版，第474页。

上述五种刘宋史著，除刘祥外，皆为齐、梁间著述，与沈约《宋书》时间差不多前后同时。

裴子野《宋略》二十卷，是在沈约《宋书》之后芟撮而成的编年体史著。裴子野出身史学世家，曾祖裴松之、祖父裴骃皆是史学名家。裴子野撰《宋略》，一方面是继承曾祖裴松之的未竟之业，另一方面也是不满于沈约《宋书》篇幅繁芜。"因宋之新史，为《宋略》二十卷"[①]，与其他史著相比，《宋略》与《宋书》的关系最为密切，其采撷广富，亦可与《宋书》补充互映。《宋略》在当时影响很大。沈约见而叹曰"吾弗逮也"，范缜则上表亟称其"弥纶首尾，勒成一代，属辞比事，有足观者"[②]。刘知几云："世之言宋史者，以裴略为上，沈书次之。"又云："裴几原删宋史为二十篇，删烦撮要，实有其力。"[③] 其书的价值，于此可见一斑。《宋略》大约在南宋后期亡佚，《文苑英华》载其《总论》一篇。

由上述可知，沈约前后的刘宋史著，呈现出极为繁盛的局面。沈约《宋书》，在徐爰等人的基础上，对同期稍前的宋史，当有借鉴，而对其后的宋史，又形成一定的影响。在其他刘宋史著亡佚之后，沈约《宋书》就成为硕果仅存的最完备的刘宋史著，不仅提供了较全面的刘宋时代信史，同时因为与其他宋史的密切关系，有助于间接了解刘宋史著的大略情形，具有史学史的研究价值。

第二节 沈约《宋书》成书述略

据前节所引，沈约的《宋书》系统，前有何承天、山谦之、苏宝生、徐爰、孝武帝刘骏等人经手，据《宋书·自序》，上述诸位所承担的部分，大致如下：

何承天：武帝前的功臣纪传、"天文""律历"志。

山谦之：除"天文""律历"志外，武帝前的史志部分。

苏宝生：元嘉名臣纪传。

徐爰：义熙至大明诸传、表、志等。

刘骏：臧质、鲁爽、王僧达等传。

自刘骏之后直至宋亡的刘宋史事，前述诸位皆无从著录，沈约所著的范围

---

① 裴子野《宋略·总论》，见《文苑英华》卷754，北京：中华书局，1966年版，第3949页。

② 《梁书》卷四十八《列传第三十·裴子野传》，北京：中华书局，1973年版，第442—443页。

③ 刘知几著，浦起龙释《史通通释》，上海：上海古籍出版社，2009，第328页、第453页。

即在永光直至宋、齐交替。实际上，沈约《宋书》一百卷非同时完成，其《上宋书表》云："本纪列传，缮写已毕，合七帙七十卷。……所撰诸志，须成续上。"[①]这很清楚地说明《宋书》的纪传与八志非同时完成，纪、传先呈，八志后呈。由于纪传整理至撰成时间很短，永明五年春受命撰写，六年二月即完成，其本人在《自序》及其他志、传中对何承天、徐爰等人的著述也多有称引。因此，不少学者多认为《宋书》的纪、传主要是何、徐等人的旧稿。如赵翼根据《宋书》避讳的情况得出结论：为宋讳为徐爰旧本，为齐讳乃沈约后补，而在《宋书》中，为宋讳甚于为齐讳，故其认为《宋书》"大半乃徐爰作也"。[②] 郝懿行《宋琐语·提要》也说："《宋书》乃徐爰旧书，仅明帝以后传记为休文自撰耳。不然，纪、志、列传一百卷，甫逾年而即蒇事，古来修史有如是之速者乎?"[③]郝懿行从时间上推测《宋书》不可能完全为沈约原创，自然也有一定的道理。苏晋仁先生在《宋书考论》中，根据沈约《自序》、书中的记叙及其他相关材料，进一步推测纪传的撰述，其认为今本《宋书》中的武帝、少帝《本纪》和武帝功臣的列传应是何承天旧本，文帝《本纪》及元嘉诸臣出自苏宝生、山谦之手，孝武帝《本纪》及大明前诸臣则出自徐爰及其助手丘巨源之手。[④]

但细加考论，这些认识似尚可商榷。首先，纪、传从受命编撰到进呈朝廷，时间虽短，其中很大部分是以何、徐旧稿为基础，但并不说明沈约所做的工作就如很多人所认为的那样，分量极少。在受命编纂《宋书》之前，沈约已长期从事过史传的编纂工作。沈在《宋书·自序》中自陈其"常以晋氏一代，竟无全书，年二十许，便有撰述之意"，尽管这里是指晋史的撰述，但晋、宋相接，在准备晋史的过程中，对刘宋早期历史必然也有广泛的涉猎和积累。齐建元四年(482)，被敕撰国史，即齐史，齐永明二年(484)，又开始著起居注，搜集关注齐之史事，而宋、齐相接，其所涉猎史料，又会与宋有多方关涉。从其二十多岁立意撰述晋史并完成著述，到永明五年(487)四十多岁时受命撰述宋史，时间跨度为二十余年，在撰晋史与齐史的过程中，对于宋史事实上是花了二十多年的时间，来作扎

① 《宋书》卷一百，《列传之六十·自序》，北京：中华书局，1974年版，第2468页。

② 赵翼《廿二史札记》卷九"宋书多徐爰旧本"条，《廿二史札记校正》，北京：中华书局，1984年版，第179页。

③ 郝懿行《宋琐语》，《郝懿行集》第五册，济南：齐鲁书社，2010年版，第4071页。

④ 苏晋仁《宋书考论》，载《史学论文集》，北京：北京师范大学出版社，1981年版。

扎实实的知识训练与材料准备。因此，其在受命撰史之后，以二十多年浸淫之功，用一年多的时间拿出《宋书》，并非没有可能；若再考虑到其私下的预备，则其实际撰述时间可能并不只有一年。故清人仅从《宋书》撰成时间短暂来判断其大部非沈约所著，然未考虑沈约在接受任务之前的撰述准备及知识积累，说服力并不足。

赵翼以《宋书》避讳问题考证其作者，但赵在清代，所见之本未必即《宋书》原本。陈垣《史讳举例》引戴震辩洪迈之例，有所谓"本书不讳，而后人改之"之例，陈在书中还举《宋书·武帝纪》"数行之中，忽讳忽裕"的例子，认为皆"后人校改"①。以《宋书·武帝纪》为例，这后人增改中未尝没有沈约的手笔。以理推测，沈约既统一整理《宋书》，当按齐时情况，何书讳宋，沈书却不必讳宋，在沈书中的讳例，不一定就是因时代原因，也可能是因著者对传主的尊重而避讳，故沈约对于武帝、少帝，也可能沿袭何承天的讳例，只是其因由不同而已。所以，仅以避讳来判定作者，就不免过于绝对了。

相比较纪、传而言，八志完成的时间要延后不少。苏晋仁先生考证大约是在梁天监间完成，距纪、传的缮写完毕，已是十余年以后的事了②。因此，一般都将《宋书》著述分为两大部分，前述七十卷的纪、传为一部分，多被认为是以何、徐等旧著为主；三十卷的八志，则多被认为是以沈约著述为主。不过，也有一些学者认为八志与纪、传完成时间基本一致。如宋闻兵《沈约〈宋书〉定稿时间考辨》③，根据《宋书·志序》中所述，认为八志同样是"即而因之"的"补缀"之作，沈约永明六年(488)二月的"毕工，表上之"，当指全书完工，包括八志在内。一般以为八志后成，主要依据沈约《上宋书表》中"本纪列传，缮写已毕，合七帙七十卷，臣今谨奏呈。所撰诸志，须成续上"这句，而宋文认为，"所撰诸志，须成续上"，接续上句纪传的"缮写已毕"，是指诸志在"缮写"上比纪传稍慢，尚未完成。而"缮写"即"誊写""抄写"。宋文的意思是，《宋书》纪传与八志撰述完成的时间差不多，只是在誊抄时，纪传先誊抄好，八志则稍后，所谓"须成"，当指"誊抄完成"。八志中牵涉到不少齐、梁时的避讳问题，宋文则引陈垣《史讳举例》，

① 陈垣《史讳举例》卷七、卷一，上海：上海书店出版社，1997年版，第93页、第3页。

② 苏晋仁《论沈约〈宋书〉八志》，文载《周绍良先生欣开九秩庆寿文集》，北京：中华书局，1997年版。

③ 宋闻兵《沈约〈宋书〉定稿时间考辨》，《宁波大学学报》2008年第5期。

认为当属"本书不讳,而后人改之"的现象。

宋文从"缮写"一词的语义及沈约表文的文气来判断八志写作时间,是较好的思考角度,但其思考仍疏略欠周,其论未必可以成立。将"须成"之"成"当成"缮写完成",与前文"本纪列传,缮写已毕"固可文气贯通,将其看成"撰写完成",在纪传之后,另叙八志撰述情况,又有何不可?总之,此"须成续上"之"成",理解成缮写完成或撰写完成,均无不可。若当"缮写完成"讲,则难以理解沈约何不略等时日,待八志缮写完成后,一起呈送?先呈纪传,前后相隔不几日,再呈八志,似无此必要,亦有悖常理。只有理解为"撰写完成",毕竟撰述不同于誊抄,其完成之日未可遽期,则先呈纪传,待八志完成再另行呈上,方合常理。

八志虽然不是如宋闻兵先生所言紧随纪传之后进呈,但苏晋仁先生判断其完成于梁天监年间,似乎时间又推得过后了一点。苏先生作此推测的主要依据,是八志避齐明帝、梁武帝等名讳。然则避讳版本是否为齐永明时沈约原本未能确认,亦有可能为梁时抄本。六朝典籍的保存与传播,端赖手抄。其时抄书业极为发达,陈德弟先生《六朝时期的书佣》,对此有较全面的梳理①。《宋书》流传既广,抄本也多,则梁抄本中的避讳,即有可能就会出现陈垣所谓"本书不讳,而后人改之"的现象。宇文所安曾论及抄本时代文献传播的问题,举《宋书·乐志》为例,发现《乐志》中所载诗歌,在后代传抄过程中,不断发生改变的现象,认为"六世纪的编者和抄手们……往往按照自己的观念,对文本进行随意的改变"②。对于文学文本,按照自己的观念,边抄边改;对于朝廷督修的史著,在新时代抄录,又如何能恪守原貌,一任犯讳呢?又,《梁书·裴子野传》云:"及齐永明末,沈约所撰《宋书》既行,子野更删撰为《宋略》二十卷。"③沈约上《宋书》为永明六年(488),永明共有十年余,六年称不上"末"。永明末,《宋书》既行,当为较完整的《宋书》。如此,则沈约"所撰诸志,须成续上",大概就是在四五年之后的永明末。

尽管时隔四五年,八志仍然有很大篇幅是何、徐旧稿,沈约主撰的主要是符瑞、乐二志。《宋书·志序》云:"天文、五行,自马彪以后,无复记录。何书自黄

① 陈德弟《六朝时期的书佣》,《文史知识》,2004年第11期。

② 宇文所安著,胡秋蕾等译《中国早期古典诗歌的生成》,北京:三联出版社,2012年版,第29页。

③ 《梁书》卷四十八《列传第三十·裴子野传》,北京:中华书局,1973年版,第442页。

初之始，徐志肇义熙之元。”则除了天文、律历二志外，何承天还著有自曹魏黄初至晋义熙间的五行志，义熙后则由徐爰接续。《宋书·志序》又云：“元嘉中，东海何承天受诏纂《宋书》，其志十五篇，以续马彪汉志。”①《后汉书》诸志多出自晋司马彪。司马彪撰《续汉书》，“讨论众书，缀其所闻，起于世祖，终于孝献，编年二百，录世十二，通综上下，旁贯庶事，为纪、志、传凡八十篇”②，司马彪《续汉书》之纪、传今不传，所撰诸志则被后人采用以补范晔《后汉书》，即律历三，礼仪三，祭祀三，天文三，五行六，郡国五，百官五，舆服二，计八类三十篇。与《汉书》的志比较，增舆服一种，少沟洫、食货、刑法、艺文四志，时间如其所述“起于世祖，终于孝献”。何承天续撰，如《宋书·志序》所言，其中的天文、五行二志，时限在魏黄初至晋义熙之间的，考《宋书》，则天文三篇，即卷二十三《天文一》至卷二十五《天文三》；五行一篇，即卷三十《五行一》。《宋书》中的志接续《后汉书》的，还有律历。何承天曾著《元嘉历》，对刘宋历法制定做出重要贡献，《宋书》卷十一的律历上及卷十二的律历中，为宋前部分，后录何承天上表，此两卷当主要为何承天所撰。卷十三律历下，时间迄止于孝武帝大明，可能以徐爰所撰为主。礼五篇，自卷十四至卷十八，所述自汉至宋元嘉，多引何承天、徐爰语，主要亦为何、徐二人所作。州郡，按地域缕述沿革，何、徐所著与沈之补叙混杂。所谓“以班固、马彪二志、太康、元康定户、王隐《地道》、晋世《起居》、《永初郡国》、何、徐《州郡》及地理杂书，互相考覆”③，即在何、徐二志的基础上，参考其他地理类著作，重新加以整理。卷三十九、卷四十的《百官志》上、下，时间下限主要也是在孝武帝大明朝，作者主要也是何承天、徐爰。这样算起来，差不多正在十五篇左右。只有符瑞、乐二志，为新开史体，无所依傍。符瑞文学色彩重，小说价值高，乐志则是对于乐府文学源流第一次系统梳理。二志所开新体，成为后代著史所必备的史体。

综上可见，《宋书》纪传与八志，未必如前人所述，纪传皆依何、徐旧稿，八志多为沈氏自创。实际情况可能是，纪传、八志皆经过沈约的整理、编辑、重写与续写。在这些纪传中，有些孝武后的列传，非沈约所作，大致已可确定。如卷四十六的赵伦之、王懿、张劭等传，其体例与笔法与沈约所撰他传皆有不同。宋人郑穆在该卷后有校按云：“约之史法，诸帝称庙号，而谓魏为虏。今帝称帝号，魏

---

① 《宋书》卷十一，《志一·志序》，北京：中华书局，1974年版，第204、第205页。
② 《晋书》卷八十二《列传第五十二·司马彪传》，北京：中华书局，1974年版，第2141—2142页。
③ 《宋书》卷三十五，《志第二十五·州郡一》，北京：中华书局，1974年版，第1028页。

称魏主，与《南史》体同，而传末又无史臣论，疑非约书。”[①]类似的，还有卷四十六的张畅、张敷传，分别在卷五十九、卷六十二中又有重复，是后人根据《南史》而补入的内容，当也非沈约之笔。这在《出版说明》中，已经有清楚的说明。[②]个别列传，比如《谢庄传》，载南平王刘铄所献赤鹦鹉在元嘉二十九年(452)，而《符瑞志》载其事在元嘉二十二年(445)，二者不相吻合，则作者极可能并非一人，《符瑞志》为沈约所撰，则《谢庄传》是否出于沈约之手，或是否完全由沈约所撰，也颇值得疑问。而纪传中大明后诸传，如《恩倖》《孝义》《索虏》《芮芮》《槃槃》《鲜卑吐谷浑》《蛮夷》《氐胡》等传及《符瑞》《乐》二志，大多当为沈约原创，则基本可以肯定。今人唐燮军先生就倾向于《宋书》主要为沈约所撰，其理由一是沈约《宋书》与徐爰《宋书》无论是史书体例还是叙事断限，均有很多差异；二是沈、徐二书在具体内容上也有较大的出入。唐氏比较《艺文类聚》“宋武帝”条所收徐爰《武帝纪》佚文与沈约《宋书》的《武帝本纪》，发现二者内容皆不相同。他认为以沈约之博学与足智多能，完全可能在参考前人著述的基础上，独立完成《宋书》；而且沈约当时的兴趣不在史学领域，其短时间完成《宋书》，也是兴趣转移的结果。[③]其实，短时间完成《宋书》倒不一定是兴趣转移的缘故，如前所述，如果考虑到其撰晋史、齐史和修起居注等经历，则其从准备撰述到开始动笔，可能早在永明五年(487)之前就开始了，故其实际上并不是只用一年时间完成《宋书》的；同时，何、徐等人的奠基，是沈约顺利完成《宋书》的重要因素，也是不容否定的。晁公武云其“以何承天书为本，旁采徐爰之说”[④]，既肯定了何、徐等的功劳，又没有否定沈约的撰创，倒是较客观的评述。

沈约新编《宋书》之缘由，前文曾引其《自序》所云，有两条重要原因，一因前史记叙不全，“自永光以来，至于禅让，十余年内，阙而不续，一代典文，始末未举”，即自宋废帝永光以后的十余年刘宋史事，阙而未录；二因前史记叙不信，所谓“事属当时，多非实录，又立传之方，取舍乖衷，进由时旨，退傍世情，垂之方来，难以取信”。在《宋书·自序》中，还有两段话也值得注意：

---

① 《宋书》卷四十六，《列传第六》卷末郑穆按语，北京：中华书局，1974年版，第1400页。

② 《宋书·出版说明》，北京：中华书局，1974年版，前言部分第6页。

③ 唐燮军《诗人之外的沈约：对沈约思想与生平的文化考察》，《文学遗产》2006年第4期。

④ 晁公武《郡斋读书志》卷五，《郡斋读书志校证》，上海：上海古籍出版社，1990年版，第184页。

> 臣约言：臣闻大禹刊木，事炳虞书，西伯戡黎，功焕商典。伏惟皇基积峻，帝烈弘深，树德往朝，立勋前代，若不观风唐世，无以见帝妫之美，自非睹乱秦余，何用知汉祖之业。是以掌言未记，爰动天情，曲诏史官，追述大典。臣实庸妄，文史多阙，以兹不才，对扬盛旨，是用夕惕载怀，忘其寝食者也。
>
> 臣约顿首死罪：窃惟宋氏南面，承历统天，虽世穷八主，年减百载，而兵车亟动，国道屡屯，垂文简牍，事数繁广。若夫英主启基，名臣建绩，拯世夷难之功，配天光宅之运，亦足以勒铭钟鼎，昭被方策。及虐后暴朝，前王罕二，国衅家祸，旷古未书，又可以式规万叶，作鉴于后。①

这两段话表达了两方面的意思，一是作史垂鉴，这差不多是套话；另一方面是修前史以衬今朝，以见今朝之勋德，所谓"观风唐世，见帝妫之美，睹乱秦余，知汉祖之业"也，而这是齐廷重修前史最根本的动机，沈约在《上宋书表》中郑重提出此点，是清楚地知道以此履命，方符圣意。卞梁、唐燮军《从徐爰〈宋书〉到沈约"新史"的转变》论述沈约重新撰述《宋书》内在的政治因由，对此有较深入的揭示②。该文在指出徐爰《宋书》因其政治立场而导致的叙述不公之外，还指出徐爰《宋书》所犯的一个很严重的错误，即以义熙元年(405)作为"王业之始"，而宋武帝《即位诏》所确立的晋宋相禅时间是元熙二年(420)，其间相差十五年。以禅让前十多年的义熙元年起元，事实上否定了晋宋相禅、刘宋通过禅让得到政权的合法性，而禅让也是宋、齐政权过渡的形式，沈约《宋书》以前后两份禅让诏书贯连起整部书的叙事脉络，刻意掩盖晋、宋与宋、齐政权更迭中的血腥，通过宋史的重修，再次肯定齐政权的合法性。在沈约自叙之外，这篇文章揭示沈约重修史书的时代背景与深层根源，有重要的参考价值，值得重视。

第三节 《宋书》版本及存佚情况

以上所述为沈约《宋书》的成书过程、缘由及其作者的大致情况，下面略述《宋书》的版本及存佚情况。按本书意见，沈约一百卷《宋书》完稿在永明末，此

① 《宋书》卷一百，《列传之六十·自序》，北京：中华书局，1974年版，第2466—2467页。

② 唐燮军《从徐爰〈宋书〉到沈约"新史"的转变》，《史学史研究》2015年第4期。

后皆以百卷行世。《隋书·经籍志二》载沈约《宋书》一百卷，两《唐书》载沈约《宋书》亦为一百卷，但《新唐书》一百卷云云，可能是承袭前史，未必实际过眼。晁公武《郡斋读书志》卷五《宋书》一百卷条："嘉祐中，以《宋》、《齐》、《梁》、《陈》、《魏》、《北齐》、《周书》舛缪亡缺，始命馆职雠校。曾巩等以秘阁所藏多误，不足凭以是正，请诏天下藏书之家，悉上异本。久之，始集。治平中，巩校定《南齐》、《梁》、《陈》三书上之，刘恕等上《后魏书》，王安国上《周书》。政和中，始皆毕，颁之学官，民间传者尚少。"[①]刘恕上《后魏书》大约在熙宁元年（1068，据李裕民《刘恕年谱》）；王安国上《周书》当也在其任职馆阁的熙宁期间。从上引文字可知，南北朝七史在宋初已多有散佚，其中的五史，经过宋人整理，在仁宗嘉祐年间陆续补编完成，余下宋、北齐二史，沈约《宋书》应在元祐前整理完成，故《新唐书·艺文志》有载录，而李百药的《北齐书》则如晁志所云，是在徽宗政和中期才整理完毕，是七史中最后完成的，是以《新唐书·艺文志》无载。

经五代兵燹，七史多有缺佚，故北宋整理七史，往往要取彼此参勘，据存见以补散佚。如《宋书》之整理，即多参《南史》以补证。今中华书局《宋书》点校本，在《前言》中有较具体的阐述，可参。[②]

七史经北宋馆阁校勘，皆陆续重新镂版刊刻，但两宋兵燹，使之再次遭劫。晁志云："未几，遭靖康丙午之乱，中原沦陷，此书几亡。绍兴十四年，井宪孟为四川漕，始檄诸州学官，求当日所颁本。时四川五十余州皆不被兵，书颇有在者。然往往亡缺不全，收合补缀，独少《后魏书》十许卷。最后得宇文季蒙家本，偶有所少者，于是七史遂全，因命眉山刊行。"[③]知在馆阁本后有眉山刊刻本。然今皆不传。今所传最早版本为南宋翻刻并经元、明两代补版的所谓"三朝本"。此后，明北监又以南监递补本为底本，再度校勘刻板，即北监本；在官方刻书的同时，明末毛晋汲古阁精选宋本为底本，校刻大量古籍，其中也有《宋书》，是为汲古阁本。清乾隆间，大修文治，校刻群书，校正明北监本诸史交武英殿刊刻，其中即有《宋书》武英殿本，简称殿本，较明本更精。晚清金陵书局复有校勘出版，是为金陵书局本。20世纪二三十年代，张元济先生主持商务印书馆，重

① 晁公武《郡斋读书志》卷五，《郡斋读书志校证》，上海：上海古籍出版社，1990年版，第184页。

② 《宋书·出版说明》，沈约《宋书》，北京：中华书局，1974年版，第5—6页。

③ 同①。

印二十四史，多据宋本为底本，再校以明、清诸本，较以前诸本，为学术价值最高的版本。今本中华书局 1974 年出版的《宋书》是共和国成立后的整理本，由王仲荦点校，以存世的宋元明三朝递修本、明北监本、毛氏汲古阁本、清乾隆武英殿本、金陵书局本、百衲本等互校，择善而存，同时又参考诸多史籍，被认为是目前最佳的《宋书》版本。

今本《宋书》的目录依次为本纪、八志、列传，这是宋代以来《宋书》的大致面貌。晁公武《郡斋读书志》所叙传世版本的序次即是纪、志、传。但《宋书》原貌可能并非如此。按沈约《上宋书表》，先出纪传、后出八志，《宋书》的编次当以纪传、八志为前后两大部分，《宋书》原本，依次是本纪、列传、八志。刘知几《史通·编次》云："旧史以表志之帙介于纪传之间，降及蔚宗，肇加釐革，沈魏继作，相与因循。"[①]据刘氏所云，自范晔《后汉书》改变旧史的编次，将志表等放到纪传之后，形成新的撰史规范，沈约、魏收继承这一编次。刘氏所见《宋书》，当即为纪、传、志。大概是北宋刻书，开始将志混到纪、传之间，今存宋以来的古本，皆是如此编排，实已非沈书原貌。但即便在宋代，《宋书》原本依然还在，如洪迈辑《南朝史精语》，其中有关《宋书》的部分，依然按纪传在前、志在后的序次论列。由此可见，宋版《宋书》，除了馆阁、眉山七史本等官修外，应该还有私人刻本或抄本。

《宋书》成于众手，著述情况特殊，成书后，其刊刻、传播与留存的过程又很复杂，中华书局整理出版《宋书》，为保持原貌，其因上述原因，诸多未尽如人意之处，都留存在那里。比如卷四十六《到彦之传》的阙佚，《张畅传》《张敷传》，在后面的卷五十九、卷六十二分别又见，造成重复；卷七十六《王玄谟传》叙述柳元景被少帝所杀，为传写错误，当为前废帝刘子业；卷八十《孝武十四王列传》，最后将明帝子武陵王刘赞误置其中；等等。此外，史传的叙述，因作者的变化，多有冗赘、重复的，比如刘义恭给刘义宣的书信，在卷六十八的《刘义宣传》与卷七十四的《臧质传》中几次重复，此或因系出不同的作者，也有可能系一人所为，则留下史笔裁削不精的缺憾。无论哪一种情况，都给后人留下不少尚待探索的学术课题。

---

① 刘知几著，浦起龙释《史通通释》，上海：上海古籍出版社，2009 年版，第 97 页。

第二章
《宋书》文章

第一节　南朝前著史实践与史学发展

魏晋南北朝不但是文学自觉的时代，也是史学自觉的时代。史学自觉的最突出的表现就是对史学门类及历史著述的专门化，既体现在制度层面，也体现在理论与著述实践层面。对前者而言，是学科的自觉；对后者而言，是文体的自觉。这一史学自觉是一个漫长的过程，先是建立在长期著述实践的基础上，然后是从实践到理论的总结，再到著述的自觉。同时，这一自觉又会有反复。

就史学意识的自觉来说，可能比文学自觉要早得多。史学及史官文化在中国有着极其悠久的历史，早在春秋时期就已出现史学自觉的意识。这首先表现在史在国家政治生活中的地位与作用，即史职的专门化，《周官》和《礼记》中对此有详细记载，所谓“大史掌国之六典，小史掌邦国之志，内史掌书王命，外史掌书使乎四方，左史记言，右史记事”[①]。其次，是史家的职业操守的自觉。齐太史不畏斧钺，晋太史秉笔直书，“南董”精神成为史家的自觉意识。最后，有相对明确的史体意识，如记言之《尚书》与记事之《春秋》，都有自己的文体规制。但这种史学自觉，尚未在著述层面形成稳定的规范，同时史的功能牵扯甚多，也不纯粹。先说史著规制方面，先秦的《尚书》《春秋》《左传》《国语》等，均未形成可复制的史体体系，《春秋》被王安石称为“断烂朝报”，《左传》《国语》被后世在文学上捧为典范，影响甚至超过史著。可以说，直到《史记》出现之前，才有行之后

---

① 刘知几《史通·史官建置》，刘知几著，浦起龙释《史通通释》上海：上海古籍出版社，2009年版，第281页。

世的规范史体，即纪传体史著。其他种类繁多的史著，都没有形成传承稳固的规范史体。古人早有史学自觉之意识，但付之著述，探索稳固而专门的体制与规范，却经历了漫长的过程。

再说史著的功能。《春秋》所垂示的“别嫌疑，明是非，定犹豫，善善恶恶，贤贤贱不肖”，成为后代史家著史的核心精神，但这种精神应该是史家的立场和价值观，不应成为史著的目的，史著还是应该以记录、保存历史为最终目的。《春秋》以史明道，实际上是将史与经的功能混而为一，后世因此称重其为“春秋经”，从某种程度上看，是将其与一般史著作了区分。这一特点，司马迁在著《史记》的时候，其实已经注意到了。司马迁在揭示《春秋》善善恶恶的道德旨趣之后，谓其为“礼义之大宗”，可见他认为《春秋》的价值，主要在“经”而不在“史”。作为职业史家的司马迁，认为自己的著作与《春秋》不同：“余所谓述故事，整齐其世传，非所谓作也”（《史记·太史公自序》）。“述而不作”，曾是孔子自道对待古典文化的态度，按诸家阐释，“述”为因循守旧，“作”为新创别立。“述者，传于旧章也；作者，新制作礼乐也”[①]；朱熹《论语集注》“述，传旧而已；作，则创始也”[②]；刘宝楠《论语正义》“述是循旧，作是创始”[③]。不过，孔子虽自云“述而不作”，然其以特定道德理念删削、整理古代典籍，建立儒家道德准则，在司马迁看来，却是新创别立的“作”，而史家以尊重客观史实为本分，以留存信史为天职，就要尽量摒弃主观性过强的“作”。故司马迁谓其史著“非所谓作”，既是谦称，也是在表明秉持公正客观、留存真实的著史理念。但《史记》实际上并未完全做到述而非作，司马迁含辱忍垢，发愤著书，使得《史记》充满郁勃的块垒忧愤。清人刘鹗谓之为“太史公之哭泣”（《老残游记·序》），鲁迅称其“无韵之《离骚》”（《汉文学史纲要》），与后代史著平实冷静迥然异趣。《史记》一方面奠定了史著基本的著述模式，建构了基本的史体框架；另一方面，又掺杂着浓烈的个人情感与主观价值判断，也因此招致后代热烈的争议。如班固批评其“是非颇谬于圣人”，则是坚持价值判断的主观性，块垒忧愤的寄托，则是以诗为史，既“述”且“作”的文学笔法。可见，即便司马迁有明确的史体意识，有自觉的史家职业担当，他的《史记》依然不能完全做到“述而不作”。

---

① 何晏撰，皇侃注《论语集解义疏》卷四，北京：商务印书馆，1937年版，第85页。
② 朱熹《四书章句集注·论语集注》卷四，北京：中华书局，1983年版，第93页。
③ 刘宝楠《论语正义》，北京：中华书局，1990年版，第251页。

当然，这可以从是否有纯粹真实的历史，作为著述的历史与真历史之间的距离，著述者无从摆脱的主体性等方面来讨论，关涉历史哲学。《史记》的史体意识、模式架构，实际上就是辨而别异的类分自觉，而其价值立场、情感倾向，使其又具备经、文的内涵和色彩，则是史与经、文的统合自觉。史著"经"的精神，并不在于其是非价值合于还是谬于圣人，而在于其皆有通过史来标示、判定是非的著述意图；而史著文的内涵和色彩，一是情感，二是文辞，三是叙事。《史记》的离骚之愤，与文在情感内涵上统合；《史记》之叙事，"始自初生，及乎行历，事无巨细，莫不备陈"[①]，而在叙事方法及文辞上，亦不避夸饰与虚拟，所谓"遥体人情，悬想事势"（钱锺书《管锥编》），这是其在文辞与叙事上的与文统合。在司马迁这里，从体制架构上基本实现了分而别之的史体自觉，但在文辞、叙事与情感等方面，却与文学混杂不分，既谈不上分的自觉，也没有酌取文学辞章、表现方法，协调整合史体的合的自觉。但《史记》创体垂范，标示着史体自觉的开始。

《史记》之后的《汉书》，承袭《史记》体制架构，使纪传成为更稳固的史体模式，断代之史，也是后代修史的基本范围。在情感与文笔上，亦大为收敛，说明班氏之史，已经注意到史体在情感、文辞与叙事方面的特性，史体自觉从外部的体式自觉，走向文章、修辞的内涵自觉。范晔谓"若固之序事，不激诡，不抑抗，赡而不秽，详而有体，使读之者亹亹而不厌"（《后汉书·班固传赞》），就是其在文章上出以史笔所显示出的当行本色。不过，《汉书》不少篇章，写人叙事，依然生动多姿，有较高的文学性，整饬庄雅的辞章，亦富文学价值。然就学科门类而言，《汉书》依然没有史学作为独立学科的自觉。《汉书》中的太史公书，被附于《六艺略》的"春秋"之下，史学依然被作为经学的一部分。

东汉末的社会动荡，终结的不仅是皇权的大一统政治，还伴随着与之相关的思想观念与意识形态，两汉经学时代瓦解，迎来个人意识的解放。西晋的统一政权时间很短，东晋事实上是偏安一隅的地方政权，士族崛起，皇权萎弱，对文化的控制也相应减弱。魏晋直至其后的南北朝，是"中国政治上最混乱、社会上最苦痛的时代，然而却是精神史上极自由、极解放，最富于智慧、最浓于热情的一个时代"[②]。对

---

① 刘知几《史通·杂说上》，刘知几著，蒲起龙释《史通通释》，上海：上海古籍出版社，2009年版，第439页。

② 宗白华《论〈世说新语〉和晋人的美》，《宗白华全集》第2卷，合肥：安徽教育出版社，1996年版，第267页。

史学而言，私家著述全面繁荣，今可考者，后汉史就有十三家，三国史十五家，晋史则达二十三家，其中大部分为私家著述。尚存或残存者，汉史有袁宏《后汉纪》、范晔《后汉书》；三国史有鱼豢《魏略》、陈寿《三国志》；晋史，自唐修《晋书》后，此期晋史渐渐湮灭，今已无存者。①

至于此期私家撰史发达的原因，前述士族崛起、皇权萎弱是大背景，金毓黻先生更从四个方面作了分析：

> 魏晋以后，转尚玄言，经术日微，学士大夫有志撰述者，无可抒其蕴蓄，乃寄情乙部，壹意造史，此原于经学之衰者一也。自班固自造《汉书》，见称于明帝，当代典籍史实，悉集于兰台东观，于是又命刘珍等作《汉纪》，以续班书，迄于汉亡，而未尝或辍。自斯以来，撰史之风，被于一世，魏晋之君，亦多措意于是，王沈《魏书》，本由官撰；陈寿《国志》，就家迻写；晋代闻人，有若张华、庾亮，或宏奖风流，或给以纸笔，是以人竟为史，自况马、班，此原于君相之好尚者二也。古代史官世守之制，至汉已革，又自后汉灵献之世，天下大乱，史官更失其常守，博达之士，愍其废绝，各纪见闻，以备遗亡，后则群才景慕，作者甚众，《隋志》论之详矣，此原于学者之修坠者三也。若乃晋遭"八王之乱"，南则典午偏安，以逮宋、齐、梁、陈，北则诸国割据，以逮魏、齐、周、隋，历年三百，始合于一。割据之世，才俊众于一统，征之于古，往往而然。当时士夫各有纪录，未肯后人，因之各有国史，美富可称，此原于诸国之相竟者四也。综上所论，具此四因，私史日多，又何足怪。②

金氏在此谈到史著作为抒发蕴蓄的寄情所在，成为私家撰史的动机，在魏晋时期，个人的史学撰述，依然秉持着史迁发愤著书的精神，此点未必完全准确。魏晋史家的专业意识已较两汉大为自觉，抒发蕴蓄由诗文去承担，大可不

① 参刘知几《史通·古今正史》，刘知几著，蒲起龙释《史通通释》，上海：上海古籍出版社，2009年版，第317—325页；金毓黻《中国史学史》第四章《魏晋南北朝以迄唐初私家修史之始末》，石家庄：河北教育出版社，2000年版，第73—89页。

② 金毓黻《中国史学史》第四章《魏晋南北朝以迄唐初私家修史之始末》，石家庄：河北教育出版社，2000年版，第105页。

必付之于史著。不过，在魏晋具体的政治背景下，尤其是三国时期，魏、蜀、吴各视其国为正朔，三国史家站在各自的政治立场，生出种种对错之争、是非之辩，等等，通过著史来表明政权的正统性与正当性，却是史家的重要动机。有部分史德有亏者，更视著史为夤缘攀附之具。如主撰《魏书》的王沈，本为曹髦所延纳，然在曹髦决意与司马昭决裂时，王沈看到司马氏势力更大，就选择叛主告密。此前，王沈与荀觊、阮籍共撰《魏书》，即多为时讳，袒护司马氏。[①]《魏书》也因此为世所讥，刘知几云："其书多为时讳，殊非实录"[②]。

能坚持史家秉笔直书精神的，也不少。如吴国韦曜主撰之《吴书》。其时，孙皓暴虐，群臣多阿谀顺旨，数言天降祥瑞，以博得人主欢心。孙皓欲使韦曜入史，曜曰："此人家筐箧中物耳"，婉言拒绝；孙皓又欲令曜为父和作纪，曜以和"不登帝位"为由拒绝。凡此触怒孙皓，以其不承用诏命，意不忠尽，遂积前后嫌忿，收曜诛杀之。与韦曜共修《吴书》的还有薛莹、华覈等，皆正直史臣，华覈在韦曜系狱后，还上书陈情营救。[③]《吴书》因这些史家秉持的史德，而颇有可观。

陈寿《三国志》，在《史记》《汉书》之后又卓然树立，成为晋人史著的典范。陈寿为蜀人，生于蜀汉后主建兴十一年(233)，卒于西晋惠帝元康七年(297)。少时受学于蜀郡史学家谯周，仕蜀为观阁令史。蜀后主炎兴元年(263)，蜀为曹魏所灭，陈寿30岁。两年后，司马炎废曹奂，受禅建晋。陈寿因张华荐举，为著作郎，撰集《诸葛亮集》。太康元年(280)，晋灭吴，国家重新统一，陈寿开始整理三国史事，著魏、蜀、吴书共六十五篇，名《三国志》。陈寿撰《三国志》，前人已留下很好的基础，魏史有鱼豢的《魏略》、王沈的《魏书》，吴史有韦曜的《吴书》。只有蜀汉，因不设史官，要靠陈寿自己去搜集、整理。不过，因陈寿本为蜀人，此前整理诸葛亮文集对蜀汉文献及历史非常熟悉，具备很多有利条件，撰述对其并非难事。

陈寿所撰《三国志》，于其撰述，大多能认可有良史之才，但也有部分地方被人认为是有所偏向，未能恪守史德。尤以刘知几的批评最为激烈。《史通·直

---

① 《晋书》卷三十九《列传第九·王沈传》，北京：中华书局，1974年版，第1143页。

② 刘知几《史通·古今正史》，刘知几著，蒲起龙释《史通通释》，上海：上海古籍出版社，2009年版，第321页。

③ 《三国志》卷六十五《吴书·韦曜传》，北京：中华书局，1964年版。

书》："当宜、景开基之始，曹、马构纷之际，或列营渭曲，见屈武侯，或发仗云台，取伤成济，陈寿、王隐咸杜其口而无言。"《曲笔》："……陈寿借米而方传，此又纪言之奸贼，载笔之凶人。"[①]刘知几对陈寿的批评主要在史德，因私怨毁诸葛，索米作佳传，为司马氏回护，等等。不过，刘知几的批评，并没有被普遍认可，后代史家或评论家为陈寿申辩者居多。按《三国志》实际情况，刘氏之批评确实多有不当，如其谓陈寿毁诸葛，在《三国志》中实在看不出来，王鸣盛、钱大昕等史学大家都曾对此作过辨析。王鸣盛谓陈寿对诸葛亮"推许甚至""尊亮极矣"；[②]钱大昕云："承祚于蜀，所推重者惟诸葛武侯，故其卷末载其文集目录篇第，并书所进表于后，其称颂盖不遗余力矣。论者谓承祚有憾于诸葛，故短其将略。岂其然乎！岂其然乎！"[③]钱氏云陈寿于亮本传载其文集目录，这是陈寿在蜀时倾力以赴的工作，因对诸葛人品才能的拜服，而裒集整理诸葛亮文集，在其后为亮撰传时，也没有因为其父死于诸葛之手，而将私人恩怨带入著述中。

值得注意的是，刘知几还批评了陈寿在史体上出的问题。《史通·列传》云：

> 夫纪传之不同，犹诗赋之有别，而后来继作，亦多所未详。案范晔《汉书》记后妃六宫，其实传也，而谓之为纪；陈寿《国志》载孙、刘二帝，其实纪也，而呼之曰传。考数家之所作，其未达纪传之情乎？苟上智犹且若斯，则中庸故可知。[④]

所谓"纪"，按刘知几的理解，"盖纪之为体，犹春秋之经，系日月以成岁时，书君上以显国统"[⑤]，即要纪一国之君，通过"纪"来显示国统。三国之中，孙、刘皆称帝，不应列为传。曹操并未称帝，陈寿却列之于纪，刘知几认为史法淆乱：

---

① 刘知几《史通》之《直书》、《曲笔》，刘知几著，蒲起龙释《史通通释》，上海：上海古籍出版社，2009年版，第180、183页。

② 王鸣盛《十七史商榷》卷三十九《陈寿史皆实录》，上海：上海书店出版社，2005年版，第278页。

③ 钱大昕《潜研堂集》卷二十八《跋三国志》，上海：上海古籍出版社，1989年版，485—486页。

④ 刘知几《史通·列传》，刘知几著，蒲起龙释《史通通释》，上海：上海古籍出版社，2009年版，第42页。

⑤ 刘知几《史通·本纪》，刘知几著，蒲起龙释《史通通释》，上海：上海古籍出版社，2009年版，第34页。

“曹武虽曰人臣，实同王者，以未登帝位，国不建元。陈志权假汉年，编作魏纪，亦犹两《汉书》首列秦、莽之正朔也。”①那么，是陈寿不知“纪”书君上，“传”书臣僚么？非也。其实，司马迁所开辟的纪传体史著的体例，在魏晋已成公认规范，其中各体的适用对象，也基本有共识。但史家对具体人物的安排还是各有出入，这不是因为他们对史体认识的淆乱，而是他们对所书人物的认识与历史定位有差异。如史迁以本纪书项羽，世家书陈涉一样，陈寿以本纪书魏武，以列传书孙、吴，是其奉曹魏为正统的史学认识使然。史体与史家对历史人物的认识紧密联系在一起，通过史体的选择与安排，使历史呈现出史家所认可的秩序，魏晋史家于此更为娴熟。

这些皆属于历史认识的理性层面，史家对于个人情感，大多已经意识到与著述的区分。陈寿也是很好的例证。他不因自己是蜀人，就奉蜀汉为正统；也不因其家与诸葛亮的恩怨，就诋毁诸葛。

南朝前的史著，袁宏《后汉纪》、司马彪《续汉书》等，皆有口碑，且为后代修史所借鉴、裁取。南朝史学是魏晋史学的自然延伸，只是官修史著的份量在逐渐增多，在撰述实践之外，撰述理论得到很大发展。

第二节　史体本位与辞章意识

魏晋史著表现出非常明显的史体自觉意识，体现在对著史的专业化、史家职业道德的恪守、史著体例的安排与分配等方面，已见上节所论。然史体自觉的内涵，还有一个重要的方面，即史著的文体自觉，具体地说，就是对史著的文章写作的职业化、专门化的自觉意识，不妨说，就是史著的文章自觉。而这一问题，又与魏晋的文学自觉说，缠杂在一起。文学自觉体现在文学类文章写作与其他类型文章写作的区分意识。因此，文学自觉问题同时也就包含着史著文章自觉的问题。

魏晋文学自觉的命题，较早由鲁迅先生提出。1927 年 7 月，鲁迅先生在广州演讲——《魏晋风度及文章与药及酒之关系》(该文后收入《而已集》)，使“魏晋文学自觉说”成为近现代学术史上极具影响的观点。其实，在此七年前，日本

① 刘知几《史通・本纪》，刘知几著，蒲起龙释《史通通释》，上海：上海古籍出版社，2009 年版，第 34 页。

学者铃木虎雄较早就表示过类似看法，但并未引起学界注意。铃木虎雄从文学与道德说教的分离这一角度来认识此问题，鲁迅先生则是从人的个体精神的崛起、人的价值的发现这一角度，展开论述。二者各有其前提与重点，只能说英雄所见略同，很难说鲁迅先生一定要先读铃木的著作，才有此见解。[①]但这一观点越来越引起学者的争论，原因可能就在于"文学自觉说"实际上是基于对文学性质、功能、价值等问题的认识而提出的判断，而这些问题，实难有一统天下的标准。如果把"文学"换成"文章"或者"文"，魏晋南北朝对文章写作的重视，对文章体类的探索与规范，较前代更为自觉，当是基本的共识。这种文章自觉，一是自觉辨类，二是在类中辨体，三是无论何种体类，皆重辞章。前二者是辨而别异，以分为自觉，后者是统以辞章，则是以合为自觉。

史体自觉，要以文章自觉为前提，因为史著亦须文章来结构，首先就要包含文章辨而别异的类分自觉。如果说文章自觉在文学中的表现，主要是玄学发展促进思想的解放、个体的觉醒，使文学突破道德说教的拘囿，呈现其内在所蕴含的自由本性，那么文章在史学中的类分自觉，既是学术自身在长期发展过程中的当然走向，也同样与思想解放、个体觉醒密切相关。

史学自觉在南朝进一步深化，大致体现在如下方面：首先是学术门类在体制上的区分意识，其次是著述实践与史学批评，再次是在实践与批评中的理论思考，最后是有史学自觉意识的著述。《宋书》就是在南北朝史学理论自觉时期的著述实践。

先看学术门类在体制上的区分。随着文化学术的发展，魏晋南北朝时期文、史、哲的分区意识愈益清晰，并且落实到国家对学术机构的规划安排。宋文帝元嘉十五年(438)，立儒学馆于建康北郊鸡笼山，命雷次宗居之，聚徒讲学；十六年(439)，使丹阳尹何尚之立玄学，太子率更令何承天立史学，司徒参军谢元立文学[②]。四门学馆的成立，文、史、哲得以并列于儒学，既符合学术本身的实际情况，又打破儒学一统独尊的局限，使其他学术门类得到长足发展。

---

① 1919年10月—1920年3月，铃木虎雄在日本《艺文》分五期发表《魏晋南北朝时代的文学论》，提出此一观点，后收入氏著《中国诗论史》，日本京都弘文堂书房出版，1928年经孙俍工先生翻译，由上海北新书局出版，译名《中国古代文艺论史》。1989年许总先生重译《中国诗论史》，由广西人民出版社出版。鲁迅《魏晋风度及文章与药及酒之关系》，是其1927年7月在广州夏季学术演讲会上的演讲，后发表于当年11月的《北新》第2卷第2号，再收入《而已集》。

② 《宋书》卷九十三《雷次宗传》，北京：中华书局，1974年版，第2293—2294页。

史学馆的成立，是南朝史学发展的结果。《宋书》卷六十四《何承天传》云："（元嘉）十六年，除著作佐郎，撰国史。……寻转太子率更令，著作如故。"[①]按《宋书·雷次宗传》云何承天以太子率更令立史学馆，可见著述在前，立馆在后，史学发展促成史馆的成立，而史馆成立后，也增强了史学的专门化。刘宋前，史官一般隶属中书或秘书，刘宋立史馆，其人员构成变化倒不是很大，只是史官有专属，其组成更为稳定了。刘知几《史通》有《史官建置》一章，论及曹魏至南朝史官建置：

> 当魏太和中，始置著作郎，职隶中书，其官即周之左史也。晋元康初，又职隶秘书，著作郎一人，谓之大著作，专掌史任，又置佐著作郎八人。宋、齐以来，以"佐"名施于"作"下。旧事，佐郎职知博采，正郎资以草传，如正、佐有失，则秘监职思其忧。其有才堪撰述，学综文史，虽居他官，或兼领著作。亦有虽为秘书监，而仍领著作郎者。若中朝之华侨、陈寿、陆机、束皙，江左之王隐、虞预、干宝、孙盛，宋之徐爰、苏宝生，梁之沈约、裴子野，斯并史官之尤美，著作之妙选也。而齐、梁二代又置修史学士，陈氏因循，无所变革，若刘陟、谢昊、顾野王、许善心之类是也。[②]

据刘氏所述，刘宋史馆有著作郎一人，著作佐郎八人，至齐、梁又增史学士。刘氏所述尚有不少可补证之处。如佐郎之下，有史学生，相当于齐梁之史学士。《宋书》卷十四《志第四·礼一》："元嘉二十年，太祖将亲耕，以其久废，使何承天撰定仪注。史学生山谦之已私鸠集，因以奏闻。"[③]此外，尚有著作令史、著作治书等。[④]一般职级愈低，人数当愈多，佐郎既有八人，则令史、史学生等人数只会更多。如此算起来，史馆供职人员不下二十人，足见规模不小。

史学著述实践和史学理论及史学批评，在南朝又有极大发展，较其他学术，

---

① 《宋书》卷六十四《何承天传》，北京：中华书局，1974年版，第1704页。

② 刘知几《史通·外编·史官建置》，刘知几著，蒲起龙释《史通通释》，上海：上海古籍出版社，2009年版，第287—288页。

③ 《宋书》卷十四《志第四·礼一》，北京：中华书局，1974年版，第354页。

④ 参牛润珍《汉至唐初史官制度的演变》第四章《南北朝史官制度的发展》，石家庄：河北教育出版社，1999年版。

表现得尤为突出。梁启超曾云:“两晋、六朝,百学芜秽而治史者独盛”,[①]盖为知言。魏晋南北朝是史学全面繁荣的时代,官家著述与私人写作并盛,正史、杂史、国史、家史,种类繁多,不一而足。比如东汉史著,可考者有十二三家;晋史,唐太宗诏修晋史时称前后有十八家著述,实际上多达二十余家;宋史,在第一章中有述及,除沈约所承继的何承天、徐爰系统外,还有刘祥、孙严、王智深等六七家。其余十六国史和齐、梁、陈史,即在当时,皆有多家著述。

南朝史学理论,正是建立在此撰述高潮的基础上,诸多史家,同时也是史学理论家。如《后汉书》作者范晔,其《狱中与甥侄书》,有一段很长的关乎著史的议论:

> ……本未关史书,政恒览其不可解耳。既造《后汉》,转得统绪。详观古今著述及评论,殆少可意者。班氏最有高名,既任情无例,不可甲乙辨。后赞于理近无所得,唯志可推耳。博赡不可及之,整理未必愧也。吾杂传论,皆有精意深旨,既有裁味,故约其词句。至于《循史》以下及《六夷》诸序论,笔势纵放,实天下之奇作。其中合者,往往不减《过秦》篇。尝共比方班氏所作,非但不愧之而已。欲遍作诸志,《前汉》所有者悉令备。虽事不必多,且使见文得尽;又欲因事就卷内发论,以正一代得失,意复未果。赞自是吾文之杰思,殆无一字空设,奇变不穷,同含异体,乃自不知所以称之。此书行,故应有赏音者。“纪传例”为举其大略耳,诸细意甚多。自古体大而思精,未有此也。恐世人不能尽之,多贵古贱今,所以称情狂言耳。[②]

范晔对前代史著提出诸多批评,对自己的著述甚为自得。他批评班固《汉书》“任情无例”,即随个人主观,而不遵史家成例,故其不可能成为伟大的史著。《汉书》的“赞”,在范晔看起来,更是于理无所得。范晔对自己著述的自矜,表现在如下几个方面。其一,“正一代得失”的著述思想,通过史著的评判褒贬而定政治是非,为当代鉴戒。其二,对史事的评论,自认为可比西汉政论家贾谊。其三,叙事做到“见文得尽”,即文辞惬当,善叙事理而无冗词。其四,著述的选材、

① 梁启超《中国历史研究法》,上海:上海古籍出版社,1998年版,第16页。
② 《宋书》卷六十九《范晔传》,北京:中华书局,1974年版,第1830—1831页。

裁剪及意旨，精深而文词简约、精确。其五，是体例的精审与开创性。比如，与《史记》《汉书》比，《后汉书》增加了《皇后纪》以及宦者、党锢、文苑、独行、方术、逸民、列女等七个类传，通过这些类传，可以更好地对社会进行阶层的区分和观察，达成“正一代得失”的著述理想。上述几个方面，“精意深旨，既有裁味，故约其词句”“事不必多，且使见文得尽”“无一字空设，奇变不穷，同含异体”等既关著史，也关文章，所引文字中包含着对文章裁剪、词约、质实等要求，是史著文章中的几个关键问题。

沈约之后的裴子野，因不满沈编《宋书》的繁芜，将100卷的《宋书》删撮而成20卷的《宋略》，改纪传为编年，注重史事的因果关系及其历史教训，尽管其所书史事与《宋书》相同，然在叙述及评议上，皆表现出很大区别。其所长者，一在叙事，二在评论，其叙事精简，议论得当，颇为时人看重。范缜谓其“属辞比事，有足观者”。《宋略》今已佚，有《总论》一篇见于《文苑英华》，从中可见裴氏的史学思想，他撰写这部书的目的是为了论述刘宋一代的历史事迹，评判成败与得失，以史为鉴总结经验和教训，故特重史论。这些史论包括对刘宋一代兴衰得失的总结，取士用人之道的评述，所书历史人物的品评，等等。

不仅史学家，即便文艺批评家，也高度关注史传的撰述问题。与沈约同时的刘勰，在《文心雕龙》中就专辟《史传》一章，涉及纪传体史著的多方面问题。以辞章叙事论，刘勰批评了魏晋部分史著或“激抗难征，或疏阔寡要”的毛病，肯定以《三国志》为代表的史著“文质辨洽”①，就是对史著提出文辞惬当、合理适度的辞章要求。沈约是刘勰的知音，对刘勰有提携引举之义，刘勰之论，大抵为沈约所认同。②

作为史著撰述者，沈约在实践基础上的理论思考更值得重视。《上宋书表》中评骘前代宋史，对如何坚持史体本位，也提出自己的理论思考。比如他批评前代撰宋史“一代典文，始末未举。且事属当时，多非实录。又立传之方，取舍乖衷，进由时旨，退傍世情，垂之方来，难以取信”③，即因为受现实的干扰，不能

① 《文心雕龙·史传》，刘勰著，詹瑛注《文心雕龙义证》，上海：上海古籍出版社，1989年版，第594页。

② 《梁书·刘勰传》：勰自重其文，欲取定于沈约。约时贵盛，无由自达，乃负其书候约出，干之于车前，状若货鬻者。约便命取读。大重之，谓为深得文理，常陈诸几案。

③ 《宋书》卷一百《列传之第六十·自序》，北京：中华书局，1974年版，第2467页。

做到秉笔直书。这其实涉及史学关于当代修史和后代修史哪个更为可靠的问题。再如关于史传人物的分属问题。断代史涉及不少跨时代的人物，是可以兼属还是只能单属某一时代，若单属某一时代，又该如何归属。比如他对桓玄、谯纵、卢循、刘毅、何无忌等人的处理，将他们全都归为晋朝，并说明了这样归属的理由："桓玄、谯纵、卢循、马、鲁之徒，身为晋贼，非关后代。吴隐、谢混、郗僧施，义止前朝，不宜滥入宋典。刘毅、何无忌、魏咏之、檀凭之、孟昶、诸葛长民，志在兴复，情非造宋，今并刊除，归之晋籍。"①一是在晋朝篡晋，但他们篡晋并无关于后面的刘宋；二是忠于晋室，类似于晋之遗民的；三是志在兴复晋室的。这三类人在行为与思想上，无论是于晋为忠，还是为逆，皆无关乎宋室。是以尽管他们在刘宋时期仍存活，却不入宋史。沈约根据政治立场来划分历史人物的时代归属，打破了纯粹按照时间为尺度的呆板做法。《后汉书》《三国志》没有做这样的辨析，所以不少人物如董卓、袁绍等皆两见。沈约对于历史人物作观念上的区分，因为比较主观，会带来不小的争议，但沈约仍然坚持这么做，表现了一个史家的独立见识与开创性思维。

除了在《上宋书表》较集中体现出一些史学思想外，《宋书》整体文本中，也表现出较系统的史学思想。庞天佑《论沈约史学思想》一文，对此有较全面的总结：一，沈约有发展变化的历史观，将历史看成持续不断的发展过程，看到后代对前代的因革损益，认识到历史上许多事物都具有相对性；二，沈约又有天命观的思想，以天人感应来思考认识历史，将君主受命视为天意，以阴阳灾异解释历史现象；三，沈约还有一定的民本思想，看到了民心对于巩固统治的作用，主张治理天下要行善政；四，沈约评价历史人物受到玄学思想的一定影响，但主要是以儒家伦理为依据，肯定忠义节孝。②

史学观念在意识形态层面，总是会与道德、政治、哲学等交杂在一起，但自汉至南北朝，不少史家也逐渐注意到回归史学本身，即排除其经学道德功能，追求相对客观的描述，史家的个人色彩尽量隐退。这于史学而言，究竟是进步还是退步，殊难断言。钱穆先生曾说："从班孟坚《汉书》以下，都不能和司马迁《史记》相比。《三国志》《后汉书》一路下来，经学史学大义慢慢迷失，所以当时人已

① 《宋书》卷一百《自序》，北京：中华书局，1974 年版，第 2467—2468 页。

② 庞天佑《论沈约史学思想》，《湛江师范学院学报》2003 年第 2 期。

只懂看重班孟坚的《汉书》，而不能看重到太史公的《史记》。讲材料，班固《汉书》是来得细密了，或许可在《史记》之上。但讲史识、讲学问的大精神，《史记》这一套，班固就没有学到。以后一路跟着班固的路，史学慢慢走向下坡。"[①]如果从另一个角度看，史学与经学的分离，也可以理解成是史学专门化的一种趋势，是史学观念的独立。

史学观念的独立从史体模式、著史功能、史家职责等方面，都很容易看出来，魏晋南北朝史学在这些方面的表现都很明显。史著终究是由文章组成，志、表等类倒还容易区分，但纪、传，史著文章是否有其独立性，是否有与文学区分的自觉性呢？

当然，魏晋南北朝尚无"文学"这一概念，诗赋无疑属于今日之"文学"的，其他各体文类，包括很多章表疏奏等应用文，在笼统的语境中，古人统称之为"文章"或"文"。对今人而言，这些文章是否为文学，自可以相关文学理论的标准来衡量，然在古人那里，无论哪种文章，都要讲究其写作方法与套路。史传文章的写作，也属于史法中的一种，与一般文章有着不同的要求。如陈寿《三国志》，本为私家著述，后被列入官史，即与其文章的特点不无关系。陈寿去世后，当时的尚书范頵上书说："故治书侍御史陈寿作《三国志》，辞多劝诫，明乎得失，有益风化，虽文艳不若相如，而质直过之，愿垂采录。"于是晋惠帝命令河南尹华澹、洛阳令张泓，派人到陈寿家中抄写其书，藏之宫内。[②] 一般以为这里只是对《三国志》文辞方面作"质直"的评价，其实没有细读上下文。范頵上书中说的是"虽文艳不若相如，而质直过之"，司马相如为汉赋代表大家，其文灿若繁星，文艳过相如者，即便是文学类文章，又有多少？《三国志》"文艳不若相如"，并非谓其文不艳，只是不若司马相如之艳而已。《华阳国志》谓陈寿"治《尚书》、《三传》，锐精《史》、《汉》。聪警敏识，属文富艳……著魏、吴、蜀三书六十五篇，号《三国志》，又著《古国志》五十篇，品藻典雅"[③]，则直接许之以"富艳""典雅"，乍看起来似乎与《晋书》所论矛盾，其实二者看法颇为一致。

在沈约之前的《后汉书》，其文章也极有可观。戴蕃豫《范晔与其〈后汉书〉》云其"兼子长孟坚之博赡，咀华峤袁宏之菁英，有其长而无其短者厥为范氏乎？

① 钱穆《中国史学名著》，北京：三联书店，2000 年版，第 130—131 页。

② 《晋书》卷八十二《列传第三十八·陈寿传》，北京：中华书局，1974 年版，第 2138 页。

③ 常璩《华阳国志校注》，成都：巴蜀书社，1984 年版，第 849 页。

故其流风余韵，衣被辞人，非一代也”[①]，后面“衣被辞人”云云，本是王逸评论《楚辞》的，戴氏拿来论《后汉书》，可见其对范书文采的肯定。

在魏晋南北朝人看来，史著不但不能抛弃文章，甚至对文章还有更高的要求，同时，也并不绝对排斥文辞方面的修饰。刘勰在《文心雕龙·史传》结尾的赞语中，直接提出史传文章的八字要诀：“辞宗丘明，直归南董”[②]，即史著要直实，秉笔直书，要向《左传》学习。《左传》的文章，丰赡华博，韩愈曾谓“左氏浮夸”，刘勰在这里认为史著在文辞上不妨学习《左传》，就是对史著文章要有一定的文学性，予以肯定。在讲求辞藻，要求文章自身具备独立审美特质的南朝，史著文章崇尚辞藻之美，也是时代风气。刘知几批评汉后史著云：“始自两汉，迄乎三国，国史之文，日伤烦富。逮晋已降，流宕逾远。寻其冗句，摘其烦词，一行之间，必谬增数字；尺纸之内，恒虚费数行。夫聚蚊成雷，群轻折轴，况于章句不节，言词莫限，载之兼两，曷足道哉？”而南朝史著，在骈偶风气的影响下，更为刘知几所讥：“史道陵夷，作者芜音累句，云蒸泉涌。其为文也，大抵编句不只，捶句皆双，修短取均，奇偶相配。故应以一言以蔽之者，辄足为二言；应以三句成文者，必分为四句；弥漫重沓，不知所裁。”[③]被南朝人所认可并推许的史著文风，在唐朝却遭到严厉的批评。今人于此段公案，当有所折中。即要看具体的文章，视其对所传之人、所书之事、所欲表达的史旨等方面来做具体判断，而不能概而论其好或不好。

史家兼为文章家，或者文章家兼为史家，是魏晋南北朝的普遍风气。陆机、袁宏、谢灵运、江淹、沈约等皆为当世著名文人，同时亦是重要史家。曹丕在《典论·论文》中说：“盖文章经国之大业，不朽之盛事。年寿有时而尽，荣乐止乎其身，二者必至之常期，未若文章之无穷。是以古之作者，寄身于翰墨，见意于篇籍，不假良史之辞，不拖飞驰之势，而声名自传于后。”[④]这里的文章，即包括史著在内。曹丕同时代的刘邵在《人物志》里就说得很清楚：“能属文著述，是谓文

① 戴蕃豫《范晔与其〈后汉书〉》，上海：商务印书馆，1941年版，第54页。

② 刘勰《文心雕龙·史传》，刘勰著，詹锳注《文心雕龙义证》，上海：上海古籍出版社，1989年版，第620页。

③ 刘知几《史通·内编·叙事》，刘知几著，蒲起龙释《史通通释》，上海：上海古籍出版社，2009年版，第156页，第162页。

④ 曹丕《典论·论文》，萧统编，李善注《文选》，上海：上海古籍出版社，1986年版，第2271页。

章,司马迁、班固是也。”①魏晋南北朝私家著史蔚为风气,除了前述金毓黻先生所列的几条理由之外,文人视史著为文章之一类,而纷起写作,也是重要原因。也正因此,在史著中过于驰骋文才,导致史、文不分,也是这一时期史著普遍存在的情况。刘知几的批评,主要即针对此种现象而言,但这也说明了史著文章的不易。袁山松说:“书之为难也有五:烦而不整,一难也;俗而不典,二难也;书不实录,三难也;赏罚不中,四难也;文不胜质,五难也。”②五条之中,三条都关乎文章写作。袁山松《后汉书》能被公认为不朽之作,与其对文章的高标准要求当有极大关系。

刘知几对魏晋南北朝史著多有批评,着眼点即在文、史关系的处理上。然正是在这一角度,《宋书》反而得到刘知几的肯定。《史通·核才》云:“昔尼父有言:‘文胜质则史。’盖史者当时之文也,然朴散淳销,时移世异,文之与史,较然异辙。故以张衡之文,而不闲于史;以陈寿之史,而不习于文。其有赋述《两都》,诗裁《八咏》,而能编次汉册,勒成宋典。若斯人者,其流几何?”③刘知几充分肯定史亦为文之一类,文、史本不应区分,后世或长于文而短于史,或短于文而长于史,皆有所偏。唯班固与沈约,既能诗赋,又能作史,文、史俱佳,然这样的人太少了。刘知几将沈约与班固并列,认为皆是兼具文才与史才,且以文才助益史才者,可见其对《宋书》文章的肯定。

《宋书》文章可取,与沈约充分注意到文、史的联系与区分,既能以文为史之助,又能避开过于文饰的弊端,有很大关系。以《宋书》纪传为例。这部分文章大抵有三大部分构成,一是史家叙述,二是引录与传主或叙述相关的文献,三是史臣评论。引录文献关乎剪裁与史意,且按下不论,其余叙述与史论,一以散笔为主,一以骈偶为主,散体叙事记人,骈体议论评判,根据骈散文体的不同功能,各适其用,对文章体式有深刻的理解与恰当的把握。

具体到文章写作的语言运用。在散体叙述部分,多以时间为线索,将事件贯穿起来。这部分的语言,以短句为主,四字句、三字句,节奏感很强,描述简短

---

① 刘邵《人物志·流业第三》,伏俊琏《人物志译注》,上海:上海古籍出版社,2008年版,第46页。

② 见《史通·模拟》所引,刘知几著,蒲起龙释《史通通释》,上海:上海古籍出版社,2009年版,第156页,第208页。

③ 《史通·模拟》所引,刘知几著,蒲起龙释《史通通释》,上海:上海古籍出版社,2009年版,第156页,第232页。

到位，直指要害。而骈体的序论部分，则洋洋洒洒，文采飞扬。整部书在语言表达上，既有节制，又有奔放，张弛有度，别有一种节奏之美与文气之感染力。

以下即就《宋书》传、纪的叙述及序、论的论议，从文章学的角度作一阐述，希望对《宋书》文章的特色有所揭示。

第三节 《宋书》文章的辩证美学

《宋书》文章，值得标示的特点甚多，如骈、散之文体，言、事之记述，叙、论之互应，史家叙述与文献载录之安排，等等。在上述这些方面，《宋书》既注重简约有致，又注重文采恢张；既注重散体之叙述，又注重骈体之论议；既注重史家之叙述，又注重文献之引证。文笔节制之处惜墨如金，恢张之处文采焕发，表现出一种张弛有度、动静相宜的辩证美，最值得注意。

先说《宋书》文章之文体。萧统《文选序》将史著文章分为两类：

> 至于记事之史，系年之书，所以褒贬是非，纪别异同，方之篇翰，亦已不同。若其论赞之综辑辞采，序述之错比文华，事出于沉思，义归于翰藻，故与夫篇什，杂而集之。①

一类是“褒贬是非，纪别异同”的记事传人的文字，这部分的文字以散体为主，萧统将其与讲究文采的文章予以区别，认为与所谓“篇翰”不同；一类是纪、传前的序述和纪、传后的论赞，这一部分“综辑辞采，错比文华”，则是南朝人心目中所谓的“文”。《宋书》的文章大致也是由这两部分组成，在纪、传的记人叙事部分，多为散体文，以陈述事实为主，包括记言和记事。这部分文字，大多非常精练，片言只语，直揭核心，但又不显得刻板、机械，富有表现力。这部分的文章，虽不以文采修饰见长，却以精准而生动取胜，其实也是大量吸收了魏晋以来记人叙事的文学作品的写作成果。萧统将其排除在“文”之外，是以骈俪、文采的当代“文学观”来观察所导致的偏见。《宋书》的序述与论赞，则以骈体为主，议论纵横，文采飞扬，确实当得起萧统所谓“辞采”“文华”“沉思”“翰藻”的要求。

---

① 《文选序》，萧统编，李善注《文选》，上海：上海古籍出版社，1986 年版，第 2 页。

《文选》中选《宋书》传论就有两篇，仅比《后汉书》少一篇，可见《宋书》这部分文章，深得萧统的欣赏。

先看《宋书》传、纪。这部分文章，大致又由两大部分组成，一为史家的叙述，一为引证的文献。史家叙述，大抵简约、节制，语言精练，文风简洁。试看卷六十《范泰传》一段文字：

> 荆州刺史王忱，泰外弟也，请为天门太守。忱嗜酒，醉辄累旬，及醒，则俨然端肃。泰谓忱曰："酒虽会性，亦所以伤生。游处以来，常欲有以相戒。当卿沉湎，措言莫由，及今之遇，又无假陈说。"忱嗟叹久之，曰："见规者众矣，未有若此者也。"或问忱曰："范泰何如谢邈？"忱曰："茂度慢。"又问："何如殷觊？"忱曰："伯通易。"忱常有意立功，谓泰曰："今城池既立，军甲亦充，将欲扫除中原，以申宿昔之志。伯通意锐，当令拥戈前驱。以君持重，欲相委留事，何如？"泰曰："百年逋寇，前贤挫屈者多矣。功名虽贵，鄙生所不敢谋。"会忱病卒。召泰为骠骑咨议参军，迁中书侍郎。①

此段文字写范泰在王忱手下任天门太守时的一些事，一是劝王忱戒酒，二是劝王忱莫轻易北伐，中间插叙王忱对范泰的评论。王忱嗜酒，十四个字就交代清楚，接着就是范泰的劝谏，一个陈述紧接一个陈述，中间无任何过渡，而文气自然，脉络通贯。范泰的两段劝谏，非常具有技巧，但又没有迂回婉曲地绕圈子，而是直论其事，表明自己的看法。只是注意到论说的角度和重点，所以效果很好。王忱评论范泰一节，将其与谢邈、殷觊比较，各以品目，此是魏晋人物品评的风气。魏晋品题人物，或以精练的性状词，或以生动的比喻，言简意赅，揭示所评人物最有特色的核心特质。鲁迅先生论魏晋人物品评风气云："汉末士流，已重品目。声名成毁，决于片言。魏晋以来，乃弥以标格语言相尚。"②以片言来品目，对语言的精准、赅要有极高的要求。因此，人物品评是魏晋语言表现力得以提高的一个重要原因。这里的"慢""易"，一字品目，就把谢邈与殷觊的特点揭示出来，而作为二者对照的范泰的特质，也在比较之中得以凸显。

---

① 《宋书》卷六十《范泰传》，北京：中华书局，1974年版，第1615—1616页。

② 鲁迅《中国小说史略》第七篇《〈世说新语〉与其前后》，《鲁迅全集》第九卷，北京：人民文学出版社，2005年版，第62页。

汉末的这种品评人物的清议之风，到魏晋与玄学相融合，由清议到清谈，影响到品评人物时，也开始注重清虚玄远的特质，且这种简约、精练的点评，由言谈论说波及著述，形成一种崇尚简约的语言风格，又影响到魏晋的记人、记事、记言之文。如裴启《语林》、刘义庆《世说新语》等，都简练传神，意味隽永。这类著作，在魏晋人看来，也是一种历史著述，由此波及这一时期正式的史学著述，一是在史学传叙对象上，玄学的人格标准与价值观，成为观照与传叙的重要依据或参照；二是简约精练的语言风格，成为史著叙述所推崇的文风。

《宋书·范泰传》中所评的谢邈之“慢”、殷觊之“易”，就是一种玄学人格的表现，范泰与他们相比，则较多表现出一种儒家的人格风范。就史家而言，并未对哪一种人格风范表现出特别的倾向，不过，人物的风神与韵味，则是史家传人时最为看重的方面，也是其着意突出的地方。《宋书》卷五十八所传王惠、谢弘微、王球三人，为王谢高门，其性情高简，人物俊逸，咳唾皆成珠玉，其流风远韵，处处体现出士族佳子弟的风采。三人并未有多少惊世的事功，其能入史，完全是因为人物的风采和人格魅力。至于史家的撰述文字，精练传神，亦与所传人物相得益彰。如《王惠传》写王惠少时聪慧能辩一节：

> 惠幼而夷简，为叔父司徒谧所知。恬静不交游，未尝有杂事。陈郡谢瞻才辩有风气，尝与兄弟群从造惠，谈论锋起，文史间发，惠时相酬应，言清理远，瞻等惭而退。①

王惠乃琅琊王氏一脉，高门大族，气度不凡。所选短短一段文字，句式精练，以四字、五字短句为主，字字落实，未有一字冗余。前两句概述王惠性格特点，幼而夷简，不好交游。后记谢瞻与之辩论事，紧扣辩论的内容及应答情形来写，没有任何多余的铺陈。同一字数的句式，几句之后即变换句式，读起来节奏感也很强。其后，高祖向其从兄王诞问及，王诞回答：“后来秀令，鄙宗之美也。”语亦简练，“秀令”一词，概括也特别到位，皆是魏晋清议的风范。

再看文中另一节：

---

① 《宋书》卷五十八《王惠传》，北京：中华书局，1974年版，第1589页。

> 时会稽内史刘怀敬之郡，送者倾京师。惠亦造别，还过从弟球。球问："向何所见?"惠曰："惟觉即时逢人耳。"常临曲水，风雨暴至，座者皆驰散，惠徐起，姿制不异常日。[①]

此段一属记言，一属记事。记言部分，王惠与从弟王球的对答，问者似有机锋，而答者也意味无穷，既说明送者云集的情况，又显出答者对这一情况的微讽，并见出答者不愿为伍的一种高傲。纪事部分，在突然来临的暴风雨面前，通过座者的慌乱，来衬托王惠从容的气度。《世说新语·雅量》记谢安："谢太傅盘桓东山时，与孙兴公诸人泛海戏。风起浪涌，孙、王诸人色并遽，便唱使还。太傅神情方王，吟啸不言。舟人以公貌闲意说，犹去不止。既风转急，浪猛，诸人皆喧动不坐。公徐云：'如此，将无归。'众人即承响而回。"[②]在紧急情况下，最能见出人的气度和雅量，二者所写之事及写作方法皆相同，然比较起来，《宋书》文字更为简约精练。鲁迅先生曾说《世说新语》"记言则玄远冷隽，记事则高简瑰奇"[③]，《宋书》中此种文字不但足以当之，甚且过之。《隋书·经籍志》载沈约有《俗说》三卷，乃仿《世说新语》所作。鲁迅《古小说钩沉》有辑录，文字清简，极见锤炼功力。可见，沈约是有意识将文学笔法运用到史著中，使得此种文字读起来有一种小品文的味道。

再如卷四十四《谢晦传》写谢晦形象：

> 晦美风姿，善言笑，眉目分明，鬓发如点漆。涉猎文义，朗赡多通。[④]

寥寥几笔，先述外秀，后述中惠，人物风神即呼之欲出。所传人物符合玄学审美意趣，且文笔亦有玄学简约之风。

又写谢晦行事：

> 入为太尉主簿。从征司马休之。时徐逵之战败见杀，高祖怒，将自被

① 《宋书》卷五十八《王惠传》，北京：中华书局，1974 年版，第 1589 页。
② 《世说新语·雅量第六》，余嘉锡《世说新语笺疏》，北京：中华书局，2007 年版，第 437 页。
③ 鲁迅《中国小说史略》，《鲁迅全集》第九卷，北京：人们文学出版社，2005 年版，第 63 页。
④ 《宋书》卷四十四《谢晦传》，北京：中华书局，1974 年版，第 1348 页。

甲登岸，诸将谏，不从，怒愈甚。晦前抱持高祖，高祖曰："我斩卿！"晦曰："天下可无晦，不可无公，晦死何有！"会胡蕃已得登岸，贼退走，乃止。①

此段所述内容甚多，而笔法极为克制，写高祖之怒及众人劝谏，八个字就写活了一幅热闹的场面。谢晦在此背景下出场，有动作，有对话，然皆极精练，没有任何多余的铺垫与渲染，而是直叙其事，直记其言，三言两语把事件最核心的部分，或言语最精彩的片断呈现出来。

史笔简捷，文章精练，却生动准确，既富有极强的表现力把场景写得如闻如见，又能把人物的性格、事件的性质、历史的关键性问题揭示出来，则源于史家对所写人、事、历史的深刻认识，正是在这一认识下，他知道最重要的是什么，如何围绕核心来选材、剪裁。如前述卷五十八所写的王惠、谢弘微、王球三人，在该卷最后的史论，对三人有极精彩而又精练的评述：

或人问史臣曰："王惠何如？"答之曰："令明简。"又问："王球何如？"答曰："倩玉淡。"又问："谢弘微何如？"曰："简而不失，淡而不流，古之所谓名臣，弘微当之矣。"②

王惠的特点是"简"，王球的特点是"淡"，谢弘微的特点是在简、淡之间，把握得恰到好处，所以能成为文帝朝的名臣。史家对所传人物的认识，透彻精辟，又能注意到各人的细微差别。这几个词的点评，就是三人传记的核心，把握到核心，再驱使、比排史事时，就很容易做到要言不烦。

《宋书》在纪、传部分所撰述的人、事，其撰述之笔法及文章风格，精练简约，由上述例证可见一斑。造成此一风格的原因，与魏晋以来"片言褒贬"的人物品评风气，以及这一风气与玄学思潮的融合等有密切的关系，在这一背景下，魏晋以来产生不少精练简约的笔记小说，沈约也创作过《俗说》这样的语录体笔记，其文笔风格及美学趣味，与《世说新语》颇为切近。所有这些，都在其史传叙述中得到延续和继续展现，因此《宋书》纪、传文章表现出以下风格：文笔洗炼，精

① 《宋书》卷四十四《谢晦传》，北京：中华书局，1974年版，第1347—1348页。
② 《宋书》卷五十八《王惠、谢弘微、王球传》，北京：中华书局，1974年版，第1595—1596页。

简传神。

而在序述与论赞部分,《宋书》文章往往显示出另外一种风格,文采飞扬,议论纵横,读来酣畅淋漓,与纪、传的简约节制形成鲜明对比。事实上,这方面也可以说有玄学的影响。玄言及玄学家的美学趣味固然崇尚清简,然玄学家之好辩,言词丰沛,辩才无碍,也非常普遍。《世说新语·文学》载王导好清谈,与殷浩"既共清言,遂达三更",又载谢尚去听殷浩清谈,殷浩为谢"作数百语,既有佳致,兼辞条丰蔚,甚足以动心骇听",支道林"辩答清晰,辞气俱爽",尤其是孙安国与殷浩辩论,"往反精苦,客主无间。左右进食,冷而复暖者数四。彼我奋掷麈尾,悉脱落,满餐饭中。宾主遂至莫忘食"①。从中可见,玄学家在论辩玄理时,颇为讲究辞穷言尽,意达无间。要能折服对方,在辩论中取胜,既要有理,同时还要有"辞气",这事实上就涉及修辞。所以,玄理虽然清简,而玄理之阐发及辩论的玄谈自身,论辩往来却每每繁复无穷,辞气浩荡。这种论辩之风,显然对这一时期的史著论评,有着重要影响。

《宋书》序述与论赞,有一部分较为精练短小,但也有很大一部分属于长篇大论。在这部分的序述或论赞中,史家不仅针对其所传述者发表看法,更会溯源截流,释名彰义,穷究其历史渊源与影响,充分发挥史家的见解和意见,由所传述的史事作较大的延伸与扩展。《谢灵运传论》被扩展为一部简略的文学史论,《乐志》的序论被扩展为一部乐府史,《隐逸传》与《恩倖传》前的序论,则畅谈文化与政治,显示出辩才无碍的思辨魅力。《谢灵运传论》及《恩倖传序》在《文选》中有选,历来讨论也比较多,故这里选《隐逸传》的序与论,试作一观:

易曰:"天地闭,贤人隐。"又曰:"遁世无闷。"又曰:"高尚其事。"又曰:"幽人贞吉。"《论语》"作者七人",表以逸民之称。又曰:"子路遇荷蓧丈人,孔子曰:隐者也。"又曰:"贤者避地,其次避言。"又曰:"虞仲,夷逸,隐居放言。"品目参差,称谓非一,请试言之。夫隐之为言,迹不外见,道不可知之谓也。若夫千载寂寥,圣人不出,则大贤自晦,降夷凡品。止于全身远害,

① 《世说新语·文学第四》,余嘉锡《世说新语笺疏》,北京:中华书局,2007年版,第250、257、258、259页。

非必穴处岩栖，虽藏往得二，邻亚宗极，而举世莫窥，万物不睹。若此人者，岂肯洗耳颍滨，皦皦然显出俗之志乎。遁世避世，即贤人也。夫何适非世，而有避世之因，固知义惟晦道，非曰藏身。至于巢父之名，即是见称之号，号曰裘公，由有可传之迹。此盖荷蓧之隐，而非贤人之隐也。贤人之隐，义深于自晦，荷蓧之隐，事止于违人。论迹既殊，原心亦异也。身与运闭，无可知之情，鸡黍宿宾，示高世之美。运闭故隐，为隐之迹不见；违人故隐，用致隐者之目。身隐故称隐者，道隐故曰贤人。或曰："隐者之异乎隐，既闻其说，贤者之同于贤，未知所异?"应之曰："隐身之于晦道，名同而义殊，贤人之于贤者，事穷于亚圣，以此为言，如或可辨。若乃高尚之与作者，三避之与幽人，及逸民隐居，皆独往之称，虽复汉阴之氏不传，河上之名不显，莫不激贪厉俗，秉自异之姿，犹负揭日月，鸣建鼓而趋也。"陈郡袁淑集古来无名高士，以为《真隐传》，格以斯谈，去真远矣。贤人在世，事不可诬，今为《隐逸篇》，虚置贤隐之位，其余夷心俗表者，盖逸而非隐云。

……

史臣曰：夫独往之人，皆禀偏介之性，不能摧志屈道，借誉期通。若使值见信之主，逢时来之运，岂其放情江海，取逸丘樊。盖不得已而然故也。且岩壑闲远，水石清华，虽复崇门八袭，高城万雉，莫不蓄壤开泉，仿佛林泽。故知松山桂渚，非止素玩，碧涧清潭，翻成丽瞩。挂冠东都，夫何难之有哉。①

史传之记隐逸，《史记》中就有专章，只是未单列隐逸之名目。《史记·伯夷列传》，记孤竹君二子伯夷、叔齐，司马迁将其与许由、巢父等归为一系，较早就关注到隐逸这一群体。《伯夷列传》在《史记》中颇为奇特，其叙事部分甚至少于议论，且其传伯夷，并未过多揭示其隐逸的一面，而是通过伯夷、叔齐之事，发表对"天道无亲，常与善人"的怀疑。史传正式为隐者立传的，是范晔《后汉书·逸民传》。范晔在《逸民传序》中，概括了隐逸的几种类型："或隐居以求其志，或回避以全其道，或静己以镇其躁，或去危以图其安，或垢俗以动其概，或疵物以激

---

① 《宋书》卷九十三《隐逸传》之《序》《论》，北京：中华书局，1974 年版，第 2275—2276 页，第 2297 页。

其清。"这几种类型中，既有主动归隐，也有被动归隐，无论哪一种，"观其甘心畎亩之中，憔悴江海之上，岂必亲鱼鸟、乐林草哉！亦云性分所至而已"①。既是性分所至，也是别有所托，隐逸之中自有深意。《宋书》紧随《后汉书》，对隐的内涵作了细致规定，将隐与逸作区分，第一次为隐逸群体作正名与辨析。《隐逸传序》首先对历来关于隐逸的论述作了引述与辨析，将隐分为"身隐"与"道隐"两类，对于一些历来被认为是隐者的历史名人，如巢父、裘公、荷蓧等，皆为身隐，他们做出避世的姿态，"皦皦然显出俗之志""示高世之美"，而实际上，"用致隐者之目"，不过邀名而已。真正的隐者，在《宋书》看来，是所谓"道隐"，即因道之不行，义惟晦道，道隐者是为"贤人"，秉耿介的独往之性。这类人"不能摧志屈道，借誉期通"，故他们的隐，其实是对理想与原则的一种坚守。从这个角度，《宋书》中的隐者，不能简单地说是一种避世，而是一群有着深切的入世关怀者。"若使值见信之主，逢时来之运，岂其放情江海，取逸丘樊"，贤人之隐，皆有其不得然者。通过对隐者的这一界定，"松山桂渚，非止素玩，碧涧清潭，翻成丽瞩。挂冠东都，夫何难之有哉"，这类伪隐者就很容易被分辨出来了。《宋书》之所以要作如此细致的辨析，就是因为当时社会上存在着不少买山而隐，邀名钓誉者。刘勰在《文心雕龙》中也揭露过这一现象，所谓"志深轩冕，而泛咏皋壤；心缠几务，而虚述人外"(《文心雕龙·情采》)，只是有些表现于文，有些表现于行迹。

《宋书》的隐逸传中，总共记载了18位隐士，他们并不都是完全终生隐逸，不少都有过仕宦经历，如陶渊明、王弘之、王素等；或做过学官，为州郡或王侯讲学，如周续之为刘裕讲礼学，雷次宗主持文帝时儒学馆，与当时社会与政坛有着千丝万缕的联系。但这些隐士的共同点都是品格高尚，对权力与富贵视若浮云，爱好文艺或学术。虽然他们对帝王或州郡的征辟，多推辞不受，对现实政治采取回避的态度，但他们并非消极的避世者，而是对生活充满热爱，对人类充满温情。《陶渊明传》中那个箪瓢屡空、家徒四壁而欣然自乐的五柳先生，是传主的自画像，独善其身，自得其乐。《沈道虔传》中的传主，看到盗贼偷自家菜园里的菜，自己先躲得远远的，等盗贼偷够了离开之后才回来；有人偷他屋后的竹笋，他留书说"此笋欲令成林，更有佳者相与"，自己买了许多更大更嫩的竹笋馈

① 《后汉书》卷八十三《逸民列传序》，北京：中华书局，1965年版，第2755页。

赠给盗笋者。[①] 像这样的隐者，究竟是高蹈避世，还是热情入世，其实不难判断。这群因义而隐的贤者，事实上是一群有着坚定信念的理想主义者，充满道义与德性的温度，非但不冷漠高蹈，而且因其自身所具备的强烈感染力与人格魅力，成为现世聚焦的中心与仿效的楷模。

《宋书·隐逸传》的传序用大段篇幅陈述史家对隐逸的见解，澄清历来关于这一群体的模糊认识，再以关于隐逸的尺度与准则，精选当时人物予以传述，做到了论与史的结合。在史的部分，以事实陈述为主，篇幅精练。这部分以《陶渊明传》篇幅最长，主要是引征了陶的许多诗文，如果去掉那些引征，史家实际的叙述文字并不多；而在论的部分，辨析细致，引征详备，不惮其烦，务求将观点详尽周整地表述出来。从《隐逸传》的《传》与《序》中，就可以很直观地感受到《宋书》文章这种繁简得当、骈散有致的辩证之美。

《宋书》序论既有《隐逸传序》这样以议论纵横、细致周备见胜者，也有以文采风华、文情摇曳见佳者。如《索虏》《夷蛮》《氐胡》等少数民族或域外民族传记后的史论，与《南史》相关部分比较，文采气势，丰俭立判。《索虏传论》历数自汉代以来匈奴与汉族的关系，篇幅浩繁，论述详备。如其论宋武、文二帝时期的汉、匈情势：

> 高祖宏图盛略，欲以苞括宇宙为念，逮于悬旗清洛，饮马长泾，北狄恤锐挫锋，闭重险而自固。于时戎车外动，王命相属，裳冕委蛇，轺轩继路。旧老怀思古之情，行人或为之殒涕。自是关、河响动，表里宁壹。宫车甫晏，戎心外骇，覆我牢、滑，翦我伊、瀍。是以太祖忿之，开定司、兖，而兵无胜略，弃师陨众，委甲横原，捐州亘水。荆、吴锐卒，逸气未摅，偏城孤将，衔冤就虏。遂蹙境延寇，仅保清东。自是兵摧势弱，边隙稍广。壮骑陵突，鸣镝日至；刍牧年伤，禾麦岁犯。小则囚虏吏民，大则俘执长守。羽书继涂，奔命相属，青、徐、兖、冀之间萧然矣。[②]

此段是对武帝、文帝两朝宋与北魏关系的总结。武帝时，北魏武力不敌，于

① 《宋书》卷九十三《隐逸传》之《陶潜传》《沈道虔传》，北京：中华书局，1974 年版，第 2286—2292 页，第 2297 页。

② 《宋书》卷九十五《索虏传》，北京：中华书局，1974 年版，第 2358 页。

是和宋修好。传中云“于是遣使求和，自是使命岁通”，非常精练；而在论中，史家的笔墨由陈述变为描绘：“于时戎车外动，王命相属，裳冕委蛇，轺轩继路。”骈俪工整，形象生动而文采焕然。文帝时，北魏屡兴刀兵，攻城略地，陷没滑台、虎牢等地，“弃师陨众，委甲横原”，刘宋军队溃败的场面如在目前。传中写到胡、汉交兵，尤以虎牢之役最为惨烈。守将毛德祖孤军奋战，坚守近一年，最后关头，“人马渴乏饥疫，体皆干燥，被创者不复出血”①，最终城破殉国。在传中，按时间陈述历次战事，双方兵将之交锋，颇为细致，在论中，史家的笔触充满感情，“覆我牢、滑，翦我伊、瀍。是以太祖忿之，开定司、兖，而兵无胜略，弃师陨众，委甲横原，捐州亘水”，陈子昂《感遇》诗有云“每愤胡兵入，常为汉国羞”（《感遇三十八首·其三十四》），从史家的笔墨中，能强烈感受到其愤慨异族入侵，为汉兵力弱败绩而痛惜的澎拜诗情。“偏城孤将，衔冤就虏”，对抗敌将士壮志未酬，扼腕叹息；“自是兵摧势弱，边隙稍广。壮骑陵突，鸣镝日至；刍牧年伤，禾麦岁犯。小则囚虏吏民，大则俘执长守。羽书继涂，奔命相属，青、徐、兖、冀之间萧然矣。”写出胡汉异势之后，北方人民饱受胡骑侵凌之苦，笔端蕴蓄着无限感慨。

如果说传以史笔，陈述历历事实，则史论多出以诗笔。在表达观点、纵横议论之中，饱含无限深情和感慨。史、诗结合，史家著述的主体性贯注其中，使得其著作富有生命力和血气，不复只是死寂的档案记录。显然，繁简之得当、骈散之错合、叙论之穿插等极具匠心的章法结构，是《宋书》达成这一著述效果的重要原因。

① 《宋书》卷九十五《索虏传》，北京：中华书局，1974年版，第2328页。

第三章
《宋书》叙事

第一节 史著与叙事

真德秀《文章正宗》于卷首《纲目》中云："叙事起于古史官，其体有二：有记一代之始终者，《书》之《尧典》、《舜典》，与《春秋》之经是也。……有记一事之始终者，《禹贡》、《武成》、《金縢》、《顾命》是也。"[①]史官记录一代之始终、一事之过程，即历史叙事，这是叙事的最早形态。叙事始于历史，记录史实产生叙事的需要，也是叙事最初的基本功能。在记录史实的基础上，生成叙事的意义。随着历史叙事的发展，通过叙事来反映对历史的认识，成为历史叙事的重要特征。这样历史叙事就形成两个基本层面：事实层面与事义层面。

事实层面是讨论历史叙事首要接触的问题。早期的历史叙事同时也是应用叙事，现存上古诸多历史文献如甲骨卜辞、青铜铭文等多为实际应用文、档案公文，这一点昭示了叙事、抒情两条不同的发生轨迹，值得我们注意。历史性与应用性，是散文叙事最先呈现出的两种特性，它们内在地决定了早期叙事的思维、视角、基本方法以及文学品格。

历来谈论叙事，总是从《尚书》《春秋》说起，实际上，历史叙事尚可向前追溯得更早。殷商甲骨卜辞记录灾祥符验，青铜铭文刻撰祖先功业，可以说都是历史叙事。早期这类叙事文本，实则皆是当时社会各方面事务的原始档案，是因实际需要而产生的应用性文字。因此，历史叙事与实用叙事紧密相关，实用性是早期历史散文表现出的显著特性，也是中国散文最早表现出来的特征。这也

---

① 真德秀《文章真宗·纲目》，文渊阁《四库全书·集部八·总集》。

显示了叙事与抒情不同的发生机制,尤其值得我们重视。甲骨卜辞与青铜铭文,一个是就年成、祭品、征伐、田猎等事,祈神问卜,并刻记灾祥征兆,这与时人生产、生活密切相关;一个是刻记祖先功业,"论撰其先祖之有德善、功烈、勋劳、庆赏、声名,列于天下,而酌之祭器,自成其名焉,以祀其先祖者也。"(《礼记·祭统》)而祭祀,是上古人们生活中最重要的事。二者都属于公共事务范畴,从一开始就显示了叙事发生于实际生活的需要,指向外在世界,重视现实功用的特点。其后的《尚书》,许多文字直接就是训令、诏告一类的实用公文;列国《春秋》编年记载各国事务,大多简明扼要,曾被后人讥为"断烂朝报",但这正说明其性质相当于列国档案汇总,具有很强的实用性。而反观以诗歌为代表的文学抒情,其发生乃是个人的情感体验,所谓"在心为志,发言为诗"(《诗大序》),虽然诗人情感体验来源于现实生活,但当其通过诗歌来抒发这种情感,却不必定要指向外在世界,也不必讲求其对社会的实际应用。至于后代提出的诗教说以及这一理论笼罩下的功利主义诗学观,将诗歌看成教化或讽谏工具,过于强调诗歌对社会的现实功用,并不能说明抒情发生于社会现实应用的需要,也不能否定抒情最终还是指向内在的心灵世界。

叙事发生于现实应用,有些直接就是当时的实用性文书,但事后即具有档案性质,因此从今天的角度看来,均为历史叙事,历史性当然是这种叙事的本质属性。在甲骨卜辞与青铜铭文之后的《春秋》与《尚书》,是现存最早的信史,堪称历史叙事的正式开篇。按《汉书·艺文志》的说法:"古之王者世有史官,君举必书,所以慎言行,昭法式也。左史记言,右史记事,事为《春秋》,言为《尚书》。"关于左史与右史的名目及其所对应的职责,学术界有过不同争议,但二者以文字记叙来保存历史当无异议。"事为《春秋》",说明《春秋》为叙事文本,从今天可见的鲁《春秋》来看,这也符合实际;问题是"左史记言""言为《尚书》"。其实《汉书·艺文志》里这段话乃移录刘歆《七略》,有学者以为古无左史、右史之名目,亦无记事、记言之分殊,刘歆造此语乃为古文经张目[①]。实际上,先秦两汉以《尚书》为叙事文本之论甚多,如《庄子·天下篇》:"书以道事",《荀子·儒效篇》:"书言是其事也",《春秋繁露·玉杯》:"书著功,故长于事",等等,只是不如

① 参金景芳《"左史记言,右史记事,事为春秋,言为尚书"誓言发覆》,载《史学集刊复刊号》(1981年10月)。

《汉书·艺文志》的说法更广为人知。而考察《尚书》文字，虽然多记人物对话应答，但实乃后代史官对三王时代传说的追记与悬揣，呈现出来的每每多是脉络清晰的事件。像《尧典》《大禹谟》《皋陶谟》《盘庚》等，所述故事都非常生动，而如《金縢》者记周公辅佐成王之事，情节曲折，更是一篇极为出色的叙事作品。只是《尚书》多通过人物之口呈现历史事件与活动，与《春秋》的直录其事稍有不同，而与《国语》《战国策》一系似乎倒颇有联系。

无论是应用性还是历史性，记录并传布事实均是其核心，历史叙事最早突出呈现的即为事实层面，直书与实录是早期叙事基本特征①，这既是应用性与历史性的要求，也与叙事初期叙述能力的限制不无关系。

从写作上看，直书反映的是一种单线直观思维，按事件发生过程，将时间、地点、人物、事件等最基本的叙事要素依次陈列，绝不节外生枝。先秦散文发轫之初，不少已具备这些基本的叙述要素。据当代学者研究，完整的甲骨卜辞大致就包括了六个部分：署辞、兆辞、前辞、贞辞、占辞、验辞，署辞刻记甲骨来源、修治、保管人员情况，兆辞刻记兆文情况，前辞刻记占卜时间和占卜人，贞辞刻记占卜之事，占辞刻记兆文寓意，验辞事后追记验证结果。②如：

> 癸巳卜，殻贞，旬亡田(咎)？王■曰，■(有)■(祟)，其■(有)来■(艰)。气(迄)至五日，丁酉，允■(有)来■(艰)自西。沚■告曰："土方正于我东鄙，■(灾)二邑。(鬼)方亦牧我西鄙田。"(郭沫若《卜辞通纂》第五一二片)

这条卜辞相对完全，有占卜时间：癸巳，占卜人：殻，占卜事件：是否无咎？最后的验辞陈述了土方与鬼方侵袭的情况，叙述因素更加完整，时间、地点、人物、事件，交代得清楚有序，基本已呈现出叙事散文的雏形。

当然，这样叙述要素完备的甲骨卜辞并不多见，大多数卜辞只是具备前辞与贞辞、验辞等部分。如"戊辰卜，出贞：'商受年？'"，又如："贞翌辛丑不其啓。王占日，今夕其雨，翌辛丑啓。之夕允雨，辛丑啓。"③但即便这类简单的卜辞，

---

① 这里的"直书""实录"主要是从写作角度上看，指按事件过程及面貌依次径直书写。

② 参李学勤《古文字学十二讲·第四讲·甲骨学基础知识》，载《文史知识》1985年第1期。

③ 罗振玉《殷墟书契续编(二·二八·二)》(罗氏印本)、《殷墟书契菁华(七)》(艺术丛编本)。

也基本都包含有占卜时间、人员以及占卜事件、地点等要素。

用简短精练的句式，按一定的顺序记录、保存事件并将此信息传达给受众，散文叙事一开始就呈现出有序、简洁、高效的面貌，这自然与它的档案文献属性、实用性需要，即我们前面提到的历史性、实用性紧密相关，但这种简洁、朴素也确实反映出叙事的水平的局限，即前述直观思维、单线陈述。即便这样，这种单线叙事在早期甲骨卜辞中也不够成熟，傅修延先生就指出其有四点不足：一，时间表述还未形成规范；二，地点标示不够明晰；三，人物多为笼统的泛指；四，缺乏对事件过程的均衡叙述①。相比较而言，青铜铭文的叙事较甲骨卜辞篇幅有所扩展，最长的毛公鼎达到497字，对事件的记叙更为细致完整，而叙事中的时间、空间要素也由朦胧趋于规范和清晰。但时、地、事叙事秩序与模式的定型，则要迟至历史叙事正式开篇的《春秋》登场，“以事系日，以日系月，以月系年”(《春秋左传集解·序》)，按照时间与事件发展顺序，创制了编年体叙事体例，成为历史叙事的规范。编年体叙事的基本精神就是以时间为经，严格地顺叙记事。如僖公十六年的一段记载：

> 十有六年，春，王正月，戊申，朔，陨石于宋五。是月，六鹢退飞，过宋都。

叙事时间由大而小，年、季、月、日、时，逐渐精确。事系于精确的时间与地点，而对事件发生过程的叙述，严格按照其客观呈现并被人们所感知的次序。《春秋公羊传》赞叹这一段叙述说：“曷为先言陨而后言石？陨石记闻，闻其磌然，视之则石，察之则五。……曷为先言六而后言鹢？六鹢退飞，记见也。视之则六，察之则鹢，徐而察之则退飞。”虽然可能有附会之处，却揭示出《春秋》实录笔法的严谨不苟，乃至近乎刻板。还需要注意的是，这里的地点“宋”“宋都”均在最后。今天谈叙事要素，一般多是时间、地点、人物、事件这样的次序，而《春秋》则为时间、事件、地点，地点总是在事件之后。再如：

> 三月，公及邾仪父盟于蔑。夏五月，郑伯克段于鄢。(隐公元年)
> 七年春王三月，叔姬归于纪。(隐公七年)

---

① 参傅修延《先秦叙事研究》第三章，北京：东方出版社，1999年12月版，第46、53—60页。

齐师、宋师、曹师次于聂北,救邢。(僖公元年)

上举几条都能按《公羊传》解释推理下去,最先知道的当是行动,它的传播和发生是同步的,进一步才会弄清楚事件发生处所。当然,“盟”“归”“次”等所标示的还有行动的内容,这也是需要进一步了解才能弄清的事实,但只要写到行动,总是和内容联系在一起。可见,其先后序次是与事件发生及其传播过程相一致的。所引僖公元年事,在聂北地点后又记“救邢”一事,是行动的目的,按理最晚才可考知,是以放在最后。

先秦散文发轫于历史叙事,注重实用功能,聚焦于叙事的事实层面,这样一种以事件发生及客观反应过程为序的顺叙结构,是最自然的叙述逻辑,《春秋》创制的编年体例,为这种叙述逻辑找到最好的载体。从上引文字我们可以看到,编年体精神不仅仅表现在《春秋》的总体结构体例,还具体表现在这种以事实为核心,严格按照时间、事件及其传播次序来行文的过程中。

编年的对象是事实,编年的核心是时间,就时间结构来说,先秦叙事显示的年—月—日—时由宏观而微观的序列,和西方文化习惯的时—日—月—年由微观而宏观的序列不同,有学者认为这显示了汉民族整体性思维习惯,与西方文化中注重一时一事,从个体事件入手不同①。其实这与写作时的直观单线思维,严格遵照事件的原本次序,由前到后,由大到小也不无关系。同时,这也体现出单线叙事、直观思维中的等级秩序观念,这种等级秩序观内在地支配着叙述的走向与序次。

如果谈到整体性思维,在《春秋》这里,更多的则是体现在微言大义上,这样就由事实层面延伸到事义层面。整体性思维本身就内含有对事件意义的认识。为何这样说呢?没有部分谈不上整体,但仅局限于部分也无法获得整体。只有在注重所叙具体事实的同时,运用比较、联系的视野,才能对所叙事件作通盘观照,从而获得整体性认知。而一旦把所叙之事放到参照系统中,其意义、价值也就自然浮现出来,进而作用于叙述者的评判、定位。所以,《春秋》所体现出的整体性思维具体表现于价值义理是作为叙述的指导,而不是在叙述之中。当先秦

① 参杨义《中国叙事学·导言:叙事理论与文化战略》,北京:人民出版社,1997年12月版,第5、30页。

单线直观叙事有了整体性思维的指导，事实陈述中同时也就包含有认识、判断，显示立场、观点，故与事实层面融汇在一起的还有叙事的事义层面。

于《春秋》而言，实录之外，更重要的是“别嫌疑，明是非，定犹豫，善善恶恶，贤贤贱不肖”的大义，这是其道德理念及价值倾向在具体史事中的表现，当然只有在对历史整体把握之下才会提炼出来。此即《春秋》叙事所包含的事义，在书中其是通过特殊的“书法”来实现的。从叙事的角度看，这些“书法”首先涉及史料的筛选，即所谓“笔削”；其次是对史事的定位定性，即所谓褒贬，这种定位定性是极其精练的，故有一字褒贬之说。如隐公元年(前 722)冬十月，卫侯参加鲁惠公葬礼，因为没有会见隐公，《春秋》不书；同年鲁大夫公子豫与邾、郑私盟，新造鲁南门，因为非受隐公之命，亦不书；而宰咺来鲁奉赠助丧葬品，做得不合礼制，《春秋》特意记录下宰咺的名字表示批评。再如僖公二十三年十一月，杞成公卒，由于杞未与鲁结盟，且用夷礼，《春秋》书曰“子”，而杞实称伯，书为“子”显然是贬称，且不记杞公姓名。宣公四年，郑大夫公子宋、公子归生杀郑灵公，《春秋》书曰“郑公子归生弑其君夷”，君王的名字也写出来了，《左传》解释说“凡弑君，称君，君无道也”；宣公二年，赵穿杀晋灵公，而《春秋》书“赵盾弑其君夷皋”，杜注说这是“示良史之法，深责执政之臣”；宣公七年，晋、郑等国在黑壤结盟，《春秋》不书，是由于鲁国并未参盟，其间有一段曲折，还使鲁国受到屈辱，故有所忌讳。这类例子在《春秋》中比比皆是，乃其善善恶恶于笔削之间，见出事义立场及情感倾向所在。

但《春秋》的这种事义，一则过于隐晦，二则有时该书未书，或者所书非实，同时还得后学的阐发，其间未免牵强附会。就叙事而言，这类事义的表达也没有融入叙事过程，外在介入痕迹浓厚，甚或为阐明大义而悖离事实。而《左传》对《春秋》叙事的发展，即在于它做到了将事义巧妙地融入叙述过程，完全通过叙事来呈现事义，为中国文学的叙事传统做出重要贡献。

以隐公元年(前 722)郑伯克段一事为例，《春秋》经文仅一句:“夏五月，郑伯克段于鄢。”《左传》释其“书法”云:“段不弟，故不言弟；如二君，故曰克；郑伯，讥失教也：谓之郑志。不言出奔，难之也。”共叔段不安其位，作乱犯上，固属不弟不臣；而郑庄公纵容祸乱，意在铲除胞弟，更可谓其心可诛。二者谁都不值得肯定，《春秋》主要通过“共叔段”“郑伯”的命名(不弟、如二君)以及对史事的定性——“克”等方面，表现这一“大义”，而左氏却是要通过自己的叙述将其重新阐发出来。

首先，在叙述时间上采用追叙、插叙等方式，将不同时间发生的史事交织安排在一起，交待事件来龙去脉，改变了《春秋》单一的顺叙结构。其次，这种追叙、插叙，扩展了文本的叙述空间，使得一篇叙事存在几个场景，如武姜寤生、大叔居京、郑庄朝议、颍考叔献策等，这些场景都可以划分出来，成为独立的情节单位。第三，由此使得本文在结构上由单线叙事变为复线叙事。比如本文两个政治集团，郑庄公君臣与武姜、共叔段，实际就是两条叙事线索。武姜一线扩大地盘、整固城墙、加强战备，郑庄一线商讨决策、谋划措施，文中有时通过郑庄公君臣对话来写武姜、共叔段，有时先写武姜、共叔段种种叛乱形迹，引起郑庄朝臣震荡，两条线索时而相融，时而相分，使各情节单位既具独立性，又互为因果，构成整体。上述几点，使文章叙事呈现立体多面性，而且，这种立体性不仅仅表现在文本表面各个情节单位的联系、推进，还体现在文本潜层，既有显文本，也有潜文本。前人谈到过《左传》擅长的“晦笔”，即其显文本后面的潜文本，这是左氏最能掘发《春秋》大义之处。

在显文本中，郑庄公君臣一线，武姜、共叔段一线，双线分合推进情节，而在潜文本中，武姜、共叔段以及祭仲、公子吕等都是用明线叙述，而郑庄公却是暗线。文中写武姜、共叔段的躁急嚣张，郑国群臣对国家安危的忧心如焚，笔到意到，写在明处；而写郑庄公对武姜、共叔段屡屡表现得无可奈何，听之任之，却仅仅只是表面。将文章前后文字放在一起，稍作咀嚼立刻就能体会到这一点。共叔段夺权，其起兵时间及武姜做内应事本属高度机密，然而“公闻其期”。显然，没有细致充分的谍报工作，不可能做到这一点。而战争刚一开始，“京叛太叔段”。京是共叔段的封地，苦心经营多年，怎么就这么脆弱呢？难道真的是“不义不昵”，招致天怨人怒吗？联系“公闻其期”，即可知京地实已遍布郑庄公的爪牙，武姜没有做成共叔段的内应，而郑庄公的内应却把对手情况摸得一清二楚，并在关键时刻给对手致命一击。明了此点，就知道郑庄公在祭仲、公子吕等人面前，不过是在装糊涂罢了，他拿“义”作说辞，事实上相信的却是实力与权谋。等到共叔段起兵，反叛之迹公开化，郑庄公立即迎头痛击，穷追猛打，毫不手软。吕祖谦《左传说》论此段文字有云：“……盖庄公材略尽高，叔段已在他掌握中，故祭仲之徒愈急，而庄公之心愈缓，待共叔段先发，而后应之。……于其未发，待之甚缓，于其已发，追之甚急。公之于段，始如处女，敌人开户后如脱兔，敌不及拒者也。然庄公此等计术，施于敌国则为巧，施于骨肉则为忍，此左氏铺叙好处，以十分笔力，写十分人情。”[①]此可谓诛心之论。可见，在懦弱、宽容的外表下，还有一个老练毒辣的郑庄公隐藏在文本背后。而通过明线祭仲、公子吕等的映衬，武姜、共叔段的对比，郑庄公的老于权谋、居心叵测虽然隐蔽，在文中也是暗线曲笔，却也隐无可隐，愈发昭彰。

杜预为《左传正义》作序称美其叙事“微而显”“志而晦”“婉而成章”“尽而不污……”，上述暗线曲笔正是《左传》的“微”“晦”笔法。刘知几在《史通・叙事》曾详尽发挥说：“晦也者，省字约文，事溢于句外。……一言而巨细咸该，片语而洪纤靡漏，此皆用晦之道也。……虽发语已殚，而含意未尽，使夫读者望表而知里，扪毛而辨骨，睹一事于句中，反三隅于字外，晦之时义不亦大哉。”“微”“晦”是《左传》的阅读效果，也是其所阐发的《春秋》大义的特点，而就其写作本身而言，无论明线、暗线，显文本还是潜文本，其叙事的基本原则仍然是直书实录的史学精神，“微”“晦”是事实背后的因果脉络，乃读者思而所得。所以，杜预《左传正义・序》一方面说“微而显”“志而晦”，一方面又说“尽而不污，直书其事，具文见意”，可见《左传》正是以最经济的直笔，在叙事过程之中敷衍《春秋》事义，而不是通过刻意命名、定性的方式来外现，这使其叙述既含而不露又入木三分，从而具有“微”“晦”的艺术效果。

“微”“晦”又是与精练简洁联系在一起的。刘知几在发挥《左传》“用晦”笔法前有一段文字：“夫国史之美者，以叙事为工。而叙事之工者，以简要为主。”在刘知几看来，简要为工是历史叙事的基本原则，而《左传》的史“用晦”与简要精练正是互为因果的。确实，就《左传》而言，以晦笔敷衍《春秋》大义，而晦笔以直笔来写，直笔又是最经济最精练的事实陈述，将大义隐含在叙事之中，让事实自己说话，正是其历史叙事求真尚简的自然结果。

虽然《左传》篇制较《春秋》大为扩展，但其直书其事、简要为工的撰述精神，却与《春秋》一脉相承，故本质上都是历史叙事。只是左氏能巧妙地将事义融入事实，大大提高了历史叙事的水平，同时也启迪了后代文学叙事以少许胜多许、以有限写无限的表现方法。钱锺书先生就说《史通》所谓的“晦”，相当于《文心雕龙・隐秀》篇的“隐”，谓二者“‘余味曲包’，‘情在词外’；施用不同，波澜莫二”，认为这是史家之有诗心的地方。

① 吕祖谦《春秋左氏传说》卷一，《摛藻堂四库全书荟要・经部・左氏传说》。

所谓史家之诗心，当指历史叙事的文学性，但这不过是后人的阅读感受，其实史家并没有诗心，以《左传》而言，它不过是想把其史观、史识更好地通过史事表现出来罢了，即更自觉地将事义与事实融合所采取的叙述策略。说到底，还是史心而非诗心。今人从各方面来研究《左传》文学性的成果非常多，《左传》也确实具有文学价值，但这都是"史心"结出来的"诗果"，而"史心"在历史叙事的文本中就是"事义"。

从《尚书》《春秋》《左传》到《宋书》，史学著述的发展近千年，史著对史实的记录、删削以贯彻史意，史著叙事在事实层面与事义层面的融汇，越来越臻于成熟，在《宋书》中已经达到很高的技巧。

第二节 《宋书》的"事实"与"事义"

《宋书》成书过程颇为复杂，部分篇目成于刘宋当代，其叙事与现实有着密切的利害关系，故以史表达政治立场倾向，或讳尊诋雠，亦自难免。

《宋书》诸纪传，以写刘裕的《武帝本纪》最为浩繁，前后计三卷。刘裕为刘宋开国帝王，刘宋代晋，是朝代更迭最为重大之事。《武帝本纪》原稿为何、徐等旧稿，在此问题的记载上有不少掩饰。按《武帝本纪》所述，刘裕王业之始，当起自义熙元年(405)，破桓玄，迎天子于江陵。据《武帝本纪》将刘裕义熙之后行迹与仕位缕列如下，看《本纪》是如何叙述其登上帝位之过程：

> 义熙元年正月，毅等至江津，破桓谦、桓振，江陵平，天子反正。三月，天子至自江陵。
>
> 诏曰……镇军可进位侍中、车骑将军、都督中外诸军事，使持节、徐青二州刺史如故。……
>
> 高祖固让。加录尚书事，又不受，屡请归藩。天子不许，遣百僚敦劝，又亲幸公第。高祖惶惧诣阙陈请，天子不能夺。是月，旋镇丹徒。天子重遣大使敦劝，又不受。乃改授都督荆、司、梁、益、宁、雍、凉七州，并前十六州诸军事，本官如故。于是受命解青州，加领兖州刺史。
>
> ……(义熙)二年十月，高祖上言曰：……
>
> 于是尚书奏封唱义谋主镇军将军豫章郡公，食邑万户，赐绢三万匹。

其余封赏各有差。镇军府佐吏，降故太傅谢安府一等。十一月，天子重申前令，加高祖侍中，进号车骑将军、开府仪同三司。固让。诏遣百僚敦劝。三年二月，高祖还京师，将诣廷尉，天子先诏狱官不得受，诣阙陈让，乃见听。旋于丹徒。

(三年)，天子遣兼太常葛籍授公策曰：……

四年正月，征公入辅，授侍中、车骑将军、开府仪同三司、扬州刺史、录尚书、徐兖二州刺史如故。表解兖州。先是遣冠军刘敬宣伐蜀贼谯纵，无功而返。九月，以敬宣挫退，逊位，不许。乃降为中军将军，开府如故。

七月，诏加公北青、冀二州刺史。

(五年)九月，进公太尉、中书监，固让。

(六年)六月，更授公太尉、中书监，加黄钺。受黄钺，余固辞。

七年正月己未，振旅于京师，改授大将军、扬州牧，给班剑二十人，本官悉如故，固辞。

晋自中兴以来，治纲大弛，权门并兼，强弱相凌，百姓流离，不得保其产业。桓玄颇欲厘改，竟不能行。公既作辅，大示轨则，豪强肃然，远近知禁。至是会稽余姚虞亮复藏匿亡命千余人。公诛亮，免会稽内史司马休之。

天子又申前命，公固辞。于是改授太尉、中书监，乃受命。奉送黄钺，解冀州。

先是诸州郡所遣秀才、孝廉，多非其人，公表天子，申明旧制，依旧策试。

(八年)，以荆州十郡为湘州，公乃进督，以西阳太守朱龄石为益州刺史，率众伐蜀。进公太傅、扬州牧，加羽葆鼓吹，班剑二十人。

(九年)，以公领镇西将军、豫州刺史。公固让太傅、州牧及班剑，奉还黄钺。七月，朱龄石平蜀，斩伪蜀王谯纵，传首京师。九月，封公次子义真为桂阳县公，以赏平齐及定卢循也。天子重申前命，授公太傅、扬州牧，加羽葆、鼓吹、班剑二十人。将吏百余敦劝，乃受羽葆、鼓吹、班剑，余固辞。

十年，息民简役。筑东府，起府舍。

十一年正月，公收休之子文宝、兄子文祖，并于狱赐死。率众军西讨，复加黄钺，领荆州刺史。

四月，天子复重申前命，授太傅、扬州牧，剑履上殿，入朝不趋，赞拜不

名，加前部羽葆、鼓吹，置左右长史、司马、从事中郎四人。封公第三子义隆为北彭城县公。以中军将军道怜为荆州刺史。八月甲子，公至自江陵，奉还黄钺，固辞太傅、州牧、前部羽葆、鼓吹，其余受命。朝议以公道尊勋重，不宜复施敬护军，既加殊礼，奏事不复称名，以世子为兖州刺史。

十二年正月，诏公依旧辟士，加领平北将军、兖州刺史。增都督南秦，凡二十二州。公以平北文武寡少，不宜别置，于是罢平北府，以并大府，以世子为豫州刺史。三月，加公中外大都督。

公受中外都督及司州，并辞大司马琅邪王礼敬，朝议从之。……（五月）又加公北雍州刺史，前部羽葆、鼓吹，增班剑为四十人，解中书监。（九月），公次于彭城，加领徐州刺史。

置宋国侍中、黄门侍郎、尚书左丞、相，随大使奉迎。

（十三年），天子追赠公祖为太常，父为左光禄大夫，让不受。

十四年正月壬戌，公至彭城，解严息甲。……公解司州，领徐、冀二州刺史，固让进爵。六月，受相国宋公九锡之命。

元熙元年正月，诏遣大使征公入辅。又申前命，进公爵为王。

十二月，天子命王冕十有二旒，建天子旌旗，出警入跸，乘金根车，驾六马，备五时副车，置旄头云罕，乐舞八佾，设钟虡宫县。进王太妃为太后，王妃为王后，世子为太子，王子、王孙爵命之号，一如旧仪。

二年(420)四月，征王入辅。六月，至京师。晋帝禅位于王。①

以上为本纪所叙刘裕的进爵直至最后称帝的官职与爵位晋封过程。在本纪中，基本都是正面叙述，其加官晋爵，有几个关键节点：一是破桓玄；二是北伐鲜卑；三是守京城，募勇士，拒卢循；四是遣将征蜀；五是西征索虏；六是灭姚秦，收复长安。此为武功。文治者有策试举贤，息民简役，抑制豪强，等等。刘裕的官爵是随着这些文治武功，一步步增高，大体可谓实至名归。本纪中，也没有回避刘裕猜忌臣僚、斩杀功臣之事，如讨伐诛杀刘毅与司马休之，殴杀诸葛长民，等等，这些说明史家能恪守秉笔直书的基本史德。但本纪在写到这些事时，

① 《宋书》卷一至卷三《本纪第一至第三・武帝》，北京：中华书局，1974 年版。本节所引《武帝本纪》中文字，不一一注明。

还是作了一点处理，或明或暗点出这些人不臣之心在前，即刘裕乃不得已而为之。刘毅起兵反叛，纪中明言其自谓功高，不甘在刘裕之下。诸葛长民看到刘毅被诛后，兴兔死狐悲之感，谓所亲曰："昔年醢彭越，今年诛韩信，祸其至矣。"于是密谋作乱。本纪在此之前特补叙一笔："诸葛长民贪淫骄横，为士民所患苦，公以其同大义，优容之。"若无此补叙，刘裕猜忌、诛杀功臣，无疑是一个狠毒刻削的负面枭雄形象，诸葛长民那些兔死狗烹之言也就被完全落实。然经此一补叙，给刘裕屠戮功臣找到理由与根据，就大大消解了对此事的负面观感。史家一方面尊重了史实，在基本历史事实上没有隐晦，当书即书；另一方面，在叙述主要史实时，又适时而恰切地插叙或补叙次要关节，这些补叙有效地表达了史家对其所叙主要史实的态度。故其所叙史实，就包含了史家所认识到的事义，从而做到事实与事义的恰当融合。

晋宋禅让，是刘裕本纪中的大事，也是刘宋政权合法性的基础。本纪中记叙晋帝禅位，是建立在刘裕文治武功之上，每次刘裕建功后，多载有晋帝的嘉奖或册封诏书，这些诏书在高度评价刘裕功绩的同时，每每有帝王对自己德薄政衰的自责。如刘裕奉迎天子于江陵后，天子诏书就有"朕以寡昧，遭家不造，越自遘闵，属当屯极"的话；刘裕进位相国，加玺绶、远游冠，天子诏策又有云"朕以寡昧，仰赞洪基，夷羿乘衅，荡覆王室……元勋至德，朕实赖焉。"义熙十三年(417)，破姚秦，收复长安，天子诏又云："朕以不德，遭家多难，云雷作屯，夷羿窃命，失位京邑，遂播蛮荆，艰难卑约，制命凶丑。相国宋公，天纵睿圣，命世应期，诚贯三灵，大节宏发。拯朕躬于巢幕，回灵命于已崩，固已道穷北面，晖格八表者矣。"在说到自己的时候，都是"寡昧""不德"，一味自责，仿佛是罪己诏，并以此衬托刘裕的功绩。两相对比，天子就显得德不配位。这样到最后禅位诏书，一边"朕虽庸暗，昧于大道"，一边"相国宋王，天纵圣德，灵武秀世"，上顺天意，中配德位，下应民心，一切都是那么顺理成章。

在晋帝下禅位诏之后，"王奉表陈让，晋帝已逊琅邪王第，表不获通。于是陈留王虔嗣等二百七十人，及宋台群臣，并上表劝进，上犹不许。太史令骆达陈天文符瑞数十条，群臣又固请，王乃从之"。刘裕显示出不恋爵位，一心体国忠君的崇高品格，史家再次强调刘裕无意称帝。然下有臣民拥戴，上有符瑞征验，天意不可违，民心不可拂，在这种情形下完成朝代更迭，使得刘宋代晋，刘裕称帝，具有合理性、合情性与合法性。

《武帝本纪》从刘裕勤王，逢迎晋帝开始，叙述时间跨度十六年，将刘裕称帝漫长的过程细致描述出来，充分说明刘裕称帝的必然性与正当性，在陈述基本史实的同时，也完成了一个正面历史人物的形象塑造。这一形象塑造，就蕴含着“事义”。尽管史家在自己史识或立场的支配下，将刘裕的形象按照其认识的结果呈现出来，然而只要史实摆在那里，有时候读者也可以从中读出不同的东西。比如晋帝屡次表彰刘裕、自责德薄的诏书，分明又呈现着一个饱受屈辱与压制的傀儡帝王的形象，那些表彰刘裕的语词，一方面呈现出一个英武神睿、天纵英明的旷世圣主的形象，另一方面也让人嗅到这背后的专横跋扈、擅权独断的味道。本纪中还全文引录了刘裕政敌司马休之属下韩延之复刘裕信，其中有云：

> 刘讳足下，海内之人，谁不见足下此心，而复欲欺诳国士！天地所不容，在彼不在此矣。来示言“处怀期物，自有由来”。今伐人之君，啖人以利，真可谓“处怀期物，自有由来”者矣。刘藩死于阊阖之内；诸葛毙于左右之手；甘言诧方伯，袭之以轻兵，遂使席上靡款怀之士，阃外无自信诸侯，以是为得算，良可耻也。①

此段文字，直接指明刘裕的“司马昭之心”，并且历数被刘裕屠戮的功臣，直斥刘裕之过，谓其“可耻”。史家载录此文，也是给刘裕的行为另辟一个观照角度。既有自己的史识和立场，同时也记录并保留其他的认识与立场，这种叙述安排，体现对历史事实的尊重，是一个良史正确的做法。

事实上，晋宋相禅并非如刘裕本纪中所叙述的一团和气，此前，晋安帝已被刘裕废杀，晋恭帝被逼退位，最后仍死于非命，这些在当时并不是秘密。陶渊明《述酒》诗，既云“豫章抗高门，重华固灵坟”，谓刘裕崛起，晋室已注定灭亡之命运，又云“山阳归下国，成名犹不勤”，以汉献帝被废犹得善终，反衬晋恭帝逊位，却仍死于非命，暗讽刘裕弑君夺位②。

本纪为尊者讳，可能是恪于形式，沈约在后来的撰述中，将晋恭帝之死的真

---

① 《宋书》卷二《武帝本纪中》，北京：中华书局，1974年版，第34页。

② 参王叔岷《陶渊明诗笺证稿》卷三《述酒》，北京：中华书局，2007年版，第345—362页。

相揭示出来。《宋书》卷五十二《列传第十二·褚叔度传》,褚叔度妹为晋恭帝皇后,叔度与兄弟秀之、淡之皆"晋氏姻戚",却"尽心于高祖",秀之、淡之皆尽忠于刘裕,传云:

> 恭帝每生男,辄令(秀之、淡之)方便杀焉,或诱赂内人,或密加毒害,前后非一。及恭帝逊位,居秣陵宫,常惧见祸,与褚后共止一室,虑有酖毒,自煮食于床前。高祖将杀之,不欲遣人入内,令淡之兄弟视褚后,褚后出别室相见,兵人乃逾垣而入,进药于恭帝。帝不肯饮,曰:"佛教自杀者不得复人身。"乃以被掩杀之。①

这篇史传一改刘裕在本纪中尽忠体国的忠臣形象,而变得阴狠毒辣。为防止恭帝有子嗣继位,连襁褓中的婴儿也必杀之而后快,而且还"前后非一",所杀者非止一人,其残忍狠毒,令人发指。恭帝逊位后,仍不放过,必欲置其于死地,最后用被褥将恭帝活活闷死。

单篇纪传,呈现出的是一幅叙述面貌,而综观整个史著,又是一幅叙述面貌。在单篇纪传中,按史家对人物的总体认知,以之作为叙述逻辑来处理事件,是以"事义"统摄事实;而就整体而言,史家最大的"义",就是秉笔直书,尤其关乎到大是大非的"事",最终还是要呈现出来。而这种本传不书,放到他传再书,涉及史传叙事一个重要的写作方式,即"互见"。

第三节 《宋书》的"互见"与"回贯"

"互见"作为一种重要的史传写作方式,当是太史公在《史记》中的创制。刘知几在《史通·二体》论曰:"同为一事,分在数篇,断续相离,前后屡出。于《高纪》则云语在《项传》,于《项传》则云事具《高纪》。"②所举就是《史记》中高祖与项羽本纪为例。不过,从上节《宋书》的《武帝本纪》来看,其"互见"之法倒不是把一件事拆分开来,而是将一个人的多件事拆分开来,即同一人之事,分在数篇

① 《宋书》卷五十二《列传第十二·褚叔度传》,北京:中华书局,1974年版,第1503页。

② 刘知几《史通·二体》,刘知几著,浦起龙释《史通通释》,上海:上海古籍出版社,2009年版,第25页。

之中，须互相参看，方睹全貌，方见全人。实际上，《史记》中更多的是这种类型的“互见”。

就“互见”的叙述方式而言，史迁所开辟的“互见”之法，本有显、隐两类。刘知几所谓“语在《项传》”“事具《高纪》”者，于传中明文提示，乃显性“互见”；还有一类，事分两处，在文中却没有做明显提示。如晋文公重耳，在《秦本纪》与《晋世家》中皆有涉及，然在《秦本纪》中，只是作为串联人物并未详述其经历，这部分就放在《晋世家》中叙述。这样既避免了重复，又使人物得以安置于合适篇目。“互见”法还可以通过史事互见，将某一历史事件的因果及意义揭示得更充分。如战国后期的秦赵之战，自长平之战秦败赵括，围困邯郸达两年之久，最后魏公子信陵君窃符救赵，率晋鄙军击退秦军，解赵邯郸之围，事见《魏公子列传》。然如果仅读此篇，对邯郸解围的认识终究流于表面。实际上，关于此段史事，《史记》中在很多地方都有叙述。如《平原君虞卿列传》记赵国军民众志成城、誓死坚守，“民困兵尽，或剡木为矛矢”，其中还记叙了一位管理传舍的小吏之子李谈(《史记》作李同，避迁父司马谈讳)率三千敢死队，将秦军击退三十里，有效配合了后来魏、楚的援军；除了魏救赵，楚也出兵救赵，在《春申君列传》中有记叙，楚秦为宿敌，《平原君虞卿列传》中历数楚、秦之怨，“一战而举鄢郢，再战而烧夷陵，三战而辱王之先人”，则楚之出兵，也是邯郸解围的重要原因；除了外援，秦之所以战败，与韩、赵等使离间之计，使秦将相不和，白起被废，庸将领兵也有很大关系，此事见《白起王翦列传》……也就是说，要完整了解邯郸解围之事，必须综合上述诸传，方有透彻观察。《魏公子列传》中为突出信陵君的仁义果勇，渲染了其窃符救赵的作用。其实，如果没有内外各种因素的共同作用，仅凭信陵君是无力解围的。不过，因为是将一件事的因果放在不同的地方来叙述，也导致该事本身的不完整。记传者专注于人而割裂事，记事者事情完整而人又分割多处，这也是不同史体自身难以克服的问题。“互见”法因此也存在显著的缺陷。此外，《史家》“互见”法，还有因史家记叙不确而产生的问题。如西汉孝文帝与其弟淮南王刘厉之事，在《袁盎晁错列传》与《淮南衡山列传》中皆有记叙，却颇有错舛。在《袁盎传》中，记叙淮南王刘厉于迁蜀途中病死，而在刘厉本传中，是绝食而死；《袁盎传》中叙刘厉遗子三人，在本传中说是四人；《袁盎传》中，文帝听闻淮南王死讯，哀伤不已，袁盎巧为宽解，而在本传中，袁盎却建议诛杀嫁祸于他人……这里的错舛，有些可能是史家特意安排，如途中病死，可为文帝开脱，乃其咎由自取；而绝食而死，则是淮南王的反抗所致，也是对文帝的谴责。而有些错舛，可能就是史家疏于检核所致了。这类例子还有不少。如《张丞相列传》附丞相于定国事，并云其事在《张廷尉》语中，然查《张释之冯唐列传》及《酷吏列传》，皆无于定国事本末；《郦生陆贾列传》附录平原君朱建事，云黥布被诛后，因朱建谏不与谋，得不诛，并云语在《黥布》语中，然《黥布列传》并无此语。①

上述"互见"法有长处也有不足，其不足有的是史体自身的原因，有的是史家著作时的照顾不周。后代史著有鉴于此，在采用"互见"之法时就显得更严谨一些了。如《汉书》《后汉书》等，也大量采用"互见"法，后出转精，达到更高的水准。尤其是《后汉书》"互见"法，得到不少史家的肯定，赵翼就称许说其"详简得宜，而无复出叠见之弊者"，并缕列其例："《吴汉传》叙其破公孙述之功，则《述传》不复详载。《耿弇传》叙其破降张步之功，则《步传》亦不复详载。宦者孙程以张防诬构虞诩，上殿力争，事见《诩传》，则《程传》不复载。张俭奏劾中常侍侯览，籍没其家，事见《览传》，则《俭传》不复载。俭避难投孔褒，褒弟融藏之，后事泄，褒兄弟争相死，事见《融传》，则《俭传》不复载。张让矫杀何进，事见《进传》，则《让传》不复载。刘虞以十万众攻公孙瓒，事见《虞传》，则《瓒传》不复载。袁绍尽诛宦官二千余人，无少长皆死，事见《何进传》，则《绍传》不复载。此更可见其悉心核订，以避繁复也。"②《后汉书》的成就，说明了南朝史学著述的进步。

就"互见"法而言，《史记》还只是在纪传间"互见"，至南朝史著，"互见"扩大到纪传与志之间。《后汉书》就出现几次事在史志的例子，如卷十《皇后纪附公主传》，述皇女封公主者所生之子袭封之例，云事在《百官志》；卷六十《蔡邕列传》述诏蔡邕问灾异事，云事在《五行》《天文》志，等等③。至《宋书》，依然采用"互见"之法，如前述《武帝本纪》与《褚叔度传》之互见。其"互见"之法，既有提示语，也有非提示语。据有学者统计，有"事在"提示语的，覆盖了七十卷纪传中的二十八卷，比前代史书更为频繁④。但这都还是传统的做法，即传内互见。

① 所述《史记》中诸例，参《史记》诸传，北京：中华书局，1963年版。
② 赵翼著，王树民校证《廿二史札记校证》卷四，北京：中华书局，2001年版，第81、82页。
③ 《后汉书》卷十《皇后纪附公主传》、卷六十《蔡邕列传》，北京：中华书局，1965年版。
④ 南京大学2012年王尔阳硕士论文《〈宋书〉文学研究》。

《宋书》因所记载的历史时段并不长，篇幅又浩繁，一些影响重大的事件，必然多次出现在不同的篇章中。以刘宋与鲜卑关系为例，自武帝至文帝，宋与北魏纠缠不息，互有进退，宋文帝有心克清边患，遂有元嘉三次北伐，然均告无功。这几次北伐，涉及大批历史重要人物，这些人物皆有本传，"互见"不可避免，作者如何处理，既使之不至重复，又能恰当把握好重点，极见匠心。

《宋书》卷九十五的《索虏传》，集中叙述了宋与北魏的双边关系，以时间为序，将历次战事作了清晰描述。下面我们来看在《索虏传》中涉及的人、事，在该人本传及其他地方再次出现，《宋书》是如何处理的。比如，宋文帝刘义隆，当为北伐的总决策者，但在其本纪中，只是纲领性地作了条目编年。如元嘉七年(430)第一次北伐，《本纪》云：

(元嘉)七年……三月戊子，遣右将军到彦之北伐，水军入河。

秋七月戊子，索虏碻磝戍弃城走。

冬十月。……戊寅，金墉城为索虏所陷。

十一月癸未，虎牢城复为索虏所陷。壬辰，遣征南大将军檀道济北讨，右将军到彦之自滑台奔退。

八年春正月，丁酉，征南大将军檀道济破索虏于东平寿张。

二月，辛酉，滑台为索虏所陷。癸酉，征南大将军檀道济引军还。丁丑，青州刺史萧思话弃城走。①

这是《文帝本纪》中关于元嘉七年(430)、八年(431)征伐北魏的所有记录，只是事件的标题式记叙，无具体内容及细节。

在《索虏传》中，有相应战事的描述：

太祖践祚，便有志北略。七年三月，诏曰："河南，中国多故，湮没非所，遗黎荼炭……可简甲卒五万，给右将军到彦之，统安北将军王仲德、兖州刺史竺灵秀舟师入河，骁骑将军段宏精骑八千，直指虎牢，豫州刺史刘德武劲勇一万，以相掎角，后将军长沙王义欣可权假节，率见力三万，监征讨诸军

① 《宋书》卷五《文帝本纪》，北京：中华书局，1974 年版，第 78—79 页。

事。便速备办,月内悉发。”先遣殿中将军田奇衔命告焘:“河南旧是宋土,中为彼所侵,今当修复旧境,不关河北。”焘大怒,谓奇曰:“我生头发未燥,便闻河南是我家地,此岂可得河南。必进军,今权当敛戍相避,须冬行地净,河冰合,自更取之。”

彦之进军,虏悉敛河南一戍归河北。太祖以前征虏司马、南广平太守尹冲为督司雍并三州豫州之颍川兖州之陈留二郡诸军事、奋威将军、司州刺史,戍虎牢。十一月,虏大众南渡河,彦之败退,洛阳、滑台、虎牢诸城并为虏所没,尹冲及司马荥阳太守崔模抗节不降,投堑死。……太祖与江夏王义恭书曰:“尹冲诚节志概,继踪古烈,以为伤惋,不能已已。”

上以滑台战守弥时,遂至陷没,乃作诗曰:……①

《索虏传》中的战事布置,就详细得多,除了到彦之,还有其他各路兵马。传中还录述了刘宋伐魏的诏书及拓跋焘对此的反应。在叙述滑台、虎牢陷没时,还记叙了尹冲、崔模等殉国的将领,并且描述了文帝对他们的哀悼伤惋,后面还录有文帝感于战事而作的诗。在《索虏传》中,读到的不只是系于年月之下冰冷的史事,还传达出参与这段历史的人物的情感与心态,要丰满得多。

在《文帝本纪》中,国家大事可记者甚多,北伐虽然极其重要,但也只是诸多国事之一,只能交代梗概,而《索虏传》专述北魏,自当详细介绍。《索虏传》中涉及的人、事,对于当事人而言,是生平履历中的大事,在《索虏传》中如果一一介绍,篇幅会过于冗长,则又被放到各自的本传中细述。如北伐的重要人物到彦之,其本传今佚,据《南史·到彦之传》,对其领军北伐的行军路线、实际进军情形等,都有较具体的描述。《南史》叙事较《宋书》有大幅度精简,然在到彦之本传中所述彦之在北伐中事仍较《索虏传》要详细、具体,则《宋书》到彦之传的叙述会更为丰富细致,可以想见。再如另一重要人物檀道济。檀道济在武帝、少帝时为征讨北魏的主帅,《索虏传》在这一部分,叙述檀道济北伐事甚细。文帝朝到彦之主征,在北伐中檀道济地位下降,史著着墨随之减少。实际上,在元嘉七年、元嘉八年的北伐中,檀道济也参与其中,《索虏传》并未叙及,在檀道济的

① 《宋书》卷九十五《索虏传》,北京:中华书局,1974年版,第2331—2333页。

本传中，才能看出他在这两年中的事。

> 元嘉八年，到彦之伐索虏，已平河南，寻复失之，金墉、虎牢并没，虏逼滑台。加道济都督征讨诸军事，率众北讨。军至东平寿张县，值虏安平公乙旃眷。道济率宁朔将军王仲德、骁骑将军段宏奋击，大破之。转战至高梁亭，虏宁南将军、济州刺史寿昌公悉颊库结前后邀战，道济分遣段宏及台队主沈虔之等奇兵击之，即斩悉颊库结。道济进至济上，连战二十余日，前后数十交，虏众盛，遂陷滑台。道济于历城全军而反。[①]

这一部分，当也是元嘉七年(430)、元嘉八年(431)北伐中的重要战事，然在《索虏传》中却几无着墨。《索虏传》中浓墨重彩的是其在武帝、少帝时北伐之事，而这些事在檀道济本传中，叙述又甚为简略。《索虏传》《檀道济传》传涉及北伐之事，就是典型的"互见"笔法，从传中所述的实际内容来看，其之所以这么处理的理由大致也可推测。《索虏传》主要叙述刘宋与北魏双边关系，视其主导者来安排篇幅分量，故武帝、少帝时以檀道济为主，元嘉七至八年时以到彦之为主。由于武帝、少帝时檀道济北伐具体史事已在《索虏传》中叙述，本传中便以略述一概而过，元嘉七至八年北伐事，《索虏传》未述，放在本传中详述，这样既保全了史实，又避免了重复。檀道济本传详述元嘉七至八年北伐事，还有一个很重要的原因，是为后文檀道济最后被诛杀的命运作铺垫。《檀道济传》云："道济立功前朝，威名甚重；左右腹心，并经百战，诸子又有才气，朝廷疑畏之。"[②]由其战功之铺叙，直接转到叙述朝廷对其猜忌，文脉连贯，史事因果关系一目了然。显然，这样一种"互见"笔法详略繁简之处理，既说清楚了基本史实，又将史事之间的关系作了关联和强调，表现出较高的著述技巧。

"互见"对于平衡历史的真实性以及史家的著述倾向，发挥着重要作用。上节所述刘裕派人掩杀晋恭帝之事，不见于《武帝本纪》，而被记录在《褚叔度传》中。史家在刘裕的本纪中有所隐讳，有为尊者讳的因素在内，然揭露历史真实，毕竟是史家的职责所在，故必须记载，而晋恭帝之死的直接凶手是褚氏兄弟，在

① 《宋书》卷四十三《檀道济传》，北京：中华书局，1974 年版，第 1343 页。
② 《宋书》卷四十三《檀道济传》，北京：中华书局，1974 年版，第 1343 页。

他们的传记中顺手记出，也是顺理成章。再如《孝武帝本纪》记叙刘劭弑父后刘骏的事迹："会元凶弑逆，以上为征南将军，加散骑常侍。上率众入讨，荆州刺史南谯王义宣、雍州刺史臧质并举义兵。"①这里提及刘劭篡逆后封刘骏为征南将军一事，但不提刘骏是否接受，按照后面的记叙，似乎刘骏一听到刘劭的暴行，即起兵入讨，俨然一副大义凛然的形象，估计不会接受刘劭的册封。然而，实际情况并非如此。请看卷九十四《恩倖列传·董元嗣》：

> 元嘉三十年，奉使还都，值元凶弑立，遣元嗣南还，报上以徐湛之等反。上时在巴口，元嗣具言弑状。上遣元嗣下都，奉表于劭，既而上举义兵，劭责元嗣，元嗣答曰："始下，未有反谋。"②

董元嗣时为刘骏中郎典签，刘骏得知董元嗣告知刘劭篡弑具体情况，非但没有立即起兵，反而"奉表于劭"，表示臣服。至于举义兵讨劭，那是后来在看到刘劭激起众怒，反劭已成燎原之势后的顺势而为。董元嗣说他"始下，未有反谋"，是实话实说。将董元嗣传与孝武帝的本纪互参，足见刘骏之畏惧怯懦，并非奋然而起的急公好义者。

以上诸例，可以看到"互见"对于还原真实历史、传写历史人物及事件细微复杂的真相，有着非常重要的作用。再以《刘穆之传》为例，刘穆之是刘裕王业的重要辅佐人物，在其本传中，他深得刘裕信任，为刘裕政治地位的擢升，立下汗马功劳。然而，如果把其他人传纪中涉及的刘穆之的一些片段拿过来合观，真相可能就复杂得多。比如《王弘传》记叙义熙十一年(415)刘裕北伐，以刘穆之留守。刘裕平定洛阳之后，派王弘去朝廷讽旨请功，而这事本应让留守的刘穆之去做。传云："时刘穆之掌留任，而旨反从北来，穆之愧惧，发病遂卒。"③从中可以看到，刘裕对刘穆之的信任并不像穆之本传中所写的那样，且本传中在写刘穆之去世，只是简单地说"疾笃"，于义熙十三年(417)十一月卒，而参照《王弘传》，刘穆之的死，是疾病以外的因素加速了他的死亡。又如《谢晦传》中也涉及刘穆之，谢晦本来是刘穆之推荐给刘裕的，刘裕对谢也很信任，委托的权责越来越大，因之和刘穆之产

---

① 《宋书》卷六《孝武帝本纪》，北京：中华书局，1974年版，第110页。
② 《宋书》卷九十四《恩倖·董元嗣》，北京：中华书局，1974年版，第2306页。
③ 《宋书》卷四十二《王弘传》，北京：中华书局，1974年版，第1312页。

生越来越深的隔阂。这里面事实也有刘裕分权制衡的策略在，可见他对穆之的防范。这些"互见"之笔，不但能看到刘裕与刘穆之关系的多面性，也能侧面看到刘裕的为人及性格，对于刘裕的本纪来说，也构成一种"互见"。可以说是以一人之事，而"互见"多人多事，表现史家对这一笔法，使用得越来越得心应手了。

对于一些复杂的人、事与政治斗争，"互见"可以从不同的角度，将问题的各个方面考察清楚。比如刘裕与刘毅、何无忌，是共同起兵讨伐桓玄、匡扶晋室的功臣，何无忌在卢循之乱中，死于徐道覆之手；刘毅因不甘人后，与刘裕决裂，二人兵戈相向，刘毅兵败自缢而亡。刘毅、何无忌因未曾辅佐建宋，刘毅甚至还是刘裕的敌人，是以在《宋书》中无二人传记。但与刘毅相关的事迹，散落在他人传记中，组合起来，刘裕与刘毅之间的政治角逐、刘毅的形象就慢慢浮现出来。如《宋书》卷四十七《刘敬宣传》，记叙刘敬宣对刘毅的品评："夫非常之才，当别有调度，岂得便谓此君为人豪邪？其性外宽而内忌，自伐而尚人，若一旦遭逢，亦当以陵上取祸耳。"①刘敬宣为此招致刘毅的嫉恨，刘毅在刘裕面前进谗，而刘裕利用了二人的矛盾，反而对刘敬宣"大相宠任"。后来刘裕西征刘毅之际，诸葛长民留守建康，趁虚以为刘毅内应，写信劝刘敬宣同谋，敬宣却将诸葛长民的信交给了刘裕。虽然刘毅无传，但在刘敬宣传中的这段叙述，却将刘毅与刘裕权斗的细节作了生动的展示。《刘敬宣传》自是以敬宣为主，对于刘裕、刘毅就构成一种"互见"。其实，刘裕与刘毅的矛盾早就存在，如《宋书》卷六十四《郑鲜之传》叙及一件逸事：

> 刘毅当镇江陵，高祖会于江宁，朝士毕集。毅素好摴蒱，于是会戏。高祖与毅敛局，各得其半，积钱隐人，毅呼高祖并之。先掷得雉，高祖甚不说，良久乃答之。四坐倾瞩，既掷，五子尽黑，毅意色大恶，谓高祖曰："知公不以大坐席与人！"鲜之大喜，徒跣绕床大叫，声声相续。毅甚不平，谓之曰："此郑君何为者！"无复甥舅之礼。②

刘毅是郑鲜之外甥，但郑在政治上显然选择和刘裕同一阵营。刘裕与刘毅

① 《宋书》卷四十七《刘敬宣传》，北京：中华书局，1974年版，第1412页。
② 《宋书》卷六十四《郑鲜之传》，北京：中华书局，1974年版，第1696页。

的不协，在传中所叙述的这件小事上就有很生动的展示。刘毅性格暴躁好胜，在各个方面都不甘人下，对于赌博游戏胜负斤斤计较且言辞激烈，喜怒毕现，“知公不以大坐席与人！”夹枪带棒，咄咄逼人。看到舅舅站在刘裕一边，“无复甥舅之礼”，估计也顾不得长幼之序，出言行止无状。而刘裕也非善与之辈，传中写到的“高祖甚不说，良久乃答之”，惟妙惟肖地表现了刘裕的性格。但刘裕比刘毅更能隐忍，喜怒不形于色，此难怪在二刘之争中，最终以刘裕占上风。郑鲜之的政治头脑也异常清晰，知道最好的选择是什么。在郑鲜之的本传中，以一人而“互见”三人，展现了晋宋之际上层权力斗争曲折而琐屑的细节，使得历史的面貌一时间也生动起来。

《宋书》中的“互见”，不只是局限在纪传之间，还扩大到不同史体，如纪传与志之间。《后汉书》的“互见”扩展到纪传与志不同体类间的“互见”，《宋书》取消了一些史志，如刑法、食货，这部分的内容采取“随流派别，附之纪传”[①]的方式，实际上也可看成一种“互见”，即志见于传。如卷四十二《王弘传》，后半涉及当时刑法的定罪量刑问题，在王弘主持下，多位大臣参与讨论，最后形成制度。这种以传来记志的笔法，除了将志的内容呈现出来，还将相关制度的出台过程，在这一过程中所遭遇的质询、商榷等情况完整展现出来，有其优长之处。

《宋书》“互见”更为扩展的地方，是引述他史以证，用他史来见本史。如《礼志》，述及礼仪之变化，言汉世朝臣见“三公”事，云“事在《汉仪》及《汉旧仪》”；《自序》中提到其曾祖沈穆夫遇害，则云“事见《隆安故事》”……[②]这种著述笔法有点类似注释的意思，省略了不少冗词，显得较为精练，也保持了文气的连贯。

综上，可将《宋书》“互见”笔法的应用及其功能作一总结。《宋书》“互见”有沿袭前史做法的部分，或以提示语，或不用提示语，在纪传之间互见。此外，《宋书》又有自己的扩展，将本属志、书部分的内容，纳入纪传，同时，引入他史作为“互见”的材料。“互见”之功能，其一，当然是避免重复和繁冗，“一事所系数人，

---

① 《宋书》卷十一《志序》，北京：中华书局，1974 年版，第 204 页。

② 《宋书》卷十五《礼志二》，卷一百《自序》，北京：中华书局，1974 年版，第 412 页、2445 页。

一人有关数事，若各为详载，则繁复不堪，详此略彼，详彼略此，则互文相足尚焉”①，“互见”是著述的客观要求。其二，有的“互见”是史家为了表示史意而作的安排，基于对其传主历史形象的认识，对材料作删削筛选，以维护传主的整体形象的统一，然作为史著又必需遵循求真原则，这些被筛选删削的材料就被安排在别的地方。其三，“互见”在写作上，将历史事件放在更为恰当的传记中，使文气变得通贯，避免枝节打断叙述的节奏和流畅。其四，“互见”使整部史著互相之间发生关联，形成一个互相指涉、映射的有机体，一方面可多角度、多层次叙述史事及相关人物，另一方面让历史的呈现更具现场感和真实性，能兼顾求真、求全和求深这三大著述目标。

《宋书》中还有一种叙事手法，不是一人之事在多处描述中出现，而是将关乎多人之事，视叙述需要分散多处。比如文帝登基后为庐陵王刘义真平反事。刘义真是因与徐羡之等人不协，在少帝朝被大权在握的徐羡之遣人加害。文帝登基后，对于徐羡之、傅亮等人妄行废夺极为惮恨，采取一系列措施巩固帝权，削弱徐羡之、傅亮等人实力，元嘉元年(424)八月下诏奉迎刘义真灵柩归葬王陵，即其重要举措。在元嘉三年(426)正月诛杀徐羡之、傅亮的当日，即下诏为庐陵王恢复王爵，大加揄扬。在文帝朝，这是两件极其重大的事件，前者说明文帝的夺权、固权的过程，后者意味着其地位的真正巩固。然在《文帝本纪》中，载录了元嘉元年的诸多诏书，却不载迎庐陵王灵柩一事，元嘉三年(426)诛杀徐羡之、傅亮，却不提为庐陵王平反昭雪之事，此两件事都在卷六十一的《刘义真传》中。如果在《文帝本纪》中也予以载录，再见于《刘义真传》，可视为“互见”，但史家只选择在一处记载。显然，在《刘义真传》中载录此两件事，叙述的文气与脉络更为连贯，也更有道理，因为毕竟是刘义真之事。既然《刘义真传》有载，就不必在《文帝本纪》中再行赘述，这样可避免史文的冗赘。这一手法，与“互见”有一定的关联，可称之为“散见”，即将关乎多人的一件事，选择其中某一位，系于该人传下，这体现了史笔追求精练的精神。当然，究竟系于何人传中，则又包含着史家的各方面的判断，其中信息可慢慢寻味。

除了“互见”“散见”，《宋书》中还有一种极富创意的叙述方法，本书名之为“回贯”，其意在回叙与通贯。回叙类似于大多数史著中的“插叙”与“倒叙”，用

① 靳德峻《史记释例》，上海：商务印书馆，1934年版，第14页。

"初""先是"等词句作为提示,表明叙事时间与次序的转换,或者没有提示词,直接进行叙述次序与时间的转换。比如经常在叙述人物主要行事之后,转到对人物性格、品性的叙述,两者在时间上往往就不是先后的关系。比如卷七十七《柳元景传》在叙述柳元景一生主要经历与行事之后,又回过头来叙曰:"元景起自将帅,及当朝理务,虽非所长,而有弘雅之美。"①接着叙述当朝勋要,多事产业,而元景独无等事,以证其"弘雅之美"。这一部分的叙事,就是一种回叙。再如卷九十三《隐逸·王弘之传》,在叙述王弘之的仕历之后,转叙其"性好钓",在上虞江"三石头"处垂钓之事。此事在时间上与前段所述即非先后关系,以时间序次来判断,亦为"回叙"。又如卷五十三《庾炳之传》,在叙述庾炳之与谢晦抗礼及其从秘书、太子舍人直至其作为始兴王刘濬司马、长沙内史,又转南泰山太守的仕历,随后叙述庾炳之游于刘湛和殷景仁之间的事,传中以"于时"作为叙述时间的过渡,但这个"于时"和前述诸事时间之先后序次,其实并不明晰。庾炳之游于刘湛、殷景仁之间值得记叙,盖因刘、殷矛盾之深,在二者之间形成壁垒分明的两个阵营,"凡朝士游殷氏者,不得入刘氏之门"②,由此可见庾炳之的个性与行为处事之不同凡响。此后,史家笔触转向叙述庾登之个性,叙其"为人强急而不耐烦""性好洁"等特点,并列举了生动的事例。这些事情所发生的时间,与炳之传前述诸事,同样不存在先后关系,而是散布于其一生的各个阶段,属于在交代叙述传主的生平履历之后,回叙其行事风格与为人处事之道。

以上所谓"回叙",乃《宋书》"回贯"叙事中的"回";"回贯"之要义更在于"贯",即这种"插叙"与"倒叙",要对传中的叙事起到一种通贯与统摄,能有效起到卷束全篇的作用。史家为何要在传主的主要经历与行事叙述完毕之后,再插入这么一段,散述其平生事迹,这些事迹与前面的叙述构成一种什么关系?史家之用心及其史笔之精彩,即见于此。如前述《庾炳之传》的回叙,炳之"为人强急而不耐烦"的个性,决定了其行为处事的方式,他能顶撞谢晦,能不顾官场禁忌出入于刘湛、殷景仁之间,都是这一个性的自然表现。因此,这一回叙构成人物的行为逻辑,作为叙传推衍与展开的内在动因贯穿全篇。王弘之的"性好钓",其独钓上虞江"三石头"时,与经过者"渔师得鱼卖不""亦自不得,得亦不卖"的对

① 《宋书》卷七十七《柳元景传》,北京:中华书局,1974年版,第1990页。
② 《宋书》卷五十三《庾炳之传》,北京:中华书局,1974年版,第1517页。

答[①]，那份脱略与洒脱，同样成为其一生屡屡求隐，不求闻达之行事的性格逻辑。

要之，《宋书》中之回叙，是在对传主作出全盘回顾与深刻观察之后，提炼出最能反映传主性格与品质的行事来叙述。从叙述时间上看，其事之发生可能还在此前叙事之前，这可以看成是“倒叙”；或者看不出明显的时间次序，则就不好说是倒叙，故本书以“回叙”统称之。此一“回叙”，由于是对传主个性、品质的集中提炼，自然就成为凝练全篇的叙事神理，贯穿于整篇传记，此即为“回贯”叙事。

第四节 《宋书》的“带叙”与家传

“带叙”是《宋书》纪传重要的叙述方法，即在某人传纪中，旁及其亲友子嗣，一人传下，分列多人。带叙之人，或与主传人物的处境、遭遇等有交集，或对其行为、命运等有重要作用，或具有亲缘僚属之关系，而这些人自身的事迹或地位又不足以来立专传，于是就放在主传中带叙。带叙的形式，大多也是按照传纪的一般写法，交代其出身、籍贯，概述其主要事迹，与附传、家传类似，但有所不同的是，附传、家传的独立性更强，能独自成传，而带叙对主传有较强的依附性，不足以独立成传。然而，不少带叙篇幅还颇为可观，甚至不亚于主传。

《宋书》“带叙”法较早由赵翼揭示，赵翼《廿二史札记·宋齐书带叙法》云：“其人不必立传，而其事有附见于某人传内者，即于某人传内叙其履历以毕之，而下文仍叙某人之事。”[②]赵翼举了不少例证，如卷五十一《刘道规传》带叙刘遵，卷六十一《刘义真传》带叙段宏，卷六十四《何承天传》带叙谢元，卷六十七《谢灵运传》带叙荀雍、羊之璿、何长瑜等。这些带叙人物，有的与主传叙事有交集，参与主传叙事，有的则相对独立。

先看带叙如何参与主传叙事。如《刘义真传》带叙的段宏，在刘义真传中，也参与到义真事的叙述之中，是兵乱中救义真脱难者。传中先叙义真被虏骑追逐：“日暮，虏不复穷追。义真与左右相失，独逃草中。中兵参军段宏单骑追寻，缘道叫唤，义真识其声，出就之，曰：‘君非段中兵邪？身在此。’宏大喜，负之而

① 《宋书》卷九十三《隐逸·王弘之传》，北京：中华书局，1974年版，第2282页。

② 赵翼著，王树民校证《廿二史札记校证》，北京：中华书局，1984年版，第184页。

归。义真谓宏曰：'今日之事，诚无算略。然丈夫不经此，何以知艰难。'"段宏在叙事的过程中，随事情的发展自然出场。随后再参与到义真传的叙事之中："义真寻都督司、雍、秦、并、凉五州诸军、建威将军、司州刺史，持节如故。以段宏为义真咨议参军，寻迁宋台黄门郎，领太子右卫率。"这时，再专门介绍段宏，进入段宏的专传叙述："宏，鲜卑人也，为慕容超尚书左仆射、徐州刺史。高祖伐广固，归降。太祖元嘉中，为征虏将军、青冀二州刺史。追赠左将军。"前后承接，极为自然连贯，不落痕迹，如盐入水一般融渗进去，然后又从段宏转到主传部分："时义真将镇洛阳，而河南萧条，未及修理，改除扬州刺史，镇石头。"①整个的叙述节奏、流程，没有丝毫牵强，行云流水一般。

带叙人物参与主传叙事，成为主传的组成部分，为了叙述的连贯性，带叙人物往往灵活地插入主传中，视实际需要来安排叙述内容。在形式上有时并不完整，其籍贯、家世等，或有省略。如《檀道济传》中带叙薛彤、高进之："又收司空参军薛彤，付建康伏法。""收道济子夷、邕、演及司空参军高进之，诛之。薛彤、进之并道济腹心，有勇力，时以比张飞、关羽。初，道济见收，脱帻投地曰：'乃复坏汝万里之长城！'"②薛彤、高进之乃檀道济心腹，受檀道济株连被文帝诛杀。二人事迹不足以立传，但在檀道济的事件中，又是较重要的人物，通过二人被诛，也显示了文帝的猜忌和刻毒，同时，借二人之口说出文帝自毁长城的不智之举。这一段带叙，承担了较多的功能，除了使主传的叙述更为丰富、深入，还有史论的作用，二人被收狱时的举动和言语，代史家作评论，可以说是直接将史论融入叙事之中。带叙与主传的关系不仅水乳交融，且相得益彰。

在带叙之外，以家庭、家族集体列传，即所谓家传，也是《宋书》的一大创制。相对于带叙来说，家传因社会关系与主传发生联系，而非从叙事自身延伸出来，其独立性要强一些。家传一般在主传前后，或通过家族介绍引出主传的传主，或因主传而牵涉延及。如卷五十的《刘康祖传》，主传在简略交代"刘康祖，彭城吕人，世居京口"这一基本情况之后，转而叙述其伯父刘简之，又由刘简之转到其弟刘虔之、刘谦之，然后再由刘虔之转到其子：正传的传主刘康祖。转了一大圈，把刘氏家族的重要人物都作了介绍之后，才回到正文。刘氏家族的这几位，一方面是其

① 《宋书》卷六十一《刘义真传》，北京：中华书局，1974 年版，第 1635 页。
② 《宋书》卷四十三《檀道济传》，北京：中华书局，1974 年版，第 1344 页。

自身行事有值得记叙之处，另一方面，介绍他们能反映刘康祖的出身、家族背景，对正传人物也是必要的补充。卷四十二《刘穆之传》叙其三子，又由三子延及孙辈，则是安排在主传之后；同卷《王弘传》叙王弘弟、子、侄，亦如此；卷五十四《孔季恭传》叙其弟孔灵符、侄孔渊之；卷五十五《臧焘传》叙其子臧邃、臧绰，孙谌之、凝之，又由臧凝之引出傅僧祐；卷五十六《谢瞻传》叙其弟谢晙，《孔琳之传》叙其子孔邈……这些家传，篇幅或长或短。短者仅略述生平及仕历大概，详者则铺叙行止事迹，比如《刘穆之传》所叙刘瑀，篇幅就很长，述其行止，也事非一端。

家传人物，之所以立传，固然是为了追溯家族的血统与门风，也还有一种情况，即因为该人物所涉及的某件具体事务，具有重要的历史价值，其人虽不足以立传，而其事却足以记录。如某些重要的典章制度，《宋书》虽然也立有各类《志》书来记叙，但有些典章制度不仅要说明清楚其自身的内容，还要说清其出台背景、社会效果、具体应用等，放在纪传中，随人物、事件的出现来叙述，也有其更好的表达效果。前述《土弘传》，就有一段关于刑罚的辨析，事实上当属《志》书内容，但《宋书》将其放到人物传中，以王弘为叙述主体，在传中引述各人的意见，让这些意见之间互相问难、辨析，将事理交代得非常清楚，也使法令出台的背景得到清晰的显现。当然，如果就传述王弘本人来说，插入这一段并非一定是必要的，就叙事的节奏与连贯性来说，甚至还有负面的影响，但就刘宋法律制度的出台及具体制度的历史承变来说，这段看似繁冗或生硬的插叙，却非常有意义。事的重要性，在某些时候超越人而成为叙述的中心，甚至因为某一件、两件事，有时还得专门立传，不少附属家传，就属于因事而立传的情况。如卷五十四的《孔季恭传》附季恭侄孔渊之传，即因专事可记，得以入传。孔渊之本人的事迹并不多，但他所处理的一个案例，涉及当时对刑罚的具体应用及评断，却很有特色。孔渊之传的重点就是记叙这一特殊刑罚案例，这是一桩民间家庭纠纷所致的命案，叙述起来颇为复杂，于是以专传篇幅来作专门交代：

> 渊之，大明中为尚书比部郎。时安陆应城县民张江陵与妻吴共骂母黄令死，黄忿恨自经死，值赦。律文，子贼杀伤殴父母，枭首；骂詈，弃市；谋杀夫之父母，亦弃市。值赦，免刑补冶。江陵骂母，母以之自裁，重于伤殴。若同杀科，则疑重；用殴伤及骂科，则疑轻。制唯有打母，遇赦犹枭首，无骂母致死值赦之科。渊之议曰："夫题里逆心，而仁者不入，名且恶之，况乃人

事。故殴伤咒诅，法所不原，詈之致尽，则理无可宥。罚有从轻，盖疑失善，求之文旨，非此之谓。江陵虽值赦恩，故合枭首。妇本以义，爱非天属，黄之所恨，情不在吴，原死补冶，有允正法。”诏如渊之议，吴免弃市。①

从上引文字中可以看到，这是一件非常生动的案例，事情并不复杂，但要说清楚却很不容易。法律规定了子、媳打、骂父母和殴杀父母的刑罚，而这里遇到的情形是子与妻共骂母亲，导致母亲自杀身亡。法律条文没有关于这种情况的律例，参照现成条文，处罚不是过轻，就是过重，且妻与子是否应同等治罪，也是问题。这里既要交代法律条文的具体内容，又要讲清楚所遇到的事，并且要分析其与现行法律条文之间的对应关系，要想说清楚这么纠结的问题，以专人带叙，用专章篇幅，就可以从容铺叙，而这一问题，对于刑罚的现实应用，显然也极有标示的意义。所以，家传也不仅仅只是因人可传，也有因事而传的情况。

带叙、家传作为《宋书》的体制或叙述笔法，往往与其他叙述方式相配合，如“互见”。卷五十三《谢方明传》，叙其子谢惠连，而惠连与谢灵运交往事，则云“事在《灵运传》”；卷四十五《刘怀慎传》叙怀慎侄道隆，述及其泰始中被太宗赐死，云“事在《建安王休仁传》”，由道隆引出王谦之，由王谦之再引出谦之子应之，叙及王应之为湘州行事何慧文所杀，云“事在《邓琬传》”，等等，这则是家传、带叙与“互见”三种类型都有。

与带叙、家传相配合的，还有一种笔法，可称之为“隐笔”，类似于“春秋笔法”。但“春秋笔法”是通过对词汇意义的界定和区别运用，来表示史家的立场态度和历史评价，《宋书》的“隐笔”，则是通过叙事，从一件事或一件事的某个细节中，看出更多的问题，在表面极为经济的笔墨之后，隐藏着其他更为丰富的内容。如《刘义真传》叙述刘义真被佛佛虏追击，宋军于青泥大败，有这样一段记叙：“初，高祖闻青泥败，未得义真审问，有前至者访之，并云‘暗夜奔败，无以知存亡’。高祖怒甚，克日北伐，谢晦谏不从。及得宏启事，知义真已免，乃止。”此段叙述中，涉及带叙的段宏，亦可与高祖传产生“互见”，从中可以看到刘裕对庐陵王的宠爱；同卷，徐羡之等谋废庐陵王，羡之上表，历数庐陵王之非，而前吉阳令张约之上疏抗辩，传中在将两人的表奏引述之后，叙述道：“书奏，以约之为梁

① 《宋书》卷五十四《孔季恭传》，北京：中华书局，1974 年版，第 1534 页。

州府参军，寻又见杀。”①徐羡之的专横跋扈，以及刘宋王室权力斗争的残酷，不必专门去叙述，仅这短短一段事实的交代，就充分显现出来。

《宋书》采用带叙法及家传体式，既有写作方面的考虑，也有历史文化方面的缘由。从写作的角度来说，对主传叙述有所助益。带叙、家传一般皆为主传人物的亲属或僚友，因之与主传产生联系，实际上构成了主传的社会背景、成长环境、行为动机、事件因由等，对于主传起到一种“互见”或补叙的作用。以《刘穆之传》所叙刘穆之孙刘邕、刘瑀为例，二人之行为皆多不堪，从中映射着穆之家族自其贵富之后的淫侈放纵、家风堕落。反之，卷五十二《谢景仁传》所带叙景仁弟谢纯、谢述，在外者忠于职事，在内者悌友敬睦，谢纯最后以身殉主，追随刘毅而死；谢述扶丧回乡，历险而忘身。谢氏一门的家教家风，从中也可见一般。这对于主传人物谢景仁的事迹行止，无疑也能起到一种诠释的作用。

上述作用，还仅是主传的外证，对主传事件、行为直接推动的带叙，则参与构成主传的内在动因。如上述《刘义真传》中的段宏，直接改变了传主刘义真的命运，甚至在某种程度上，还改变了某段时间内的历史。传云：“初，高祖闻青泥败，未得义真审问，有前至者访之，并云‘暗夜奔败，无以知存亡’。高祖怒甚，克日北伐，谢晦谏不从。及得宏启事，知义真已免，乃止。”②因为段宏的介入，使刘义真幸免于难，直接消弭了一场大规模的战争。卷四十七《刘敬宣传》中的司马道赐，以带叙的形式加入叙事，成为刘敬宣命运的终结者。传中在叙述敬宣进号右将军之后，转叙司马道赐：“司马道赐者，晋宗室之贱属也，为敬宣参军。……”叙述中心转到司马道赐，但又注意交代其与刘敬宣的关系。随后即叙述道赐意图谋反的种种动作，直到如何安排人谋杀刘敬宣。带叙者乃主传人物的终结者，对于主传人物及事件发展，起到决定性的作用。

从叙事学的角度来看，传主是一切行为的发生者、事件的主导者。在热奈特的叙事学中，有所谓“叙述主体”“受述者”等概念③，史家作为“叙述主体”，是一种全知型叙述，控制着整体叙事文本，纪传中的传主则是“受述者”，因“叙述主体”的叙述行为而产生。如果将一篇人物传记看成一个有机叙事整体的话，

---

① 《宋书》卷六十一《刘义真传》，北京：中华书局，1974 年版，第 1635、1638 页。

② 《宋书》卷六十一《刘义真传》，北京：中华书局，1974 年版，第 1635 页。

③ （法）热拉尔·热奈特著，王文融译《叙事话语》，北京：中国社会科学出版社，1990 年版。

在此一叙事有机体中，“受述者”又是文本中事件和行为的“叙述主体”，在单人传记中，“受述者”是唯一的文本“叙述主体”，很容易侵蚀史家全知“叙述主体”的叙事功能，使叙事按照人物自身性格、行为的逻辑发展，历史文本变为小说文本。带叙事实上就改变了这一历史叙事的危机，将叙事主导权由文本之内的“受述者”重新回到史家那里。在《刘敬宣传》中，司马道赐出场，就可以看到史家作为“叙述主体”的强烈干预痕迹，不妨看一下原文相关部分：

> 高祖谓王诞曰：“阿寿故为不负我也。”十一年正月，进号右将军。
>
> 司马道赐者，晋宗室之贱属也，为敬宣参军。至高祖西征司马休之，道赐乃阴结同府辟闾道秀及左右小将王猛子等谋反。道赐自号齐王，以道秀为青州刺史，规据广固，举兵应休之。敬宣召道秀有所论，因屏人，左右悉出户，猛子逡巡在后，取敬宣备身刀杀敬宣，时年四十五。①

上引是原文的两段，前一段皆以刘敬宣为主体，刘为唯一“受述者”，所有人物的行为、动作皆围绕刘敬宣展开，后一段突然以“司马道赐者”插入，针对另一受述者展开叙述，中间没有任何过渡、转圜，从叙述技法来说，很是生硬。如果“受述者”不改变，依然以刘敬宣为主，则第二段的叙述应该如下承接：

> 敬宣参军司马道赐，晋宗室之贱属也，阴结同府辟闾道秀及左右小将王猛子等谋反，自号齐王，以道秀为青州刺史，规据广固，举兵应休之。敬宣召道秀有所论，因屏人，左右悉出户，猛子逡巡在后，取敬宣备身刀杀敬宣，时年四十五。

如果按照这样的叙述方式，“受述者”一直没有变化，段落之间的承接也比较自然，叙述流畅。而史家没有采取这种叙述方式，用略嫌生硬的带叙，改变叙事文本的主要“受述者”，虽然就叙事而言，破坏了文本的流畅性，却使史家的叙述行为变得非常突兀，让读者清晰地感知这是由叙述主体完全控制着的叙事文本，这个文本内所发生的一切，都是客观规定好的，文本并不会生成内在的叙事

① 《宋书》卷四十七《刘敬宣传》，北京：中华书局，1974 年版，第 1415 页。

行为。这样的文本，非有机的生长文本，而是已经生成的文本，亦即历史文本。由此可见，带叙具有叙事学上的功能意义，就《宋书》而言，起到了加固其历史叙事这一属性的作用。

此外，带叙或家传在叙述上也构成一种层进式的叙述关系，形成一种蝉联比附的叙述效果。在《宋书》中，带叙或家传将叙述分成多个层次，由主传直接带叙为第一层，由带叙者再延展到另一人，与主传的关系又隔了一层，可看成第二层叙述，还可继续延展，有第三层、第四层……如《刘穆之传》，长子刘虑之，为第一层叙述，虑之子刘邕，为第二层叙述；中子刘式之为第一层叙述，式之长子顗、顗弟衍、衍弟瑀为第二层叙述。《向靖传》，向靖子向植、弟向劭为第一层叙述，向植弟，虽同为向靖之子，然在传中是由向植引出，则为第二层叙述。《谢景仁传》，其弟谢纯、谢述为第一层叙述，谢纯孙谢沈，为第二层叙述。《刘怀慎传》，叙述关系更杂，怀慎子德愿、荣祖，弟怀默可看成第一层叙述，怀默子道球为第二层，道球弟孙登，孙登弟道隆，可看成第三层，然因孙登再引出与刘怀慎家族并无血缘关系的王谦之、马文恭，家传与带叙相掺杂，则就是第四层了，王谦之子王应之为第五层，应之弟王云之，按人物亲缘关系，当同为第五层，而按传中叙述层次看，由应之引出云之，则是第六层了。这使得传记不是一人到底式，“受述者”受史家支配，为史家的著述意图服务；同时，叙述整体结构的层进关系，也较以一人为主的平面方式，能够容纳更多的内容，且有助于叙述得更清楚。犹如一个题目，其包含的内容总是有限的，若容纳更多，在同一题目下显得捉襟见肘，则不如另起一篇。带叙或家传，摆脱了原传在篇幅和内容上的限制，自开一篇，可以舒展手脚。

《宋书》家传注重亲缘关系，主传所附家传，多为同一家族中的几代人物，这与当时士族文化重视门第、血缘等传统有关，也与沈约自身的出身与士族意识有关。吴兴沈氏，本为江东大族，晋人钱凤曾谓王敦云：“江东之豪，莫强周、沈”(《晋书·周札传》)，其势力之大，足以左右整个政坛的政治走向。沈约的祖父为刘宋政权的建立，也立下卓著的功勋，为其家族带来荣耀，也为沈约烙下深刻的血缘优越的印记。事实上，南朝自刘宋始，统治者为巩固其权力，就开始不断削弱士族的实际权力，如刘裕对士族采取的策略就是：“除其宿衅，倍其恩泽，贯叙门第，显擢才能”①，从中可以看到，政府削弱士族实际权力的策略或代价就

① 《宋书》卷九十三《隐逸·宗炳》，北京：中华书局，1974年版，第2278页。

是对其虚名及荣誉的提高，而这无疑会助长社会上重视门第的风气。裴子野《宋略·选举论》对当时社会风气有生动的描述："自是三公之子，傲九棘之家，黄散之孙，蔑令长之室。转相骄矜，互争铢两。所论必门户。"①沈约原本就很看重门第，受社会风气的影响，这一观念得到进一步加强。时东海王源嫁女给富阳满氏，竟引得沈约专门上表弹劾，在那份弹奏中，沈约明确表达了他坚持婚姻要"本其门素，不相夺伦，使秦、晋有匹，泾、渭无舛"的门第观，对于王源嫁女，沈约议论道："东海王源，嫁女与富阳满氏，源虽人品庸陋，胄实参华。曾祖雅，位登八命；祖少卿，内侍帷幄；父睿，升采储闱，亦居清显。源频叨诸府戎禁，豫班通彻，而托姻结好，唯利是求，玷辱流辈，莫斯为甚。"②王源虽然家道衰落，人品猥劣，然其出身及门第高华，王氏的婚姻不仅是其一家之事，还关乎到整个社会的伦理秩序，沈约士族门第思想意识之强烈，也许今人很难理解，然联系到齐梁时期的社会风气，就很自然。因此，《宋书》的写作中，士族成为叙述中心，也就毫不奇怪了。中华书局版的《宋书》整理出版说明中说："有关地主阶级中代表人物高门士族的传，几乎占了半数。仅就王、谢二族来说，宋书里王氏立传的达十五六人，谢氏立传的也近十人之多。……《宋书》中对于士族中的人物，总说什么是'前代名家'，风度'简贵'，'风格高峻'，'世重清谈，士推素论'，等等。"③当然，这确能说明沈约对士族的看重，同时在当时的历史环境中，这些人也的确是历史的主导者，且这也不能说仅是沈约的个人偏见，而是其时的历史语境，就是这样一个看重士族的情境。在《宋书》中，就有很多现成的例子，如卷四十五《王镇恶传》，高祖谓诸将曰："镇恶，王猛之孙，所谓将门有将也。"④卷五十二《谢景仁传》，谢景仁从祖为东晋名相谢安，因之颇得时望，传云："高祖甚感之，常谓景仁是太傅安孙。及平京邑，入镇石头，景仁与百僚同见高祖，高祖目之曰：'此名公孙也。'"⑤《宋书》中确有不少人物，并无彪炳的事功，却因门第高华而入传，但值得注意的是，门第之后，是一种文化上高雅的风骨与传统，通过

① 裴子野《宋略·选举论》，见《通典》卷十六《选举四·杂议论上》，北京：中华书局，1988年版，第389页。

② 萧统编，李善注《文选》卷四十沈约《奏弹王源》，上海：上海古籍出版社，1986年版，第1813—1814页。

③ 《宋书》之《出版说明》，北京：中华书局，1974年版，第3页。

④ 《宋书》卷四十五《王镇恶传传》，北京：中华书局，1974年版，第1366页。

⑤ 《宋书》卷五十二《谢景仁传》，北京：中华书局，1974年版，第1493页。

这些士族人物，标示一种价值观。刘裕就曾经感慨说："羊徽、蔡廓，可平世三公。"[①]这就是文化的力量，在最高统治者眼中，其价值与重要性，不亚于庙堂的公卿将相。

以琅邪王氏而言，作为士族的代表，就在于其在礼法制度、进退举止等方面，为社会所树立的规范和标杆。如王弘，传云其"明敏有思致，既以民望所宗，造次必存礼法，凡动止施为，及书翰仪体，后人皆依仿之，谓为'王太保家法'"，传主自己就有着明确的文化担当与承传的自觉意识。再如《王微传》，该传以王微书札为主体组成，反映其素无宦情、高蹈洒脱及重于情谊的高士风度；另一位王华，恰恰相反，他不像王微那样素无宦情，在官场浸淫甚深，然其"不为饰让，得官即拜"，对比士大夫虚伪矫饰的风气，自有一段天真自然；王昙首，"幼有业尚，除著作郎，不就。兄弟分财，昙首唯取图书而已"；王敬弘，"少有清奇……性恬静，乐山水"；王昙首子王僧绰，"幼有大成之度……沉深有局度"……士族的品格、气质与局度，成为一种文化标杆。家传的创制，从积极的方面来看，对于那种精神重于物质、品格重于仕宦的士文化精神，有较重要的意义。当然，重士族，并非意味着不分原则，文饰具体个人的缺点或负面表现。比如上述王华，固然不像其他士人那样伪饰，然此人盲目自傲，"性尚物，不欲人在已前"，性格缺陷也非常明显；而王华之子"人才既劣，位遇亦轻"，一代不如一代，在史传中也有明确记录。[②] 这反映了一个史家的职业素质，而无论正面还是负面，史家的价值观都是一致的，其所褒扬与贬斥者，也是明确的。

第五节 《宋书》的小说笔法及意味

史著选材新奇有趣，叙述生动细致，会增加其可读性，并使读者得到近似于小说的意味。这些在《史记》《汉书》《后汉书》中都有表现，以至于后代的小说叙事，多有在史著中汲取灵感与技法者。《宋书》叙事，同样有不少具有小说意味的地方，这也是其具有文学性的重要方面。清人郝懿行曾谓《宋书》"喜谈搜琐，

---

① 《宋书》卷五十七《蔡廓传》，北京：中华书局，1974 年版，第 1573 页。

② 本段所述诸人见《宋书》卷四十二《王弘传》，卷六十二《王微传》，卷六十三《王华传》《王昙首传》，卷六十六《王敬弘传》，卷七十一《王僧绰传》。

攟摭隐怪，时同小说家言”(《晋宋书故·宋书传》)，郝氏所着眼者，主要在选材，除选材外，叙事方式及特点，同样有富有小说意味之处。故本节主要从选材与写作两方面着手，来讨论《宋书》与小说的联系。

先看《宋书》的选材。作为史著，《宋书》总体上秉持史著本色，所载史事大多为具有历史价值的军国大事，且以直书实录者居多，一般没有在事实之外作过多的渲染和添加。尤其是那些谶纬神怪之说，《宋书》专门有三卷《符瑞志》予以集中记载，然在本传中，作了不少剔除和筛选，显示出较进步的著史观念。

受谶纬神学之影响，史著杂以怪异不经之事，所在多有。如《史记·始皇本纪》记始皇死前的预言者：“有人持璧遮使者曰：‘为吾遗滈池君。’因言曰：‘今年祖龙死。’使者问其故，因忽不见，置其璧去。使者奉璧具以闻。始皇默然良久，曰：‘山鬼固不过知一岁事也。’退言曰：‘祖龙者，人之先也。’使御府视璧，乃二十八年行渡江所沈璧也。”[①]其事实堪骇异。再如《高祖本纪》记叙刘邦出生：“刘媪尝息大泽之陂，梦与神遇。是时雷电晦冥，太公往视，则见蛟龙于其上。已而有身，遂产高祖。”[②]就更为荒诞。然神话历史名人的出生，在先秦两汉，就已经建立了一套模式与传统。如《诗》神话后稷的出生，为姜嫄“履帝武敏”的结果，而在《尚书·帝命验》《尚书中候》等纬书中，禹是“白帝精”，周文王是“苍帝子”，等等。应天而生，君权神授，是帝王取得合法性的重要依据。史著的载录，不过沿袭这一文化传统而已。《宋书》因之还专设《符瑞志》三卷，上卷记历代君王降生、登基之符瑞，中卷记动物符瑞，下篇记植物符瑞，对此一传统作了集成式的整理与发扬。

《符瑞志》前小序云：

> 夫体睿穷几，含灵独秀，谓之圣人，所以能君四海而役万物，使动植之类，莫不各得其所。……夫龙飞九五，配天光宅，有受命之符，天人之应。[③]

圣人之出，必有天地之应，盖因圣人内蕴之睿智道德。如果剔除这些附会怪诞不经的因素，其强调圣人必须具有内在高尚的品行，只有具备这一素质，方

① 《史记》卷六《秦始皇本纪》，北京：中华书局，1963 年版，第 259 页。
② 《史记》卷八《高祖本纪》，北京：中华书局，1963 年版，第 341 页。
③ 《宋书》卷二十七《符瑞志上》，中华书局，1974 年版，第 759 页。

可感应上天，而那些不具备此德行者，就沦为“力争之徒”“乱臣贼子”了。从这一角度来说，符瑞说也有积极意义的一面。当然，这一积极意义是由结果来推原因，实际上摆脱不了成王败寇，成则圣明，败则愚暴的逻辑。尽管如此，史家将历史人物的成功归因于德行，并以此作为天人感应的基础，也显示出史家在暴虐残酷的历史现实中，挣扎着建设儒家政治文明的努力。

《宋书》将帝王出生、登基的诸多符瑞征兆集中在《符瑞志》中，因此在本纪中，反而可以省略。如《符瑞志》记刘裕出生时的情形，“始生之夜，有神光照室，其夕，甘露降于墓树”，宋少帝被废，刘义隆即位，也早有征兆：“景平三年四月，有五色云见西方。时文帝为荆州刺史，镇江陵，寻即大位。”①在本纪中写刘裕出生，“高祖以晋哀帝兴宁元年岁次癸亥三月壬寅夜生”，没有任何奇异之处；写文帝继位，“景平二年七月中，少帝废。百官备法驾奉迎，入奉皇统”②，亦无天象的预兆。《宋书》这样处理，使正式的传记显得更为客观，值得称道。

不过，对于那些没有写进《符瑞志》的史料，《宋书》在本传中并没有省略。如卷四十三《徐羡之传》，在主传叙述结束后，引述谣传的符命验兆方面的资料来解释徐羡之的命运及经历：

> 初，羡之年少时，尝有一人来，谓之曰：“我是汝祖。”羡之因起拜之。此人曰：“汝有贵相，而有大厄，可以钱二十八文埋宅四角，可以免灾。过此可位极人臣。”后羡之随亲之县，住在县内，尝暂出，而贼自后破县；县内人无免者，鸡犬亦尽，唯羡之在外获全。随从兄履之为临海乐安县，尝行经山中，见黑龙长丈余，头有角，前两足皆具，无后足，曳尾而行。及拜司空，守关将入，彗星晨见危南。又当拜时，双鹳集太极东鸱尾鸣唤。③

这一附记就史传叙事而言，并无多少特别的深意，而是谶纬思想附和着民间的迷信观念，有着浓厚的宿命论色彩。

再如卷四十七《刘敬宣传》记敬宣被害前的凶兆：

---

① 《宋书》卷二十七《符瑞志上》，中华书局，1974年版，第783页，第786页。

② 《宋书》卷一《武帝本纪上》、卷五《文帝本纪》，中华书局，1974年版，第1、72页。

③ 《宋书》卷四十三《徐羡之传》，北京：中华书局，1974年版，第1334—1335页。

先是，敬宣未死，尝夜与僚佐宴集，空中有放一只芒屩于坐中，坠敬宣食盘上，长三尺五寸，已经人著，耳鼻间并欲坏。顷之而败。丧至，高祖临哭甚哀。子祖嗣。①

刘敬宣是被其参军司马道赐谋害而死，死于非命，身首不得保全，则此处用被人穿过的一只败坏的破草鞋来暗示其命运，象征性非常明显。

又如卷七十九《刘诞传》，在刘诞被诛杀之后，追记其曾遇到的一些怪事：

诞为南徐州刺史，在京夜，大风飞落屋瓦，城门鹿床倒覆，诞心恶之。及迁镇广陵，入城，冲风暴起扬尘，昼晦。又中夜闲坐，有赤光照室，见者莫不怪愕。左右侍直，眠中梦人告之曰："官须发为槊毦。"既觉，已失髻矣，如此者数十人，诞甚怪惧。大明二年，发民筑治广陵城，诞循行，有人干舆扬声大骂曰："大兵寻至，何以辛苦百姓！"诞执之，问其本末，答曰："姓夷名孙，家在海陵。天公去年与道佛共议，欲除此间民人，道佛苦谏得止。大祸将至，何不立六慎门。"诞问："六慎门云何?"答曰："古时有言，祸不入六慎门。"诞以其言狂悖，杀之。又五音士忽狂易见鬼，惊怖啼哭曰："外军围城，城上张白布帆。"诞执录二十余日，乃赦之。城陷之日，云雾晦暝，白虹临北门，亘属城内。②

此段怪异之事，与符瑞之兆在作用上相同。符瑞显示吉兆，预示着贤圣者登台上位，而这里的大风扬尘，白昼如晦，则是对祸乱者的反面预警。刘诞为人骄横恣肆，虐戾不悛，在职劣迹斑斑，加上孝武帝忌惮其势大，必欲除之。刘诞最终死于朝廷的征伐之中。此中固然有统治阶级高层的内斗，然刘诞的多行不义，也是重要根源。史传所载恶兆，无论是否属实，将其看成是对传主天亦厌之的评判，则别有一番意味了。

因此，对于《宋书》中的异事，有时还得透过其怪诞的表象，作进一步的思考。在那些怪诞背后，可能有史家的特殊用意，也可能本身就别有寓含。《刘敬

---

① 《宋书》卷四十七《刘敬宣传》，北京：中华书局，1974 年版，第 1415—1416 页。
② 《宋书》卷七十九《文五王・刘诞传》，北京：中华书局，1974 年版，第 2036—2037 页。

 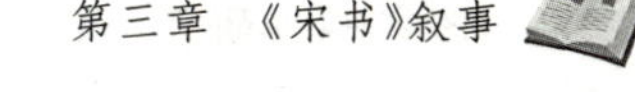

宣传》还有一处预兆，成为其倒戈讨伐桓玄的理由：

> 敬宣素晓天文，知必有兴复晋室者。寻梦丸土服之，既觉，喜曰："丸者桓也。桓既吞矣，吾复本土乎！"乃结青州大姓诸崔、封，并要鲜卑大帅免逵，谋灭德，推休之为主，克日垂发。①

这件事的背景是刘牢之与刘敬宣合谋倒戈袭击桓玄，时间定在早上，适逢大雾，一直到很晚敬宣还没有到。刘牢之以为计划泄漏，于是率部逃走，后多方寻找刘敬宣，因敬宣还京口迎家室，牢之寻访不得，以为敬宣为桓玄所擒，乃自缢死。在这一背景下起事，讨伐桓玄，多有不利。刘敬宣托梦吞丸，并将"丸"附会为"桓"，以吞丸示灭桓，无论其梦真假，这一梦兆多少能起到稳定军心、增强信心的作用，可以说是非常精明的政治策略。

奇事异闻的背后，托谶兆以图权柄、以谋军政，是古人惯常的政治策略。刘裕在称帝之前，进行一系列政治与舆论上的准备，图谶就是其中重要的内容。《宋书·符瑞志》载：

> 庐江霍山常有钟声十二。帝将征关、洛，霍山崩，有六钟出，制度精奇，上有古文书一百六十字。冀州有沙门法称将死，语其弟子普严曰："嵩皇神告我云，江东有刘将军，是汉家苗裔，当受天命。吾以三十二璧，镇金一饼，与将军为信。三十二璧者，刘氏卜世之数也。"普严以告同学法义。法义以十三年七月，于嵩高庙石坛下得玉璧三十二枚，黄金一饼。汉中城固县水际，忽有雷声，俄而岸崩，得铜钟十二枚。又巩县民宋耀得嘉禾九穗。后二年而受晋禅。②

所谓嵩皇神的托告，无人可证，而嵩高庙石坛下的玉璧与黄金，以及汉中城固的十二枚铜钟，完全可以事先布置好。在刘裕称帝以后，又有太史令奏陈天文符谶，从义熙到元熙十几年的星象，都证明晋祚将衰，天命归刘。事前有预

① 《宋书》卷四十七《刘敬宣传》，北京：中华书局，1974年版，第1411页。
② 《宋书》卷二十七《符瑞志上》，北京：中华书局，1974年版，第784页。

兆，事后有补证，当这些离奇罕见的事物与景象，最终都作为政治人物及政权天命合法的证明时，荒诞也就具有了严肃的意义。史著中载入这些新奇的内容，增添了阅读的魅力，在某种程度上变得和小说一样生动有趣。

政治人物制造这些谶纬奇闻，是要社会舆论相信其真实性，而事实上，估计真正相信的人不多，政治人物大概也知道这一情形，但只要不捅破这一层纸，大都不妨揣着明白装糊涂。《宋书》卷七十四《沈攸之传》，桂阳王刘休范密有异志，欲劝沈攸之同谋，让道士作《天公书》一函，题云“沈丞相”，借天意给沈攸之政治承诺。沈攸之就根本不相信什么天公之命，收到书函之后，并未开封，而是直接呈送朝廷，致使刘休范的图谋破产。[①]朝廷同样也不相信这天公的神话，而是迅速识破了刘休范的谋逆之心。从这个角度来说，这些与小说一样新奇有趣的奇闻怪事，很多都是当事人编造或虚构出来的，是他们用种种想象和计谋，在历史的书卷上编写的实实在在的小说。

有些奇闻，可能是在民间口耳相传，史家不加辨析地将其记录下来，说明《宋书》确实有“喜谈搜琐，攟摭隐怪”的倾向。比如卷四十五《刘怀慎传》所附《刘亮传》。按传中所叙，刘亮是刘怀慎的侄孙，做过梁州、益州刺史，刘亮在梁州的时开始服食修道，求长生之术，结交武当山道士孙道胤，请孙为其炼制丹药。孙的丹药一直到泰豫元年，刘已在益州任上方始练成，然未出火毒，道士不让刘服，刘亮不听，早晨用井水送服，结果腹痛如割，丧失了性命。但刘亮死后的情况很奇怪：“后人逢见，乘白马，将数十人，出关西行，共语分明，此乃道家所谓尸解者也。”[②]“尸解”就是道家所谓的升天，得道之后可遗弃肉体而仙去，或不留肉体。这个“后人”见道的奇异现象，不排除是道士自神其说的精心策划。但《宋书》中对此不作任何辨析，从文字上看，似乎还是信以为真的实录。沈约家几代信奉道教，其与上清派道宗陶弘景关系密切，涉及道家的相关内容，自然多有溢美了。

在有些情况下，《宋书》只是将那些异闻奇事记录下来，背后的意味得读者寻索体会。如卷四十一《后妃·文帝袁皇后传》写袁皇后去世后，尚有灵验的异事：

---

① 《宋书》卷七十四《沈攸之传》，北京：中华书局，1974年版，第1931—1932页。

② 《宋书》卷四十五《刘亮传》，北京：中华书局，1974年版，第1378页。

沈美人者，太祖所幸也。尝以非罪见责，应赐死。从后昔所住徽音殿前度。此殿有五间，自后崩后常闭。美人至殿前，流涕大言曰："今日无罪就死，先后若有灵，当知之！"殿诸窗户应声豁然开。职掌遽白太祖，太祖惊往视之。美人乃得释。①

史家记录这一奇事，并不说明其相信此类神秘怪异之事，此事寓含着很多意味，极耐咀嚼。首先，它从侧面写出袁皇后宽厚的懿德。其次，也能写出其与文帝的恩爱，文帝对其的尊重与深情。最后，焉知此事不是沈美人欲求活命，与当时职掌者合谋而制造的事验。因此它更能反映深宫中人那如履薄冰的命运，以及这些人在凉薄险恶的环境中，挣扎求生的本能与智慧，在奇异的背后，是内宫那黑漆漆的本相。

这些怪诞奇异的史料，带有浓厚的传奇色彩，使得史著近乎于小说，此外，史著在记叙历史事实时，特别是对一些关键的历史事件，有时候需要交代清楚背景、细节与过程，以便最大程度还原历史。在这种情况下，即便是实录，由于叙述得详细，也能获得类似小说的阅读效果。如卷四十五的《王镇恶传》写王镇恶受刘裕派遣，潜行袭击刘毅的部分。传中细致地记叙了王镇恶如何出发，途中的战术安排，细到布置旗帜，旗下置军鼓以作疑兵，等等，一直到如何攻城，刘毅如何逃窜，最后自缢而死，无不备叙②。在这些史传中，《宋书》不仅仅只是交代历史事件的事实与结果，更注重将历史事件的发生、发展的过程，再度呈现出来。当史著将大量笔墨指向历史过程，指向在这一过程中的各色人等，指向他们的行动、语言、心态等，史著实际上已经开始不断渗透着文学的某些功能和特性，史著的可读性也变得越来越强。

当然，如果有些历史事件本身就足够精彩传奇，甚至可以说是惊心骇目，极具戏剧性，则史著与小说就更为相像了。《宋书》中记叙的这类事件就非常多。比如卷四十一《后妃·陈贵妃传》记明帝陈贵妃入宫事，陈贵妃名妙登，家在建康县界，就在御道边上，其家甚贫，仅有草屋两三间，且甚为破败。孝武帝出行，见御道边有此破屋，起怜悯之心，赐钱三万，令起瓦屋。廷尉送钱过去的时候，

① 《宋书》卷四十一《后妃·文帝袁皇后传》，北京：中华书局，1974年版，第1285—1286页。
② 《宋书》卷四十五《王镇恶传》，北京：中华书局，1974年版。

只有妙登一人在家。廷尉见其容色甚佳，于是禀告皇帝纳入宫廷，但不到两三年，就遭厌弃，于是赐给刘彧，即后来的明帝。[①] 这一段小故事，讲述一个普通的贫家女因缘际会，得以入选宫廷，一登龙门的故事，极具戏剧性。明代正德皇帝朱厚照也有类似故事，后代即敷衍为戏剧《梅龙镇》，殊不知刘宋孝武帝刘骏已开风气之先。更为重要的是，这一段故事介绍陈贵妃的来历，本来是孝武帝的嫔妃，最后被皇帝遗弃，赐给自己的异母弟弟，足见刘宋皇室的废理乱伦，而弟弟不仅欣然接受，且甚为宠爱。只是不到一年，新鲜劲过去后又遭遗弃，然后再将妙登赐人，不久又迎还。结果生了个儿子，即后废帝刘昱，刘昱的父亲究竟是谁都成了一个问号。史传只是将这些事实一一道来，但其惊世骇俗，戏份十足，只怕是想象力足够丰富的小说家或编剧，也不见得能够编出来。

至于刘宋的上层统治者，自君王到勋贵，种种惊人骇怪之举，更是刷新了历史的记录。如卷七十二《文九王·始安王休仁传》记前废帝刘子业的荒谬之举，真是骇人听闻：

> 时废帝狂悖无道，诛害群公，忌惮诸父，并囚之殿内，殴捶凌曳，无复人理。休仁及太宗、山阳王休祐，形体并肥壮，帝乃以竹笼盛而称之，以太宗尤肥，号为"猪王"，号休仁为"杀王"，休祐为"贼王"。以三王年长，尤所畏惮，故常录以自近，不离左右。东海王祎凡劣，号为"驴王"，桂阳王休范、巴陵王休若年少，故并得从容。尝以木槽盛饭，内诸杂食，搅令和合，掘地为坑阱，实之以泥水，裸太宗内坑中，和槽食置前，令太宗以口就槽中食，用之为欢笑。欲害太宗及休仁、休祐前后以十数，休仁多计数，每以笑调佞谀悦之，故得推迁。常于休仁前使左右淫逼休仁所生杨太妃，左右并不得已顺命，以至右卫将军刘道隆，道隆欢以奉旨，尽诸丑状。时廷尉刘曚妾孕，临月，迎入后宫，冀其生男，欲立为太子。太宗尝忤旨，帝怒，乃裸之，缚其手脚，以杖贯手脚内，使人担付太官，曰："即日屠猪。"休仁笑谓帝曰："猪今日未应死。"帝问其故，休仁曰："待皇太子生，杀猪取其肝肺。"帝意乃解，曰："且付廷尉。"一宿出之。[②]

---

① 《宋书》卷四十一《后妃·明帝陈贵妃传》，北京：中华书局，1974年版，第1296页。

② 《宋书》卷七十二《文九王·刘休仁传》，北京：中华书局，1974年版，第1871—1872页。

刘子业荒淫无道，对待自己的长辈，百般折辱。其手段刻毒，花样百出，只怕杰出的剧作家也未必编排得出来。

再如《刘穆之传》所附叙穆之孙刘邕之事，也足够传奇骇俗：

> 先是，郡县为封国者，内史、相并于国主称臣，去任便止。至世祖孝建中，始革此制，为下官致敬。河东王歆之尝为南康相，素轻邕。后歆之与邕俱豫元会，并坐。邕性嗜酒，谓歆之曰："卿昔尝见臣，今不能见劝一杯酒乎？"歆之因斅孙晧歌答之曰："昔为汝作臣，今与汝比肩。既不劝汝酒，亦不愿汝年。"邕所至嗜食疮痂，以为味似鳆鱼。尝诣孟灵休，灵休先患灸疮，疮痂落床上，因取食之。灵休大惊。答曰："性之所嗜。"灵休疮痂未落者，悉褫取以饴邕。邕既去，灵休与何勖书曰："刘邕向顾见啖，遂举体流血。"南康国吏二百许人，不问有罪无罪，递互与鞭，鞭疮痂常以给膳。①

嗜食疮痂的奇怪癖好，令人作呕，也是闻所未闻。再加上其为了自己的这一癖好，不顾别人创伤初愈，复加重创，使人"举体流血"。而更甚者，为食疮痂竟至鞭笞吏民。若非史传斑斑记录，谁能相信世上竟有此人，估计大多认为是小说家言吧。其实，小说家的想象力，在这类奇人的行径前，恐怕要相形见绌了。

除了这些奇事之外，《宋书》还记载了很多无关历史大局，对历史进程影响不大的趣事、琐事，有些事件过程曲折，较具戏剧性和传奇性，且重视细节的叙述与描摹，使史著具有较强的可读性。

比如卷四十二的《刘穆之传》写刘穆之投奔刘裕，该传用很大篇幅写这一过程，实际并无必要。对历史而言，说清楚刘穆之辅佐刘裕这一事实足矣，至于其如何投奔刘裕的过程，不具有多少入史的价值。但《宋书》不但写了，还用了很多笔墨，写得非常生动：

> 及高祖克京城，问何无忌曰："急须一府主簿，何由得之？"无忌曰："无

① 《宋书》卷四十二《刘邕传》，北京：中华书局，1974 年版，第 1308 页。

过刘道民。”高祖曰:“吾亦识之。”即驰信召焉。时穆之闻京城有叫噪之声,晨起出陌头,属与信会。穆之直视不言者久之。既而反室,坏布裳为袴,往见高祖。①

传中写何无忌向刘裕推荐刘穆之,刘裕派使者去招揽,刘穆之似乎有预感一样,那天很早就起来跑到路口,恰逢使者,二人不通信问,按理也不知对方是谁,但穆之如有先觉,返回家拿破上衣改成的一件外袴去见刘裕。虽然这些描述并非史著所必书者,却饶有趣味,增添了史著的可读性。刘穆之见到刘裕后,两人的一番对话也很有意思:

高祖谓之曰:“我始举大义,方造艰难,须一军吏甚急,卿谓谁堪其选?”穆之曰:“贵府始建,军吏实须其才,仓卒之际,当略无见逾者。”高祖笑曰:“卿能自屈,吾事济矣。”即于坐受署。②

像这样的段落,完全可以由史家转述,但这里就像小说的对话一样,两人的对答,风趣机智,且能通过语言看出人物的神态及性格。

刘穆之是刘宋政坛的重要人物,其行事多关历史大局,但史家在记叙大事时,不忘其间穿插的小事与插曲,使得历史人物变得丰满而真实。在一般历史人物的传记中,无多少大事可记,则以小事与插曲来记人,就非常普遍了。如卷五十三《庾炳之传》记叙炳之性情急躁和其有洁癖之事:

炳之为人强急而不耐烦,宾客干诉非理者,忿詈形于辞色。素无术学,不为众望所推。性好洁,士大夫造之者,去未出户,辄令人拭席洗床。时陈郡殷冲亦好净,小史非净浴新衣,不得近左右。士大夫小不整洁,每容接之。炳之好洁反是,冲每以此讥焉。③

这一插曲,生动地记叙了庾炳之为人浅薄,没有修养的特点;与之形成对比

① 《宋书》卷四十二《刘穆之传》,北京:中华书局,1974年版,第1303页。
② 《宋书》卷四十二《刘穆之传》,北京:中华书局,1974年版,第1303页。
③ 《宋书》卷五十三《庾炳之传》,北京:中华书局,1974年版,第1517页。

的殷冲，一样也有洁癖，但在社交场合，却表现得极有涵养。此节叙事形象生动，画面感突出，饶有趣味。

在有些人物的传记中，类似的小事或插曲，有时能成为传记主体。如卷六十二《羊欣传》，完全可以当成一篇小说来读：

> 羊欣，字敬元，泰山南城人也。曾祖忱，晋徐州刺史。祖权，黄门郎。父不疑，桂阳太守。欣少靖默，无竞于人，美言笑，善容止。泛览经籍，尤长隶书。不疑初为乌程令，欣时年十二，时王献之为吴兴太守，甚知爱之。献之尝夏月入县，欣著新绢裙昼寝，献之书裙数幅而去。欣本工书，因此弥善。起家辅国参军，府解还家。隆安中，朝廷渐乱，欣优游私门，不复进仕。会稽王世子元显每使欣书，常辞不奉命，元显怒，乃以为其后军府舍人。此职本用寒人，欣意貌恬然，不以高卑见色，论者称焉。欣尝诣领军将军谢混，混拂席改服，然后见之。时混族子灵运在坐，退告族兄瞻曰："望蔡见羊欣，遂易衣改席。"欣由此益知名。
>
> 桓玄辅政，领平西将军，以欣为平西参军，仍转主簿，参预机要。欣欲自疏，时漏密事，玄觉其此意，愈重之，以为楚台殿中郎。谓曰："尚书政事之本，殿中礼乐所出。卿昔处股肱，方此为轻也。"欣拜职少日，称病自免，屏居里巷，十余年不出。
>
> 义熙中，弟徽被遇于高祖，高祖谓咨议参军郑鲜之曰："羊徽一时美器，世论犹在兄后，恨不识之。"即板欣补右将军刘藩司马，转长史，中军将军道怜咨议参军。出为新安太守。在郡四年，简惠著称。除临川王义庆辅国长史，庐陵王义真车骑咨议参军，并不就。太祖重之，以为新安太守，前后凡十三年，游玩山水，甚得适性。转在义兴，非其好也。顷之，又称病笃自免归。除中散大夫。①

羊欣其人，并无多少功业可叙，然泰山羊氏乃高门士族，羊欣的门第出身及个人的气质风度，令人倾倒。本篇所记叙的，就是羊欣的个性气质，史著将眼光投注于此，个性魅力成为历史的专门撰述对象，也只有在晋宋那样的社会才会

① 《宋书》卷六十二《羊欣传》，北京：中华书局，1974 年版，第 1661—1662 页。

出现。《宋书》重士族，本篇就是最好的例证。因无重要功业，如何在平常琐事、细节中提炼中心，如何选择恰当的角度及叙述方法，就成为史传的着力点。羊欣是刘宋有名的书法家，关于此点，当然有不少值得记叙的地方，传中选取王献之与之交往，题书绢裙一事记之，一则交代其书艺的部分渊源，二则该事既雅且韵，有记叙价值，三则王献之此举表现出对羊欣的喜爱，足见羊欣自少即有过人之处。要知道王家子弟的眼光，是多么刁钻，这在史著及《世说》中，都有连篇累牍的记叙。羊欣的个人魅力，就是通过这些孤高的名士的欣赏、揄扬而得以呈现，这是本篇写人最重要的手法。除了王羲之，还有谢混，也是眼高于顶之人，平时不羁傲物，然见羊欣，遂"易衣改席"。羊欣的弟弟羊徽，亦为一时美器，然世论尤在欣后，引起刘裕的好奇，必欲识揽。这些都是背面敷粉的手法，通过第三者来烘托传主，这些第三者不是鼎鼎名士，就是赫赫公卿，然皆折服于羊欣之前，这不但能尽情展露传主的风采，还会给读者留下更大的想象空间。当然，传中也有正面描述，如其"优游私门，不复进仕"的高蹈，面对司马元显这样的权贵，不卑不亢，气骨凛然；为了不被桓玄牢笼，故意犯错；其后刘氏几位亲王征辟，皆虚应敷衍。这些对于羊欣皆是俗事，而"游玩山水"，方适得其性。本篇通过侧面烘托与正面传叙，生动而传神地塑造了一个名士风流的形象。

为名士作佳传，通过名士的高雅的言行与风度，作为权力的对照，来彰显士文化传统自身的价值，是东晋以来儒学更新与重建的一方面重要内容。《宋书》类似的名士佳传尚有不少，如殷淳、王微、王惠、谢弘微，等等，其所入传者，主要为传主的学识修养与人格魅力。有的传记也不避讳人物的某些弱点，如卷五十六的《谢瞻传》。谢瞻是谢晦三兄，为陈郡谢氏之高门。与谢晦的迷恋权力，深度浸染政治不同，谢瞻对政治避之唯恐不及。刘裕拜相后，谢晦随之升迁，为宋台右卫，回来迎迁家室，宾客盈门，谢瞻却不喜反骇，传云：

> 时瞻在家，惊骇谓晦曰："汝名位未多，而人归趣乃尔。吾家以素退为业，不愿干豫时事，交游不过亲朋，而汝遂势倾朝野，此岂门户之福邪？"乃篱隔门庭，曰："吾不忍见此。"及还彭城，言于高祖曰："臣本素士，父、祖位不过二千石。弟年始三十，志用凡近，荣冠台府，位任显密，福过灾生，其应无远。特乞降黜，以保衰门。"前后屡陈。高祖以瞻为吴兴郡，又自陈请，乃为豫章太守。晦或以朝廷密事语瞻，瞻辄向亲旧陈说，以为笑戏，以绝其

言。晦遂建佐命之功，任寄隆重，瞻愈忧惧。①

谢瞻之所以对谢晦势倾朝野感到担忧和恐惧，是鉴于历史上无数政治悲剧，对政治的黑暗与残酷有着清醒的认识。这与其不慕权势，素退恬静的性格也有关系，这一性格再加上对政治本质的认识，于是对于家人投身政治，表现出过多的惊恐与忧惧。从中也可以看出，谢瞻性格，也有胆小怯懦的一面。史传人物在此呈现出多面性的价值，从正面来认识，是清高素退，从反面来认识，是猥懦褊怯。可见，史家虽充分认识到名家子弟高蹈淡泊之正面价值与意义，但对其同时存在的负面认识，也没有回避。

再如《张茂度传》所附茂度子张永传，通过特定事件刻画人物形象，描摹人物心态，传写人情，写人向着更为深入细致的层面拓进。传中写张永第四子在讨伐薛安都彭城之战中殒命，张永思子成痴，传云：

永痛悼所失之子，有兼常哀，服制虽除，犹立灵座，饮食衣服，待之如生。每出行，常别具名车好马，号曰侍从，有事辄语左右报郎君。②

此段生动地记叙了因钟情而成痴的骇俗之举，如入《世说》，可与王戎丧子之悲并观。然《世说》仅以言语来写人情，此处却是以事件与细节来展现人情。

在这类人物传记中，很少涉及改变历史的大事，所记者以逸事、琐事为主，细节的真切就变得非常重要，而细节一真切，就必然会附加上作者的描摹和想象，其中有艺术创造的痕迹，从而使得史著在某种程度上带有文学属性，或向文学属性靠拢。

卷五十二的《谢景仁传》附述的景仁弟谢纯、谢述传，其细节之真切，描述之生动，就非常动人。谢纯依附刘毅，王镇恶讨伐刘毅时，忠贞不二，有逃生机会，却不愿弃主而逃，最后死于乱军之中。谢纯遇害后，谢述奉纯丧还都：

行至西塞，值暴风，纯丧舫流漂，不知所在，述乘小船寻求之。经纯妻

① 《宋书》卷五十六《谢瞻传》，北京：中华书局，1974年版，第1557—1558页。
② 《宋书》卷五十三《张茂度传》，北京：中华书局，1974年版，第1514页。

庾舫过，庾遣人谓述曰："丧舫存没，已应有在，风波如此，岂可小船所冒？小郎去必无及，宁可存亡俱尽邪。"述号泣答曰："若安全至岸，当须营理。如其已致意外，述亦无心独存。"因冒浪而进，见纯丧几没，述号叫呼天，幸而获免，咸以为精诚所致也。[①]

装载谢纯灵柩的船只因暴风而走失，谢述不顾生命危险，乘小船去寻找，连嫂子都劝他不要冒险，而谢述棠棣情深，冒风浪而进。传中谢述与嫂子的对话，谢纯灵柩在风浪中几至淹没及谢述的号叫呼天，皆是史家富有文学意味的敷述和描绘，其中不乏想象之笔，将过程与情节描述得惊险而生动，扣人心弦。

上述类型的人物和事件，以逸事、琐事为主，多无关历史大局，那么，既然不能指向或落实到历史的客观面，则很自然地指向人这一主观面，人物作为叙述的中心就凸显出来。这种通过特定事件的描述、渲染，来表现历史人物，从某种程度上看，甚至达到小说写人的艺术高度。

塑造人物形象，本来是小说最重要的功能，甚至可以说是其本质所在，这与文学作为人学的本质是一致的。史著的职责在忠实记录事实，人物的品格、好坏皆通过事实自然呈现出来。然而，史家在掌握可见的全部史料之后，对历史人物已经有了一个基本的定位与评判，当其再组成史料传写这个人物时，就会自觉不自觉地根据其对该人之认识而有所筛选、有所侧重，则记事为中心在文本层面就会显示出以写人为中心，纪传体尤其容易导向于此。比如前述《刘邕传》，所记怪癖与其残虐行径联系在一起，则传主浑噩不堪的人物形象就成为瞩目的焦点。在那篇传中，除了正面写刘邕的褫取别人正在愈合的伤疮、鞭笞无辜等恶行外，还善于通过侧笔来写刘邕的不堪。如刘邕、王歆之饮酒一节，刘在王那里讨了一个老大的没趣。王本是刘的下属，刘居然都得不到王的一点尊敬，且被人家尽情奚落，刘邕此人的德才与能力如何，也就想而易见了。

再如《朱龄石传》所载其少年情事，仿佛为朱龄石定制了一个人格模型：

龄石少好武事，颇轻佻，不治崖检。舅淮南蒋氏，人才儜劣，龄石使舅卧于听事一头，剪纸方一寸，帖著舅枕，自以刀子悬掷之，相去八九尺，百掷

① 《宋书》卷五十二《谢景仁传》，北京：中华书局，1974年版，第1495页。

> 百中。舅虽危惧战栗，为畏龄石，终不敢动。舅头有大瘤，龄石伺舅眠，密往割之，舅即死。①

朱龄石后来是刘裕的得力干将，其人勇武，善使诈计，史著记录其少年时代这件逸事，能看出一个人的行事与品格，虽关习染，然本性底色，会终生相伴。朱龄石小小年纪，其行事的轻佻粗虐，就暴露出狡黠桀骜的性格。值得注意的是，这里涉及的次要人物，龄石的舅舅蒋氏，胆小懦弱的猥琐品格，也表现得特别突出，其人物形象在传中也生动真切，如在目睫之间。

卷五十四《羊玄保传》有一段记叙也很有意味：

> 玄保既善棋，而何尚之亦雅好棋。吴郡褚胤，年七岁，入高品。及长，冠绝当时。胤父荣期与臧质同逆，胤应从诛，何尚之请曰："胤弈棋之妙，超古冠今。魏犨犯令，以才获免。父戮子宥，其例甚多。特乞与其微命，使异术不绝。"不许。时人痛惜之。②

羊玄保善弈棋，何尚之和褚胤也善弈，皆为一时高品。臧质谋反，褚胤的父亲褚荣期附逆，褚胤受株连当斩，何尚之为褚胤求情，惺惺相惜本人之常情，而此时羊玄保未有只字片言，未免令人齿冷。插入这么一段，其实既不是写何尚之，也不是写褚胤，而是见出羊玄保此人明哲自保的冷漠胆怯，笔法可谓高妙。

再联系传中其他事迹，如其子羊戎因谤议朝政被赐死，皇帝接见他时，叩头谢罪，云："臣无日碑之明，以此上负。"即便是亲生儿子，他都要远远躲开避祸，胆怯如此。传中借文帝的印象评价他："为政虽无干绩，而去后常见思。"其实就是一个老实逢迎的窝囊废。最后倒是得以长寿，活到九十四岁，谥曰"定子"，也是颇有讽刺意味。

卷四十六的《张敷传》，通过几件逸事的叙述，传主形象栩栩如生，性格鲜明生动。张敷为张劭之子，劭在武帝、文帝时屡立殊功，颇得圣心。张敷自小聪慧，博学好文，史传云其"性整贵，风韵端雅，好玄言，善属文"，曾与名流谈《易》，

---

① 《宋书》卷四十八《朱龄石传》，北京：中华书局，1974 年版，第 1421 页。
② 《宋书》卷五十四《羊玄保传》，北京：中华书局，1974 年版，第 1536 页。

令对方“每欲屈”，由是名价日重。张敷更突出的，是其孤高傲慢，传云：

武帝闻其美，召见奇之，曰：“真千里驹也。”以为世子中军参军，数见接引。累迁江夏王义恭抚军记室参军。义恭就文帝求一学义沙门，会敷赴假江陵，入辞，文帝令以后车载沙门往，谓曰：“道中可得言晤。”敷不奉诏，上甚不说。迁正员中书郎。敷小名查，父邵小名梨，文帝戏之曰：“查何如梨？”敷曰：“梨为百果之宗，查何可比。”

中书舍人狄当、周赳并管要务，以敷同省名家，欲诣之。赳曰：“彼恐不相容接，不如勿往。”当曰：“吾等并已员外郎矣，何忧不得共坐。”敷先设二床，去壁三四尺，二客就席，敷呼左右曰：“移我远客！”赳等失色而去。其自标遇如此。

一人可记者甚多，善于叙事者，治丝理棼，能择明其端绪，如是，则人物方有清晰之面目，该人也才有生命力。张敷聪慧博学，同时又目下无人，清高得有些孤僻，传中记叙的这几件逸事，将他的这种骄傲的名士气尽情展露出来。文帝让他搭载一位僧人，张敷都不听从；文帝用其父亲名讳与之戏谑，遭到他毫不客气的抵撞，名士的傲骨倒是令人赞佩。接下来的一件事，就做得有些过分了，同僚去拜访他，当面让人难堪，似乎又显得有些造作了。张敷的名士气，有可佩可赞的一面，也有可笑可叹的一面，史家将其性格中最突出的特征展现出来，至于如何判断与认识，则留给后人去解说了。

在有些传记中，史著以事传人，同时对时代、社会也有较深刻的反映。如上述《张敷传》的张敷不与沙门同车，可能就反映了当时士族中崇尚玄学者，对佛教的抵触，而刘义恭及文帝等礼遇沙门，又反映了佛教的地位在不断上升，其中透漏出的信息，颇能窥见刘宋中期佛教与玄学的关系，以及佛教的流传与壮大的过程。这就能看到当时文化思想领域的一隅风光。

史传中人、事背后的政治景观，就更值得玩味了。如《刘穆之传》中附叙的刘穆之孙刘瑀，刘瑀为人骄傲，遇事争先，不甘人下，传中记叙了一件非常典型的事件，其情节之曲折，心思之缜密，如官场厚黑的大戏：

衍弟瑀字茂琳，少有才气，为太祖所知。始与王浚为南徐州，以瑀补别

> 驾从事史，为浚所遇。瑀性陵物护前，不欲人居己上。时浚征北府行参军吴郡顾迈轻薄而有才能，浚待之甚厚，深言密事，皆与参之。瑀乃折节事迈，深布情款，家内妇女间事，言语所不得至者，莫不倒写备说。迈以瑀与之款尽，深相感信。浚所言密事，悉以语瑀。瑀与迈共进射堂下，瑀忽顾左右索单衣帻，迈问其所以，瑀曰："公以家人待卿，相与言无所隐，而卿于外宣泄，致使人无不知。我是公吏，何得不启。"因而白之。浚大怒，启太祖徙迈广州。迈在广州，值萧简为乱，为之尽力，与简俱死。①

同僚顾迈深得上司王浚信任，被刘瑀嫉妒，为了扳倒顾迈，刘瑀假装和顾迈亲近，顾迈也拿刘瑀当密友，对其毫不设防，将王浚告诉他的诸多机密，也和盘告诉刘瑀，结果被刘瑀告密出卖。短短一段故事，写尽了人心的险恶；传中还写到侍中何偃评价他"参伍时望"，刘瑀认为推许得还不够，由此与何产生矛盾，并断然绝交。后来刘瑀与何偃都得背痈之症，结果何偃先死，"瑀疾已笃，闻偃亡，欢跃叫呼，于是亦卒"，传中所写之人的性格心态，如见其人，如睹其形，史笔之生动活泼，实不在小说之下。

在卷五十四《羊玄保传》玄保兄子羊希的附传中，刘瑀再用相同的手段，陷害同僚：

> 益州刺史刘瑀，先为右卫将军，与府司马何季穆共事不平。季穆为尚书令建平王宏所亲待，屡毁瑀于宏。会瑀出为益州，夺士人妻为妾，宏使羊希弹之；瑀坐免官，瑀恨希切齿。有门生谢元伯往来希间，瑀令访讯被免之由。希曰："此奏非我意。"瑀即日到宏门奉笺陈谢，云闻之羊希。希坐漏泄免官。②

惯于使用告密、离间等方式周旋于官场，打击政敌，渔取利益，刘瑀的阴险奸诈，在史册上留下深刻的印迹。在这两段叙事中，同样可以看到刘宋政坛的复杂，官场的浑浊与险恶，有深刻的社会认识价值。

---

① 《宋书》卷四十二《刘瑀传》，北京：中华书局，1974 年版，第 1309 页。
② 《宋书》卷五十四《羊玄保传传》，北京：中华书局，1974 年版，第 1537 页。

社会认识价值，当然不是小说所独有，只是当社会认识价值通过人物的塑造，情节的发展，细节的推衍，甚至通过诸多奇幻怪诞的选材等手段或方式来实现的时候，就富含有较明显的小说意味了。如上述诸例，就总体而言，《宋书》呈现小说色彩的诸方面，从选材上来看，一为记趣，一为记异，在历史大事之外，不避琐事、逸事；从叙述上来看，细节真切、场景再现、人物心理描摹等；从写作旨趣来说，在呈现历史大局与关键重要人物之外，对于无关大局者而其事可观的，也表现出浓厚的兴趣，而这事实上就是小说家的趣味。因此，如果说《宋书》与文学能产生关联的话，其小说笔法与意味，使其自身具备文学性的个别特征，无疑是重要方面。

第四章
《宋书》载文

载文，是史著中一项重要的内容，如《史记·屈原贾生列传》全文载录屈原的《怀沙》，贾谊的《吊屈原赋》《鹏鸟赋》；《司马相如传》全文载录《子虚赋》《大人赋》，皆篇帙浩繁之大赋。此后《汉书》的《贾谊传》，同样全文载录《吊屈原赋》，并录贾谊《陈政治疏》；《司马相如传》《子虚赋》《大人赋》同样全文照录，此外还载录了《难蜀中父老》等文；晁错、司马迁、扬雄等人的传记，对传主的名篇皆有载录，使得《汉书》很多传记的篇幅，一大半为文献载录。这一传统，在《三国志》《后汉书》中都得到继承。

从史家著述的角度来看，史著载文，一是为了立传的需要，从所载文章中可以看出传主的文才、政见、学识与思想；同时也能客观而真实地反映历史，因为是第一手史料，自然成为某段历史最为权威和直接的印证。史著提供原始而完整的文献，提供给后人更多比较、思考与认识的便利，可避免史家自己陈述的主观性干扰，这也是史著客观征实的著述精神的体现。此外，史著载文，客观上起到保存文献的作用。许多领域的重要文献，赖史著之载录而存留下来，给后世各学科的研究提供了基本的材料。

《宋书》继承了前代史著广泛载文的传统，且范围更广，载文更多更全，这也是其所叙时间不长，而篇帙却不亚于《史》《汉》的一个重要原因。《宋书》载文主要集中于纪、传，其大致作用约有如下几个方面：

其一，对纪、传写作本身具有重要意义。如文学家的文章，可以印证传主的文学成就；政治家的奏疏可以看出传主的政见与思想；重要的应用文章，如政府诏令、奏章、疏议等公文，既是政权运作与国家管理的真实体现，也是社会情势与国家局势的原始实录。

其二，各类资料的保存，具有重要的文献学意义。私家著述与一般文献，在历史的长河中，极易散佚，而正史因为是官修，其保存与承传的条件优越，故私家著述赖正史得以留存的现象很普遍。以傅亮集为例，在《隋书·经籍志》中著录三十一卷，到唐代就变成十卷，而在《宋史·艺文志》中，则干脆无存。至明代张溥辑佚，得《傅光禄集》，也仅一卷篇幅。其辑佚的文献资源来自唐宋类书，还有就是史传，如《宋书·傅亮传》就全文载录了傅的《演慎论》《感物赋》。实际上，像《初学记》《艺文类聚》等类书都在《宋书》之后，对于这些类书来说，《宋书》同样是其辑录资料的文献库。

其三，对当代学术研究具有意义。此点建立在《宋书》载文的文献学意义之上。比如诏策、章表等对研究当时社会与政治状况的作用，如《下倭国诏》可窥外交，《土断表》可窥其土地政策及中央集权措施，等等。其中的文学作品，对于文学史、文学批评研究，更是丰富的宝藏。

第一节　《宋书》载文概述

刘知几《史通·载文》云：

> 至如史书所书，固当以正为主。是以虞帝思理，夏后失御，《尚书》载其元首、禽荒之歌；郑庄至孝，晋献不明，《春秋》录其大隧、狐裘之什。其理谠而切，其文简而要，足以惩恶劝善，观风察俗者矣。若马卿之《子虚》、《上林》，扬雄之《甘泉》、《羽猎》，班固《两都》，马融《广成》，喻过其体，词没其义，繁华而失实，流宕而忘返，无裨劝奖，有长奸诈，而前后《史》、《汉》皆书诸列传，不其谬乎！
>
> 且汉代辞赋，虽云虚矫，自余它文，大抵尤实。至于魏、晋以下，则讹谬雷同。榷而论之，其失有五：一曰虚设，二曰厚颜，三曰假手，四曰自戾，五曰一概。①

刘知几从史著著述的角度，论述历代史著载文情形及得失，肯定先秦《尚

① 刘知几《史通·载文》，刘知几撰，浦起龙释，《史通通释》，上海：上海古籍出版社，1978年4月，第114—115页。

书》《春秋》等史著载文之“正”，即其所载之文理惬文切，且与著述相配合，可“惩恶劝善，观风察俗”；而自《史》《汉》开始，载文则流于“谬”。汉代辞赋盛行，《史记》《汉书》中皆载录了大量的辞赋，这些辞赋状物摛文，本身即“繁华失实，流宕忘返”，在史著中，不但“无裨劝奖”，还“有长奸诈”，其所以“谬”也。至于魏晋以下，则愈加讹滥，等而下之了，刘知几陈述了五点弊端以概述，并在后文结合具体史例，一一予以阐释。

刘知几从史著写作的角度指出载文的种种弊端，多集中在载文与史实两不相关，甚至互相抵触等方面，自然不乏合理之处，但偏颇也很明显，载文与史实的抵触，从另一个角度来说，不正能更深刻地反映历史的本相么？即便因史家对载文的主观处置，如选择什么载录，载录多少，放在史著的什么位置载录，等等，裁取有所不当，或滥或讹，对史著著述产生不好的影响，然从文献学的角度来看，载文之“文”，皆是客观而原始的文献，其真实性与可信度，是后代从事相关研究最为重要的第一手资料，其文献学价值不容低估。

自有文字图籍以来，人类社会生活才留下详细而确切的档案，而文字图籍也成为人类顺利进行政治、经济与文化活动的工具，使国家行政与社会运转得以顺利实施。曹丕就曾经说过“盖文章，经国之大业”，这里的“文章”，就是指国家行政、人民生活、经济文化等社会运转所有方面的文字材料，是用来经国理政与生存发展的。

廿四史之始的《史记》，即开启大规模收录传主文章的体式。全文收录、翔实刊载，是史书最常见的载文方式。史臣对文章悉数全收，大抵是出于两方面的考虑：一是所载之文关乎历史大事，或为重要典章制度的原始文献；二是史著写作的需要，如文学家传记载录文学作品，政治家载录章表奏疏；三是文章本身之美，足以传世，令史家不忍弃捐。

很多史著对文章全文载录，因该文极其重要，关乎历史大局或重大政策制度。如《史记·李斯列传》全文载录李斯的《谏逐客书》，秦之所以逐渐强大，在战国后期称霸六国，能延揽、吸纳、重用各方人才是重要因素，而《谏逐客书》是一个转折的关键。此前，秦王受宗室大臣蛊惑，将外来六国人才当成离间的说客，下逐客之令，李斯上书后，“秦王乃除逐客之令，复李斯官”；《儒林列传》载公孙弘奏请兴立学官，授徒讲学，是武帝朝崇儒的重要举措，直接影响到西汉的思想文化。《汉书·晁错传》载晁错的言兵事、农事及与匈奴关系等多封奏疏，还照录了文帝的诏问与晁错的对策，晁错是文帝时的股肱重臣，他的这些奏疏决定了文帝朝的政治大局；《董仲舒传》几乎以董仲舒的对策、奏疏组成，这些对策与奏疏集中阐述了董仲舒尊儒重教的思想，汉武帝独尊儒术，董仲舒是其中关键，这些文章影响到整个西汉的政治与文化。再如《贾谊传》的《陈政事疏》《请封建子弟书》和《谏淮南诸子疏》，针砭时弊，所论皆治国之要；《文帝纪》载《劝农诏》，《武帝纪》载《复高年子孙诏》《诏贤良》《斥雁门代郡军士诏》等，就是当时政府政策的原始档案。史传中载录这些文章，相当于揭示了所叙时段历史大事或重要政策的根由与出处。通过这些载文，也反映了传主的思想、识见、才华，这就同时构成了传叙人物的有机组成部分。对于以文学名世的历史人物，载文即是其文学成就的印证。当然，从史著写作的角度来看，载文并不必全篇照录，摘录或节录，同样可以反映传主的文学成就，全录反而使本传显得累赘、繁冗，如刘知几所批评的那样。《史记·贾谊传》载录贾谊《吊屈原赋》《鹏鸟赋》，《司马相如列传》收录《子虚赋》《上林赋》《大人赋》《哀二世赋》等，全文载录，只字不落。这些辞赋情感充沛，文辞优美，深得史家喜爱。当代学者研究《史记》选择载文的特点，发现司马迁特别推崇那些感情真实、充沛，文辞气盛言宜的作品，"凡遇到这种文章，他总是不计篇幅地尽量录入"①。选文反映了史家的文学嗜好和趣味。同样，《汉书》将司马相如、扬雄的很多大赋也全文载录，因文章之美，令史家爱不释手，而从另一方面，汉代的文学风气好摛藻铺文，推崇润色鸿业之大赋，《汉书》全文载录大赋，也可见出时代风气。班固不仅是史学家，也是东汉杰出的诗人与辞赋家，其在史著中倾向于文学类作品，也是顺理成章的。据学者统计，《汉书》完整收录的诗歌有六十三首，辞赋达十九篇，超过了《史记》文学类作品收录量②。这些文章当然不仅仅具有文学的审美价值，汉人对辞赋赋予其润色鸿业的功能，《汉书》多载辞赋，就具有文学与政教的双重功用。

《汉书》之后的《三国志》，对于此前史著广泛载文的做法有所改变，据清人尚镕统计，全书载录诗赋作品仅有四篇，"《魏志》载曹植诗二篇，《吴志》载薛莹诗一篇，胡综赋一篇"，而所载诗赋，"语皆四言，简而不冗，何体裁之雅洁也"③。《三国志》行文谨严，布局高简有法，善于剪裁引文，是其中一个重要原因。不

① 韩兆琦《史记讲座》，桂林：广西师范大学出版社，2008 年版，第 145 页。
② 潘定武《汉书文学论稿》，合肥：安徽大学出版社，2008 年版，第 223 页。
③ （清）尚镕《三国志辨微》，清嘉庆刻本，卷三，第 9 页。

过，在诗赋等文学作品之外，对于诏策书表等应用及政论类文章，《三国志》则不惮繁冗，多有引录。如《杜恕传》就全文载录了杜恕的多篇上疏，一方面因为杜恕的奏疏“经纶治体，盖有可观”，更重要的，是这些奏疏所涉及的是“切世大事”①。再如《蒋济传》《王昶传》等，皆用不少篇幅引载奏疏，尽管并非都是全文载录。这些奏疏主要是切于世用之大事，但也有部分具有较强的文学性，如《诸葛亮传》全文载录的《出师表》，就同时是文情充沛的文学名篇。然与《史记》《汉书》比起来，《三国志》“辞多劝诫，明乎得失，有益风化，虽文艳不若相如，而质直过之”②，其重质轻文的特点更为突出。由《史记》到《三国志》，前四史的载文，文学性作品的载录份量在不断减少，这一则由于文化学术的发展，典籍增多，很多作家有专集行世，不必在史籍中专门叙录，二则与史家对史著体式的探索演进有关，是史学专门化逐步深入的结果。

《宋书》继承前代史著的载文传统，重视各类经国理政的公文案牍，在史著中载录了很多相关文献，涉及刘宋政治、经济、外交、思想、文化等各个方面，将这些载文分门别类编辑起来，即便没有史家的叙述，也能让一个时代呈现在读者眼前。但沈约重文人，较前代史著，载录的文学作品或文学性较强的公文很多，在史学专门化的发展过程中，《宋书》在某种程度上，却走向相反的方向。

刘宋一代文献浩繁，《宋书》在这些浩如烟海的文献中再作选录，有自己的特点与方式。或全篇照录，或剪裁整体、节选部分，或省却原文、仅存篇目，或综合采用几种载文方式，交叉使用。载文与史传叙述的结合，也不拘一格，灵活多变。

全篇收录的载文现象在《宋书》中非常普遍，包括应用类文章和文学类文章，其中大量的章表诏策等公文或应用文，皆是全文载录。赵翼说：“盖《宋书》本过于繁冗，凡诏告、符檄、章表，悉载全文，一字不移，故不觉卷帙之多也。”③可见，《宋书》的百卷长篇，与其载文不知节省有很大关系。李延寿编《南史》时，对南朝几部正史进行删节重编，其中删《宋书》者最多。《南史》中的宋史，篇幅仅及《宋书》十之四五。即便这样，删减后的《南史》，还是全文保留了《宋书》许多载文，这也说明《宋书》中诸多载文非常重要，对史著叙述必不可少。

---

① 《三国志》卷十六《魏书·任苏杜郑仓传》，北京：中华书局，1964年版，第515、507页。

② 《晋书》卷八十二《陈寿传》，北京：中华书局，1974年版，第2138页。

③ 赵翼著，王树民校证，《廿二史札记校证》，北京：中华书局，1984年版，第204页。

《宋书》重文人，沈约本人也是齐、梁文坛大家与领袖，故《宋书》偏爱文学，其载录文学作品，或具有文学性的文章，较前代史著更多。如宋文帝《元嘉七年以滑台战守弥时遂至陷没乃作诗》《北伐诗》(《索虏传》)、傅亮《感物赋》(《傅亮传》)、谢晦《悲人道》《续连句诗》(《谢晦传》)、鲍照《河清颂》(《刘义庆传附鲍照传》)、谢灵运《撰征赋并序》《山居赋并自注》《临川被收》《临终》(《谢灵运传》)、范晔《狱中作诗》(《范晔传》)、沈庆之《侍宴赋诗》(《沈庆之传》)、刘骏《拟汉武李夫人赋》(《始平孝敬王子鸾传》)、陶渊明《归去来兮辞》《命子诗》(《隐逸・陶潜传》)以及杂歌谣辞《元嘉中魏地童谣》《臧质引童谣》(《臧质传》)，等等。这些作品都有较高的文学成就，《宋书》也皆全文载录，然《宋书》终究是史学著述，载文要视著述之需要及史义之贯彻，因此，文学类文章与章表奏疏等公文或应用文相比，在绝对数量上，还是以后者占优。

此外，《宋书》的多数载文，亦非全文照录，而是有所节制。史家载文，每须对文章进行剪裁或剪辑，此或因史料本身之限制，不宜全载，或与行文构思与实际撰述有关，又或是为了篇幅的精练。比如《汉书・贾谊传》载录贾谊《请封建子弟书》，原文出自《新书》中的《淮难》，篇幅很多，班固根据叙述及史传内容之需要，在援引此文时删削大半，仅选录分封诸王以安定边界的部分；《三国志・董昭传》，裁录董昭上疏魏明帝陈说时弊，也为节录，等等，这在史著中非常普遍。《宋书》中也是如此。如《谢灵运传》载录何长瑜寄给同族何勗的《嘲幕僚诗》："陆展染鬓发，欲以媚侧室。青青不解久，星星行复出。"这首诗嘲笑幕府同僚，语含讥刺，甚为刻削。史传云："如此者五、六句，而轻薄少年遂演而广之，凡厥人士，并为题目，皆加剧言苦句，其文流行。"[①]从文中可知，类似的讥刺之语还有一些，史传所载录者，是最为刻削而广受"轻薄少年"喜爱的部分。再如很多诏书章表，在传中载录时，都是最相关的主体部分，像《沈演之传》中明帝贬斥其弟沈勃的诏书，沈演之为扬州治中从事史时给宋文帝的上书(见卷四十七《刘怀肃传》)，等等，都是节录。

比节录更简洁的载文，是仅举篇目，不引正文，这种现象在史著中也不少。以《史记》为例，如《秦始皇本纪》："始皇不乐，使博士为《仙真人诗》，及行所游天下，传令乐人歌弦之。"这个《仙真人诗》，引出了题名，却未见原文，而在《秦始皇

① 《宋书》卷六十七《谢灵运传》，北京：中华书局，1974年版，第1775页。

本纪》中，诸如《泰山刻石文》《琅琊台刻石文》《之罘刻石》《之罘东观刻石》《碣石门刻石》《会稽刻石》等，均全文收录，唯《仙真人诗》仅见其名。类似仅列篇目，在《史记》列传中约有四十余处，一般的做法是，载录部分全文之后，再以篇名略概其余。如《司马相如传》，先是载录《子虚赋》《上林赋》《谏猎疏》等全文，然后云"相如他所著，若《遗平陵侯书》、与《五公子相难》、《草木书》篇不采，采其尤著公卿者云"，说出了其之所以仅列篇名的原因，是由于这些文章流传得不广，且文采不够动人。《宋书》载文，同样存在仅存篇名的情况，如《刘义庆传》中载其《徐州先贤传》《典叙》等著作，《傅亮传》录《辛有、穆生、董仲道赞》，《谢惠连传》录《雪赋》，《谢瞻传》录《紫石英赞》《果然诗》，《何尚之传》录《退居赋》，《隐逸·王素传》录《蚿赋》，《沈璞传》录《旧宫赋》，等等。从上述诗赋或文章的篇目可以看出，大多是文学作品。《宋书》没有详载全文，其原因可能有如下几种：一是恪守史著的体例，这些文章非关时政大局，对于本传无关紧要；二是文章平常，史家不愿为其腾出篇幅；三是文章有别集传世，不必录于史著；四是文章佚失，仅存篇题。

此外，史传载文体例还有既载文，又有对传主著述的概括，或仅仅述及某人有文集或文章行世，而不提及文集篇名等情况。如《三国志》中的载文。有时是先对传主的个别文章详载，然后再概述其余，如《郤正传》，全文载录其《释讥》长文一篇，接着说"凡所著诗论赋之属，垂百篇"①。《薛综传》，全文载录了其一篇上疏，然后说："凡所著诗赋杂论数万言，名曰《私载》，又定《五经图述》、《二京解》，皆传于世。"②再有一种，就是既不引录文章，也不述及文集名目，直接以有文集传世一语带过。此种情况在《三国志》中甚多，其书以"体裁雅洁"为后人称道，载文简洁是重要原因。如卷二十一《王卫二刘傅传》中的《王粲传》云王粲"著诗、赋、议、论垂六十篇"，该传提及应玚、刘桢，亦仅云"咸著文赋数十篇"，同卷的《刘廙传》："刘廙著书数十篇，及与丁仪共论刑礼，皆传于世"；再如《张纮传》："纮著诗赋铭诔十余篇"。③ 传中提及的篇名多是文学作品，或与军国大事无关，然对于以文学名世者，尤其是王粲、应玚、刘桢等人，皆是建安文学的代表

① 《三国志》卷四十二《蜀志·郤正传》，北京：中华书局，1964 年版，第 1041 页。

② 《三国志》卷五十三《吴志·薛综传》，北京：中华书局，1964 年版，第 1254 页。

③ 《三国志》卷二十一《魏志·王粲传》《刘廙传》，卷五十三《吴志·张纮传》，北京：中华书局，1964 年版，第 599、601、1246 页。

大家，为他们立传，引录文章当为分内之事，《三国志》在这方面稍嫌矫枉过正了。《宋书》中仅提及传主文章、文集篇名的，如卷五十七《蔡兴宗传》、卷六十《王韶之传》、卷六十四《郑鲜之传》、卷七十五《颜竣传》等，仅云传主“有文集行于世”。与《三国志》不同的是，这里所提及的文集并非都是文学作品，传主亦非以文学名家，比如蔡兴宗，为明帝忠臣，强正忠直，但非词学之臣；颜竣，所谓得颜延之之“笔”者，亦不以文学见长。则其文集、文章或多关政论，因与大局关系不大而被省略。还有另一种情况，传主的文章在别处已有载录，于是在本传中被省略，如王韶之。其本传云：“恭帝即位，迁黄门侍郎，领著作郎，西省如故。凡诸诏奏，皆其辞也。”又云：“七庙歌辞，韶之制也。”[①]在晋代，王韶之即是朝廷诏告的主要写手及礼乐辞臣，刘裕代晋，《为晋恭帝禅诏》《禅策》《玺书禅位》等三篇重要公文，即出自其手。在《武帝本纪》中，这些诏策皆全文载录，与史传的叙事上下承接，融为一体，因此，王韶之本传，不必再予以引录。

上述《宋书》载文的各种形式，计四种：全文载录、部分载录、仅列名题、仅云有集，至于采取何种载文形式，既有史家个人的好嗜，也有史著著述的实际考虑，还有文献自身客观上的原因，不一而足。以下再按文类，将《宋书》载文作一大致梳理。

《宋书》载文，一是公文案牍等具有档案性质的应用文，二是具有文学色彩的诗赋及各类文章，而以应用文居多。《宋书》中的应用文，大致有诏令、奏议、移檄、哀吊文、颂赞、书牍等类，其中移檄、哀吊文、颂赞等，不少文学性很高，甚至也可以看成是文学作品。先看应用性公文，一是诏策，这部分文章最多。诏策是君王以中央政府名义向官僚或社会各阶层发布的下行文书，《文心雕龙·宗经》云：“诏、策、章、奏，则《书》发其源”[②]，《尚书》中的典谟诰命，即为诏策文之远源。蔡邕《独断》及《文心雕龙·诏策》大致将其分为四种，即策书、制书、诏书、戒书[③]。《宋书》刊载的诏策文告等，篇幅约占全书三分之一强，《宋书》卷帙浩繁，很大部分即因此类文字。不过，由于《宋书》保存了这么多原始的

① 《宋书》卷六十《王韶之传》，北京：中华书局，1974 年版，第 1625 页。

② 《文心雕龙·宗经》，刘勰著，詹锳注，《文心雕龙义证》，上海：上海古籍出版社，1989 年版，第 78 页。

③ 蔡邕《独断》，《四部丛刊》三编景明弘治本，卷一；刘勰《文心雕龙·诏策》，刘勰著，詹锳注，《文心雕龙义证》，上海：上海古籍出版社，1989 年版。

政府公文档案，较完整地展现了刘宋社会方方面面的情形，也使得后人考察刘宋历史，有丰富而可信的原始文献可资凭借，最大限度地保持了历史的真实性和可信度。

《宋书》中以皇帝名义颁布的有：

（1）策书。“策”通“册”，意为册封，策书多用于封命或授予职位。《周礼》：“凡命诸侯及孤卿大夫，则策命之。”[①]《宋书》载策书五篇，分别是《策加宋九公锡文》《禅策》(《武帝纪中》)、《即位告天策》(《武帝纪下》)、《策命诃罗单诸国》《策命婆达国王》(《蛮夷传》)。《策加宋九公锡文》为晋恭帝对宋武帝刘裕加官进爵所颁，《禅策》是晋恭帝被迫逼退位时的无奈之策，《即位告天策》为刘裕称王登基昭告天下所作文书，《策命诃罗单诸国》《策命婆达国王》表现对少数民族首领的封赏。

（2）制书。《文心雕龙·书记》云：“制者，裁也”，制即裁断颁定之文书，是施行或废除某项措施或人事安排的命令。《太平御览》亦云：“制者，王者之言，必为法制也。”[②]制书的功用主要体现在针对社会事物颁布法令或对朝廷官吏的擢降褒贬。《宋书》中的制书，几乎都由史家转述。如卷三《武帝纪下》的《除冶士制》，纪中云：“又制有无故自残伤者补冶士，实由政刑繁苛，民不堪命，可除此条。”[③]书中未出现完整制名，也不是原文直录。冶士是晋以来的严苛刑罚之一，即处罚犯法者去遥远的矿山，从事繁重的开矿、冶炼等劳役。当时有百姓为避免兵役、劳役，自残身体，如被告发追究，就要去做冶士。刘裕此制就是废除严苛的冶士制，是一项开明的政策举措。再如卷六《孝武帝纪》：“庚寅，制方镇所假白板郡县，年限依台除，食禄三分之一，不给送故。”[④]制文的内容是说郡县中临时聘用的官吏，由台省决定任期，俸禄为正式官员的三分之一，朝廷不负责其病老治丧之用。这是关于人事改革的一份制书，解放了地方用人自主权，减轻了中央财政的负担，有一定积极意义。

（3）诏书。《文心雕龙·诏策》云“诏者，告也”，乃“皇帝御宇”的重要诏告。《宋书》载文中，诏书所占比例最多，差不多有三百余篇。有学者根据严可均《全

① （汉）郑玄注，《周礼》，四部丛刊明翻宋岳氏本，卷六。
② （宋）李昉《太平御览》，卷五百九十三“文部九”，清文渊阁四库全书本。
③ 《宋书》卷三《武帝纪下》，北京：中华书局，1964 年版，第 55 页。
④ 《宋书》卷六《孝武帝纪》，北京：中华书局，1964 年版，第 128 页。

上三代古秦汉三国六朝文》、张溥《汉魏六朝百三名家集》、日藏弘仁本《文馆词林》以及唐前别集汇总，统计出现存刘宋时期诏书共三百二十一篇[①]。刘宋时期所颁布的诏书，《宋书》几乎都有载录。诏书内容涉及刘宋王朝的方方面面，例如即位晋封的有《即位诏》(《武帝纪下》)、《追复临川王义真诏》(《庐陵王义真传》)，农业生产的有《劝农桑诏》(《文帝纪》)、《重农举才诏》(《孝武帝纪》)，重教兴学的有《兴学诏》(《孝武纪》)，褒奖贬罚的有《罪刘湛诏》(《文帝纪》)、《赠张敷侍中诏》(《张敷传》)，宽刑薄赋的有《定刑诏》(《武帝纪下》)，边疆战事的有《北伐诏》(《索虏传》)，赦免罪行的有《宥罪诏》(《武帝纪》)，等等。通过这些诏书，刘宋一代政治、经济、文化、制度以及帝王的统治权谋、治国方略、执政风格，等等，皆清晰地呈现出来，其文献价值不容低估。

(4) 戒书。其实也是诏书的一种。《文心雕龙·诏策》云："戒敕为文，实诏之切者"，所谓"戒敕"，也就是戒书。戒敕文作为诏策文的一种特殊形式，主要是针对特定臣子而布告。《宋书》中戒敕有六篇，分别为《敕孙季高》(《武帝纪上》)、《敕裴松之》(《裴松之传》)、《敕诸公慰视沈林子》(《自序》)、《敕晋安王子勋》(《王子勋传》)、《敕巢尚之》(《戴法兴传》)、《赠萧思话弓琴手敕》(《萧思话传》)。通过戒敕文，下达君主对臣子的封赏或慰问。

上述制、策、诏、戒等，君主是发文主体，由上下达，按现代公文概念，即所谓下行文。与之相对的，是臣民为发文主体的上行文。《文心雕龙》文体论部分有章表、奏启、议对等，奏启和议对，基本都是上行文。《文心雕龙·章表》云："汉定礼仪，则有四品：一曰章，二曰奏，三曰表，四曰议。章以谢恩，奏以按劾，表以陈请，议以执异。"[②]作为臣下进上之文，根据内容的不同，大致又可分为此四类，在《宋书》中，载文数量都很庞大。

(1) 章表。《文心雕龙·章表》云："章者，明也。云'为章于天'，谓文明也；其在文物，赤白曰章。表者，标也。礼有表记，谓德见于仪；其在器式，揆景曰表。章表之目，盖取诸此也。"[③]也就是上文以议事、陈情、明理等。历史上不少章表名文，文采斐然、声情并茂，虽言政局与人事，意在经国安邦，但同时也都是文学名篇。如孔融的《荐祢衡表》、曹植《求自试表》、诸葛亮的《出师表》等。《宋

① 黄燕平《南宋公牍文文学化的演进》，浙江大学博士论文，2011年11月。
② 刘勰著，詹锳注《文心雕龙义证》，上海：上海古籍出版社，1989年版，第826页。
③ 刘勰著，詹锳注《文心雕龙义证》，上海：上海古籍出版社，1989年版，第826页。

书》中载章表之文八十余篇，涉及的作家有五十余人，其中既有临川王刘义庆、江夏王刘义恭、昭容谢氏等王室成员，也有徐羡之、王弘等大臣，何承天、裴松之等大臣兼学者，还有颜延之、谢灵运、谢庄等文学家。书中所载何承天、裴松之、颜延之、谢灵运等人的章表，不少也都极富文采，在历史价值之外，同时也具有较高的文学价值。

（2）奏启。《文心雕龙·奏启》谓“奏”云：“陈政事，献典仪，上急变，劾愆谬，总谓之奏。奏者，进也。言敷于下，情进于上也。”又谓“启”云：“启者，开也。……奏事之末，或云‘谨启’。自晋来盛启，用兼表奏。陈政言事，既奏之异条；让爵谢恩，亦表之别干。”①按《文心雕龙》所云，奏、启是两种文体，但实又相近，与章、表也都是近支，皆为下对上陈奏所用。在写作上，要求“以明允笃诚为本，辨析疏通为首”，要求充实而有理据、逻辑。《宋书》奏启之文主要内容多为对政务的建议或对同僚的检举弹劾，前者如《奏改定刑狱》（《谢庄传》）、《奏事官名议》（《何承天传》）、《奏请三年之丧用郑义》（《王准之传》）等；后者如《奏斩臧质事》（《臧质传》）、《奏废庐陵王义真》（《庐陵王义真传》）、《奏弹谢灵运》（《王弘传》）等。《宋书》中的奏启，全文载录者近四十篇，此外，还有很多部分引录或仅云某人奏启者，难于精确统计。

（3）议对。议对的主要功能是向帝王进言献策，臣子对时弊有自己的改良措施或对国家政务有所建议，必须先拟议对加以陈述，以彰治国之严谨慎重。《文心雕龙·议对》论议对文当“以辨洁为能，不以繁缛为巧；事以明核为美，不以环隐为奇”②，《宋书》载议对之文百余篇，内容涉及治国的各个层面。例如，皇族祭祀，礼仪典章方面，庾龢《宣贵妃立庙议》（《始平王子鸾传》）、殷景仁《章太后生母苏氏丧礼议》（殷景仁传）等；法律制度方面，孔渊之《张江陵与妻吴骂议》（《孔季恭传》，刘勰《唐赐妻子事议》（《顾觊之传》）、江奥《刑法议》（《王弘传》）等；军事讨伐、战略部署方面，刘兴祖《建议伐河北》（《索虏传》）、张畅《弃彭城南归议》（《张畅传》）等；经济、货币方面，何尚之《以一大钱当两议》（《何尚之传》）。这些议对是朝廷广开言路的产物，朝臣们从诸多层面对国家献计献策，一方面反映了大臣们的高才洽闻和远见卓识，另一方面，也可以是研究刘宋时

① 刘勰著，詹锳注《文心雕龙义证》，上海：上海古籍出版社，1989年版，第851—852，第873页。

② 刘勰著，詹锳注《文心雕龙义证》，上海：上海古籍出版社，1989年版，第472页。

期各种制度的珍贵史料。

除了这些在行政体系中有着明显上行与下行之分的公文外，还有诸多非行政公文，或为一般应用文，或为具有文学性的应用文，或本身即为文学类文体。这类载文有：

(1) 哀吊文。哀和吊本为两种相近的文体，都是表达对已故者的哀思，故亦有合称哀吊文之说。哀吊文历史由来已久，《楚辞》中的《国殇》《招魂》，就是哀吊为国牺牲之忠魂。随着文籍日盛，文体不断细分，哀吊文大致可有哀策、吊文、诔文等类。刘勰《文心雕龙·哀吊》云："原夫哀辞大体，情主于痛伤，而辞穷乎爱惜。"而吊词为"宾之慰主，以至到为言也"，在悲痛爱惜之外，又有"追而慰之"之意。[①] 哀吊文既要表达对逝者的追怀和哀痛，又要有对存者的劝慰和温怀，情感真挚，文辞惬当。比如贾谊、扬雄的哀吊屈原文，体周事核，辞清理哀，就被刘勰视为哀吊文的典范。与章表奏议等相比，《宋书》中载录的哀吊文数量并不多，对于个别作家而言，比如颜延之，所收《宋文皇帝元皇后哀策文》《吊张茂度书》《祭屈原文》都是哀吊文，则比例非常大，能反映颜延之的创作特色。

(2) 颂赞。颂赞文是用来歌颂和赞美的文体，分为颂和赞两种。《诗经》有六义之说，颂居其中。《诗大序》云："颂者，美盛德之形容，以其成功告于神明者也。"[②]颂有正体和变体之分，挚虞《文章流别论》中说："颂，诗之美者也。古者圣帝明王，功成治定而颂声兴。于是史录其篇，工歌其章，以奏于宗庙，告于鬼神。故颂之所美者，圣王之德也。"[③]挚虞的说法主要还是针对正体颂文。刘勰《文心雕龙·颂赞》称《诗经·商颂》中的篇目多为祭祖禀神的雅正之歌，因而为颂之正体；像屈原所作《橘颂》，赞颂的对象转为人事，"情采芬芳，比类寓意"，因而称为颂之变体。《宋书》中收录的颂只有一篇，为鲍照所作《河清颂》。《宋书》刊载《河清颂》全文，包括序文和颂文。序文讲明写作缘起，颂文歌颂太平盛世之象。张溥在《汉魏六朝百三家集题辞注》中说："鲍文最有名者，《芜城赋》《河清颂》及《登大雷书》。"[④]《宋书》所载录者，正是能代表鲍照文学成就的代表作。

赞，本是助之义，史著结末在史论之后往往有赞，所谓论赞，即以之为史叙

---

① 刘勰著，詹锳注《文心雕龙义证》，上海：上海古籍出版社，1989年版，第472、474、479页。

② 《毛诗序》，见萧统编，李善注《文选》，上海：上海古籍出版社，1986年，第2030页。

③ 转引自刘勰著，詹锳注《文心雕龙义证》，上海：上海古籍出版社，1989年版，第311页。

④ 张溥《汉魏六朝百三家集题辞注》，北京：中华书局，2007年，第176页。

与史论之助，有的直接以论为赞，如《汉书》《后汉书》史臣评论，皆以“赞曰”提领。在文体发展演变的过程中，赞渐渐与颂混为一体，区别越来越小。刘师培云：“赞之一体，三代时本与颂殊途，至东汉后，界囿渐泯。考其起源，实不向谋。……逮及后世，以赞为赞美之义，遂与古训相乖。”①《宋书》中没有见到赞文，仅卷五十六中《谢瞻传》载瞻儿时所作《紫石英赞》，该赞文今已佚，揆题意，当是咏物称美之作，其义已与颂趋同。这说明至迟在刘宋时期，人们对颂、赞的区分已不甚了然。

(3) 檄移。檄移是出兵作战之前，官方发布的用于晓喻或伐罪之文。《文心雕龙·檄移》云：“檄者，皦也，宣露于外，然明白也。”即檄文要明白宣露对方的罪责，申明征伐的理由与正当性；至于移文，《文心雕龙·檄移》云：“移者，易也；移风易俗，令往而民随者也。”即发布命令以移风易俗。然檄移又多有近似，“相如之难蜀老，文晓而喻博，有移檄之骨”，即移文近檄也。二者只是在适用对象上偶有不同，“故檄移为用，事兼文武，其在金革，则逆党用檄，顺命资移；所以洗濯民心，坚同符契，意用小异，而体义大同。”②故二者往往可并而论之。

《宋书》中的移檄之文计八篇左右，分别为《移檄京邑》(《武帝纪上》)、巴陵王休若《移檄东土讨孔觊等》(《孔觊传》)、孔休先《论众檄》(《范蔚宗传》)、柳元景《讨臧质等檄》(《臧质传》)、颜竣《为世祖檄京邑》(《元凶劭传》)、何承天《为谢晦檄京邑》(《谢晦传》)、晋安王子勋《传檄京师》(《邓琬传》)、刘义庆《檄司兖二州》(《索虏传》)。这些移檄，皆是军事征伐前的笔伐，诚如《文心雕龙·檄移》所云：“或述此休明，或叙彼苛虐”，“声如冲风所击，气似欃枪所扫，奋其武怒，总其罪人，征其恶稔之时，显其贯盈之数”③，充分揭示征伐对象的奸恶，申明出师的正义性，言辞慷慨，气势夺人，笔力万钧。

(4) 书牍文。书牍是古代文章中经常会出现的一种应用性文体，其包括范围极广。《文心雕龙》有《书记》一篇论之。明人徐师曾《文体明辨序说》云：“按刘勰云：‘书记之用广矣。’考其杂名，古今多品，是故有书，有奏记，有启，有简，

---

① 刘师培《左庵文论·文心雕龙颂赞篇》，罗常培整理，《国文学刊》1940 年第 1 卷第 9 期。

② 刘勰著，詹锳注《文心雕龙义证》，上海：上海古籍出版社，1989 年版，文中所引依次见第 766、785 页，第 785—786、789 页。

③ 刘勰著，詹锳注《文心雕龙义证》，上海：上海古籍出版社，1989 年版，第 780 页，第 770—771 页。

有状,有疏,有笺,有札,有记,而书记则总称也。”①前面所述的上下行的行政公文也包括在内,可见其类别之伙。萧统《文选》就将“书”分为“上书”和“书”两大类,前者包括臣子向君主进言献策的奏、疏、章、表等上行文书,后者则多为近僚朋旧之间的简牍往来之文。书牍文发展至南朝,除了应用于朝廷上传下达之公文外,私人间的信札往来,渐渐成为“书”的主体,这类书内容广泛,无所不谈,既见作者之情性与才华,往来者之交际、情谊,也见时代风习与社会情状。大部分的私人书信,情感真挚,言辞恳切,感人至深,具有较高的文学价值。

《宋书》收录书牍文约七十余篇,其中有帝王给臣下的书信,如武帝《与臧焘书》《与刘毅书》、文帝《与彭城王义康书》《与江夏王义恭书》;也有同侪故友之间的信件,如袁淑《与始兴王濬书》《与何尚之书》、刘勔《与殷琰书》《又与殷琰书》、王微《与江湛书》;还有长辈对晚辈的教诲和训诫,如范晔《狱中与诸甥侄书》、王敬弘《与子恢之书》、王微《与从弟僧绰书》、雷次宗《与子侄书》,等等。这些书信有的反映社会政治事件,有的是传主感慨人生际遇,有的寄寓了传主对宗族后辈的殷殷嘱托,感情真挚,文辞各异,皆为传主生活真实直接的书写和反映。在南朝的骈体风习中,这些书信尚藻饰,重偶对,喜用典,正是一代文风的生动展现。

在《宋书》载录的上述诸多文体中,尽管部分文体也为文学写作所习用,或者一些非文学文体,因为作者的写作,实际上也具有文学性,但大部份是应用文,其文学价值毕竟有限,此亦毋庸讳言。《宋书》中也载有文学类文章,只是数量较上述非文学文体要少得多。这些文学文体主要就是诗和赋。

(1) 诗。《宋书》中采摭的诗歌共二十二首,其中包括残篇和仅存题名的作品。形式上从四言至七言均有涉及,以五言居多。四言有陶渊明《命子诗》、王韶之《赠潘综吴逵举孝廉诗》,五言诗有傅亮《奉迎大驾道路赋诗》(题)、谢晦《连句诗》、谢世基《连句诗》、谢灵运《赠临海太守王琇诗》《临川被收》《临终诗》、范晔《狱中作诗》、颜延之《五君咏》、宋文帝《元嘉七年以滑台战守弥时遂至陷没乃作诗》《北伐诗》、沈庆之《侍宴赋诗》、何长瑜《嘲幕僚诗》、王歆之《效孙皓尔汝歌》、杂歌谣辞《臧质引童谣》等,六言诗有谢晦《悲人道》,七言诗为收录于《臧质传》的杂歌谣辞《元嘉中魏地童谣》。而傅亮的《辛有、穆生、董仲道赞》和谢瞻

① 徐师曾《文体明辨序说》,北京:人民文学出版社,1962年,第128页。

《紫石英赞》《果然诗》三首因为仅留题名且今已亡佚，其诗歌形式已无从知晓。

《宋书》中收录的诗歌绝大多数并非为表现作者的诗艺才华，而多是作为人物心理独白呈现于传记中。因此，这些作品并不能代表传主的最高诗歌水平，但是通过这些篇章，可以一探传主的心灵世界。当然，对于有些文学家而言，所载作品是能代表该人的文学水平的，如颜延之的《五君咏》，就是颜的代表作之一。

(2) 赋。《宋书》辑录赋类作品共十四首。其中全文收录的有傅亮《感物赋》、鲍照《河清颂》、谢灵运《撰征赋并序》、《山居赋并自注》、颜延之《祭屈原文》、刘骏《拟汉武李夫人赋》、谢庄《舞马赋》、陶渊明《归去来辞》，节录的有颜延之《庭诰》，仅标题名的有谢惠连《雪赋》《乘流遵归渚》，何尚之《退居赋》，王素《蚿赋》，沈璞《旧宫赋》，等等。

《宋书》中收录的赋，普遍具有较高的文学价值，大多数赋都被萧统《文选》所收录，说明赋的载录，是以文学性为主要考量的。

第二节 《宋书》载文的文献价值

刘宋历史，即便从刘裕举义旗，讨伐桓玄的晋安帝义熙八年(412)算起，到刘宋顺帝的升明三年(479)宋、齐禅位，不过六十七年，而《宋书》卷帙多达一百卷。西汉二百余年，班固《汉书》也就是一百篇，后人编为一百二十卷；《史记》记载历史跨度三千年，也就是一百三十卷。与其所叙历史的时间跨度及其他史著比起来，《宋书》卷帙确实显得有些浩繁了。刘知几《史通·书志》云："宋氏年唯五纪，地止江淮，书满百篇，号为繁富。"[①]赵翼也批评《宋书》说："过于繁冗，凡诏诰、符檄、章表，悉载全文，一字不遗，故不觉卷帙之多也。"[②]对于史著来说，刘、赵等批评《宋书》过于繁冗，确实切中其弊。然正是因其不避繁冗，保留这些诏诰、符檄、章表全文，为后人留下完整而珍贵的第一手历史档案，使其具有重要的文献学价值，著述之失，未尝不是文献之得。

中国文明悠久，自先秦就有成熟灿烂的文化，历代著述如恒河沙数，壮极大

① 刘知几著，浦起龙释《史通通释》，上海：上海古籍出版社，2009年版，第59页。

② 赵翼著，王树民校证，《廿二史札校证》卷十，北京：中华书局，1984年版，第204页。

观，但同时典籍的散佚、毁败也极其严重。或因政治原因，如秦之焚书；而更多的，则是因兵燹与战乱，如两汉间绿林之乱及刘秀起兵，宫室图书，并从焚尽，东汉末董卓之乱，又是文籍一大厄劫；魏晋乱后重建，典籍日盛，又经永嘉之乱的浩劫…… 隋代牛弘曾缕述历代文献之聚散，其论魏晋以来典籍的修缮丛聚及其散佚情形云：

> 永嘉之后，寇窃竞兴。因河据洛，跨秦带赵。论其建国立家，虽传名号，宪章礼乐，寂灭无闻。刘裕平姚，收其图籍，五经子史，才四千卷，皆赤轴青纸，文字古拙。僭伪之盛，莫过二秦，以此而论，足可明矣。故知衣冠轨物，图画记注，播迁之余，皆归江左。晋、宋之际，学艺为多，齐、梁之间，经史弥盛。宋秘书丞王俭，依刘氏《七略》，撰为《七志》。梁人阮孝绪，亦为《七录》。总其书数，三万余卷。及侯景渡江，破灭梁室，秘省经籍，虽从兵火，其文德殿内书史，宛然犹存。萧绎据有江陵，遣将破平侯景，收文德之书，及公私典籍，重本七万余卷，悉送荆州。故江表图书，因斯尽萃于绎矣。及周师入郢，绎悉焚之于外城，所收十才一二。此则书之五厄也。后魏爰自幽方，迁宅伊、洛，日不暇给，经籍阙如。周氏创基关右，戎车未息。保定之始，书止八千，后加收集，方盈万卷。①

渡江之后的东晋及宋，图书事业又迎来新一轮的聚集发展时期，梁阮孝绪编《七录》，总其书数有三万余卷，这三万余卷，除了重新裒集的古代散佚文献，宋、齐时期的新作应该占了不少，但这也只是极小的一部分，其图籍最盛时达七万余卷。然而经陈、隋之战乱，所余仅“十之一二”，也就是说，由陈入隋之时，十之七八的刘宋文籍，已惨遭兵厄。虽经后来的多方搜集，达到万卷，但与七万余卷比起来，还是丧失大半。在这散佚、裒集的循环中，史著对文献的保存，对文献重新搜集、整理的贡献是巨大的。将《隋书・经籍志》所载刘宋文献篇目拿来与《宋书》中的载文作一比较，就知道多少作家的集子散佚，而《宋书》却保留了他们的作品，为后代文献的辑佚及重新整理，提供了丰富的原始材料。

以经部为例，《宋书》礼、乐等志书中提到的不少著述、文献，《隋书・经籍

---

① 《隋书》卷四十九《牛弘传》，北京：中华书局，1973 年版，第 1299 页。

志》中就没有介绍。在《宋书》礼、乐等志书中，载录了大量的奏疏原文与历代歌谣，《礼志》中的章表奏疏，其作者有的无文集传世，有的文集散佚，是《宋书》将他们的作品保存下来才得以流传；至于《乐志》对历代歌谣的搜集、整理，其文献学与文学史的价值，早已得到公认，并成为乐府研究最重要的资料宝库。今就以《礼志》中载文作一管窥。如卷十四《礼一》："元嘉二十年，太祖将亲耕，以其久废，使何承天撰定仪注。史学生山谦之已私鸠集，因以奏闻。"①何承天的礼学著述，《隋志》中记有《礼论》三百卷，然这里所记述的是礼注，何承天、山谦之所修订耕籍礼仪注，《隋志》均不载；再如卷十六《礼三》，记宋文帝遣使履行泰山旧道，诏山谦之草封禅仪注，《隋志》同样未录；不仅是刘宋文献，《礼一》提到晋武帝更定元会注，即刘宋所存《咸宁注》，并记叙了该注所载元会礼仪的具体内容；《礼五》中提到的晋代《先蚕仪注》，《宋书》中也记载了其中的部分内容。这些在《隋志》中都没有，《咸宁注》所记元会之礼，《隋书·音乐志》中有录，所据者实即《宋书》。

在《宋书》中有不少载文，作者的集子都未传世，所载文字就成为该作者仅存的传世文献。如《礼四》所记大明二年(458)，使礼官议正前代魏晋间高堂隆及徐邈关于皇后祭祀的仪礼问题，博士孙武、王燮之上论议；泰始二年(466)六月，太学博士刘缇、太常卿虞愿议正拜祭皇太后之礼；后废帝元徽二年(474)议昭太后庙毁置，太常丞韩贲、太学博士殷灵祚，皆有奏议，《宋书》引录全文，另左仆射刘秉、左丞王谌等亦参议，《宋书》作了叙述，但未引原文。上述孙武、王燮之、刘缇、虞愿、韩贲、殷灵祚等人，《隋书·经籍志》皆无作者及文集可考，全赖《宋书》记载，其文得以传世。

当然不只是在志书中，比如前文所叙列传中的载文，《宋书》在列传中载录的诸多奏议、章表、书信等，一大半作者也都无文集传世。比如沈庆之、萧思话、何长瑜、柳元景、王微等，都是一时闻达，或无文集传世，或文集在后世散佚，至于一般的小作者就更不必提了。比如柳元景，《隋志》中不载其文集，而《宋书》载录了其大量文章；王微，《隋志》及《两唐志》载其文集，然《宋史·艺文志》已不载，估计其文集在宋后已遭散佚。《王微传》几乎就是以来往书信为主体来结撰，使得王微的文章赖《宋书》得以传世，且这些书信的文学性都很强。今王微

① 《宋书》卷十四《礼一》，北京：中华书局，1974年版，第354页。

存世作品，大多数也就是《王微传》中载录的这些。南平王刘铄，“少好学，有文才。未弱冠，拟古三十余首，时人以为亚迹陆机”①，《隋书·经籍志》载《宋南平王刘铄集》有五卷，然皆已亡佚，今仅存《答移魏若库兰》一篇文章见于《宋书·索虏传》。再如竟陵王刘诞，《隋志》载其集二十卷，建平王刘休度，《隋志》载其集十卷，皆亡佚，赖《宋书》载文，保留了他们的部分文章。由上述可见，《宋书》载文的文献学价值，乃至文学史价值不言而喻。而且，《宋书》的文献学价值还不只是局限于刘宋，前面提到《宋书》中引录到的晋代文献，有些有直接的文字引录，有些通过转述引录到前代文献，有些提到文献名目，而这些名目在《宋书》以前的文献中并未有记录，或者与前代记叙文字有异，比如卷十六《礼三》提到孙权在武昌南郊告天，该文《三国志》裴注中有引录，但文字上有多处相异。则《宋书》是采纳裴注，还是独立引用三国时文献呢？类似的地方，比照勘察，可助文献的考释与校勘。从中可见，《宋书》载文不仅具有文献学的价值，还具有校勘学的价值。

正因《宋书》具有如此高的文献价值，为后代的文献整理、辑佚所看重，类书、总集的编纂，也多有取自《宋书》者。中国几部著名的类书，如《初学记》《太平御览》《渊鉴类函》等，引录《宋书》载文的都很多。后代类书大抵参考、因袭前代，今且仅就《初学记》作一概览。《初学记》由徐坚奉敕修撰，本是唐玄宗为诸子学习作文，检核事类所用，计三十卷，分天文地理、帝王将相、州郡职官、礼乐器物等二十三部，分门撰写，以类相从。该书对文人写作隶事用典，起到很大帮助。《四库全书总目》称其“较《玉台新咏》以梁武帝诗杂置诸臣之中者，亦特有体例。其所採摭，皆以隋前古书，而去取谨严，多可应用”②。这“隋前古书”中，《宋书》中的文献就占据不小的比例。如卷二《天部下·雾第六》“嗽水 吹沙”条：“沈约《宋书》曰：后汉正月朝，天子临德阳殿受朝贺。舍利从南方来，戏于殿前，激水化成比目鱼，跳跃嗽水，作雾翳日。”③所引资料见《宋书》卷十九《乐一》。此条资料虽非载文，却是《宋书》对东汉史料的转载，东汉时记载已不可见，赖《宋书》载录得以保存。卷四《岁时部下·元日第一》“开元 肇祚”条：“沈

① 《南史》卷十四《刘铄传》，北京：中华书局，1975年版，第1340页。
② 《四库全书总目》，清乾隆武英殿刻本，卷一百三十五子部45。
③ 徐坚《初学记》，北京：中华书局，1962年版，第36页。

约《宋书》曰：《南郊乐登歌》曰：开元首正，礼具乐举，六典联事，九官列序。”[①]此歌见《宋书》卷二十《乐二》，为颜延之所造。值得注意的是，《颜延之集》在唐代尚基本完整，《初学记》一般引诗人作品，直接标某人于前，以示出处，比如卷十《中宫部·驸马第七》，虞通之《为江斅让尚公主表》，此表在《宋书》卷四十一《后妃列传》中有全文载录，然《初学记》标虞通之名于前，不曰《宋书》，说明是取自《虞通之集》。而此处引颜诗，诗前不标“颜延之”而标《宋书》，说明该诗为颜集所不载，《宋书》成为其唯一出处。后张溥《汉魏六朝百三家集》辑《颜光禄集》收此诗，其来源当即为《宋书》。卷十二《职官部下·御史大夫第六》“绛驺白简”条：“沈约《宋书》曰：颜延之言其为御史中丞。何尚之与延之书曰：绛驺清路，白简深劾，取之仲容，或有亏耶。”[②]何尚之无文集传世，故《初学记》只能自《宋书》引录。类似以《宋书》作为文献原始来源的地方很多，仅从上述数例，已证《宋书》的文献学价值。

作为刘宋时代的文献宝库，《宋书》丰富的载文自然成为后代编纂总集最重要的凭借。张溥的《汉魏六朝百三家集》，就有不少作家的文章是从《宋书》中搜辑的。比如像我们前面提到的颜延之的《南郊乐登歌》。《汉魏六朝百三家集》把陶渊明归为晋，此外，共收刘宋作家八人，《袁淑集》，《隋志》载十一卷，《旧唐书·经籍志》载十卷，已少一卷；《谢惠连集》，《隋志》载六卷，《旧唐书·经籍志》不载；《何衡阳集》，《隋志》有记载，但已仅是存目，但在《旧唐书·经籍志》中又记载有三十卷，可能是《隋志》修撰者没有看到原著，失收。但在《宋史·艺文志》中，何承天、袁淑、傅亮的集子都已散佚，《宋书》中保存的三人文章，就成为张溥编集的重要来源。以袁淑为例，张溥所编《袁淑集》的《御虏议》《与始兴王浚书》皆取自《宋书》卷七十《袁淑传》所载原文；《与何尚之书》，取自《宋书》卷六十六《何尚之传》，文前小序也据《宋书》史文编撰。再如何承天，张溥编《何承天集》中的《上历法新表》，《宋书》卷十二《律历志中》全文有载；《请改漏刻奏》，《宋书》卷十三《律历志下》全文有载；《陈满罪议》《尹嘉罪议》《薄代公等补兵议》《孔邈名议》《安边论》《丁况等久丧不葬议》等，皆取自卷六十四何承天本传，文字之多寡，也皆与史著所载相同，更可以证实其取材所自。

---

① 徐坚《初学记》，北京：中华书局，1962 年版，第 64 页。
② 徐坚《初学记》，北京：中华书局，1962 年版，第 289 页。

清人严可均辑录《全上古三代秦汉三国六朝文》，其中的《全宋文》，从《宋书》载文中所辑录者，起码占到四分之一左右。严氏所选文章，在文后皆标史料出处，一查可知。近人逯钦立编《先秦汉魏晋南北朝诗》，自《宋书》取材也不少。鲁云华《论〈宋书〉的文学史料价值》[①]，对此作过考察。据其统计，逯钦立所编的刘宋诗歌部分，来源于《宋书》的达三十多处。逯编诗集有其特定体例可以看出材料取源。如谢晦《悲人道》一诗，题下引《宋书》史文作注，在诗后又注明"宋本传"。除了诗人的创作，逯编诗集还载录了大量民谣，取自《宋书》的有十余条，至于历代乐府诗，则大多在《宋书·乐志》中有载录，其范围远远超出了刘宋时期了。

除了类书与总集之外，学者著述也颇多利用《宋书》载文。如胡应麟《少室山房笔丛》卷八《丹铅新录四》"孔明不取文举"条，从《宋书》引诸葛亮"来敏乱郡，过于孔文举"之言，发挥孔明不取孔融之义，认为孔融名过其实、清谈废事，已开晋人清谈之风，为孔明所轻[②]。此语见《宋书》卷六十二《王微传》，乃王微写给江湛的书信中所引述之语。卷二十五《艺林学山七》"太极泉"条，引孝武帝大明七年(463)诏敕文"思散太极之泉，以福无方之外"，以论宋、齐六代文人好用僻事[③]。该诏文见《宋书》卷六《孝武帝本纪》大明七年(463)。顾炎武的名著《日知录》卷十五"前代陵墓"条，记刘裕登基之后对晋室陵墓的处理，引永初元年(420)的诏书："闰月壬午朔，诏曰：'晋世帝后及藩王诸陵守卫，宜便置格。其名贤先哲，见优前代，或立德著节，或宁乱庇民，坟茔未远，并宜洒扫。主者具条以闻。'"[④]该诏全文见载《宋书》卷三《武帝纪下》。卷二十四"足下"条，引征史料说明该词为称谓人主所用，其中引《宋书·西南夷传》载诸国表文，诃罗陀国称"圣王足下"，又称"天子足下"，阿罗单国称"大吉天子足下"，阇婆婆达国称"宋国大王大吉天子足下"，天竺迦毗黎国称"大王足下"[⑤]。所言及的称谓，皆出

---

① 鲁云华《论〈宋书〉的文学史料价值》，《浙江教育学院学报》2005年第4期。

② 胡应麟《少室山房笔丛》卷八《丹铅新录四》，上海：上海书店出版社，2009年版，第83页。

③ 胡应麟《少室山房笔丛》卷二十五《艺林学山七四》，上海：上海书店出版社，2009年版，第244页。

④ 顾炎武著，黄汝成集释《日知录集释全校本》，上海：上海古籍出版社，2006年版，第882页。

⑤ 顾炎武著，黄汝成集释《日知录集释全校本》，上海：上海古籍出版社，2006年版，第1360页。

自《宋书·西南夷传》所录四国表文。“足下”一词，有认为是“相轻”所用之称谓，也有以为是敬称，顾氏博采史料，说明该词自战国以来，即为对人主之敬称，而《宋书》中的材料则说明，该词作为对人主之敬称，直到刘宋时期还在使用。《宋书》中的载文，为后代学者在历史、思想、文化、风习等各方面研究，提供了丰富的材料，被他们在著述中广泛征引。

《宋书》载文的文献学价值，还表现在其为全面深入研究刘宋时代各个方面的问题，乃至研究某一问题的历史沿革提供基本材料。前述胡应麟、顾炎武对《宋书》载文的利用，已经较好地说明了此点。《宋书》的八志，其主要撰述方式就是以载文为主，史家的叙述仅仅作为前后的串联，举凡律历、礼制的制定、修改，州郡的设置、变更，星象符瑞等，都是引载大臣章表，以明其内容及长短利弊与继承、变易之缘由，新制之颁行，每每又引载诏告以说明，使得社会制度的渊源流变，有完整的原始文献可资说明、考证。比如律历志，刘宋律历的制定及新变，在何承天、祖冲之等人的奏表中都有详细的交代，卷十三《律历志下》祖冲之改变何承天所制宋律，又有法兴的辩难，该卷一大半的内容就是祖冲之与法兴相互辩难的论议。在列传中，完整引载论议讨论社会的经济、刑法、军事等问题的载文，也比比皆是。比如《王弘传》的《上言定丁役》论赋役，《刑法议》论刑法；《何承天传》的《安边论》讨论军事，《陈满罪议》《尹嘉罪议》等讨论刑罚，《薄代公等补兵议》讨论兵役；《范泰传》的《请建国学表》论教育，《谏改钱法》论金融；《臧焘传》的《宣太后不配食中宗庙仪》《四府君迁主议》等论礼法及祭礼……《宋书》值得珍视的地方，就是史家对于每一项社会制度、社会问题，都是用当时的文献档案来说明问题，以直接载文来保持历史原貌，尽量避免史家的转述。这里面引载的很多文献，其作者文集或散佚，或没世，《宋书》就成为唯一的文献来源。

《宋书》在载文之外，其本身也具有文献功能，为后世学术研究提供材料与参考，在多个领域发挥着重要作用。后文讨论《宋书》对于学术史、文学史之价值，再着重讨论。

第三节 《宋书》载文与写人叙事

《宋书》载文很多都是原文载录，首尾完整，尽管如此，这些载文并非独立于史著，而是对史著的叙事、写人皆发挥重要作用，成为史著重要的组成部分。

《宋书》虽是纪传体，但在具体的纪传中，又基本以时间为顺序进行叙述，尤其是国家大事，系年依次编述，实际上是纪传、编年相结合的一种体式。在一般普通人的传记中，传体的成分多一些，在重要人物的传记中，则编年的成分渐渐增加，因为重要人物的行事往往都具有国家层面的意义，而在帝王本纪中，人的重要性往往让位于事。比较帝王本纪与大臣传记，尤其是与那些普通人传记比较，在列传中，还有不少篇幅叙及人物的性格、心理，甚至记叙了不少琐事、逸闻，而在帝王传记中，则多是以诏告、章表组成的国家政治、制度、军事以及人事种种政权运作层面的叙述。对于本纪而言，基本都依年号，逐年叙述，形成纪传为表、编年为里的著述体式，朝廷诏告与臣僚表奏遂成为叙述主体与骨架，支撑起整体文本。

南朝宋开国皇帝刘裕一生功勋卓著，平定孙恩、桓玄叛乱，消灭各方割据势力，称帝建国，清人王夫之称其“功于天下，烈于曹操”①。《宋书》对其也是浓墨重彩，大力渲染，《武帝本纪》独占三卷篇幅，而在这三卷篇幅中，载录各类文章达四十一篇之多，如果再加上其他传记中辑载的刘裕颁布的奏表檄令等，约六十余篇，这些载文全面而立体地反映了晋、宋之际国家政局与时局的方方面面，同时也生动地展现了刘裕叱咤风云的一生。

平孙恩、卢循之乱，是刘裕帝业的基点与起步，《武帝纪上》所载《敕孙季高》，即刘裕所颁军令，令孙季高挥兵广州，痛击卢循。当时，卢循在广州设守，凭借地势险要、城池峻整以及兵力强劲的优势而不设海防，十分嚣张。刘裕决定攻打广州，然朝中大臣皆认为海道艰远且兵分势弱，一致反对。刘裕坚持己见，下令孙季高“大军十二月之交，必破妖虏”。刘裕在满朝文武一片质疑声中，能有清醒的判断与独立的决策，这份敕书充分体现了其具备一代雄主应有的素质。而此役最终如期剋捷，其运筹帷幄、克敌制胜的远见卓识，也得到充分印证。

刘裕为平定晋末叛乱立下汗马功劳，在波谲云诡的晋末乱局中脱颖而出，受到晋朝统治者的重视与依恃。《武帝本纪》中连篇累牍全文刊载晋安帝嘉奖刘裕的多篇诏策文：义熙元年(405)，破桓谦、平江陵，《以刘裕为侍中车骑将军诏》赞其“忠诚天亮，神武命世。用能贞明协契，义夫乡臻”；义熙二年(406)，斩

① (清)王夫之，《读通鉴论》卷一四“晋安帝”之二，清船山遗书本。

除桓玄余孽,《授刘裕策》称其“命世英纵,藏器待时,因心资敬,誓雪国耻”“德诚俱深,勋冠天人”;义熙十二年(416),彻底平叛桓玄,遏制各地寇虐,《进刘裕为宋公诏》赏其“阿衡王猷,班序内外,仰兴绝风,傍嗣逸业。秉礼以整俗,遵王以垂训,声教远被,无思不洽”;同时颁布《策加宋公九锡文》嘉其于“宗祀绝飨,人神无位”之时“振阙弛维,再造区宇”之功;义熙十三年(417)的《进宋公爵为王诏》更是不吝溢美之词,“相国宋公,天纵睿圣,命世应期,诚贯三灵,大节宏发……及外积全国之勋,内累戡黎之伐,芟夷强妖之始,蕴崇奸猾之源,显仁藏用之道,六府孔修之绩,莫不云行雨施,能事必举,谅已方轨于三、五,不容于典策者焉”,极力称赞刘裕功昭日月;义熙十四年(418),颁布《受相国宋公九锡令》,此时晋朝王室已给予刘裕作为臣子至高无上的地位和荣耀。《宋书》铺排诏策,不仅直观呈现刘裕凭卓越军功加官进爵的步步历程,而且通过朝廷的授勋,肯定其对于其时国家与政局的积极贡献。在这些诏策中,一个匡正除乱、奇谟冠古的旷世能臣之形象,跃然而出。

《武帝本纪》的载文也不仅仅是正面宣扬刘裕的,比如韩延之的与刘裕书云:“刘裕足下,海内之人,谁不见足下此心,而复欲欺诳国士!”明确指出刘裕的司马昭之心。其实,即便是那些充分肯定刘裕功勋的诏策,如果拿来细读,也能读出另一番滋味。在诸多的天子诏书中,肯定刘裕不世功勋的对面,就是天子“朕以寡昧”“朕以不德”的自辱,九五至尊的晋天子,在刘裕的金戈铁马之前,有多少辛酸和无奈。则这类诏策究竟是褒是贬,刘裕究竟是周公还是卓、莽,后人自可判断。《宋书》以载文叙事,充分发挥了史著客观性的优势,并且使史文更耐咀嚼寻味。

再如《文帝本纪》,载文亦占据极大篇幅。宋文帝元嘉计三十年,如果说史著皆以载文为叙事,也不为过,只不过,此载文有直接载文与史家转述之区别而已。

元嘉元年秋八月丁酉,大赦天下,改景平二年为元嘉元年。文武赐位二等,逋租宿债勿复收。庚子,以行抚军将军、荆州刺史谢晦为抚军将军、荆州刺史。癸卯,司空、录尚书事、扬州刺史徐羡之进位司徒,卫将军、江州刺史王弘进位司空,中书监、护军将军傅亮加左光禄大夫、开府仪同三司,抚军将军、荆州刺史谢晦进号卫将军,镇北将军、南兖州刺史檀道济进号征北将军。甲辰，追尊所生胡婕好为皇太后，谥曰章后。卫将军、南徐州刺史彭城王义康进号骠骑将军，冠军将军、南豫州刺史义恭进号抚军将军，封江夏王。立第六皇弟义宣为竟陵王，第七皇弟义季为衡阳王。戊申，以豫州刺史刘粹为雍州刺史，骁骑将军管义之为豫州刺史，南蛮校尉到彦之为中领军。己酉，减荆、湘二州今年税布之半。九月丙子，立妃袁氏为皇后。①

此段所述，从文字上就可以推知当是全据元嘉元年(424)的诏敕公文，只是未曾提供原文，由史家摘述核心内容。有些摘述，可从其他部分获悉史文大概。如“甲辰，追尊所生胡婕好为皇太后，谥曰章后”事，在卷四十一《后妃传》中，有大臣请封奏表。元嘉二年(425)：“二年春正月丙寅，司徒徐羡之、尚书令傅亮奉表归政，上始亲览。”此段也是摘述史文，原文可见《宋书》卷四十三《徐羡之传》：“元嘉二年，羡之与左光禄大夫傅亮上表归政，曰：……”元嘉三年(426)：“三年春正月丙寅，司徒、录尚书事、扬州刺史徐羡之，尚书令、护军将军、左光禄大夫傅亮，有罪伏诛。”此诏原文仍见《徐羡之传》。元嘉三年(426)三月“戊戌，以后将军长沙王义欣为南兖州刺史。乙巳，骠骑大将军、凉州牧大沮渠蒙逊改为车骑大将军。诏曰：‘夫哲王宰世，广达四聪……’”“(四年)三月丙子，诏曰：‘丹徒桑梓绸缪，大业攸始，践境永怀，触感罔极。……’”“五年春正月乙亥，诏曰：‘朕恭承洪业，临飨四海，风化未弘……’” 则直接引载诏书。事实上，整个文帝本纪，几乎就是以朝廷诏告串联而成，或直录，或摘录转述，真正属于史家撰述的部分很少。

载文还在很多传记中，起着推动叙事进程、改变人物行止的作用，并且能够反映更为全面而重大的问题。《宋书》卷四十一《后妃传》关于宋明帝整治诸公主严妒一节，颇具戏剧性。当时，左光禄大夫江湛之孙江敩即将迎娶世祖之女，明帝命人替江敩写《让婚表》以却婚。这篇《让婚表》洋洋洒洒一千多字，历数东晋以来尚公主者，屈于崇贵，吞悲茹气，无所逃诉的悲惨境遇，恳请明帝“特赐蠲停”，收回赐婚成命，若不获准，则“刊肤剪发，投山窜海”，就此逃遁②。明帝请人代江敩作《让婚表》，其意在以之警示诸公主。表成，明帝以之遍示诸公主。

① 《宋书》卷五《文帝本纪》，北京：中华书局，1974 年版，第 73 页。
② 《宋书》卷四十一《后妃传》，北京：中华书局，1974 年版，第 1290—1292 页。

临川长公主刘英媛曾因妒忌其夫王藻宠爱侍妾，在前废帝刘子业面前进谗，致使王藻入狱殒命，读罢江敩《让婚表》，幡然感悔于是作《上表乞还身王族》。在这份表中，她对自己以往性情刚烈善妒、私庭嚣戾的行为进行了反省，对其"遭随奇薄，绝于王氏，致此分异"的命运感到追悔，最后提出"还身王族，守养弱嗣"的要求，回到王氏家族，专心抚养幼子成人，与之相依为命，这是其所认识到的最好的归宿，也是对以往行为的赎罪。

两篇表文，串起一段极为戏剧性的故事。而在本传所述之外，更可贯连起刘宋王室的一个重大问题，即其伦理道德的崩毁。刘宋宫闱之乱，与列朝比较，似更为不堪，诸公主亦难辞其咎。王鸣盛《十七史商榷》中甚至认为《宋书》当列《公主传》为诫：

> 临川公主之严妒，新蔡公主、海盐公主之乱伦，山阴公主之丑秽，皆自古少有，岂可不立传以为炯戒？①

《廿二史札记》卷二十"宋齐梁陈书并南史"中列"宋世闺门无理"，言"凡为公主者皆淫妒，人主亦自知之。""严妒"和"淫恣"是刘宋公主的集体作风，实际上二者是紧密关联的，归根结底就是淫恣的占有欲的表现。《南史·王诞传》载宋武帝次女吴兴长公主"常裸偃缚诸庭树，时天夜雪，噤冻久之"。《南史·前废帝纪》记载文帝女新蔡公主竟然嫁与其侄前废帝刘子业，为掩人耳目改称谢氏，一宫的婢女竟因此被杀灭口。《宋书·前废帝纪》也载山阴公主淫恣过度，置面首左右三十余人。刘宋公主如此胡作非为、荒淫恣荡，与魏晋以来儒家礼法的不断削弱，社会在思想文化上发生的新变革，社会阶层的分化重组有一定关联。汉以来儒家思想的中央集权统治权威被消解，高门大族承担起社会礼法与文化责任，形成礼在私门的局面。那些以军功、武力崛起的寒微豪富，尽管占据着世俗政权，而在文化礼法上却与高门士族格格不入，而这些新起豪富，起始也不愿受礼法文化之羁縻，导致其与士族的文化差距更为扩大。刘宋皇室实际上就是新崛起的地方豪强，赵翼《廿二史札记》云："宋武起自乡豪，以诈力得天下，其于

① （清）王鸣盛著，黄曙辉点校《十七史商榷》，上海：上海书店出版社，2005年版，第461页。

家庭之教，固未暇及也，是以宫闱之乱，无复伦理。”①因此，宋室之荒淫，不独诸公主，其根源还是整个上层道德礼法的崩塌。像孝武帝刘骏、明帝刘彧，皆秽迹斑斑，刘骏“于闺房之内，礼敬甚寡，有所御幸，或留止太后房内，故民间喧然，咸有丑声”②，明帝陈贵妃妙登，本孝武帝所幸，厌弃之后赐明帝，明帝始宠幸，后亦弃之以赐李道儿，寻又迎还，弄得明帝之子，后来继位的后废帝刘昱，事实上究竟是否明帝亲生，也是一笔糊涂账。《宋书》对于这些宫闱丑闻，史笔还是有所保留，然通过其载文，不难让人推知。

对于一般人物传记，载文贯穿起人物的生平、行事、命运，见证并书写着传主的思想和情感，承担着叙事与写人的双重功能。如卷四十三的《傅亮传》，在叙述完傅亮的生平经历之后，引傅亮文章再作补叙。先引傅亮入世之初，见世路屯险，著《演慎论》，主要阐述世路艰难，要慎微避祸，步步小心，在这篇文章中，他也慨叹“非知之难，慎之唯艰”的道理。接着，《傅亮传》又引其在少帝时期，因见少帝失德，作《感物赋》，借夜蛾赴烛来寄托对朝廷政局及个人前途的担忧。少帝失德，徐羡之、傅亮等合谋废帝，拥立刘义隆继位，在奉迎刘义隆车驾回京时，傅亮于路途赋诗三首，非但没有欣喜之情，在其中的一首诗中，还表达了浓重的悔惧之意。文帝权位巩固之后，诛杀傅亮、徐羡之，傅亮自知难免，作辛有、穆生、董仲道赞，称赞他们能够见微避祸。《傅亮传》的后半叙事，基本即由上述文章构成。傅亮本人家世中上等，其父傅瑗，官至成安太守，秩奉二千石，固然不低，但与那些高门大户相比，也不过是二三流门户。在晋、宋乱世，政治环境险恶，《演慎论》以慎微相戒，能看出傅亮性格中谨小慎微、求稳畏祸的一面。然而，人在历史中的命运，往往不由自主，《傅亮传》在叙述其在少帝时期的心态及《感物赋》的写作背景云：“亮布衣儒生，侥幸际会，既居宰辅，兼总重权。少帝失德，内怀忧惧，作《感物赋》以寄意焉。”位高则危，何况身逢险地，因此，在被迫与徐羡之合谋废帝并迎立刘义隆之时，傅亮非但没有佐命之功的欣喜，反而充满忧惧。在《道路赋诗》之一中说：“张邴结晨轨，疏董顿夕辀”，思量着要像张良、邴汉、疏广等人一样，及时弃官归隐。然而，身陷权力场，求退无由，最终殒命，以悲剧结束。在《演慎论》中，傅亮就清楚地知道“触害犯机”，乃“自投死

① （清）赵翼著，王树民校证，《廿二十札记校证》，北京：中华书局，1984年版，第154页。
② 《宋书》卷四十一《后妃传》，北京：中华书局，1974年版，第1287页。

地”，待其真的面临不测之祸，再次想起历史上那些能及时退步，全身得保的人，估计也只有追悔莫及，徒唤奈何了。《傅亮传》中引载的四种文献，将傅亮投身政坛前的谨慎、深陷权力场时的忧惧以及最后面临不测结局时的追悔，恰如一幅幅前后相续的人生画卷及心灵图景，生动地展现了一个在刘宋政坛中浮沉、倾轧最后淹没的个体，其兴也勃，其亡也忽，令人唏嘘。

卷四十四《谢晦传》，以载文叙事写人，也较突出。谢晦(390—426)，字宣明，陈郡阳夏人，其族与琅琊王氏并称，是首屈一指的门阀士族，在刘宋依然居有较高的声誉。刘裕曾经在众人之中称美谢晦的从叔父谢景仁云:“此名公孙也。”①对陈郡谢氏家族表现出足够的尊崇与称羡。谢晦既系出名门，而本人又“美风姿，善言笑”，文义朗赡多通，故深得刘裕的爱赏，对之另眼相看:“从征关洛，内外要任悉委之。”谢晦跟随刘裕北征时，入关策诏，十有八九为谢晦所作，其才略可见一斑。然今日传世之作寥寥无几。《宋书·谢晦传》收录五篇文章，前三篇《为谢晦奉表自理》《为谢晦檄京邑》《又为谢晦上表》，应为何承天所作，《尚书符荆州文》为宋文帝命尚书写给身为荆州刺史的谢晦的命令，因此五篇文章中真正由谢晦亲自捉笔操刀的文章只有《悲人道》一篇。而在《南史》里，尚收录《彭城会》和《续世基诗》。从《宋书》载录情况来看，沈约为谢晦选文都是围绕“陈情”这一主题进行的。

《宋书·谢晦传》除了不惜笔墨去反复陈说谢晦被诛的始末，在文章的前半部分，也看似信手拈来地讲述了谢晦几件小事。一是谢晦听说自己朝中宿敌刘穆之亡故的消息，“甚喜，自入阁内参审穆之死问”；二是描写谢晦初为荆州刺史时难掩得意之情，顾盼自矜，喜形于色；三是文帝起诛杀之意，为掩人耳目，借北伐北魏、拜谒京陵之由治装舟舰。谢晦的弟弟黄门侍郎谢皭派使者暗报谢晦，晦犹谓不然，甚至还天真地命令何承天立刻起草答诏文帝，言伐虏宜须明年。这三件事，将谢晦胸无城府、浅薄得意以及政治嗅觉迟缓等特点表现得纤毫毕现。

其实，谢晦某些时候行事亦不可不曰谨慎。扶少帝即位后，谢晦虽身在荆州，也曾积极遣人结交文帝身边宠臣王华等人，奈何文帝忌惮这些大臣的权力，一旦自己的权力巩固，清除隐患就是第一要务。在文帝诛杀傅亮、徐羡之和谢晦长子谢世休等人后，谢晦终于开始明白自己也面临着兔死狗烹的命运。此时

① 《宋书》卷五十二《谢景仁传》，北京：中华书局，1974年版，第1493页。

谢晦心中愤懑难平，先后命何承天上《为谢晦奉表自理》《为谢晦檄京邑》《又为谢晦上表》为自己陈表心迹，文字洋洋洒洒，反复自表对刘宋王室的义胆忠肝。纵观这三篇文章，大致围绕着以下几个方面辩诬。

一是回顾宋高祖刘裕对自己的知遇之恩，强调高祖对自己临危托孤的信任以及自己追随祖刘裕时的感遇忘身。

> 臣阶缘幸会，蒙武皇帝殊常之眷，外闻政事，内谋帷幄，经纶夷险，毗赞王业，预佐命之勋，膺河山之赏。（《为谢晦奉表自理》）

谢晦对于宋高祖刘裕的确一片赤胆忠心。刘裕在位时，谢晦曾为其太尉府主簿，跟随高祖征讨司马休之。徐逵之带领的军队兵败将亡，高祖震怒，欲披甲亲征。谢晦抱持高祖劝阻，高祖勃然大怒欲斩谢晦，而谢晦曰："天下可无晦，不可无公，晦死何有！"如此耿耿忠心，令人动容。

二是阐述景平年间废少帝刘义符、杀刘裕次子庐陵王刘义真之事的迫不得已。

> 王室多故，祸难荐臻。营阳失德，自绝宗庙。庐陵王构阋有本，屡被猜嫌，且居丧失礼，遐迩所具，积怨犯上，自贻非道。（《为谢晦檄京邑》）

关于少帝刘义符与庐陵王刘义真荒淫失德、懦劣无节之事，《资治通鉴》有详细记载："营阳王居丧无礼，好与左右狎昵，游戏无度……颇习武备，鼓鞞在宫，声闻于外。黩武掖庭之内，喧哗省闼之间。"①谢晦屡次在表文中陈说少帝与庐陵王湎荒越礼、行为失德，认为废此二人乃顺应天意之举，并借东汉名将耿弇为光武帝讨伐军阀张步自况，希望文帝能够体察自己的忠心，而清代史学家赵翼在《廿二史札记》中也认为"其于谋国，非不忠也"②。说谢晦、傅亮等人废帝完全出于公允之心尚有所牵强，但废黜荒谬绝伦不堪人主的少帝刘义符，的确是救刘宋王朝于水火，否则，就没有宋文帝的"元嘉之治"了。

---

① （宋）司马光著，《资治通鉴》，北京：中华书局，1956 年版，第 3826 页。

② （清）赵翼著，王树民校证《廿二史札记校证》卷十《南史过求简净之失》，北京：中华书局，2005 年版，第 206 页。

三是陈说自己竭力事君，对文帝的隳肝沥胆之忠心。

若令臣等颇欲执权，不专为国，初废营阳，陛下在远，武皇之子，尚有童幼，拥以号令，谁敢非之。而泝流三千，虚馆三月，奉迎銮驾，血心若斯，易为可鉴。(《又为谢晦上表》)

《廿二史札记》评价此处“此最为当日实情”①。览谢晦一生，对高祖刘裕堪称忠贯白日之臣，对文帝亦丹心如故。如他自己所说，废少帝时，刘裕尚有诸位未成年的幼子，谢晦等人若要把持朝政，完全可以立其中一位为帝，“挟天子以令诸侯”。文帝即位后，谢晦、傅亮等人为求自保也曾拥兵自重，但于元嘉三年(426)时最终还政于文帝，足见其无篡权野心。谢晦即使处江湖之远依旧心系朝廷，为表忠心，将自己的两个女儿嫁给彭城王刘义康、新野侯刘义宾，并让妻子曹氏与长子谢世休把女儿送回京城。无论谢晦等人是出于怎样的公允之心，弑君杀主的确不符名教，正如名士范泰所言：“吾观古今多矣，未有受遗顾托，而嗣君见杀，贤王婴戮者也。”②因此，即便是从中受惠的文帝刘义隆，掌权后当务之急便是除去行弑杀之事的顾命大臣。

四是谴责文帝身边宠臣王华、王弘等人蛊虿之谗。

王弘兄弟，轻躁昧进；王华猜忌忍害，规弄威权，先除执政，以逞其欲。(《为谢晦奉表自理》)

谢晦再三控诉王华、王弘等人的进献谗言、猜忌忍害，视其为罪魁祸首。然而，久居官场的谢晦何尝不知王弘等人之为亦是文帝之心。身为人臣的谢晦不能指责君王不是，只能口诵君王英明，而一再控诉王弘为佞臣蒙蔽主上，以此来表达自己的愤懑和冤屈。

《宋书·谢晦传》在开篇记录谢晦三件小事，看似闲笔，实际上是揭示出谢晦的性格中具有某种天真的成分，这决定了其一系列的行为及其最后的命运。

---

① (清)赵翼著，王树民校证《廿二史札记校证》卷十《南史过求简净之失》，北京：中华书局，2005年1月，第206页。

② 《宋书》卷六十《范泰传》，北京：中华书局，1974年版，第1620页。

此后,《谢晦传》即以载文展开叙述,连篇累牍铺排谢晦授意但非亲笔的奏表,反复陈说自己废帝的无奈与对刘宋的忠心,文字占全传大半。《南史·谢晦传》删减去谢晦自诉二表,虽然较《宋书》简净许多,但对于深入揭示谢晦的内心世界及其举止行为的因由,却有损害。赵翼云:"晦传载其自诉二表,见其本质为国,此正作史者用意所在,而《南史》尽删之,未免徒求文字之净,而没其情事之实矣。"[①]确实,史传对于传主的文章,如果一味求简,只顾删裁,有时会影响到史传所要表达的立场与用意,反而得不偿失。事实上,谢晦的命运与沈约祖父在宋初的遭遇颇多类似,沈约采取载文充分表露谢晦心迹的方式来叙述,也许有其言外的隐衷。这些表文对于谢晦的命运,无疑起到一种辩白与同情,而联系沈约家世,便不难理解他对于谢晦何以有此种情感。沈约家族经历了两次家难,沈约祖父沈林子有相似的人生境遇:他们都曾为刘宋政权立下汗马功劳,最终却惨遭杀戮,留下陨雹飞霜的结局。正是由于这份感同身受,沈约对谢晦的遭遇不免见哭兴悲。于是,不厌其烦地搜罗谢晦表奏檄文,看似客观载录,实则清晰表明沈约对谢晦的同情,饱含对自己家族灾难的深沉控诉与痛苦。

回到传主谢晦,其起兵失败后,在安陆延头为其故吏光顺之所执,槛送京师,于道作《悲人道》赋。该赋起篇慨叹:"悲人道之实难,哀人道之多艰,伤人道之寡安。"致慨于人生之艰难,动辄招致祸端。接着回忆自己一生的经历,为自己剖明心迹,又为不能吸取前哲格训而惭悔。《宋书》载录这篇赋,深刻反映了传主的思想及心态历程,使传述人物达到心灵的深度。这实际上已经超越了史学的著述观念,而接近于文学了。

卷六十一《刘义恭传》,江夏王刘义恭因不附刘劭,暗自逃脱投奔刘骏,刘劭大怒,遣始兴王刘浚杀义恭十二子,乃义恭灭门之仇。刘义恭逃到刘骏所在新林浦,即上表劝刘骏即位:

> 臣闻治乱无兆,倚伏相因,乾灵降祸,二凶极逆,深酷巨痛,终古未有。陛下忠孝自天,赫然电发,投袂泣血,四海顺轨,是以诸侯云赴,数均八百;义奋之旅,其会如林。神祚明德,有所底止,而冲居或跃,未登天祚,非所以

---

① 赵翼著,王树民校证《廿二史札记校证》卷十《南史过求简净之失》,北京:中华书局,2005年版,第206页。

严重宗社，绍延七百。昔张武抗辞，代王顺请；耿纯陈款，光武正位。况今罪逆无亲，恶盈衅满，阻兵安忍，戮善崇奸，履地戴天，毕命俄顷；宜早定尊号，以固社稷。景平之季，实惟乐推，王室之乱，天命有在，故抱拜兆于压璧，赤龙表于霄征。伏惟大明无私，远存家国七庙之灵，近哀黔首荼炭之切，时陟帝祚，永慰群心。臣负衅婴罚，偷生人壤，幸及宽政，待罪有司，敢以漏刻视息，披露肝胆。①

这封奏表情感炽烈，论及刘劭之凶逆，可谓泣血锥心，字字皆血，句句含恨，显然浸透了义恭的丧子毁家之惨痛。刘劭、刘浚之乱对于义恭的影响，义恭对于刘劭兄弟之愤恨，不必史家多言，此一篇奏表即可说明一切。

卷六十的《范泰传》，开篇记叙范泰二三琐事，然后以寥寥数言作评，称其"好酒，不拘小节，通率任心，虽在公坐，不异私室，高祖甚赏爱之。然拙于为治，故不得在政事之官"②。将范泰的性格作基本交代之后，则采用载文叙事记人的方式，载录范泰八篇奏议，依次展开，中间也很少史家的铺叙与介入式评述。

《范泰传》所载录的表奏，皆针对时政要务，提出兴利除弊之举。《请建国学表》言当时指生之制取少停多之弊端，《谏改钱法》体谅百姓疾苦，反对悉市民铜收归国用；《上封事极谏少帝》厉声斥责少帝"黩武掖庭之内，喧哗省闼之外间"的荒淫和亲佞远贤的昏庸；《表贺元正并呈旱灾》陈说"旱魃为虐，亢阳愆度"的罕见灾情，暗示皇帝反省，遵从远猷，关心民瘼；《因旱上表》劝导君主砥砺德行、勤政爱民并且宽宥谢晦的家眷；《旱灾未已加以疾疫又上表》希望皇帝无懈治道、劳心民庶，避免王泽不流。范泰诸表皆言社稷民生，希望君王无倦政事，恭俭爱民。这些奏表充分说明了范泰关怀民瘼，忧心国运的拳拳之心。值得一提的是范泰执意上奏的《乞加赠庐陵王义真表》，时文帝刚承大统，范泰上表希望为庐陵王加赠官爵，而庐陵王刘义真正是为时秉大权、手握重兵的傅亮、徐羡之等人所废，这封表奏所承担的风险可想而知。最终这封表奏被范泰的诸子拦截下来，避免了一场灾祸，但范泰这种刚正直烈的性格，通过这份上奏得到充分展现。当然，在当时的情势下，贸然奏上这份表章，除了给自己及家族带来灾祸，

① 《宋书》卷六十一《刘义恭传》，北京：中华书局，1974 年版，第 1645—1646 页。
② 《宋书》卷六十《范泰传》，北京：中华书局，1974 年版，第 1616 页。

是否会有实际效果，是否会将文帝陷入一个尴尬的处境，则为范泰所欠考虑，《宋书》评其“才有余而智不足”，确为知人之论。与本传前一小节史家的叙述相比，这些载文，同样能展现传主的形象、映示传主的性格，而且还更显得真实、客观。

对于那些以文史之才见称者，载文更是传述的主体。比如《谢灵运传》《颜延之传》《范晔传》等。《谢灵运传》载文以文学为主，颜、范二传则文、史、政论皆有所囊括。不妨以《范晔传》为例作一考察。《宋书》卷六十九的《范晔传》选载文章共九篇，其中范晔所作诗文五篇：《探时旨上言》《作彭城王义康与徐湛之书宣示同党》《临终诗》《和香方序》《狱中与诸甥侄书以自序》，另有四篇为他人之作：孔休先《论众檄》、徐湛之《上范晔等谋反表》、孔熙先《狱中上书》、宋文帝《答徐湛之上范晔等反谋诏》。九篇载文，围绕着范晔依附刘义康叛乱这一重大事件，深入揭示了刘宋政权内部的纷争、权斗，也深刻反映出范晔的思想性格，并以此为线索清晰勾勒出传主如何走向谋反之路的人生轨迹。

范晔虽出身士族，其父为光禄大夫范泰，但范晔乃庶出，不为家人所重，很小就被父亲范泰过继给堂伯。元嘉九年(432)冬，彭城王刘义康的母亲彭城太妃去世，下葬的头晚，范晔与弟弟在处所酣饮，并打开北窗以听挽歌取乐。刘义康大为震怒，将范晔贬为宣城太守。范晔自负才干，心气甚高，却自小含身世之屈，再加上这番仕途蹭蹬，于是，效前人发愤著书，删诸家《后汉书》为一家之作，将其块垒幽愤一寓于著述。范晔心高气傲，在传中还有一事可见，范晔善弹琵琶，文帝想听其弹奏，而“晔伪若不晓，终不肯为上弹”，最后，在酒宴中文帝云“我欲歌，卿可弹”，范晔只好为文帝伴奏，而文帝歌毕，范晔也立刻结束弹奏。事实上，这一高傲自负的心态，正为别人拉拢留下空间。孔熙先乃早年得刘义康庇护免罪，常怀报效之心，他设计拉拢范晔，利用范晔素有闺庭论议而朝廷不愿与之联姻相激，范晔终于被其说动，并向谋反的不测深渊步步滑落。《探实旨上言》是范晔迈出的第一步。范晔想要试探文帝的心意，于是上书文帝言义康“奸心寡迹，彰著遐迩”，称自己“受恩深重，故冒犯披露”。不得不说，范晔此举颇显其足智多谋：一方面是对文帝心意的投石问路，探听其对刘义康的态度；另一方面，又将自己置于刘义康的对立面，形成与之势同水火的假象来掩盖朋比作奸的事实，并且表明自己忠于文帝的赤胆忠心。《探实旨上言》从文学性上讲无特别之处，但是范晔篡权谋逆之心和图谋不轨之意宛在目前。

孔熙先等人厉兵秣马，密谋良久之后，终于决定要开始实施谋反。在正式作乱之前，孔熙先命其弟休先撰写《论众檄》。这篇檄文先召示景平以来刘宋王朝的变故，导致“奸竖乱政，刑罚乖淫，阴阳违舛，致使寡起萧墙”，诛讨赵伯符暴虐，历数其“积怨含毒，遂纵奸凶，肆兵犯跸，祸流储宰，崇树非类，倾坠皇基”的罪状，树立攻讦的标靶，为叛变披上正义的外衣。同时矜夸己方对于刘宋王朝“忠贯白日，诚著幽显”之忠心和雄厚的军事实力，盛赞所拥之主刘义康“得格天地，勋溢区宇”的丰功懋烈。虽然这次叛乱，因相互间配合失当，错过很多机会，最终流产，该檄文并未公布，但因《宋书》全文载录，后世得窥檄文全貌，从而也了解到刘义康叛乱前那剑拔弩张、一触即发的紧张氛围。这篇檄文，标志着逆谋的筹备又向前推进一步。

《作彭城王义康与徐湛之书宣示同党》是范晔在孔熙先的授意下，以彭城王刘义康的名义写给徐湛之的密书。信中以刘义康的口吻控诉朝中浮云蔽日、小人当道的现状，以致伤和枉理，人神共愤；号召同党戮力同心、剪除奸佞，以创“重造宋室”之功。这封书信，范晔写得十分小心谨慎，行文间没有明确指出要揭竿而起，但是从字里行间能够看出刘义康谋权篡位之野心，也能够看出其枕戈待旦、蓄势待发之状。《作彭城王义康与徐湛之书宣示同党》在行文上将范晔等人篡权谋反的进程推向高潮，同时也为下面徐湛之为求自保泄密埋下伏笔。

徐湛之收到密信，权衡利弊，最后决定站在朝廷一边，告发刘义康集团。于是，就有了徐湛之《上范晔等谋反表》和文帝《答徐湛之上范晔等反谋诏》。徐湛之老谋深算，将矛头对准范晔，而避开刘义康。至此，史传叙事加入文帝阵营，叙事结构由单线变成双线，两条线索相辅相成，并行延伸：范晔等叛臣在紧锣密鼓筹划谋反，而文帝引而不发，严阵以待。徐湛之《上范晔等谋反表》称范晔造访，劝诱谋逆，自己将计就计，“即以启文，被敕使相酬引，究其情状。于是悉出檄书、选事，及同恶人名、手墨翰迹，谨封上呈”。因此，文帝得以长辔远驭，对范晔等人谋反行动了如指掌，鉴机识变，其事败露便成为必然的结局。

《临终诗》《和香方序》《狱中与诸甥侄书以自序》是范晔身陷囹圄后的作品。随着这场叛变被挫败，范晔的人生之路即将走到尽头。他在《临终诗》中写道：

祸福本无兆，性命归有极。必至定前期，谁能延一息。在生已可知，来缘画无识。好丑共一丘，何足异枉直。岂论东陵上，宁辨首山侧。虽无嵇生琴，庶同夏侯色。寄言生存子，此路行复即。[①]

这首诗表达了范晔浮生若寄的感慨，经过这场人生浩劫，范晔方才如梦初醒：福祸之道变幻莫测，人生之数自有天意。尽管半生枭鸾并栖，最终定要视死如归。此生虽有前车之鉴，奈何来世依旧茫然无知，后来者亦不免重蹈前人覆辙。《临终诗》是范晔于人生之路走到日暮穷途时挥泪洒就的慨叹之音，也暗示着其终将被诛杀的结局。

史臣通过《探实旨上言》《论众檄》《作彭城王义康与徐湛之书宣示同党》《上范晔等谋反表》《答徐湛之上范晔等反谋诏》《临终诗》等文献的铺排陈列，层层推进情节，清晰揭示了范晔谋反的轨迹，使载文成为贯穿全传的叙事脉络，串联起整篇传记。

在不少传记中，《宋书》针对某一特定问题载录诸多文章，这样载文之间构成对话，不同的历史人物在同一问题之前汇集一堂，形成各抒己见、众说纷纭的画面，人物的性格及传主的才干卓识，也在这一对话场域中得到集中体现。如卷五十四《孔季恭传》所附其弟《孔灵符传》。孔灵符并非历史闻人，亦无多少可书之事，然其在丹阳尹任上推行的开垦湖田，以广耕地的做法，能有效解决治地土境褊狭，民多地少的局限，对当地经济发展与百姓生活有积极意义。《孔灵符传》即以此事为中心展开叙述，其叙述方式就是围绕孔灵符表请迁徙居民于余姚、鄞、鄮三县界，开垦湖田的建议，引载江夏王刘义恭、柳元景、沈怀文、王玄谟、王昇之等人关于此事的奏议，展开讨论。于是，一份《垦起湖田议》，三公九卿在朝堂上的激烈讨论，就栩栩如生地排铺在读者面前：

寻山阴豪族富室，顷亩不少，贫者肆力，非为无处，耕起空荒，无救灾歉。又缘湖居民，鱼鸭为业，及有居肆，理无乐徙。（刘义恭《垦起湖田议》）

宜募亡叛通恤及与乐田者，其往经创，须粗修立，然后徙居。（柳元景《垦起湖田议》）

谓宜适任民情，从其所乐，开宥逋亡，且令就业，若审成腴壤，然后议

① 《宋书》卷六十九《范晔传》，北京：中华书局，1974年版，第1827页。

迁。(沈怀文《垦起湖田议》)

小民贫匮,远就荒畴,去旧即新,粮种俱阙,习之既难,劝之未易。谓宜微加资给,使得肆勤,明力田之赏,申怠惰之罚。(王玄谟《垦起湖田议》)

远废之畴,方翦荆棘,率课穷乏,其事弥难,资徙粗立,徐行无晚。上违议,从其徙民,并成良业。(王昇之《垦起湖田议》)①

从这些奏议中可以看出,大臣们对于围垦湖田大致有这几方面考虑:居民安土重迁、迁徙之事劳民伤财,因而移民之策应从长计议;如果实在要实行,让衣赭关木之人先去开垦;对于迁徙之民朝廷要制定严格明确的奖惩制度,以保证粮田开垦。《宋书·孔灵符传》依次刊录了各位朝廷重臣的奏表《垦起湖田议》,将众人的意见铺陈于前,你方说罢我方登台,形成反对之音此起彼伏的场面效果,借众人之口凸显移民开垦之举困难重重。而世祖在一片质疑声中力排众议,批准了孔灵符的主张,既能见出孔灵符的见识超出同侪,又能见出孝武帝的眼光及其决策的果断。孔灵符的移民政策得以实施,后来形成了许多良田沃壤,证明了孔灵符与孝武帝的正确。史臣将所有议论集中在一起,优劣长短就有明显的对照,传主独到的政治眼光和地理及农业生产方面的远见卓识,也就得以彰显,文末对孔灵符"悫实有材干,不存华饰,每所莅官,政绩修理"的评价②,也就言之不虚了。

同样的手法也运用在卷六十的《荀伯子传》中。这篇传记全文收录四篇文章,分别是荀伯子的《上表论先朝封爵》、江夏公卫璵的《上表自陈》、颍川陈茂先的《上表自陈》和荀伯子《上表言零陵王宜在陈留王上》。前三篇选文,史臣也是采用了完全依靠铺排奏表来完成行文的方式来谋篇,围绕前代封爵是否名至实归展开辩论。时为尚书祠部郎的荀伯子《上表论先朝封爵》认为,晋故太尉广陵公陈准和故太保卫瓘功德不殊却窃飨俸禄、因罪为利,奏请削除其爵位,恢复本封。卫瓘后人卫璵上自陈表曰:

臣乃祖故太保瓘,于魏咸熙之中,太祖文皇帝为元辅之日,封萧阳侯,大

① 《宋书》卷五十四《孔灵符传》,北京:中华书局,1974年版,第1533页。
② 《宋书》卷五十四《孔灵符传》,北京:中华书局,1974年版,第1534页。

晋受禅，进爵为公。历位太保，总录朝政。于时贾庶人及诸王用事，忌瓘忠节，故楚王玮矫诏致祸。前朝以瓘秉心忠正，加以伐蜀之勋，故追封兰陵郡公。①

陈茂先也上表辩驳说：

寻先臣以剪除贾谧，封海陵公，事在淮南遇祸之前。后广陵虽在扰攘之际，臣祖乃始蒙殊遇，历位元、凯。……良以先勋深重，百世不泯故也。②

卫瓘是晋代著名的书法家，在政治方面亦有卓越成绩，《晋书》中有详细记载，史臣给予他很高的评价。卫瓘为人刚正不阿，时汝南王司马亮上奏遣诸侯回各自藩国，朝堂之上无人敢应，唯有卫瓘表示赞同，遭到司马玮的记恨。“贾后素怨瓘，且忌其方直，不得骋己淫虐”③，矫诏诛杀卫瓘全族，《晋书》的记载印证了其后人所称之秉心忠正。陈准的事迹《晋书》中没有明确记载，而在《晋书·嵇绍传》，嵇绍也曾对陈准谥号提出过异议：“准谥为过，宜谥曰缪。”④但无论是晋惠帝还是晋安帝，都没有对此作出评判。

《宋书》将荀伯子、卫璵和陈茂先各自的上表分呈于前，将三人针锋相对的氛围展现出来，三方对家族所封爵位为受之无愧抑或徒有虚名而各执一词，据理力争，形成众说纷纭场面效果。史臣选取三篇奏表，似乎仅为前朝封爵之事的争辩，并无特别之处，然而详查，其中另有深意。

《宋书·荀伯子传》开篇赞颂其“少好学，博览经传”，但接着又指出荀伯子的另一面，他常以出身驷马高门而自矜骄傲，性格上颇有瑕疵。荀伯子在权倾朝野的王弘面前自夸道：“天下膏粱，唯使君与下官耳。宣明之徒，不足数也。”⑤荀伯子连陈郡谢氏，名相谢安之后都不放在眼里，其矜于门阀，自负一时的思想倾向暴露无遗。荀伯子上表褫夺卫、陈二家爵号，正是其以门阀自负的一贯思想，不足为奇。《宋书·荀伯子传》以三篇奏表搭建出众声喧哗的叙事场

① 《宋书》卷六十《荀伯子传》，北京：中华书局，1974年版，第1627—1628页。
② 《宋书》卷六十《荀伯子传》，北京：中华书局，1974年版，第1628页。
③ 《晋书》卷三十六《卫瓘传》，北京：中华书局，1974年版，第1059页。
④ 《晋书》卷八十九《嵇绍传》，北京：中华书局，1974年版，第2299页。
⑤ 《宋书》卷六十《荀伯子传》，北京：中华书局，1974年版，第1628页。

域，完成对当事人封爵争持的叙述。而三方唇枪舌剑中，荀伯子气充志骄、目空余子的形象也跃然纸上。如此一来，《宋书》为荀伯子立传的用意也就很清楚了，史家一方面推重世家大族，另一方面对于士族徒矜门阀，拘泥于空洞的爵位名号，又持一种批判的态度，显示出较执中的态度。

从上述可见，载文是一种适合史著的重要著述方式，是史著的优势所在。除了其文献学的价值之外，对于史著本身的写作也具有积极意义。首先，载文所选取的是历史原始文档，具有真实性与客观性，与史学著述的特性相吻合；其次，载文通过文献本身提供观察特定时期政治、经济、文化、军事、外交等社会各个方面的窗口；再次，载文同样能起到传述人物的作用，传主的思想性格与心态，能够通过载文体现出来；最后，载文的裁选、编排，有史家的操作与考虑，也能反映出史家的著述意图与思想倾向。

附：《宋书》载文及文学活动简表

本表为《宋书》载文及文学活动简表，载文用书名号录文题。大多数诗文在严可均《全宋文》与逯钦立的《先秦汉魏晋南北朝诗》中都有载录，本表就其中采自《宋书》的，再予以集中摘录，并将史著中与该文相关之背景摘出，既见《宋书》保全文学史料之功，又有助于对所载文章的理解。此外，还将各卷相关文学活动录入。所录诗文在严、逯二氏书中有著录的，按严、逯所定文题；若二书失录或残句，视内容拟题。载文仅作前后提示，内容一般不具录。帝王诏书，作者往往不详，除作者明确者，或文中能看出为其所制，一般也不作著录。

作　者	作品或文学活动	史著原文	卷　数
刘　裕	《白武陵王遵笺》	高祖与大将军笺，白……	卷一《武帝纪上》
	《与刘毅书》	抚军将军刘毅抗表南征，公与毅书曰：……	卷一《武帝纪上》
	《与韩延之书》	公未至江陵，密使与之书曰：……	卷二《武帝纪中》
	《函书付朱龄石》	至白帝，发书，曰：……	卷四十八《朱龄石传》
	《与骠骑将军道怜书》	与骠骑将军道怜书曰：……	卷五十二《谢景仁传》
	《与臧焘书》	高祖镇京口，与焘书曰：……	卷五十五《臧焘传》

（续表）

作　者	作品或文学活动	史著原文	卷　数
刘义隆 按：文帝能文，卷五十一《刘义庆传》："太祖与义庆书，常加意斟酌。"知文帝私书每多自造，故《宋书》所载文帝单独与臣僚书或诏，酌付其名下	《答王弘诏》	诏曰："省表，远拟隆周经国之体……"	卷四十二《王弘传》
	《又答王弘诏》	上又诏曰：……	
	《戒刘道济诏》	太祖闻之，与道济诏，戒之曰：……	卷四十五《刘道济传》
	《诏譬临川王义庆》	太祖诏譬之曰：……	卷五十一《刘义庆传》
	《诫江夏王义恭书》	义恭涉猎文义，而骄奢不节，既出镇，太祖与书诫之曰：……	卷六十一《刘义恭传》
	《又诫义恭书》	又诫之曰：……	
	《与衡阳王义季诏》	上诏报之曰："谁能无过……"	卷六十一《刘义季传》
	《与荆州刺史衡阳王义季书》	上与荆州刺史衡阳王义季书曰：……	卷六十三《殷景仁传》
	《答江夏王义恭诏》	球于江陵病卒，湛求自送丧还都，义恭亦为之陈请，太祖答义恭曰：……	卷六十九《刘湛传》
	《与义恭诏》	上友于素笃，欲加酬顺，乃诏之曰：……	
	《建平宣简王宏墓志铭并序》	宏少而多病，大明二年疾动……其年薨，时年二十五。追赠侍中、司徒，中书监如故，给班剑二十人。上痛悼甚至，每朔望辄出临灵，自为墓志铭并序	卷七十二《文九王·刘宏传》
	《与江夏王义恭书》	太祖与江夏王义恭书曰：……	卷九十五《索虏传》
	滑台战守弥时，遂至陷没作诗	上以滑台战守弥时，遂至陷没，乃作诗曰：……	

（续表）

作 者	作品或文学活动	史著原文	卷 数
刘 骏 孝武亦能文，其与臣僚私书，从内容能判断出自其手的，酌付其名下	《答江夏王义恭诏》	世祖诏曰："昔二王两谢，俱至崇礼……"	卷五十一《宗室・刘道怜传》
	《与颜竣诏》	世祖与颜竣诏曰："何偃遂成异世，美志长往……"	卷五十九《何偃传》
	《为王玄谟作四时诗》	尝为玄谟作四时诗	卷七十六《王玄谟传》
	《答王玄谟诏》	又答曰："梁山风尘，初不介意，君臣之际……"	
	拟汉武《李夫人赋》	六年，丁母忧。追进淑仪为贵妃，班亚皇后，谥曰宣。葬给辒辌车，虎贲、班剑，銮辂九旒，黄屋左纛，前后部羽葆、鼓吹。上自临南掖门，临过丧车，悲不自胜，左右莫不感动。上痛爱不已，拟汉武《李夫人赋》，其词曰：……	卷八十《孝武十四王・刘子鸾传》
	《又别诏江夏王义恭》	又别诏太宰江夏王义恭曰："分选诏旦出，在朝论者……"	卷八十五《谢庄传》
刘子业	《世祖诔》	帝少好讲书，颇识古事，自造《世祖诔》及杂篇章，往往有辞采	卷七《本纪第七・前废帝》
	《手诏晋安王子勋》	又手诏子勋曰："何迈杀我立汝……"	卷八十《孝武十四王・刘子勋传》
刘 彧	《江左以来文章志》	好读书，爱文义，在藩时，撰《江左以来文章志》	卷八《明帝纪》
	续注《论语》	又续卫瓘所注《论语》二卷，行于世。	
	《报巴陵王休若书》（节录）	时巴陵王休若在江陵，其日即驰信报休若曰：……	卷七十二《文九王・刘休祐传》
	《与巴陵王休若书》	休若辄杀典签夏宝期。上大怒，与休若书	卷七十二《文九王・刘休若传》

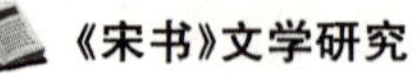

（续表）

作　者	作品或文学活动	史著原文	卷　　数
刘　彧	《与桂阳王休范书》	休若既死，上与骠骑大将军桂阳王休范书："外间有一师，姓徐名绍之，状如狂病，自云为涂步郎所使……"	卷七十二《文九王·刘休若传》
	《与始安王休仁书》	及事平，太宗与休仁书曰："此段殊得苏侯兄弟力。"	卷七十二《文九王·刘休仁》
虞通之	《妒妇记》	湖熟令袁慆妻以妒忌赐死，使近臣虞通之撰《妒妇记》。	卷四十一《后妃列传传》
文帝临川公主	《上表乞还身王族》	于是临川长公主上表曰："妾遭随奇薄，绝于王氏，私庭嚚戾，致此分异……"	
司马休之	《上表自陈》	休之上表自陈曰：……	卷二《武帝纪中》
韩延之	《报刘裕书》	休之府录事参军韩延之，故吏也，有干用才能。公未至江陵，密使与之书曰：……延之报曰：……	
王　弘	《辞建安郡公封邑表》	上表固辞曰……	卷四十二《王弘传》
	《因大旱引咎逊位》	五年春，大旱，弘引咎逊位，曰：……	
	《又上表逊位》	六年，弘又上表曰：……	
	《又表逊位》	弘又表曰：……	
	《上言定丁役》	弘又上言：……	
	《与八座丞郎疏》	与八座丞郎疏曰：……	
	《陈会稽王道子请建屯田》	弘以为宜建屯田，陈之曰：……	
	《奏弹谢灵运》	奏弹谢灵运曰：……	
	《刑法议》	弘议曰：……	
徐羡之	《与左光禄大夫傅亮上表归政》	元嘉二年，羡之与左光禄大夫傅亮上表归政，曰：……	卷四十三《徐羡之传》

（续表）

作　者	作品或文学活动	史著原文	卷　数
傅　亮	《策加宋公九锡文》(《艺文类聚》谓傅亮作，逯编《全宋文》从之)	天子诏曰：夫嵩岱配极，则乾道增辉……策曰：朕以寡昧，仰赞洪基……	卷二《武帝纪中》
	《为宋公修张良庙教》	(义熙)十三年正月……军次留城，经张良庙，令曰："夫盛德不泯，义在祀典……"	
	《立学诏》(《艺文类聚》谓傅亮作，逯编《全宋文》从之)	乙丑，诏曰："古之建国，教学为先，弘风训世，莫尚于此……	卷三《武帝纪下》
	《为宋公求加赠刘前军表》	高祖又表天子曰："臣闻崇贤旌善……	卷四十二《刘穆之传》
	《上归政表》(与徐羡之合上)	元嘉二年，羡之与左光禄大夫傅亮上表归政	卷四十三《徐羡之传》
	《演慎论》	初，亮见世路屯险，著论名曰《演慎》，曰：……	卷四十三《傅亮传》
	《奉迎大驾道路赋诗》三首	初，奉迎大驾，道路赋诗三首，其一篇有悔惧之辞，曰：……	
	《感物赋》	亮布衣儒生，侥幸际会，既居宰辅，兼总重权。少帝失德，内怀忧惧，作《感物赋》以寄意焉。其辞曰：……	
	辛有、穆生、董仲道赞	又作辛有、穆生、董仲道赞，称其见微之美	
	《与谢晦书》	傅亮与晦书曰："薄伐河朔，事犹未已，朝野之虑，忧惧者多。"又言："朝士多谏北征，上当遣外监万幼宗往相咨访。"	卷四十四《谢晦传》
	《与蔡廓书》	时疑扬州刺史庐陵王义真朝堂班次，亮与廓书曰：……	卷五十七《蔡廓传》
	《与沈林子书》	高祖践阼，以佐命功，封汉寿县伯，食邑六百户，固让，不许。傅亮与林子书曰：……	卷一百《自序》

（续表）

作　者	作品或文学活动	史 著 原 文	卷　　数
谢　晦	《上文帝表》	(亮)数从高祖征讨,备睹经略,至是指麾处分,莫不曲尽其宜。二三日中,四远投集,得精兵三万人。乃奉表曰：……	卷四十四《谢晦传》
	《再上文帝表》	晦然之,遂停军十五日。乃攻萧欣于彭城洲……晦又上表曰：……	
	《悲人道》	顺之,晦故吏也。槛送京师,于路作《悲人道》,其词曰：……	
	《续世基诗》	世基,绚之子也,有才气。临死为连句诗曰：……晦续之曰：……	
张　敷		性整贵,风韵端雅,好玄言,善属文。初,父邵使与南阳宗少文谈《系》、《象》,往复数番,少文每欲屈,握麈尾叹曰:"吾道东矣。"于是名价日重。武帝闻其美,召见奇之,曰:"真千里驹也。"	卷四十六《张敷传》
姜道盛	注《古文尚书》	道盛注《古文尚书》,行于世	卷四十七《刘敬宣传》
刘敬宣	《报诸葛长民书》(节录)	时高祖西讨刘毅,豫州刺史诸葛长民监太尉军事,贻敬宣书曰：……敬宣报曰：……	卷四十七《刘敬宣传》
诸葛长民	《与刘敬宣书》(节录)	时高祖西讨刘毅,豫州刺史诸葛长民监太尉军事,贻敬宣书曰：……	卷四十七《刘敬宣传》
周　祗	《谏高祖书》	义熙三年,表遣敬宣率众五千伐蜀。国子博士周祗书谏高祖曰：……	卷四十七《刘敬宣传》
毛修之	《下都上表》	修之下都上表曰：……	卷四十八《毛修之传》
刘谦之	撰《晋纪》	简之弟谦之,好学,撰《晋纪》二十卷	卷五十《刘康祖传》

（续表）

作者	作品或文学活动	史著原文	卷数
垣护之	《与到彦之书谏回师》	彦之将回师，护之为书谏曰：……	卷五十《垣护之传》
	《驰书劝王玄谟急攻滑台》	又驰书劝玄谟急攻，曰：……	
刘义欣	《陈江淮事宜》	义欣陈之曰：……	卷五十一《宗室·长沙王道怜传》附《道欣传》
	《檄司兖二州》	元嘉七年，後将军长沙王义欣出镇彭城，总统群帅，檄司兖二州	卷五十五《索虏传》
	《上言申季历治绩》	元嘉九年，豫州刺史长沙王义欣上言：……	卷九十二《良吏·王歆之传》
刘义庆	王室中以文词见称	为性简素，寡嗜欲，爱好文义，文词虽不多，然足为宗室之表	卷五十一《宗室·临川武烈王道规传》附《义庆传》
	招聚文士	招聚文学之士，近远必至。太尉袁淑，文冠当时；义庆在江州，请为卫军咨议参军。其余吴郡陆展、东海何长瑜、鲍照，等，并为辞章之美，引为佐史国臣。太祖与义庆书，常加意斟酌	
	《黄初妻赵罪议》	时有民黄初妻赵杀子妇，遇赦应徙送避孙仇。义庆曰：……	
	《荐庾实等表》	十二年，普使内外群官举士，义庆上表曰：……	
鲍照	文辞好，善乐府	文辞赡逸，尝为古乐府，文甚遒丽	卷五十一《鲍照传》
	《河清颂》	元嘉中，河、济俱清，当时以为美瑞，照为《河清颂》，其序甚工。其辞曰：……	

（续表）

作　者	作品或文学活动	史著原文	卷　　数
王　诞	有才藻，文思敏捷	诞少有才藻，晋孝武帝崩，从叔尚书令珣为哀策文，久而未就，谓诞曰："犹少序节物一句。"因出本示诞。诞揽笔便益之，接其秋冬代变后云："霜繁广除，风回高殿。"珣嗟叹清拔，因而用之	卷五十二《王诞传》
袁　豹	博闻好学	好学博闻，多览典籍	卷五十二《袁豹传》
	善言谈咏诵	豹善言雅俗，每商较古今，兼以诵咏，听者忘疲	
	《上刘毅议大田书》	毅时建议大田，豹上议曰：……	
	《伐蜀檄文》	高祖遣益州刺史硃龄石伐蜀，使豹为檄文，曰：……	
谢惠连	属文为谢灵运赏识	年十岁，能属文，族兄灵运深相知赏	卷五十三《谢方明传》附《谢惠连传》
	《赠会稽郡吏杜德灵五言诗》	惠连先爱会稽郡吏杜德灵，及居父忧，赠以五言诗十余首，文行于世	
	《祭古冢文》（并序）	是时义康治东府城，城堑中得古冢，为之改葬，使惠连为祭文，留信待成，其文甚美	
	《雪赋》	又为《雪赋》，亦以高丽见奇。文章并传于世	
	与谢灵运等作四友之游	灵连既东还，与族弟惠连、东海何长瑜、颍川荀雍、泰山羊璿之，以文章赏会，共为山泽之游，时人谓之四友	卷六十七《谢灵运传》
孔渊之	《张江陵与妻吴骂议》	值赦律无骂母致死值赦之科，渊之议曰：……	卷五十四《孔季恭传》附《孔渊之传》
羊玄保	《陈吏民亡叛制》	玄保以为非宜，陈之曰：……	卷五十四《羊玄保传》

（续表）

作　者	作品或文学活动	史著原文	卷　数
羊　希	《参陆澄皇弟休清殇服议》	左丞羊希参议：……	卷十五《礼志》二
	《刊革山泽旧科议》	希以“壬辰之制，其禁严刻，事既难遵，理与时弛。……”从之	卷五十四《羊玄保传》附《羊希传》
	《与孙诜书称陆法真》	泰山羊希与安北咨议参军孙诜书曰……	卷九十二《良吏·王歆之传》
沈昙庆	《议立常平仓》	昙庆议立常平仓以救民急，太祖纳其言，而事不行	卷五十四《沈昙庆传》
裴景仁	撰《秦记》十卷	时殿中员外将军裴景仁助戍彭城，本伧人，多悉戎荒事。昙庆使撰《秦记》十卷，叙苻氏僭伪本末，其书传于世	卷五十四《沈昙庆传》
臧　焘	通儒家礼制	少好学，善《三礼》	卷五十五《臧焘传》
	《宣太后不配食中宗庙议》	孝武帝追崇庶祖母宣太后，议者或谓宜配食中宗。焘议曰：……	
	《四府君迁主议》	时太庙鸱尾灾，焘谓著作郎徐广曰：“昔孔子在齐，闻鲁庙灾，曰必桓、僖也。今征西、京兆四府君，宜在毁落，而犹列庙飨，此其征乎？”乃上议曰：……	
徐　广	《李太后薨议》	李太后薨，广议服曰：……	卷五十五《徐广传》
	风雹献书	时有风雹为灾，广献书高祖曰：……	
	撰《晋纪》并表上之	十二年，《晋纪》成，凡四十六卷，表上之	
	《上表乞归》	广上表曰：……	
傅　隆	《舞佾议》	元嘉十三年，太常傅隆以为：……	卷十九《乐志》一

（续表）

作　者	作品或文学活动	史著原文	卷　　数
傅　隆	《黄初妻赵事议》	隆议之曰：……	卷五十五《傅隆传》
	《论新礼表》	十四年，太祖以新撰《礼论》付隆使下意，隆上表曰：……	
谢　瞻	《紫石英赞》、《果然诗》	年六岁，能属文，为《紫石英赞》、《果然诗》，当时才士，莫不叹异	卷五十六《谢瞻传》
	辞采与灵运相抗	瞻善于文章，辞采之美，与族叔混、族弟灵运相抗	
	《临终遗弟晦书》	临终，遣晦书曰：……	
孔琳之	《废钱用谷帛议》	桓玄时议欲废钱用谷帛，琳之议曰：……	卷五十六《孔琳之传》
	《复肉刑议》	玄又议复肉刑，琳之以为：……	
	《议时事便宜表》	琳之于众议之外，别建言曰：……	
	《奏劾徐羡之》	永初二年，为御史中丞。明宪直法，无所屈挠。奏劾尚书令徐羡之曰：……	
蔡　廓	《复肉刑议》	时桓玄辅晋，议复肉刑，廓上议曰：……	卷五十七《蔡廓传》
	《鞫狱议》	宋台建，廓为侍中，建议以为……	
	《答傅亮书》	时疑扬州刺史庐陵王义真朝堂班次，亮与廓书曰：……廓答曰：……	
	《答妻郗氏求夏服书》	从高祖在彭城，妻郗氏书求夏服，廓答书曰：……	
蔡兴宗	《申坦子令孙罪议	兴宗为廷尉，有解士先者，告申坦昔与丞相义宣同谋，时坦已死，子令孙时作山阳郡，自系廷尉，兴宗议曰：……	卷五十七《蔡兴宗传》

（续表）

作　者	作品或文学活动	史 著 原 文	卷　数
蔡兴宗	《馈米郭原平及朱百年妻教》	太守蔡兴宗临郡，深加贵异，以私米馈原平及山阴朱百年妻，教曰：……	卷九十一《郭世道传》
柳元景	《奏劾蔡兴宗》	义恭因使尚书令柳元景奏曰：……	卷五十七《蔡兴宗传》
	《讨臧质等檄》	元景檄书宣告曰：……	卷七十四《臧质传》
王锡妻范氏	《与王僧达书》（节录）	太子左率王锡妻范，聪明妇人也，有才藻学见，与锡弟僧达书诘让之曰：……	卷五十七《蔡兴宗传》
王　惠	善清谈，辩才无碍	陈郡谢瞻才辩有风气，尝与兄弟群从造惠，谈论锋起，文史间发，惠时相酬应，言清理远，瞻等惭而退	卷五十八《王惠传》
谢　混	谢氏“乌衣之游”的组织者与核心	混风格高峻，少所交纳，唯与族子灵运、瞻、曜、弘微并以文义赏会。尝共宴处，居在乌衣巷，故谓之乌衣之游。混五言诗所云“昔为乌衣游，戚戚皆亲侄”者也。其外虽复高流时誉，莫敢造门。瞻等才辞辩富，弘微每以约言服之，混特所敬贵，号曰微子	卷五十八《谢弘微传》
王　球	好文义，与颜延之交好	颇好文义，唯与琅邪颜延之相善	卷五十八《王球传》
殷　淳	撰《四部书目》凡四十卷	高简寡欲，早有清尚，爱好文义，未尝违舍。在秘书阁撰《四部书目》凡四十卷，行于世	卷五十九《殷淳传》
江智渊	好文雅，词采清赡	智渊爱好文雅，词采清赡，世祖深相知待，恩礼冠朝	卷五十九《江智渊传传》

（续表）

作　者	作品或文学活动	史著原文	卷　　数
范　泰	《临川王道规嗣议》	道规追封南郡公，应以先华容县公赐太祖。泰议曰：……	卷六十《范泰传》
	《请建国学表》	明年，议建国学，以泰领国子祭酒。泰上表曰：……	
	《谏改钱法》	时言事者多以钱货减少，国用不足，欲悉市民铜，更造五铢钱。泰又谏曰：……	
	《上封事表极谏少帝》	少帝在位，多诸愆失，上封事极谏，曰：……	
	《表贺元正并陈旱灾》	元嘉二年，表贺元正，并陈旱灾，曰：……	
	《乞加赠庐陵王义真表》	时太祖虽当阳亲览，而羡之等犹秉重权，复上表曰：……	
	《因旱蝗上表》	其年秋旱蝗，又上表曰：……	
	《旱灾未已加以疾疫又上表》	时旱灾未已，加以疾疫，泰又上表曰：……	
	撰《古今善言》及文集	泰博览篇籍，好为文章，爱奖后生，孜孜无倦。撰《古今善言》二十四篇及文集，传于世	
王淮之	兼明《礼传》，赡于文辞	淮之兼明《礼传》，赡于文辞	卷六十《王淮之传》
	《奏请三年之丧用郑义》	高祖受命，拜黄门侍郎。永初二年，奏曰：……	
	撰《仪注》	撰《仪注》，朝廷至今遵用之	
王韶之	《为晋恭帝禅诏》 按《王韶之传》：恭帝即位，迁黄门侍郎，领著作郎，凡诸诏奏，皆其辞也	晋帝禅位于王，诏曰：……	卷二《武帝纪》中

（续表）

作　者	作品或文学活动	史著原文	卷　数
王韶之	《禅策》	甲子，策曰：……	卷二《武帝纪》中
	《玺书禅位》	又玺书曰：……	
	私撰晋史	泰元、隆安时事，小大悉撰录之，韶之因此私撰《晋安帝阳秋》	卷六十《王韶之传》
	《请定不赎罪四条启》	有司奏东冶士硃道民禽三叛士，依例放遣，韶之启曰：……	
	《驳王实之请假事》	又驳员外散骑侍郎王实之请假事曰：……	
	制七庙歌辞	七庙歌辞，韶之制也	
	《临郡察潘综吴逵孝廉教》	太守王韶之临郡，发教曰：……	卷九十一《孝义·潘综》
荀伯子	《上表论先朝封爵》	义熙九年，上表曰：……	卷六十《荀伯子传》
	《上表言零陵王宜在陈留王上》	迁散骑常侍，本邑大中正。又上表曰：……	
卫　玙	《上表自陈》	前散骑常侍江夏公卫玙上表自陈曰：……	卷六十《荀伯子传》
荀赤松	《奏劾颜延之》	延之坐启买人田，不肯还直。尚书左丞荀赤松奏，诏可	卷七十三《颜延之传》
刘义真	与谢灵运、颜延之等交游	义真聪明爱文义，而轻动无德业。与陈郡谢灵运、琅邪颜延之、慧琳道人并周旋异常，云得志之日，以灵运、延之为宰相，慧琳为西豫州都督	卷六十一《刘义真传》
	好文籍	庐陵王义真少好文籍，与灵运情款异常	卷六十七《谢灵运传》
刘义恭	《请封禅表》	世祖大明元年十一月戊申，太宰江夏王义恭表曰：……	卷十六《礼志三》

（续表）

作　者	作品或文学活动	史著原文	卷　数
刘义恭	《章太后毁庙议》	太傅江夏王义恭以为："经籍残伪……"	卷十七《礼志四》
	《嘉禾甘露颂》（并上表）	臣闻居高听卑，上帝之功。……	卷二十九《符瑞志下》
	《垦起湖田议》	上使公卿博议，太宰江夏王义恭议曰："夫训农修本……"	卷五十四《孔季恭传》
	《举才表》	时诏内外百官举才，义恭上表曰：……	卷六十一《刘义恭传》
	《答诫勒》	义恭答曰："臣虽未能临瀚海，济居延，庶免刘仲奔逃之耻。"	
	《劝武陵王即位表》	世祖时在新林浦，义恭既至，上表劝世祖即位，曰：……	
	《省录尚书表》	义恭希旨，乃上表省录尚书，曰：……	
	《条制诸王府镇表》	义恭常虑为世祖所疑，及海陵王休茂于襄阳为乱，乃上表曰：……	
	《奏请严章服》（此表与刘诞合上）	又与骠骑大将军竟陵王诞奏曰："臣闻佾悬有数……"	
	撰《要纪》五卷	义恭撰《要记》五卷，起前汉讫晋太元，表上之，诏付秘阁	
	卑词曲意，献赋以存	时世祖严暴，义恭虑不见容，乃卑辞曲意，尽礼祗奉，且便辩善附会，俯仰承接，皆有容仪。每有符瑞，辄献上赋颂，陈咏美德	
	《劾蔡兴宗表》	义恭于是大怒，上表曰："臣闻慎节言语……"	卷五十七《蔡兴宗传》

（续表）

作　者	作品或文学活动	史著原文	卷　数
刘义恭	《答诏问何尚之致仕事》	上又与江夏王义恭诏曰："今朝贤无多，且羊、孟尚不得告谢，尚之任遇有殊，便未宜申许邪。"义恭答曰："尚之清忠贞固……"	卷六十六《何尚之传》
刘义恭	《改钱制议》（该议史传未载原文，为转述，严编《全宋文》未录）	先是，患货重，铸四铢钱，民间颇盗铸，多翦凿古钱以取铜，上患之。二十四年，录尚书江夏王义恭建议，以一大钱当两，以防翦凿，议者多同	卷六十六《何尚之传》
刘义恭	《奏徙彭城王义康》	太尉录尚书江夏王义恭等奏曰："投畀之言，……"	卷六十八《刘义康传》
刘义恭	《请赦义康妻息表》	前废帝永光元年，太宰江夏王义恭表曰："臣闻忝祖远支……"	卷六十八《刘义康传》
刘义恭	《与南郡王义宣书》	太傅江夏王义恭又与义宣书曰："顷闻之道路云……"	卷六十八《刘义宣传》
刘义恭	《与朱修之书》	大司马江夏王义恭诸公王八座与荆州刺史朱修之书曰："义宣反道叛恩、自陷极逆……"	卷六十八《刘义宣传》
刘义恭	《奏斩臧质事》（此表为义恭领衔）	录尚书江夏王臣义恭、左仆射臣宏等奏曰："臧质底弃下才……"	卷七十四《臧质传》
刘义恭	《铸四铢钱议》	上下其事公卿，太宰江夏王义恭议曰："伏见沈庆之议……"	卷七十五《颜竣传》
刘义恭	《与王玄谟书》	二十八年正月，还至历城，义恭与玄谟书曰："闻因败为成，臂上金疮，得非金印之征也。"	卷七十六《王玄谟传》

（续表）

作　者	作品或文学活动	史著原文	卷　　数
刘义恭	《谏亲征竟陵王诞表》	太宰江夏王义恭上表谏曰："诞素无才略……"	卷七十九《竟陵王刘诞传》
	《答诏愍雷次宗》	太祖与江夏王义恭书道次宗亡，义恭答曰："雷次宗不救所疾……"	卷九十三《隐逸·雷次宗传》
	《诈进元凶劭策》	乃进策曰：……	卷九十九《二凶·元凶劭传》
	《荐沈邵启》	义恭又启太祖曰："盱眙太守刘显真求自解说……"	卷一百《自序》
张约之	《奏理庐陵王义真》	乃废义真为庶人，徙新安郡。前吉阳令堂邑张约之上疏谏曰：……	卷六十一《刘义真传》
羊　欣	与谢混、谢灵运交游	欣尝诣领军将军谢混，混拂席改服，然后见之。时混族子灵运在坐，退告族兄瞻曰："望蔡见羊欣，遂易衣改席。"欣由此益知名	卷六十二《羊欣传》
王　微	诗文、书画、音律、医方、阴阳等无不通览	微少好学，无不通览，善属文，能书画，兼解音律、医方、阴阳术数	卷六十二《王微传》
	《与江湛书》	吏部尚书江湛举微为吏部郎，微与湛书曰：……	
	《与从弟僧绰书》	微因此又与从弟僧绰书曰：……	
	《报何偃书》	时论者或云微之见举，庐江何偃亦豫其议，虑为微所咎，与书自陈。微报之曰：……	
	《以书告弟僧谦灵》	微深自咎恨，发病不复自治，哀痛僧谦不能已，以书告灵曰：	

(续表)

作　者	作品或文学活动	史著原文	卷　数
沈演之	通《老子》，以义理知名	家世为将，而演之折节好学，读《老子》日百遍，以义理业尚知名	卷六十三《沈演之传》
江　邃	有文义，撰《文释》传世	演之昔与同使江邃字玄远，济阳考城人。颇有文义。官至司徒记室参军，撰《文释》，传于世	
沈　勃	好文章，善弹琴	勃好为文章，善弹琴，能围棋，而轻薄逐利	
王　华	《建议劝文帝就征》	太祖入奉大统，以少帝见害，疑不敢下。华建议曰：……	卷六十三《王华传》
王昙首	《南台不开门启》	元嘉四年，车驾出北堂，尝使三更竟开广莫门，南台云："应须白虎幡，银字棨。"不肯开门。尚书左丞羊玄保奏免御史中丞傅隆以下，昙首继启曰……	卷六十三《王昙首传》
殷景仁	《撰录国典朝仪》	至于国典朝仪，旧章记注，莫不撰录，识者知其有当世之志也	卷六十三《殷景仁传》
	《辞侍中表》	少帝即位，入补侍中，累表辞让，又固陈曰：……	
	《章太后生母苏氏丧礼议》	景仁议曰：……	
郑鲜之	《滕羡仕宦议》	先是，兖州刺史滕恬为丁零、翟辽所没，尸丧不反，恬子羡仕宦不废，议者嫌之。桓玄在荆州，使群僚博议，鲜之议曰：……	卷六十四《郑鲜之传》
	举谢绚自代	桓伟进号安西，转补功曹，举陈郡谢绚自代，曰：……	
	《父疾去职议》	山阴令沈叔任父疾去职，鲜之因此上议曰：……	

（续表）

作　者	作品或文学活动	史著原文	卷　数
郑鲜之	《谏北讨表》	佛佛虏陷关中，高祖复欲北讨，行意甚盛。鲜之上表谏曰：……	卷六十四《郑鲜之传》
桓　伟	《举陈郡谢绚自代书》	桓伟进号安西，转补功曹，举陈郡谢绚自代，曰：……	卷六十四《郑鲜之传》
丘　洹	《奏弹刘毅》	义熙六年，鲜之使治书侍御史丘洹奏弹毅曰：……	
裴松之	《请禁私碑表》	松之以世立私碑，有乖事实，上表陈之曰：……	卷六十四《裴松之传》
	《陈事廿四条表》	松之反使，奏曰：……	
	注《三国志》	上使注陈寿《三国志》，松之鸠集传记，增广异闻，既成奏上。上善之，曰："此为不朽矣！"	
	著文论及《晋纪》	松之所著文论及《晋纪》，骃注司马迁《史记》，并行于世	
	《庾炳之未至府疑失礼敬议》	炳之既未到府，疑于府公礼敬，下礼官博议。中书侍郎裴松之议曰：……	卷五十三《庾炳之传》
裴　骃	注司马迁《史记》	松之所著文论及《晋纪》，骃注司马迁《史记》，并行于世	卷六十四《裴松之传》
何承天	《浑天象论》	御史中丞何承天论浑象体曰：……	卷二十三《天文志》一
	《新历叙》	何承天曰：……	卷十二《历》上
	《奏改漏刻箭》	元嘉二十年，承天奏上尚书：……	卷十三《历》下
	《奏劾博士顾雅等》	元嘉二十三年七月，白衣领御史中丞何承天奏……	卷十五《礼》二
	《论魏文帝以洛京宗庙未成祠武帝於建始殿》	何承天曰：……	卷十六《礼》三

（续表）

作　者	作品或文学活动	史著原文	卷　数
何承天	《论蜀刁隆向允请立诸葛庙于沔阳》	何承天曰：……	卷十七《礼》四
	《论旌头》	何承天谓……	卷十八《礼》五
	《论吴朝设乐》	何承天曰……	卷十九《乐志》一
	《白鸠颂》(并上表)	元嘉十八年八月庚午，会稽山阴商世宝获白鸠，眼足并赤，扬州刺史始兴王浚以献，太子率更令何承天上表	卷二十七《符瑞志》下
	《为谢晦奉表自理》按《何承天传》云："晦进号卫将军，转咨议参军，领记室。……使承天造立表檄。"《谢晦传》中的几篇表檄，或当系于何承天名下，严编亦如此安排	晦将见计，使承天造立表檄	卷四十四《谢晦传》
	《又为谢晦上表》	晦又上表曰：……	
	《为谢晦檄京邑》	晦乃叹曰："恨不得以此为勤王之师！"自领湘州刺史，以张邵为辅国将军，邵不受命。晦檄京邑曰：……	
	《陈满事议》	毅尝出行，而鄢陵县史陈满射鸟，箭误中直帅，虽不伤人，处法弃市。承天议曰：……	卷六十四《何承天传》
	《尹嘉罪议》	时有尹嘉者，家贫，母熊自以身贴钱，为嘉偿责。坐不孝当死。承天议曰：……	
	《同籍期亲补兵制议》	吴兴余杭民薄道举为劫。制同籍期亲补兵。道举从弟代公、道生等并为大功亲，非应在补谪之例，法以代公等母存为期亲，则子宜随母补兵。承天议曰：……	

（续表）

作　者	作品或文学活动	史 著 原 文	卷　　数
何承天	《奏事官名议》	故司徒掾孔邈奏事未御，邈已丧殡，议者谓不宜仍用邈名，更以见官奏之。承天又议曰：……	卷六十四《何承天传》
	撰宋史	十六年，除著作佐郎，撰国史	
	《久丧不葬议》	时丹阳丁况等久丧不葬，承天议曰：……	
	《安边论》（并上表）	时索虏侵边，太祖访群臣威戎御远之略，承天上表曰：……臣素庸懦，才不经武，率其管窥，谨撰《安边论》	
	《谢赐局子表》	承天素好弈棋，颇用废事。太祖赐以局子，承天奉表陈谢（文不载）	
	著作等身	先是，《礼论》有八百卷，承天删减并合，以类相从，凡为三百卷，并《前传》、《杂语》、《纂文》、论并传于世。又改定《元嘉历》，语在《律历志》	
刘道产	《襄阳乐歌》	善于临民，在雍部政绩尤著，蛮夷前后叛戾不受化者，并皆顺服，悉出缘沔为居。百姓乐业，民户丰赡，由此有《襄阳乐歌》，自道产始也	卷六十五《刘道产传》
申　恬	《上换诸郡事宜》（论军事、人事）	明年，加济南太守。时又迁换诸郡守，恬上表曰：……	卷六十五《申恬传》
王敬弘	《辞太子少傅表》	十二年，征为太子少傅。敬弘诣京师上表曰：……	卷六十六《王敬弘传》
	《辞左光禄大夫开府仪同三司表》	十六年，以为左光禄大夫、开府仪同三司，侍中如故，又诣京师上表曰：……	

（续表）

作　者	作品或文学活动	史著原文	卷　　数
王敬弘	《再辞左光禄大夫开府仪同三司表》	二十三年，重申前命，又表曰：……	卷六十六《王敬弘传》
	《与子恢之书》	子恢之被召为秘书郎，敬弘为求奉朝请，与恢之书曰：……	
	《奏请征王弘之郭希林》	家在会稽上虞，从兄敬弘为吏部尚书，奏弘之为太子庶子，不就	
	《又陈太祖》	太祖即位，敬弘为左仆射，又陈：……	
何叔度	《王睦事议》	义熙五年，吴兴武康县民王延祖为劫，父睦以告官。新制，凡劫身斩刑，家人弃市。睦既自告，于法有疑。时叔度为尚书，议曰：……	卷六十六《何尚之传》
何尚之	《密奏庾炳之得失》	上于炳之素厚，将恕之，召问尚书右仆射何尚之。尚之具陈炳之得失，又密奏	卷五十三《庾炳之传》
	《又陈》	时炳之自理："不谙台制，令史并言停外非嫌。"太祖以炳之信受失所，小事不足伤大臣。尚之又陈	
	《又陈庾炳之愆遇》	尚之再启，太祖犹优游之，使尚之更陈其意，尚之乃备言炳之愆过	
	《又答问庾炳之事》	太祖欲出炳之为丹阳，又以问尚之，尚之答曰：…… 太祖乃可有司之奏，免炳之官	
	《刑法议》	吏部郎何尚之议：……	卷四十二《王弘传》
	与谢混交游	尚之少时颇轻薄，好摴蒱，既长折节蹈道，以操立见称。为陈郡谢混所知，与之游处	卷六十六《何尚之传》

（续表）

作　者	作品或文学活动	史著原文	卷　　数
何尚之	与颜延之交游	与太常颜延之论议往反，传于世	卷六十六《何尚之传》
	《谏止立三神山》	是岁造玄武湖，上欲于湖中立方丈、蓬莱、瀛洲三神山，尚之固谏乃止	
	《谏华林园》	时又造华林园，并盛暑役人工，尚之又谏	
	《表谏行幸侵夜》	时上行幸，还多侵夕，尚之又表谏	
	《以一大钱当两议》	二十四年，录尚书江夏王义恭建议，以一大钱当两，以防翦凿，议者多同。尚之议曰：……	
	《退居赋》（佚）	二十九年，致仕，于方山著《退居赋》以明所守，而议者咸谓尚之不能固志	
	《上言请原竺超民等》	丞相南郡王义宣、车骑将军臧质反，义宣司马竺超民、臧质长史陆展兄弟并应从诛，尚之上言曰：……	
	《分置荆郢二州议》	江夏王义恭以为宜在巴陵，尚之议曰：……	
	《发民丁议》	尚书左仆射何尚之参议……	卷九十五《索虏传》
袁　淑	《与何尚之书》	太子左卫率袁淑与尚之书曰：……	卷六十六《何尚之传》
	《防御索虏议》	太祖使百官议防御之术，淑上议曰：……	卷七十《袁淑传》
	《与始兴王浚书》	淑喜为夸诞，每为时人所嘲。始兴王浚尝送钱三万饷淑，一宿复遣追取，谓使人谬误，欲以戏淑。淑与浚书曰：……	

（续表）

作者	作品或文学活动	史著原文	卷数
谢灵运	少有文名，名冠江左，为从叔谢混所爱	灵运少好学，博览群书，文章之美，江左莫逮。从叔混特知爱之，袭封康乐公，食邑三千户	卷六十七《谢灵运传》
	《撰征赋》并序	高祖伐长安……奉使慰劳高祖于彭城，作《撰征赋》。其序曰：……	
	与刘义真交游	庐陵王义真少好文籍，与灵运情款异常	
	与王弘之、孔淳之交游	灵运父祖并葬始宁县，并有故宅及墅，遂移籍会稽，修营别业，傍山带江，尽幽居之美。与隐士王弘之、孔淳之等纵放为娱，有终焉之志	
	诗歌广为流传，名动京师	每有一诗至都邑，贵贱莫不竞写，宿昔之间，士庶皆遍，远近钦慕，名动京师	
	《山居赋》	作《山居赋》并自注，以言其事。曰：……	
	撰《晋书》	太祖登祚……以晋氏一代，自始至终，竟无一家之史，令灵运撰《晋书》，粗立条流；书竟不就	
	诗、书被宋文帝称为“二宝”	灵运诗书皆兼独绝，每文竟，手自写之，文帝称为二宝	
	《上陈疾表》 《劝伐河北表》	灵运乃上表陈疾，上赐假东归。将行，上书劝伐河北，曰：……	
	与何长瑜等作四友之游	灵连既东还，与族弟惠连、东海何长瑜、颍川荀雍、泰山羊璿之，以文章赏会，共为山泽之游，时人谓之四友	
	赠王琇诗	灵运赠琇诗曰：……	

（续表）

作　者	作品或文学活动	史著原文	卷　数
谢灵运	《诣阙自理表》	因灵运横恣，百姓惊扰，乃表其异志，发兵自防，露板上言。灵运驰出京都，诣阙上表曰：……	卷六十七《谢灵运传》
	有逆志，以诗咏志	司徒遣使随州从事郑望生收灵运，灵运执录望生，兴兵叛逸，遂有逆志。为诗曰：……	
	《临终诗》	太祖诏于广州行弃市刑。临死作诗曰：……	
	《与庐陵王义真笺》	灵运与庐陵王义真笺曰：会境既丰山水，是以江左嘉遁，并多居之。……	卷九十三《隐逸传》
何长瑜	与谢灵运等作四友之游	长瑜文才之美，亚于惠连，雍、璿之不及也	卷六十七《谢灵运传》附传
	《与何勖书》，作诗戏义庆僚佐	尝于江陵寄书与宗人何勖，以韵语序义庆州府僚佐云：……	
荀　雍	与谢灵运等作四友之游		卷六十七《谢灵运传》附传
羊璿之	与谢灵运等作四友之游；为竟陵王刘诞所知遇	为司空竟陵王诞所遇，诞败坐诛	卷六十七《谢灵运传》附传
孟　顗	《表陈谢灵运异志》	因灵运横恣，百姓惊扰，乃表其异志，发兵自防，露板上言	卷六十七《谢灵运传》
刘义康	《刘斌代羊玄保会稽太守启》	后会稽太守羊玄保求还，义康又欲以斌代之，又启太祖曰：……	卷六十八《刘义康传》
	《上表解职》	遣人宣旨告以湛等罪衅，义康上表逊位曰：……	
扶令育	《诣阙上表理彭城王义康》	龙骧参军巴东扶令育诣阙上表曰：……	卷六十八《刘义康传》

(续表)

<table>
<tr><th>作　者</th><th>作品或文学活动</th><th>史著原文</th><th>卷　数</th></tr>
<tr><td>刘玉秀</td><td>《乞父骨反葬旧茔表》</td><td>世祖大明四年，义康女玉秀等露板辞曰：……</td><td>卷六十八《刘义康传》</td></tr>
<tr><td rowspan="2">刘义宣</td><td>《与王玄谟书》</td><td>义宣屡与玄谟书，要令降。玄谟书报曰：……</td><td rowspan="2">卷六十八《刘义宣传》</td></tr>
<tr><td>《奉表自陈》</td><td>二月二十六日，加都督中外诸军事，置左右长史、司马，使僚佐悉称名。遣传奉表曰：……</td></tr>
<tr><td>王玄谟</td><td>《报南郡王义宣书》</td><td>义宣屡与玄谟书，要令降。玄谟书报曰：……</td><td>卷六十八《刘义宣传》</td></tr>
<tr><td rowspan="8">范　晔</td><td>博涉经史，善为文章</td><td>少好学，博涉经史，善为文章，能隶书，晓音律</td><td rowspan="8">卷六十九《范晔传》</td></tr>
<tr><td>《探时旨上言》</td><td>晔既有逆谋，欲探时旨，乃言于上曰：……</td></tr>
<tr><td>作《后汉书》</td><td>不得志，乃删众家《后汉书》为一家之作</td></tr>
<tr><td>《代彭城王与刘湛书》</td><td>熙先以既为大事，宜须义意旨，晔乃作义康与湛之书，宣示同党曰：……</td></tr>
<tr><td>《和香方序》</td><td>撰《和香方》，其序之曰：……</td></tr>
<tr><td>《狱中与诸甥侄书以自序》</td><td>晔狱中与诸甥侄书以自序曰：……</td></tr>
<tr><td>与徐湛之</td><td>晔常谓死者神灭，欲著《无鬼论》；至是与徐湛之书，云“当相讼地下”</td></tr>
<tr><td>《在狱为诗》</td><td>在狱为诗曰：“祸福本无兆，性命归有极。……”</td></tr>
<tr><td>孔熙先</td><td>《狱中上书》</td><td>初，鲁国孔熙先博学有纵横才志，文史星算，无不兼善。熙先于狱中上书曰：……</td><td>卷六十九《范晔传》</td></tr>
</table>

(续表)

作　者	作品或文学活动	史著原文	卷　数
孔休先	《论众檄》	熙先使弟休先先为檄文曰：……	卷六十九《范晔传》
徐湛之	《上范晔等反谋表》(节录)	于十一月，徐湛之上表曰：……	卷六十九《范晔传》
	善尺牍	湛之善于尺牍，音辞流畅	卷七十一《徐湛之传》
	与何勖、孟灵休交游	时安成公何勖，无忌之子也，临汝公孟灵休，昶之子也，并各奢豪，与湛之共以肴膳、器服、车马相尚	
	《还郡自陈表》	二十二年，范晔等谋逆，湛之始与之同，后发其事，所陈多不尽，为晔等款辞所连，乃诣廷尉归罪，上慰遣令还郡。湛之上表曰：……	
江　湛		江湛，字徽渊，济阳考城人，湘州刺史夷子也。居丧以孝闻。爱好文义，喜弹棋鼓琴，兼明算术	卷七十一《江湛传》
王僧绰	好学，通朝典	好学有理思，练悉朝典	卷七十一《王僧绰传》
	《东宫夜飨将士启文》	劭于东宫夜飨将士，僧绰密以启闻。……顷之，劭料检太祖巾箱及江湛家书疏，得僧绰所启飨士并废诸王事，乃收害焉，时年三十一	
	撰汉魏以来废诸王故事	上又令撰汉魏以来废诸王故事	
刘　铄	造策文	劭迎蒋侯神于宫内，疏世祖年讳，厌祝祈请，假授位号，使铄造策文	卷七十二《文九王·刘铄传》
刘　宏	《谠言陈时务议》	为人谦俭周慎，礼贤接士，明晓政事，上甚信仗之。时普责百官谠言，宏议曰：……	卷七十二《文九王·刘宏传》

(续表)

作者	作品或文学活动	史著原文	卷数
刘景素	好文章书籍,交接文士	子景素,少爱文义,有父风。景素好文章书籍,招集才义之士,倾身礼接,以收名誉。由是朝野翕然,莫不属意焉	卷七十二《文九王·刘宏传附景素传》
刘休仁	好文籍,与刘彧友爱	休仁年与太宗邻亚,俱好文籍,素相爱友	卷七十二《文九王·刘休仁传》
颜延之	《宋文皇帝元皇后哀策文》	上甚相悼痛,诏前永嘉太守颜延之为哀策,文甚丽	卷四十一《后妃列传》
	《吊张茂度书》	琅邪颜延之书吊茂度曰:……	卷六十二《张敷传》
	《赠谥袁淑诏》	世祖即位,使颜延之为诏曰:……	卷七十《袁淑传》
	文章冠绝当时	好读书,无所不览,文章之美,冠绝当时	卷七十三《颜延之传》
	与傅亮相敌,与刘义真交好	时尚书令傅亮自以文义之美,一时莫及,延之负其才辞,不为之下,亮甚疾焉。庐陵王义真颇好辞义,待接甚厚	
	《祭屈原文》	延之之郡,道经汨潭,为湘州刺史张纪祭屈原文以致其意,曰:……	
	《五君咏》	出为永嘉太守。延之甚怨愤,乃作《五君咏》以述竹林七贤,山涛、王戎以贵显被黜	
	与车仲远不协,与王球交好	延之与仲远世素不协,屏居里巷,不豫人间者七载。中书令王球名公子,遗务事外,延之慕焉;球亦爱其材,情好甚款	
	《庭诰》	闲居无事,为《庭诰》之文	
	《上表自陈》	二十九年,上表自陈曰:……	

（续表）

<table>
<tr><th>作　者</th><th>作品或文学活动</th><th>史著原文</th><th>卷　数</th></tr>
<tr><td rowspan="2">颜延之</td><td>与谢灵运齐名</td><td>延之与陈郡谢灵运俱以词彩齐名，自潘岳、陆机之后，文士莫及也，江左称颜、谢焉。所著并传于世</td><td>卷七十三《颜延之传》</td></tr>
<tr><td>《与王昙生书》</td><td>弘之卒，延之欲为作诔，书与弘之子昙生，诔竟不就</td><td>卷九十三《王弘之传》</td></tr>
<tr><td rowspan="5">臧　质</td><td>《密信说南郡王义宣》</td><td>及至江州，每密信说义宣，以为……</td><td>卷六十八《南郡王义宣传》(按：《南郡王义宣传》载“有大才……悔无所及”部分；卷七十四《臧质传》中记载“震主之威……后机致祸”部分</td></tr>
<tr><td>涉猎史籍</td><td>质年始出三十，屡居名郡，涉猎史籍，尺牍便敏，既有气干，好言兵权</td><td rowspan="4">卷七十四《臧质传》</td></tr>
<tr><td>《答魏王拓跋焘书》</td><td>故质答引之</td></tr>
<tr><td>《又与虏众书》</td><td>质又与虏众书曰：……</td></tr>
<tr><td>《举兵上表》</td><td>瑜弟弘为质府佐，世祖遣报质，质于是执台使，狼狈举兵。上表曰：……</td></tr>
<tr><td rowspan="4">颜　竣</td><td>《郊庙乐议》</td><td>孝建二年九月，散骑常侍丹阳尹建城县开国侯颜竣议……</td><td>卷十九《乐志一》</td></tr>
<tr><td>《为世祖檄京邑》</td><td>子竣为世祖南中郎咨议参军。及义师入讨，竣参定密谋，兼造书檄</td><td>卷七十三《颜延之传》
卷九十九《元凶劭传》</td></tr>
<tr><td>《与虏互市议》</td><td>二十八年，虏自彭城北归，复求互市，竣议曰：……</td><td rowspan="2">卷七十五《颜竣传》</td></tr>
<tr><td>《铸四铢钱议》</td><td>竣议曰：……</td></tr>
</table>

（续表）

作　者	作品或文学活动	史著原文	卷　数
颜　竣	《铸二铢钱议》	时议者又以铜转难得，欲铸二铢钱。竣又议曰：……	卷七十五《颜竣传》
	《让中书令表》	竣自散骑常侍、丹阳尹，加中书令，丹阳尹如故。表让中书令曰：……	
	文集行于世	竣文集行于世	
	奏荐孔觊为散骑常侍	孝建三年，吏部尚书颜竣奏	卷八十四《孔觊传》
	《张畅卒官表》（按：畅有二传，前篇在四十六，不载此表）	颜竣表世祖：……	卷九十五《张畅传》
鲁　爽	《与弟秀南归奉辞于南平王铄》	遣秀从许昌还寿阳，奉辞于南平王铄曰：……	卷七十四《鲁爽传》
沈攸之	招揽文人	初，吴兴丘幼弼、丘隆先、沈诞、沈荣守、吴陆道量，并以文记之才随攸之，及张永北讨，永一奔，攸之再败，幼弼等并皆陷没。 攸之晚好读书，手不释卷，《史》、《汉》事多所谙忆	卷七十四《沈攸之传》
齐王萧道成尚书	《符征西府》	时齐王辅政，遣众军西讨。尚书符征西府曰：……	卷七十四《沈攸之传》
	《檄沈攸之》	齐王出顿新亭，驰檄数攸之罪恶，曰：……	
王僧达	好学，善属文	少好学，善属文	卷七十五《王僧达传》
	《求徐州启》	僧达自负才地，谓当时莫及。上初践祚，即居端右，一二年间，便望宰相。及为护军，不得志，乃启求徐州，曰：……	
	《上表解职》	孝建三年，除太常，意尤不悦。顷之，上表解职，曰：……	
	《与沈璞书》	宣城太守王僧达书与璞曰：……	卷一百《自序》

（续表）

作　者	作品或文学活动	史著原文	卷　　数
苏　宝	《毛诗》助教	苏宝者，名宝生，本寒门，有文义之美。元嘉中立国子学，为《毛诗》助教，为太祖所知，官至南台侍御史，江宁令	卷七十五《王僧达传》
沈庆之	《铸四铢钱议》	始兴郡公沈庆之立议曰：……	卷七十五《颜竣传》
	《通私铸启》(无引文)	景和元年，沈庆之启通私铸，由是钱货乱败	
庾徽之	《奏弹颜竣》	及王僧达被诛，谓为竣所谗构，临死陈竣前后忿怼，每恨言不见从。僧达所言，颇有相符据。上乃使御史中丞庾徽之奏之曰：……	卷七十五《颜竣传》
王玄谟	《驰信告柳元景》	玄谟驰信告元景曰：……	卷五十《垣护之传》
	《垦起湖田议》	太常王玄谟议曰：……	卷五十四《孔季恭孔渊之传》
	《报南郡王义宣书》	义宣屡与玄谟书，要令降，玄谟书报曰：……	卷六十八《刘义宣传》
	《领汝阴太守上疏》	元嘉中，补长沙王义欣镇军中兵将军，领汝阴太守。时虏攻陷滑台，执硃修之以归。玄谟上疏曰：……	卷七十六《王玄谟传》
	屡表谏诤	及至，屡表谏诤，又流涕请缓刑去杀，以安元元	
	《请用杨头为西秦州假节表》	雍州刺史王玄谟上表曰：……	卷九十八《氐胡传》(按《孝武纪》，孝建二年十月，以王玄谟为雍州刺史，《氐胡传》作王谟，有脱)

（续表）

作　者	作品或文学活动	史著原文	卷　数
颜师伯	广猎书卷	师伯少孤贫，涉猎书传	卷七十七《颜师伯传》
上告小民陈文绍、刘成等	小民上书告刘诞	三年，建康民陈文绍上书曰：…… 吴郡民刘成又诣阙上书，告诞谋反，称：…… 又豫章民陈谈之上书诉枉，称：……	卷七十九《文五王・刘诞传》
刘　诞	《投城外表》	诞奉表投之城外，曰：……	卷七十九《文五王・刘诞传》
刘　昶	《广陵上表》	八年，前废帝即位，义阳王昶为征北将军、徐州刺史，道经广陵，上表曰：……	卷七十九《文五王・刘诞传》
刘休范	《与袁粲、褚渊、刘秉书》	书与袁粲、褚渊、刘秉曰：……	卷七十九《文五王・刘休范传》
刘子尚	《上言山湖之禁》	时扬州刺史西阳王子尚上言："山湖之禁，虽有旧科，民俗相因，替而不奉……"	卷五十四《羊玄保传》
	《上表至鄞县劝农》	时东土大旱，鄞县多赠田，世祖使子尚上表至鄞县劝农	卷八十《孝武十四王・刘子尚传》
刘子勋	《传檄京师》 （《全宋文》载"案：荀道林为子勋记室参军，此檄当是道林所作。"）	乃建牙于桑尾，传檄京师曰："阳六数艰，云雷相袭……"	卷八十四《邓琬传》
刘子房	《与吴喜书》	与喜书曰："知统戎旅，已次近路，卿所在著名……"	卷八十三《吴喜传》
景宁园昭容	《乞改命还依本属表》	东平王子嗣，字孝叔，孝武帝第二十七子也。大明七年生，仍封东平王，食邑二千户。继东平冲王休倩。休倩母颜性理严酷，泰始二年，子嗣所生母景宁园昭容谢上表曰：……	卷八十《孝武十四王・刘子嗣传》

（续表）

作　者	作品或文学活动	史著原文	卷　数
刘秀之	《民杀长吏议》	四年，改定制令，疑民杀长吏科，议者谓值赦宜加徙送，秀之以为："律文虽不显民杀官长之旨……"	卷八十一《刘秀之传》
顾　琛	《纳款世祖启》	会延稔先至，琛等即执斩之，遣二子送延稔首启世祖曰："刘诞猖狂，遂构衅逆，凡在含齿，莫不骇惋……"	卷八十一《顾琛传》
顾宝先	《驰书报父琛》	少子宝先时为山阴令，驰书报琛，以南师已近，朝廷孤弱，不时顺从，必有覆灭之祸	卷八十四《孔觊传》
顾觊之	《唐赐妻子事议》	觊之议曰："法移路尸，犹为不道，况在妻子，而忍行凡人所不行。不宜曲通小情，当以大理为断，谓副为不孝，张同不道。"	卷八十一《顾觊之传》
觊之弟子	以其意命弟子愿著《定命论》	觊之常谓秉命有定分，非智力所移，唯应恭己守道，信天任运，而暗者不达，妄求侥幸，徒亏雅道，无关得丧。乃以其意命弟子愿著《定命论》，其辞曰：……	卷八十一《顾觊之传》
周　朗	《报羊希书》	及义恭出镇，府主簿羊希从行，与朗书戏之，劝令献奇进策。朗报书曰："羊生足下：岂当适使人进哉，何卿才之更茂也……"	卷八十二《周朗传》
	《上书献谠言》	世祖即位，除建平王宏中军录事参军。时普责百官谠言，朗上书曰："昔仲尼有言……"	

（续表）

作　者	作品或文学活动	史著原文	卷　数
沈怀文	《垦起湖田议》	侍中沈怀文、王景文、黄门侍郎刘瑴、郄颙议曰："百姓虽不亲农，不无资生之路……"	卷五十四《孔季恭传》
	作诗送雷次宗	隐士雷次宗被征居钟山，后南还庐岳，何尚之设祖道，文义之士毕集，为连句诗，怀文所作尤美，辞高一座	卷八十二《沈怀文传》
	《省录尚书议》	时议省录尚书，怀文以为非宜，上议曰："昔天官正纪，六典序职……"	
	《上言皇子不宜置邸舍》	怀文又言之曰："列肆贩卖，古人所非，故卜式明不雨之由，弘羊受致旱之责。若以用度不充，顿止为难者，故宜量加减省。"	
	《扬州移治会稽议》	时朝议欲依古制置王畿，扬州移治会稽，犹以星变故也。怀文曰："周制封畿，汉置司隶……"	
沈怀远	撰《南越志》及怀文文集	前废帝世，流徙者并听归本，官至武康令。撰《南越志》及怀文文集，并传于世	卷八十二《沈怀远传》
吴　喜	少知书，为沈演之写起居注、作让表，涉猎《史》、《汉》，颇见古今	初出身为领军府白衣吏。少知书，领军将军沈演之使写起居注，所写既毕，暗诵略皆上口。演之尝作让表，未奏，失本，喜经一见，即便写赴，无所漏脱，演之甚知之。因此涉猎《史》、《汉》，颇见古今	卷八十三《吴喜传》
邓　琬	令顾昭之撰为《瑞命记》	琬乃称说符瑞，造乘舆御服，云松滋县生豹自来，柴桑县送竹有"来奉天子"字，又云青龙见东淮，白鹿出西冈。令顾昭之撰为《瑞命记》	卷八十四《邓琬传》

(续表)

作　者	作品或文学活动	史著原文	卷　数
孙冲之	《与晋安王子勋书》	冲之于道与子勋书曰:“舟楫已办,器械亦整,三军踊跃……”	卷八十四《邓琬传》
孔　觊	口吃,好读书,早知名	觊少骨梗有风力,以是非为己任。口吃,好读书,早知名。初举扬州秀才	卷八十四《孔觊传》
	《辞署记室笺》	领南义阳太守,转署记室,奉笺固辞,曰:“记室之局,实惟华要……”又曰:“夫以记室之要,宜须通才敏忠……”	
谢　庄	泰始元年改元大赦诏(《宋书·明帝纪》,按:《南史·谢庄传》,明帝定乱使为赦诏,传诏立待,诏虞,其文甚工)	“高祖武皇帝德洞四瀛,化绵九服……”	卷八《明帝纪》
	为八座太宰夏王表请封禅(严编《全宋文·谢庄集》云:《初学记》十三。按,《宋书·礼志》三有《江夏王义恭表》,无此四语,疑《宋志》有删节,或各是一篇也。今别以《宋志》所载之表编入《义恭集》,俟再考。又张溥本有《上封禅仪注奏》,今据《宋书·礼志》三作有司奏,或非谢庄也,编入宋阙名文)	世祖大明元年十一月戊申,太宰江夏王义恭表曰:“惟皇天崇称大道,始行揖让……”	卷十六《礼志三》
	《为朝臣与雍州刺史袁顗书》	太宗使朝士与顗书曰:“夫夷陂相因,兴革递数,或多难而固其国……”	卷八十四《袁顗传》
	年少属文,通《论语》	年七岁,能属文,通《论语》	

(续表)

作　者	作品或文学活动	史 著 原 文	卷　　数
谢　庄	分左氏《经传》，随国立篇	又转随王诞后军咨议，并领记室。分左氏《经传》，随国立篇，制木方丈，图山川土地，各有分理，离之则州别郡殊，合之则宇内为一	卷八十五《谢庄传》
	《南平王铄献赤鹦鹉普诏群臣为赋》	时南平王铄献赤鹦鹉，普诏群臣为赋。太子左卫率袁淑文冠当时，作赋毕，赍以示庄；庄赋亦竟，淑见而叹曰："江东无我，卿当独秀。我若无卿，亦一时之杰也。"遂隐其赋	
	《密谙世祖启事》	世祖入讨，密送檄书与庄，令加改治宣布。庄遣腹心门生具庆奉启事密谙世祖曰："贼劭自绝于天，裂冠毁冕……"	
	《索虏互市议》	时索虏求通互市，上诏群臣博议。庄议曰："臣愚以为獯猃弃义，唯利是视，关市之请，或以觇国……"	
	《上搜才表》	于时搜才路狭，乃上表曰："臣闻功照千里，非特烛车之珍……"	
	《与江夏王义恭笺》	庄素多疾，不愿居选部，与大司马江夏王义恭笺自陈，曰："下官凡人，非有达概异识，俗外之志……"	
	《奏改定刑狱》	大明元年，起为都官尚书，奏改定刑狱，曰："臣闻明慎用刑，厥存姬典……"	
	《舞马赋应诏》	时河南献舞马，诏群臣为赋，庄所上其词曰："天子驭三光，总万宇，挹云经之留宪……"	

（续表）

作　者	作品或文学活动	史著原文	卷　数
谢　庄	《舞马歌》	又使庄作《舞马歌》，令乐府歌之	卷八十五《谢庄传》
	《宋孝武宣贵妃诔（并序）》	初，世祖宠姬殷贵妃薨，庄为诔云："赞轨尧门。"	
王景文	少智，为从叔谢球所知，与谢庄齐名	景文出继智，幼为从叔球所知。美风姿，好言理，少与陈郡谢庄齐名	卷八十五《王景文传》
	《与幸臣王道龙书》	景文与上幸臣王道龙书曰："吾虽寡于行己，庶不负心，既愧殊效，誓不上欺明主……"	
王　绚	《自陈求解扬州》	景文弥惧，乃自陈求解扬州，曰："臣凡猥下劣，方圜无算……"	
	少敏惠，笃志好学	长子绚，字长素。年七岁，读《论语》至"周监于二代"，外祖何尚之戏之曰："耶耶乎文哉。"绚即答曰："草翁风必偃。"少以敏惠见知。及长，笃志好学，官至秘书丞	
刘　勔	《条对贾元友北攻悬瓠书》	上以所陈示勔，使具条答。勔对曰："元友称：'虏主幼弱，奸伪竞起，内外规乱……'"	卷八十六《刘勔传》
	《与殷琰书》	勔又与琰书曰："昔景和凶悖，行绝人伦，昏虐险秽，谏诤杜塞，遂残毁陵庙……"	卷八十七《殷琰传》
	《又与殷琰书》	勔因此又与琰书曰："柳伦来奔，具相申述，方承足下迹缠秽乱，心秉忠诚，惆默穷愁，不亲戎政……"	
萧惠开	涉猎文史	少有风气，涉猎文史，家虽贵戚，而居服简素	卷八十七《萧惠开传》
	《求解职表》	惠开乃上表解职曰："陛下未照臣愚，故引参近侍……"	

（续表）

作　者	作品或文学活动	史 著 原 文	卷　　数
薛安都	《奉启书款》	子勋平定，安都遣别驾从事史毕众爱、下邳太守王焕等奉启书诣太宗归款，曰："臣庸隶荒萌，偷生上国……"	卷八十八《薛安都传》
袁　粲	少好学，有清才	祖母哀其幼孤，名之曰愍孙。伯叔并当世荣显，而愍孙饥寒不足。母琅邪王氏，太尉长史诞之女也，躬事绩纺，以供朝夕。愍孙少好学，有清才	卷八十九《袁粲传》
	著《妙德先生传》以续嵇康《高士传》以自况	愍孙清整有风操，自遇甚厚，常著《妙德先生传》以续嵇康《高士传》以自况，曰："有妙德先生，陈国人也……"	
	为孝武帝执经	六年，上于华林园茅堂讲《周易》，粲为执经	
	善吟讽	好饮酒，善吟讽，独酌园庭，以此自适	
龚　颖	少好学	少好学，益州刺史毛璩辟为劝学从事	卷九十一《孝义·龚颖传》
徐　耕	诣县陈辞	元嘉二十一年，大旱民饥，耕诣县陈辞曰："今年亢旱……"	卷九十一《孝义·徐耕传》
杜慧度	能弹琴，颇好《庄》、《老》	慧度布衣蔬食，俭约质素，能弹琴，颇好《庄》、《老》	卷九十二《良吏·杜慧度传》
徐　豁	《表陈损益三事》	三年，遣大使巡行四方，并使郡县各言损益。豁因此表陈三事，其一曰：……	卷九十二《良吏·徐豁传》
陆　徽	《为龚颖表》	太祖元嘉二十四年，刺史陆征上表曰："臣闻运缠明夷……"	卷九十一《孝义·龚颖传》
	《上荐士表》	清名亚王镇之，为士民所爱咏。上表荐士曰："臣闻陵雪褒颍，贞柯必振……"	卷九十二《良吏·陆徽传》

（续表）

作　者	作品或文学活动	史著原文	卷　数
戴　颙	善琴书	父善琴书，颙并传之，凡诸音律，皆能挥手	卷九十三《隐逸·戴颙传》
	著《逍遥论》，注《礼记·中庸》篇	乃述庄周大旨，著《逍遥论》，注《礼记·中庸》篇	
	为义季鼓琴，新声变曲	为义季鼓琴，并新声变曲，其三调《游弦》、《广陵》、《止息》之流，皆与世异	
	合《何尝》、《白鹄》二声为一调	颙合《何尝》、《白鹄》二声，以为一调，号为清旷	
宗　炳	妙善琴书，精于言理	妙善琴书，精于言理，每游山水，往辄忘归	卷九十三《隐逸·宗炳传》
师　觉	以琴书自娱	炳外弟师觉授亦有素业，以琴书自娱	
周续之	通《五经》并《纬候》，名冠同门，号曰“颜子”	居学数年，通《五经》并《纬候》，名冠同门，号曰“颜子”。既而闲居读《老》、《易》，入庐山事沙门释慧远。时彭城刘遗民遁迹庐山，陶渊明亦不应征命，谓之“寻阳三隐”	卷九十三《隐逸·周续之传》
	注嵇康《高士传》	常以嵇康《高士传》得出处之美，因为之注	
	安乐寺讲礼	高祖之北讨，世子居守，迎续之馆于安乐寺，延入讲礼，月余，复还山	
	开馆东郭外，招集生徒	高祖践祚，复召之，乃尽室俱下。上为开馆东郭外，招集生徒	
	通《毛诗》六义及《礼论》、《公羊传》	通《毛诗》六义及《礼论》、《公羊传》，皆传于世	
王弘之	与谢灵运、颜延之交厚	谢灵运、颜延之并相钦重	卷九十三《隐逸·王弘之传》

（续表）

作者	作品或文学活动	史著原文	卷数
孔默之	注《谷梁春秋》	默之儒学，注《谷梁春秋》	卷九十三《隐逸·孔淳之传》
龚祈	赋诗，言不及世事	时或赋诗，言不及世事	卷九十三《隐逸·龚祈传》
陶潜	《五柳先生传》	潜少有高趣，尝著《五柳先生传》以自况，曰："先生不知何许人……"	卷九十三《隐逸·陶潜传》
	赋《归去来》	即日解印绶去职。赋《归去来》，其词曰：……	
	《与子书以言其志，并为训戒》	与子书以言其志，并为训戒曰："天地赋命，有往必终，自古贤圣，谁能独免……"	
	《命子诗》	又为《命子诗》以贻之曰："悠悠我祖，爰自陶唐……"	
宗彧之	文义不及宗炳，而真澹过之	蚤孤，事兄恭谨，家贫好学，虽文义不逮炳，而真澹过之	卷九十三《隐逸·宗彧之传》
沈道虔	少仁爱，好《老》、《易》	少仁爱，好《老》、《易》，居县北石山下	卷九十三《隐逸·沈道虔传》
雷次宗	笃志好学，尤明《三礼》、《毛诗》	少入庐山，事沙门释慧远，笃志好学，尤明《三礼》、《毛诗》，隐退不交世务	卷九十三《隐逸·雷次宗传》
	《与子侄书》	与子侄书以言所守，曰："夫生之修短，咸有定分，定分之外，不可以智力求……"	
	开馆于鸡笼山，聚徒教授	元嘉十五年，征次宗至京师，开馆于鸡笼山，聚徒教授，置生百余人。会稽朱膺之、颍川庾蔚之并以儒学，监总诸生。时国子学未立，上留心艺术，使丹阳尹何尚之立玄学，太子率更令何承天立史学，司徒参军谢元立文学，凡四学并建。车驾数幸次宗学馆，资给甚厚	

（续表）

作　者	作品或文学活动	史 著 原 文	卷　数
雷次宗	为皇太子诸王讲《丧服》经	后又征诣京邑，为筑室于钟山西岩下，谓之招隐馆，使为皇太子诸王讲《丧服》经	卷九十三《隐逸·雷次宗传》
朱百年	能言理，为诗咏，有高胜之言	颇能言理，时为诗咏，往往有高胜之言	卷九十三《隐逸·朱百年传》
王　素	爱好文义，不以人俗累怀	爱好文义，不以人俗累怀	卷九十三《隐逸·王素传》
	为《蚿赋》以自况	山中有蚿虫，声清长，听之使人不厌，而其形甚丑，素乃为《蚿赋》以自况	
关康之	《毛诗义》；善沙门支僧之学	又为《毛诗义》，经籍疑滞，多所论释。尝就沙门支僧纳学，妙尽其能	卷九十三《隐逸·关康之传》
戴法兴	《议祖冲之新历》	太子旅贲中郎将戴法兴议，以为："三精数微，五纬会始……"	卷十三《历志下》
	好学	法兴二兄延寿、延兴并修立，延寿善书，法兴好学	卷九十四《恩幸·戴法兴传》
	颇知古今；侍始兴王浚读书，涉猎文史	法兴颇知古今，素见亲待，虽出侍东宫，而意任隆密。鲁郡巢尚之，人士之末，元嘉中，侍始兴王浚读书，亦涉猎文史，为上所知	
徐　爰	《郊兆议》	宋武大明三年九月，尚书右丞徐爰议："郊祀之位，远古蔑闻……"	卷十四《礼志一》
	《陈留国立世子议》	右丞徐爰议谓："礼后大宗，以其不可乏祀……"	卷十五《礼志二》
	《为太子妃服议》	明五年，有司奏右丞徐爰参议："宫人从服者……"	
	《皇太子妃丧议》	右丞徐爰议，谓："皇太子妃虽未山茔，临轩拜官……"	

（续表）

作者	作品或文学活动	史著原文	卷数
徐爰	《期服不合鼓吹又议》	又议："皇太子期服内，不合作乐及鼓吹。"	
	《郊祀遇雨议》	右丞徐爰议以为："郊祀用辛，有碍迁日……"	卷十六《礼志三》
	《郊祀议》	黄门侍郎徐爰议："虞称肆类，殷述昭告。盖以创世成功……"	
	《皇子出后告庙议》	兼右丞殿中郎徐爰议以为："国之大事，必告祖祢。皇子出嗣，不得谓小。昔第五皇子承统庐陵，备告七庙。"	卷十七《礼志四》
	《皇子出后告庙临轩议》	大明元年六月，诏以前太子步兵校尉祗男歆绍南丰王朗，有司奏继体不告庙临轩，殿中郎徐爰以为：……	
	《太子妃丧不举祭议》	大明五年十月，右丞徐爰议："《礼》'缌不祭'，盖惟通议……"	
	《安陆国庙祭议》	右丞徐爰议："按《礼》，'慈母妾母不世祭'……"	
	《宣贵妃立庙议》	尚书左丞徐爰之又议："宣贵妃既加殊命，礼绝五宫……"	
	《宣贵妃祭议》	左丞徐爰议以："礼有损益，古今异仪……"	
	《晋陵王无后庙祭议》	兼左丞徐爰议："嗣王未立，将来承胤未知疏近，岂宜空计服属，以亏祭敬。"参议以爰议为允，诏可	
	《齐敬王子羽庙祭议》	游击将军徐爰议以为："国无后，于制除罢。始封之君，宜存继嗣……"	

（续表）

作　者	作品或文学活动	史著原文	卷　　数
徐　爰	《旐头说》	徐爰曰："彭、张之说，各言意义，无所承据……"	卷十八《礼志五》
	《浑仪论》	太中大夫徐爰曰："浑仪之制，未详厥始……"	卷二十三《天文志一》
	《铸四铢钱议》	三年，尚书右丞徐爰议曰："贵货利民，载自五政……"	卷七十五《颜竣传》
	《通私铸启》（无引文）	景和元年，沈庆之启通私铸，由是钱货乱败	
	《防御索虏议》	"诏旨'虏犯边塞，水陆辽远，孤城危棘，复不可置'。臣以戎虏猖狂，狡焉滋广，列卒拟候，伺觇间隙……"	卷九十四《恩幸·徐爰传》
	《议国史限断表》	爰虽因前作，而专为一家之书。上表曰："臣闻虞史炳图，原光被之美，夏载昭策……"	
王道迄	涉学善书，为王韶之赞	兄道迄，涉学善书，形貌又美，吴兴太守王韶之谓人曰："有子弟如王道迄，无所少。"	卷九十四《恩幸·王道隆传》
王道隆	知书	道隆亦知书，为主书书吏，渐至主书	
拓跋珪	颇有学问，晓天文	开颇有学问，晓天文	卷九十五《索虏传》
拓跋焘	《移齐文》	十九年，虏镇东将军武昌王宜勒库莫提移书益、梁二州，往伐仇池，侵其附属，而移书越诣徐州曰："我大魏之兴，德配二仪……"	
	《与文帝书》	焘虽不克悬瓠，而虏掠甚多，南师屡无功，为焘所轻侮。与太祖书曰：……	
	《与臧质书》	焘与质书曰：……	卷七十四《臧质传》

（续表）

<table>
<tr><th>作　者</th><th>作品或文学活动</th><th>史 著 原 文</th><th>卷　　数</th></tr>
<tr><td rowspan="2">盖　吴</td><td>《上表归顺》</td><td>吴上表归顺，曰：“自灵祚南迁，祸缠神土，二京失统……”</td><td rowspan="3">卷九十五《索虏传》</td></tr>
<tr><td>《又上表》</td><td>吴又上表曰：“臣闻天无二日，地无二主……”</td></tr>
<tr><td>若库辰树兰</td><td>《移书豫州》</td><td>二十五年，虏宁南将军、豫州刺史北井侯若库辰树兰移书豫州曰：“仆以不德，荷国荣宠……”</td></tr>
<tr><td>慕容廆</td><td>《阿干之歌》</td><td>后廆追思浑，作《阿干之歌》</td><td rowspan="2">卷九十六《吐谷浑传》</td></tr>
<tr><td>慕容拾寅</td><td>遣使献善舞马，四角羊。皇太子、王公以下上《舞马歌》者二十七首</td><td>世祖大明五年，拾寅遣使献善舞马，四角羊。皇太子、王公以下上《舞马歌》者二十七首</td></tr>
<tr><td>范阳迈</td><td>《遣使上表》</td><td>阳迈闻将见讨，遣使上表，求还所略日南民户，奉献国珍</td><td rowspan="2">卷九十七《夷蛮·诃罗驼国传》</td></tr>
<tr><td>西南夷诃罗驼国王</td><td>《遣使奉表》</td><td>西南夷诃罗驼国，元嘉七年，遣使奉表曰：“伏承圣主，信重三宝……”</td></tr>
<tr><td rowspan="2">毗沙跋摩</td><td>《遣使奉表》</td><td>十年，呵罗单国王毗沙跋摩奉表曰：“常胜天子陛下：……”</td><td rowspan="2">卷九十七《夷蛮·呵罗单国传》</td></tr>
<tr><td>《又上表》</td><td>十三年，又上表曰：“大吉天子足下：……”</td></tr>
<tr><td>师黎婆达驼阿罗跋摩</td><td>《遣使奉表》</td><td>元嘉十二年，国王师黎婆达驼阿罗跋摩遣使奉表曰：“宋国大主大吉天子足下：……”</td><td>卷九十七《夷蛮·阇婆婆达国传》</td></tr>
<tr><td>刹利摩诃南</td><td>《奉表》</td><td>师子国，元嘉五年，国王刹利摩诃南奉表曰：……</td><td>卷九十七《夷蛮·师子国传》</td></tr>
<tr><td>月　爱</td><td>《遣使奉表》</td><td>天竺迦毗黎国，元嘉五年，国王月爱遣使奉表曰：</td><td>卷九十七《夷蛮·天竺迦毗黎国传》</td></tr>
</table>

（续表）

作　者	作品或文学活动	史著原文	卷　数
道　生	聪悟，能讲经，众人推服	幼而聪悟，年十五，便能讲经。及长，有异解，立顿悟义，时人推服之	卷九十七《夷蛮传》
慧　琳	有才章，为庐陵王义真所知	少出家，住冶城寺，有才章，兼外内之学，为庐陵王义真所知	
	《均善论》	尝著《均善论》，其词曰：……	
	注《孝经》及《庄子逍遥篇》、文论	注《孝经》及《庄子逍遥篇》、文论，传于世	
摩诃衍苦节	《胜鬘经》	大明中，外国沙门摩诃衍苦节有精理，于京都多出新经，《胜鬘经》尤见重内学	
慕　延	《上表求入越上表求入越巂》	遣使上表云：“若不自固者，欲率部曲入龙涸越巂门。”	卷九十六《吐谷浑传》
	《奉表谢罪》	四月，难当遣使奉表谢罪，曰：“臣闻生成之德，含气同系……”	卷九十八《氐胡传》
大沮渠蒙逊	求《搜神记》	蒙逊又就司徒王弘求《搜神记》，弘写与之	卷九十八《氐胡·大且渠蒙逊传》
沮渠兴国	《遣使奉表》	世子与国遣使奉表，请《周易》及子集诸书，太祖并赐之，合四百七十五卷	
沮渠茂虔	《袭位上表》	十一年，茂虔上表曰：“臣闻功以济物为高……”	
	献书、求书	十四年，茂虔奉表献方物，并献《周生子》十三卷，《时务论》十二卷，《三国总略》二十卷，《俗问》十一卷，《十三州志》十卷，《文检》六卷，《四科传》四卷，《敦煌实录》十卷，《凉书》十卷，《汉皇德传》二十五卷，《亡典》七卷，《魏驳》	

（续表）

作　者	作品或文学活动	史著原文	卷　数
	献书、求书	九卷，《谢艾集》八卷，《古今字》二卷，《乘丘先生》三卷，《周髀》一卷，《皇帝王历三合纪》一卷，《赵匪攵传》并《甲寅元历》一卷，《孔子赞》一卷，合一百五十四卷。茂虔又求晋、赵《起居注》诸杂书数十件，太祖赐之	
刘　劭	《下臧敦等书》	劭欲相慰悦，乃下书曰："臧敦等无因自骇，急便窜逸……"	卷七十四《臧质传》
	《诈为文帝诏》	道育婢将至，其月二十一日夜，诈上诏云：……	卷九十九《二凶传·刘劭》
	《即位下书》	劭即伪位，为书曰："徐湛之、江湛弑逆无状，吾勒兵入殿……"	
刘　浚	《上言开漕谷湖》	明年，浚上言："所统吴兴郡……"	卷九十九《二凶传·刘浚》
	好文籍	浚少好文籍，姿质端妍	
	《答太子劭书》	浚答书曰："奉令，伏深惶怖，启此事多日，今始来问……"	
	《与孝武书》	劭使浚与世祖书曰："闻弟忽起狂檄，阻兵反噬，缙绅愤叹……"	
	《与元凶劭书》	及劭将败，劝劭入海，辇珍宝缯帛下船，与劭书曰："船故未至，今晚期当于此下物令毕……"	
	《与沈璞疏》	与璞疏曰："卿尝有速藻……"	卷一百《自序》
	《重与沈璞教》	璞因事陈答，辞义可观。浚重教曰："卿沈思淹日，向聊相敦问……"	

（续表）

作　者	作品或文学活动	史著原文	卷　　数
	《与主簿顾迈孔道存书》	又与主簿顾迈、孔道存书曰："沈璞淹思逾岁，卿研虑数旬，瑰丽之美，信同在昔……"	
	《与沈璞书》	始兴王浚亦与璞书曰："狡虏狂凶，自送近服，伪将即毙……"	
沈　正	好老、庄之学；沈演之称之"千里驹"	子正，字元直，淹详有器度，美风姿，善容止，好老、庄之学。弱冠，州辟从事。宗人光禄大夫演之称之曰："此宗中千里驹也。"	卷一百《自序》
沈　亮	清操好学，善属文	亮，字道明，清操好学，善属文	
	《救荒议》	时三吴水淹，谷贵民饥，刺史彭城王义康使立议以救民急，亮议以："东土灾荒，民凋谷踊，富民蓄米，日成其价……"	
	《发冢不赴救议》	世祖出镇历阳，行参征虏军事。民有盗发冢者，罪所近村民，与符伍遭劫不赴救同坐。亮议曰："寻发冢之情，事止窃盗，徒以侵亡犯死，故同之严科。"	
	《陈府事启》	又启太祖陈府事曰："伏见西府兵士，或年几八十……"	
	《陈营创城府功课》	时营创城府，功课严促，亮又陈之曰："经始城宇，莫非造创，基筑既广……"	
	《脩治石堨签》	郡界有古时石堨，芜废岁久，亮签世祖修治之，曰："施生兴业，首教农亩，立民崇政……"	

（续表）

作 者	作品或文学活动	史著原文	卷 数
沈林子	著述颇丰	林子简泰廉靖，不交接世务，义让之美，著于闺门，虽在戎旅，语不及军事。所著诗、赋、赞、三言、箴、祭文、乐府、表、笺、书记、白事、启事、论、老子一百二十一首	卷一百《自序》
沈 劭	涉猎文史	劭，字道辉，美风姿，涉猎文史	
	《赠王孚孝廉板教》	郡民王孚有学业，志行见称州里，邵莅任未几，而孚卒，邵赠以孝廉，板教曰：……	
沈 璞	好学不倦，善属文，有忆识之功	年十许岁，智度便有大成之姿，好学不倦，善属文，时有忆识之功。尤练究万事，经耳过目，人莫能欺之	
	《旧宫赋》	璞尝作《旧宫赋》	
	著述遇乱零失，所余凡二十首	所著赋、颂、赞、祭文、诔、七、吊、四五言诗、笺、表，皆遇乱零失，今所余诗笔杂文凡二十首	
沈伯玉	能为文章	温恭有行业，能为文章	

第五章
《宋书》中的刘宋文坛

作为廿四正史之一,《宋书》是典型的历史文本,然其又是由诸志及纪传等文章组成,而在古人的概念中,文章之学为“文学”重要义涵之一,史著的文章研究当为古代文学不可或缺的内容。这一文章之学的“文学”,包括文章写作、文章功用、文章审美等,其中又有很多因素具有现代“文学”义涵。因此,史著同时也可以作为文学文本来研究。学界对《史记》《汉书》《后汉书》等都已经有过成功的尝试,《宋书》文学研究,同样也有不少学者在努力耕耘。前几章论《宋书》文章、叙事等,即是将《宋书》看成文学文本,对其作文学研究,其研究对象为《宋书》文本所包含的“文学性”;除文本自身的文学性之外,《宋书》还包含大量文献,有些本身即是文学作品,有些记叙了当时文学活动、文坛情状,有些反映了著者及当时的文学思想、文学观念,等等。这些组成文学的文献,对它们的研究,可以回到刘宋文学现场,重现刘宋文学图景,这就指向文学史、文学批评研究。因此,从文学史、文学史学及文学批评等角度来看,《宋书》也具有不可低估的价值。

第一节 《宋书》中的刘宋作家

《宋书》承前代正史体例,列有类传,如孝义、良吏、隐逸、恩倖等类,然却无“文苑”或“文学”类传,文学家与其他类型的历史人物一样,或入专传,如谢灵运、颜延之、谢庄等;或附于主传之后,如鲍照,在刘义庆传后述及;或被纳入其他类传,如陶渊明入隐逸传。尽管分散各处,但后世传名的文学家,在《宋书》中几乎都有记叙。此外,后世文学史中并未述及,或仅仅略及的一些人,从其本传

中所叙创作活动及作品来看，也称得上是文学家。当然，也有能称得上文学家的，在《宋书》中没有传叙，比如《南史·文学传》里的大部分刘宋文学家，在《宋书》中皆无传。当然，《南史·文学传》中的人，并非皆是今日所谓文学家，文学史上的文学大家，如谢灵运、颜延之等，在《南史》中也都有专传，而没有列入《文学》。《宋书》既然无文学专传，即其没有单纯以文章作为入传标准，而是以历史人物的德行、功业、地位为入传的主要依据。那些载入《宋书》，在今天看来称得上是文学家的，往往在其他方面也多有可取。

总之，因为《宋书》无文学类传，对于刘宋时代作家作品及其创作，只能根据各传的实际情况去作梳理、考察，这自然会增加工作的难度。不过，文学家混同于其他历史人物，文学活动混同于其他社会活动，无意中将文学置于时代与社会的整体系统中，反而有益于其呈现出真实而生动的原生形态。同时，在这一梳理过程中，客观认识历史人物的文学创作在当时的地位及影响，尤其是那些后世不传或名气不大的作家，在当时究竟处于何种位置，意义甚大。这一方面可以还文学史以更真实的面目，另一方面，也可借此思考文学史如何发展、流变以及成型，深化对文学史的认识。

根据《宋书》记叙，结合其他史料，在《宋书》中出现的刘宋作家大致可分为皇帝与亲王、大臣勋贵、社会名流、普通文人等四大类，构成一个互动有序、上下贯通的文学世界。

帝王与亲王，本身的文学成就不一定很突出，然因其地位，对当时文坛的影响却举足轻重，起到促进和催化文学风气的作用。刘宋开国君主刘裕出身贫寒，是在征剿孙恩的过程中，因武力与战功出人头地，实际上没有多少文化修养。赵翼《廿二史札记》云“宋武起自乡豪，以诈力得天下，其于家庭之教，固未暇及也”[①]，就指出刘裕本人在文化方面先天性的欠缺。然随着权力的不断扩展，刘裕需要获得士族阶层的支持，开始笼络、重视文化士族，对士族采用“除其宿衅，倍其恩泽，贯叙门第，显擢才能”的政策[②]，羁縻与笼络并重。他在多个场合对王、谢家族的后人表示尊崇，比如称崇谢景阳为“名公孙也”（《谢景阳传》），王昙首与从弟王球诣见时，他对座中诸人曰：“此君并膏粱盛德，乃能屈志戎

① 赵翼著，王树民校证《廿二十札记校证》，北京：中华书局，1984年版，第154页。
② 《宋书》卷九十三《隐逸·宗炳传》，北京：中华书局，1974年版，第2278页。

旅。”(《王昙首传》)张敷为江东大族张氏之后,刘裕数次招引,称之为“千里驹”(《张敷传》)。并且与士族结成姻亲,次子庐陵王义真娶的就是“名公孙”的谢景仁之女,四子彭城王义康娶的是谢晦女,二女儿嫁的是王偃,是王导之后……这一皇族与士族的联姻模式,在刘宋一代延续始终。在大权渐渐巩固之后,提高自身及整个家族的文化修养,就变得迫在眉睫了。《宋书》卷六十四《郑鲜之传》有一段记叙:

> 高祖少事戎旅,不经涉学,及为宰相,颇慕风流,时或言论,人皆依违之,不敢难也。鲜之难必切至,未尝宽假,要须高祖辞穷理屈,然后置之。高祖或有时惭恧,变色动容,既而谓人曰:“我本无术学,言义尤浅。比时言论,诸贤多见宽容,唯郑不尔,独能尽人之意,甚以此感之。”时人谓为“格佞”。①

在总揽东晋军事与政治大权之后,刘裕开始留心学术,经常与学者们讨论切磋。其他人都有所顾忌,不敢与之作深入辩论或论难,只有郑鲜之一点不给面子,必欲寻根究底,分辩明白,弄得刘裕经常下不了台,但郑鲜之也因此得到刘裕的信任乃至宠任。《宋书》卷七十三《颜延之传》,记刘裕登基后,征大儒周续之进京,开馆以居之。“高祖亲幸,朝彦毕至,延之官列犹卑,引升上席。上使问续之三义,续之雅仗辞辩,延之每折以简要。既连挫续之,上又使还自敷释,言约理畅,莫不称善。”②这里虽是以颜延之为主角,但刘裕登基后推崇儒学,重视文化,其本人也倾心向学,同样令人印象深刻。

在刘裕之后的刘宋皇室第二代,文化学术素养就大为提升了。文帝刘义隆,史传即称其“博涉经史,善隶书”,在位弘扬文教,也多有建树,如元嘉十五年(438),立儒、史、玄、文四学馆(《宋书·隐逸·雷次宗传》),元嘉十九年(442)正月,下诏大修庠序,广训胄子(《宋书·文帝本纪》),等等。对于文艺学术之士,文帝也多有笼络优待,比如当世最突出的两位谢灵运与颜延之,在文帝朝皆“赏誉甚厚”。文帝登基之后,即征谢灵运为秘书监,灵运一开始还不搭理,帝使范

① 《宋书》卷六十四《郑鲜之传》,北京:中华书局,1974年版,第1696页。
② 《宋书》卷七十三《颜延之传》,北京:中华书局,1974年版,第1892页。

泰作书褒奖之，灵运始应辟。请灵运撰《晋书》，灵运"粗立条流"，然"书竟不就"，就这样，不久又迁侍中，传云：

(上)日夕引见，赏遇甚厚。灵运诗书皆兼独绝，每文竟，手自写之，文帝称为二宝。既自以名辈，才能应参时政，初被召，便以此自许，既至，文帝唯以文义见接，每侍上宴，谈赏而已。王昙首、王华、殷景仁等，名位素不逾之，并见任遇，灵运意不平，多称疾不朝直。穿池植援，种竹树堇，驱课公役，无复期度。出郭游行，或一日百六七十里，经旬不归，既无表闻，又不请急。上不欲伤大臣，讽旨令自解。灵运乃上表陈疾，上赐假东归。①

其实，谢灵运因其性情褊激，多愆礼度，在少帝朝已被徐羡之等奏请外放永嘉太守。其在文帝朝被重新重用，但从上引史文可以看出，谢的脾气性格却依然如故，常常称疾不朝，驱课公役为自己营造园林，恣意出游，经旬不归，且从不告假。而宋文帝"不欲伤大臣，讽旨令自解"，依然对其极其宽容。灵运退居会稽，要决回踵湖以为田，"太祖令州郡履行"，后因灵运在会稽闹得实在过分，将其调为临川内史，加秩二千石。灵运在临川又犯事，为有司所系，不思己过，却谋反逆，并形之于诗，众皆欲杀，而"上爱其才，欲免官而已"，最后架不住彭城王刘义康等人的坚执，将谢迁贬广州。在广州又涉嫌谋杀朝臣，终至罪无可赦而被弃市。

再看颜延之：

元嘉三年，羡之等诛，征为中书侍郎，寻转太子中庶子。顷之，领步兵校尉，赏遇甚厚。延之好酒疏诞，不能斟酌当世，见刘湛、殷景仁专当要任，意有不平，常云："天下之务，当与天下共之，岂一人之智所能独了！"辞甚激扬，每犯权要。谓湛曰："吾名器不升，当由作卿家吏。"湛深恨焉，言于彭城王义康，出为永嘉太守。延之甚怨愤，乃作《五君咏》以述竹林七贤，山涛、王戎以贵显被黜……湛及义康以其辞旨不逊，大怒。时延之已拜，欲黜为远郡，太祖与义康诏曰："降延之为小邦不政，有谓其在都邑，岂动物情，罪

① 《宋书》卷六十七《谢灵运传》，北京：中华书局，1974 年版，第 1772 页。

过彰著,亦士庶共悉,直欲选代,令思愆里闾。犹复不悛,当驱往东土。乃志难恕,自可随事录治。殷、刘意咸无异也。”[①]

颜延之在朝,其疏诞褊激的个性也极为突出,“每犯权要”,也因此激起多人共愤,这些人以彭城王刘义康为首,联合起来将颜延之贬斥为永嘉太守。而颜因被贬永嘉,作诗以泄怨愤,辞旨不逊,刘义康等欲将其再行远贬,文帝亲自颁诏于义康,进行劝阻。

再如何尚之因雅好文艺,为文帝所知,并加以重用;谢景阳以文艺推荐谢惠连,为文帝所任用;等等。其实,文帝在居藩时,即以王球为友,以谢弘微为文学,一贯重视文章学术之士,登基之后,对文人学士的优容宽厚,也是自然的了。

文帝本人,在文学上也颇有可取。《宋书》中收录了其与江夏王刘义恭、义衡阳王刘季的多封书信以及为建平王刘宏所作的墓志铭,文采皆有可观。

文帝之后,刘宋皇室迎来文学水平最高的一位皇帝,就是孝武帝刘骏。刘骏并不是一位好皇帝,甚至可以说是暴虐荒淫之君。《孝武帝本纪》的史臣论曰:“尽民命以自养,桀、纣之行也。观大明之世,其将尽民命乎!”[②]直接将其与桀、纣作比,皆所谓以万民而奉一人之暴君。然刘骏的文化学术修养,即便在整个中国历史的帝王之中,也是比较突出的,与刘宋其他帝王相比,就更不用说了。

刘骏自小聪敏异常,文武兼备,《宋书》对此没有描述,《南史·宋本纪》云其“少机颖,神明爽发,读书七行俱下,才藻甚美,雄决爱武,长于骑射”[③],在刘宋皇室中属于资质上佳者。刘骏的文学成就,表现在诗、赋、文等各个方面,都比较突出。《宋书》中载录其悼念宠妃殷淑仪拟《李夫人歌》,情真意切,悲恻动人;还记其有为王玄谟作《四时诗》,见于《王玄谟传》,该诗艺术质量平平,并不能代表刘骏的诗歌成就。刘骏诗作今可见者有二十余首,有乐府诗、山水诗、咏史诗、咏物诗等。钟嵘置其诗于《诗品》之下品,尽管品第不高,但能入《诗品》之法眼,也颇为不易。其山水诗被陆时雍认为是“菁华璀璨,遂开灵运之先”[④](《诗

① 《宋书》卷七十三《颜延之传》,北京:中华书局,1974年版,第1893页。
② 《宋书》卷六《孝武本纪》,北京:中华书局,1974年版,第135页。
③ 《南史》卷二《宋本纪》,北京:中华书局,1975年版,第55页。
④ 陆时雍《诗镜总论》,载丁福保《历代诗话续编》,北京:中华书局,1983年版,第1410页。

镜总论》),其军旅诗被认为是“得于悲壮而不疏不野,大有英雄之气”[1]。王世贞论史上尚诗帝王二十九人,刘骏为其一[2]。以上所论列,足见刘骏在诗史上的位置。除了诗赋,刘骏还留下不少文章,据《隋书·经籍志》载录,其文集在梁时有三十一卷,可见数量不少。严可均《全宋文》中收录刘骏诏书九十六道,文章十六篇,当然,诏书不一定都是刘骏所作,然其留下十六篇文章,在六朝作家中,分量已是不轻。刘骏的著述还包括史学,其曾亲撰当代臧质、鲁爽、王僧达等传,虽然因“事属当时,多非实录”,沈约在撰《宋书》时皆进行了重写,但刘骏的史才却不容小觑。

刘骏既爱好文艺,对于文学之士及文学活动也多有汲引与支持。《宋书》这方面的记载很多。比如汤惠休,本为释子,因文才被孝武赏识,令还俗,仕至扬州从事使[3];江智渊“爱好文雅,词采清赡。世祖深相知待,恩礼冠朝”[4];鲍照出身寒微,因文才而在孝武朝官至中书舍人;戴法兴“能为文章,颇行于世”,丘灵鞠“少好学,善属文”,为孝武帝殷贵妃献挽歌诗三首,皆得刘骏赏识,视为心腹;韩兰英因向孝武献《中兴赋》,被赏入宫……因为刘骏本人的喜好及推动,文章诗赋成为大明时期较为突出的文化特征。裴子野《雕虫论》云:“宋初迄于元嘉,多为经史,大明之代,实好斯文。高才逸韵,颇谢前哲,流波相尚,滋有笃焉。自是闾阎年少,贵游总角,罔不摈落六艺,吟咏情性。”[5]可以说,没有孝武帝刘骏带来的崇尚文学的风气,很难有齐梁以声律说为基础的诗体革新。

不过,孝武帝性格刚愎狭隘,其爱好文艺,以文章自负,与这一性格相呼应,就同时带来不好的一面,即文人慑于其淫威,不能也不敢充分展示才华。《鲍照传》载:“上好为文章,自谓物莫能及,照悟其旨,为文多鄙言累句,当时咸谓照才尽,实不然也。”[6]再如王僧虔本为书法家,因孝武也爱好书法,害得王僧虔在大明时期,不敢显迹,常用“掘笔”书,以此得保全[7]。当然,与其带来整个时代文

① 王夫之《古诗选评》卷五,载《船山全书》第14册,长沙:岳麓书社,1983年版。

② 王世贞《艺苑卮言》卷八,载丁福保《历代诗话续编》,北京:中华书局,1983年版,第1073页。

③ 《宋书》卷七十一《徐湛之传》:时有沙门释惠休,善属文,辞采绮艳,湛之与之甚厚。世祖命使还俗。本姓汤,位至扬州从事史。北京:中华书局,1974年版,第1847页。

④ 《宋书》卷五十九《江智渊传》,北京:中华书局,1974年版,第1609页。

⑤ 裴子野《雕虫论》,见《文苑英华》卷七百四十二,北京:中华书局,1966年版(影印本),第3873页。

⑥ 《宋书》卷五十一《鲍照传》,北京:中华书局,1974年版,第1480页。

⑦ 《南史》卷二十二《王僧虔传》,北京:中华书局,1975年版,第601页。

学风气的积极变化，其对个别具体文人的负面作用，从历史的角度看，足以冲抵不计了。

《文心雕龙·时序》云："自宋武爱文，文帝彬雅，秉文之德；孝武爱才，英采云构。"[①]刘宋几代帝王的爱慕风雅，推重文章，对刘宋文学的繁荣、发展，起到至关重要的作用。刘师培就认为"宋代文学之盛，实出在上者之提倡"[②]。除了武帝、文帝及孝武帝之外，前废帝刘子业"少好读书，颇识古事，自造《世祖诔》及杂篇章，往往有辞采"[③]；宋明帝刘彧"好读书，爱文艺，在藩时，撰《江左以来文章志》，又续卫瓘所注《论语》二卷"，即位后，"才学之士，多蒙引进，参侍文籍，应对左右"[④]。刘宋六七十年，连同刘劭算上，所历帝王不上十数，不论其政绩德行如何，却大多倾慕文雅，奖掖文章学问，对于文学史而言，总是具有积极意义的。

在帝王之下的宗室、王子与藩王，爱慕文学者就更多。最著名的是临川王刘义庆。刘义庆本为长沙王刘道怜之子，过继给临川王刘道规，道规为刘裕少弟，刘义庆过继后袭封临川王。《宋书·刘义庆传》云其撰《徐州先贤传》十卷，拟班固《典引》为《典叙》，又称其"爱好文义，文词虽不多，然足为宗室之表"[⑤]。《南史·刘义庆传》载其著述为"著《世说》十卷，撰《集林》二百卷，并行于世"[⑥]。刘义庆在刘宋文学史上更重要的意义是其对文学之士的接纳与延引，在其身边形成颇具规模的文学集团。《宋书》本传说他"招聚文学之士，近远必至"，袁淑、陆展、何长瑜、鲍照等"并为辞章之美，引为佐史国臣"[⑦]。《世说新语》就是在这一背景下，由刘义庆领衔，诸位臣僚合力编纂而成，成为中国文学史志人小说的名篇。

刘裕的几个孩子，除做了皇帝的刘义隆之外，文才最佳者，当属江夏王刘义恭。刘义恭为刘裕第五子，元嘉元年(424)被封江夏王，历武帝、少帝、文帝、孝

---

① 《文心雕龙·时序》，刘勰著，詹锳注《文心雕龙义正》，上海：上海古籍出版社，1989年版，第1714页。

② 刘师培《中国中古文学史讲义》，上海：上海古籍出版社，2000年版，第73页。

③ 《宋书》卷七《前废帝纪》，北京：中华书局，1974年版，第148页。

④ 《宋书》卷八《明帝纪》，北京：中华书局，1974年版，第170页

⑤ 《宋书》卷五十一《刘义庆传》，北京：中华书局，1974年版，第1477页。

⑥ 《南史》卷十三《刘义庆传》，北京：中华书局，1975年版，第360页。

⑦ 同⑤。

武、前废帝五朝。《宋书·刘义恭传》说他"幼而明颖,姿颜美丽……涉猎文义",撰有《要纪》五卷,起前汉迄晋太元,当为通史类著作。刘义恭之善文章,《宋书》中多有记叙,《宋书》所收录的书表章奏,亲王之中以刘义恭最多,其文采多有可观;其本传记其在孝武朝处境云:"时世祖严暴,义恭虑不见容,乃卑辞曲意,尽礼祗奉,且便辩善附会,俯仰承接,皆有容仪。每有符瑞,辄献上赋颂,陈咏美德。"①这"每有符瑞,辄献上赋颂,陈咏美德",非文思敏捷不可为,此条还能见出刘义恭在大明时所作赋颂,其数量也比较可观。刘义恭的著述,《宋书》中收录的各类文章有二十三篇,而据《隋书·经籍志》,其著述结集留存,在梁时有十五卷。

庐陵王刘义真,为刘裕次子,本传云其"美仪貌,神情秀彻",极得刘裕欢心。义真因为喜爱文艺,与当时的文士交往极为密切,本传云:"义真聪明爱文义,而轻动无德业。与陈郡谢灵运、琅邪颜延之、慧琳道人并周旋异常,云得志之日,以灵运、延之为宰相,慧琳为西豫州都督。"文人一般都很少有政客的那种深曲沉稳,比较随性,更何况刘义真年纪轻轻,说话有些口无遮拦,史书所谓"轻动无功业",对少年心性作盖棺论定,实非知人之语。刘义真与这些文士的交往,对他们的延纳,无疑促进活跃了刘宋文坛的文学气氛,也为颜、谢等人在文帝朝领袖文坛创造了很好的条件。只是刘义真在刘宋皇室的权力角逐中,死于徐羡之等人之手,年仅十八岁,其文学才华没有来得及展露就早早萎谢,良为可叹。

其他爱慕文艺的刘宋亲王及宗室还有不少,如南平王刘铄"少好学,有文才。未弱冠,拟古三十余首,时人以为亚迹陆机"②,刘铄因此以文才自负,偏偏遇上刘骏也是以为自己的文章人所不及,因之相轻相忌。刘铄在孝武登基后不久即遭鸩杀,尽管主要是刘骏认为其怀有异心,但以前因为较量文章之才而埋下的积怨,也不能说不是一个重要原因。始兴王刘濬,与刘骏合谋弑父,被史家定为"二凶"之一,然其"少好文籍",与"建平王宏、侍中王僧绰、中书侍郎蔡兴宗并以文义往复"③,其文艺才能及与文士的文学交流,则不应抹杀。从《刘濬传》中,可知建平王刘宏,亦具文才,《宋书》本传中未对此作详细描述,然《南史》称其"少好闲素,笃好文籍"④。建平王刘宏之子刘景素,《宋书》卷七十二《刘景素

① 《宋书》卷六十一《刘义恭传》,北京:中华书局,1974年版,第1650页。

② 《南史》卷十四《刘铄传》,北京:中华书局,1975年版,第395页。

③ 《宋书》卷九十九《刘濬传》,北京:中华书局,1974年版,第2436页。

④ 《南史》卷十四《刘铄传》,北京:中华书局,1975年版,第400页。

传》谓其"少爱文义，有父风"，又云："景素好文章书籍，招集才义之士，倾身礼接，以收名誉。由是朝野翕然，莫不属意焉。"①刘景素文才出众，然"有父风"云云，再次说明刘宏的文才为世所公认。上述是皇子、宗室中较突出者，已见刘宋文学之兴盛，上层的爱好、奖掖，实为重要原因。

当然，刘宋皇室中不喜好文艺的也不少。《宋书》卷五十二末史臣曰："高祖虽累叶江南，楚言未变，雅道风流，无闻焉尔"②，指出刘宋皇室先世出身寒微，无多少文化修养。陈寅恪先生亦云："刘宋皇室之先世本非清显，又侨居于北来武装集团所萃聚之京口，故既未受建邺士人即操洛阳雅音者之沾溉，又不为吴中庶族即操吴语者所同化，此所以累叶江南而其旧居彭城即楚地之乡音无改也。"③皇子中如彭城王刘义康，即为不学且不好学者。《宋书》卷七十《袁淑传》，袁淑"博涉多通，好属文，辞采遒艳"，然"义康不好文学，虽外相礼接，意好甚疏"④，此正所谓道不同不相为谋也；衡阳王刘义季"素拙书，上听使余人书启事，唯自署名而已"⑤，其文化修养可想而知；南郡王刘义宣"生而舌短，涩于言论"，刘裕以其"人才素短，不堪居上流"⑥，在几个皇子中，义宣最不被重视，即因其才能最为短拙……不过，这些人总的说来是少数。随着刘宋掌权时间的增长，整个皇室的文化水平也在不断提高。有一点也有必要指出，文化水平的提高与个人素养并非同步。如孝武帝刘骏，是刘宋帝王中文才杰出者，然其除了暴虐猜忌、乱伦悖礼外，在日常生活中，个人修养、品格亦极糟糕。卷七十六《王玄谟传》载其狎侮群臣事：

> 孝武狎侮群臣，随其状貌，各有比类，多须者谓之羊。颜师伯缺齿，号之曰齴。刘秀之俭吝，呼为老慳。黄门侍郎宗灵秀体肥，拜起不便，每至集会，多所赐与，欲其瞻谢倾踣，以为欢笑。又刻木作灵秀父光禄勋叔献像，送其家厅事。柳元景、垣护之并北人，而玄谟独受"老伧"之目。凡所称谓，四方书疏亦如之。尝为玄谟作四时诗曰："堇荼供春膳，粟浆充夏飡。瓟酱

---

① 《宋书》卷七十二《刘景素传》，北京：中华书局，1974年版，第1860、1861页。

② 《宋书》卷五十二，北京：中华书局，1974年版，第1506页。

③ 陈寅恪《从史实论切韵》，载《金明馆丛稿初编》，北京：三联书店，2001年版，第387页。

④ 《宋书》卷七十《袁淑传》，北京：中华书局，1974年版，第1835页。

⑤ 《宋书》卷六十一《刘义季传》，北京：中华书局，1974年版，第1654页。

⑥ 《宋书》卷六十八《刘义宣传》，北京：中华书局，1974年版，第1798页。

调秋菜，白醝解冬寒。”又宠一昆仑奴子，名白主。常在左右，令以杖击群臣，自柳元景以下，皆罹其毒。①

孝武有才无德，人品猥劣，所以其行事皆令人瞋目。其后刘子业狎侮其诸叔父，给他们分别取“猪王”“杀王”“贼王”的绰号，后来的明帝刘彧因体肥被称为“猪王”还不算，还要以竹笼盛而称之以戏弄，可以说是上行下效，有其父必有其子。

尽管德行有诸多不堪，但并不能否定有些人的文才，孝武文才最高，刘子业也“少好读书，颇识古事”，所作《世祖诔》及杂篇章，还被认为是“往往有辞采”。而且，也不妨碍他们身边依然围绕着一大批文人，像刘义康那样不学无术的，其僚属袁淑、谢述、江湛都为一时俊彦。以上帝王、皇子、宗室，构成刘宋文学上层版图，是刘宋文学风气的引导者，其下第一层是围绕在帝王、皇子、宗室周围的文士，他们则是刘宋文学风气的主导与主要力量。谢灵运、颜延之、鲍照等在文学史上垂名已久，固不必论，仅以《宋书》记叙，则可补充很多文学史上被忽略的作家。如武帝身边的傅亮、谢晦、谢瞻、孔季恭、郑鲜之等；文帝身边的徐湛之、何尚之、何承天、谢元、谢惠连、谢景阳、沈演之、范晔等；孝武身边的文人就更多，如江智渊、沈怀文、谢庄、张畅、何偃、袁粲、颜师伯等。这些文士或在各类集会中承诏应制、互相唱和，或为朝廷制诰拟诏，或与朋友书信往还，或自己撰述诗文著作，因为身份地位尊贵，他们的写作对于时代文学风气，具有引领性作用。这一阶层的文人，构成了刘宋文坛的主体与骨干。

除了在帝王身边，还有一群士族文人，生活在京城或其他文化中心，血统尊贵，才华横溢，围绕着他们，同样也形成一个个文学中心。如王惠、谢瞻、谢曜、谢宏微等，他们居于金陵乌衣巷的旧宅，以文义赏会，宴饮游处，作乌衣之游，俨然是刘宋一道最靓丽的文学风景。这些都可以说是当时的核心文人群。此外，就是一大批散布在各地，或刻意与权要保持距离的地方文人，如陶渊明、王微、羊欣、宗炳、孔淳之等，这类文人往往以个体创作为主，其作品的艺术价值甚至高于庙堂主流文人，但由于僻处一隅，加上作家本人拙于交游，其影响往往有限。

由上可见，《宋书》中的文人群落，可分为四大部分，第一部分：帝王、皇子及皇室宗亲；第二部分：勋贵显宦，高级官僚；第三部分：高门大族，社会名流；

① 《宋书》卷七十六《王玄谟传》，北京：中华书局，1974年版，第1975页。

第四部分：散落各地的一般文士。第二部分与第三部分，有时会有重叠，既为大族名流，亦为高级官僚，比如像王弘、谢灵运都是这样。四大部分构成三个层次，帝王皇子、皇室宗亲为核心，分别吸引并围绕着大量文人；被其吸引最为靠近的，是帝室中高级官僚，是为第二层；其外社会名流为第三层；最外层的是普通文人，呈星点随处散布，这些普通文人有受前几层吸引而融入高官、名流文人群的，也有始终保持独立自由状态的。从《宋书》中观察到的刘宋文人群落的状态，基本符合以往文学史的描绘，其中涉及的文人甚至更为具体、完全。这些不同层次的文人群落，以自己的文学活动书写着刘宋文学的现实图景，并用无数优秀的作品，最终使得这些文学的现实图景在文学史上定型存照。

第二节　《宋书》中的文学交往：皇室与宗亲

与文人的社会群落相适应，《宋书》中的文学交往，同样也分别在朝廷、庙堂、公府、江湖展开。庙堂公府的文学交往，一是具体的文学活动，如帝王、皇子、宗室等文学群落的集体活动，或各类赏会中赋诗、唱和，或是围绕某一事件而展开的文学活动；一是文人学士之间的交流往还。

先看刘宋帝王与文人学士的交往。依古人的认识，文学其实是一个比较宽泛的概念，有时在一般学术活动中，如经、史讨论或问难，相关言论及成文著述，即便以现代意义上的文学来衡量，也可成为文学作品，故本节所述文学活动，涵盖稍宽，在有些情况下，包括一般学术活动。刘裕自独揽晋室大权后，就开始重视起文章学术之士，并且也组织过相应的文学或其他类的学术活动。《宋书》卷六十四《郑鲜之传》：

> 高祖少事戎旅，不经涉学，及为宰相，颇慕风流，时或言论，人皆依违之，不敢难也。鲜之难必切至，未尝宽假，要须高祖辞穷理屈，然后置之。高祖或有时惭恧，变色动容，既而谓人曰："我本无术学，言义尤浅。比时言论，诸贤多见宽容，唯郑不尔，独能尽人之意，甚以此感之。"时人谓为"格佞"。①

① 《宋书》卷六十四《郑鲜之传》，北京：中华书局，1974年版，第1696页。

从这条记叙可知，刘裕在拜相之后，经常召集文章学术之士，讨论文义，其他人皆唯诺而已，独郑鲜之难必切之，显然是一群人在一起，群相切磋。而从行文语气来看，这样的文章学术之会，应该经常举办。

《宋书》卷九十三《隐逸·周续之传》：

> 高祖北伐，还镇彭城，遣使迎之，礼赐甚厚。每称之曰："心无偏吝，真高士也。"寻复南还。高祖践祚，复召之，乃尽室俱下。上为开馆东郭外，招集生徒。乘舆降幸，并见诸生，问续之《礼记》"傲不可长""与我九龄""射于矍圃"三义，辨析精奥，称为该通。

此条足见刘裕尊崇学术，他登基前就注意笼络人才，登基后延周续之入京，开馆授徒讲学，重教兴学，加大了笼络及培养人才的力度。他还亲自去馆学看望周续之及诸位生徒，当众向周续之请教《礼记》。周续之在向刘裕及生徒讲解时，其中必然也会穿插问难、讨论，而且刘裕身边应该还有大臣随行，也会参与讨论。《宋书》卷七十三《颜延之传》证实了此点：

> 雁门人周续之隐居庐山，儒学著称，永初中，征诣京师，开馆以居之。高祖亲幸，朝彦毕至，延之官列犹卑，引升上席。上使问续之三义，续之雅仗辞辩，延之每折以简要。既连挫续之，上又使还自敷释，言约理畅，莫不称善。①

"朝彦毕至"，说明此次学术活动规模之大，刘裕问周续之"三义"，《周续之传》仅云其"辨析精奥"，从本段中看，并非如此，其时官列犹卑的颜延之"每折以简要"，多次让周续之尴尬，倒是颜延之辨析经义"言约理畅"。无论在这场活动中，究竟是谁的学问与论辩占了上风，这场讲学论道的参与者都极富热情，这次学术活动精彩纷呈，引人入胜，也是不言而喻的。而刘裕，无疑是这次学术活动的组织者与召集人。

刘裕及其群臣的文学活动，《宋书》与《南史》在叙述安排上有时有差异，详

① 《宋书》卷七十三《颜延之传》，北京：中华书局，1974年版，第1892页。

略也有区别，如彭城戏马台大会赋诗之事，《南史·谢晦传》有很详细的记载：

> 晦美风姿，善言笑，眉目分明，鬓发如墨。涉猎文义，博赡多通，时人以方杨德祖，微将不及。晦闻犹以为恨。帝深加爱赏，从征关、洛，内外要任悉委之。帝于彭城大会，命纸笔赋诗，晦恐帝有失，起谏帝，即代作曰："先荡临淄秽，却清河洛尘，华阳有逸骥，桃林无伏轮。"于是群臣并作。①

此段前半与《宋书·谢晦传》略同，武帝于彭城大会赋诗一事，《宋书·谢晦传》中则未载，而是在卷六十三《王昙首传》中叙及：

> 行至彭城，高祖大会戏马台，豫坐者皆赋诗；昙首文先成，高祖览读，因问弘曰："卿弟何如卿？"弘答曰："若但如民，门户何寄。"高祖大笑。②

至此，这次诗会中的具体情况变得越来越清晰，刘裕大会群臣，皆有诗作，以王昙首最先赋成，而刘裕之诗，乃谢晦代作。这次诗会的背景是刘裕北伐凯旋，功成志得之秋。义熙十二年(416)，刘裕乘后秦内乱，出兵关、洛。义熙十三年(417)九月，收复长安，然后留下次子刘义真驻守，王修、沈田子等辅佐，而自己率师回朝。义熙十四年(418)正月，至彭城，解严息甲，六月，受相国宋公九锡之命。盖刘裕之北伐，其意在镇安朝廷，为个人攫取权力，"无复经略陇右、固关中之意"③。刘裕挟北伐之威，回师彭城，实际上在遥控朝廷，为其篡位做准备。先是逼朝廷授宋公之爵，接着又是授十二旒王冕，建天子旌旗。义熙十四年(418)十二月，晋安帝崩，《宋书》未述及其死因，而《晋书》《南史》皆言刘裕使王韶之以衣带将其勒死，与后来的晋恭帝之死几乎如出一辙。刘裕在彭城待了两年多，一直等到元熙二年(420)六月，晋恭帝明确逊位，才回京受禅。彭城既居南北战略要冲，又可以说是刘裕的故乡，其居彭城而控中枢，探晋鼎如在囊中，踌躇四顾，睥睨天下，较当年刘邦平英布还乡，击筑而歌《大风》，有过之而无不及。谢晦代其写出澄清天下的功业与王者气象，不愧是刘裕的心腹。从文中还

① 《南史》卷十九《谢晦传》，北京：中华书局，1975年版，第522页。
② 《宋书》卷六十三《王昙首传》，北京：中华书局，1974年版，第1678页。
③ 《宋书》卷六十一《刘义真传》，北京：中华书局，1974年版，第1634页。

可以看出，刘裕并非不能诗，只是谢晦“恐帝有失”，怕他一时做不出，或做得不好。在谢晦代作之后，“群臣并作”。这次诗会应当有不少作品，只是现在都见不到了。刘裕北伐，曾一度收复长安，然当其刚回到彭城，长安即被胡夏赫连勃勃重新占领，刘义真逃亡，险些死于乱军之中。《南史·谢晦传》有一段记载：

> 武帝闻咸阳沦没，欲复北伐，晦谏以士马疲怠，乃止。于是登城北望，慨然不悦，乃命群僚诵诗，晦咏王粲诗曰：“南登霸陵岸，回首望长安。悟彼下泉人，喟然伤心肝。”帝流涕不自胜。①

这次不是作诗，而是吟诵诗句，地点也在彭城。刘裕通过这样一种方式，抒发自己对长安之失的愤郁，亦颇令人动容。

刘裕北伐回来后，从义熙十四年(418)正月到元熙二年(420)六月，在彭城总共呆了两年半，其所组织的文学活动有好几次。《武帝本纪》记义熙十四年(418)六月，受宋公九锡之后，刘裕对于朝廷的人事作了一番安排，“以太尉军咨祭酒孔季恭为宋国尚书令”，不过，孔季恭未接受此职。《宋书》卷五十四《孔季恭传》：

> 宋台初建，令书以为尚书令，加散骑常侍，又让不受，乃拜侍中、特进、左光禄大夫。辞事东归，高祖饯之戏马台，百僚咸赋诗以述其美。②

为孔季恭饯行，是一次规模盛大的宴会与诗会，时间在义熙十四年(418)九月九日重阳节。《宋书》未引载百僚所赋诗，亦未详列与会百僚，但检搜《宋书》，可知像傅亮、谢晦、王弘、王昙首、谢瞻、谢灵运等重臣或新进皆在。这次诗会的不少诗都保存并流传下来了。刘义恭诗见《艺文类聚》卷二十八③，谢瞻、谢灵运各一首《九日从宋公戏马台集送孔令诗》，收于《文选》卷二十，是这次文会中较出色的作品。

刘裕对文章学术之士的重视，赏掖文人，联姻士族，多次组织文会，反映其

---

① 《南史》卷十九《谢晦传》，北京：中华书局，1975年版，第522页。

② 《宋书》卷五十四《孔季恭传》，北京：中华书局，1974年版，第1532页。

③ 义恭诗是否为这次所作，当存疑，义熙十四年(418)，刘义恭年方五岁，观今所存义恭名下《戏马台诗》，绝非五岁儿童之口吻。

提高自己及整个皇族文化修养的迫切愿望，从政治的角度看，凭借武力夺取权力之后，文化建设有必要提到较突出的位置，以帮助巩固政权，这也是其重视文人的重要原因。宋文帝刘义隆继承了武帝的做法，并在文教的基础上，开辟出一个“元嘉之治”的盛世。文帝自小就博涉经史，其自述“吾少览篇籍，颇爱文义，游玄玩采，未能息卷”①，《宋书》卷九十五《索虏传》载其在滑台陷没后赋诗寄慨，悲凉沉挚，颇为动人，其文学才华也许不及刘骏，但在皇室中也是极为出色的，而其重视文章学术，更是超越了刘宋其他帝王。四学馆之建，即文帝对于学术文化的重大贡献。《宋书》卷九十三《隐逸·雷次宗传》：

> 元嘉十五年，征次宗至京师，开馆于鸡笼山，聚徒教授，置生百余人。会稽朱膺之、颍川庾蔚之并以儒学，监总诸生。时国子学未立，上留心艺术，使丹阳尹何尚之立玄学，太子率更令何承天立史学，司徒参军谢元立文学，凡四学并建。车驾数幸次宗学馆，资给甚厚。②

“上留心艺术”“车驾数幸”云云，看出文帝对于学术文化的重视，其每一次驾临，应该都是一次重要的文化活动。《宋书》卷五十五的史臣评论，描述了宋文帝亲临学馆的问学与尊学盛况：“天子鸾旗警跸，清道而临学馆，储后冕旒黼黻，北面而礼先师，后生所不尝闻，黄发未之前睹，亦一代之盛也。”③宋文帝对文学之士尤多礼遇，如其对谢灵运、颜延之等之优容，已见上节，故其好与文学之士盘桓，相应的，其召集或临幸的文学活动也不少。《宋书》卷八十五《谢庄传》记载了一次文会，即汇集了时流大家，为一时之盛：

> (元嘉)二十九年，除太子中庶子。时南平王铄献赤鹦鹉，普诏群臣为赋。太子左卫率袁淑文冠当时，作赋毕，赍以示庄，庄赋亦竟，淑见而叹曰：“江东无我，卿当独秀。我若无卿，亦一时之杰也。”遂隐其赋。④

---

① 《宋书》卷九十五《索虏传》，北京：中华书局，1974 年版，第 2341 页。
② 《宋书》卷九十三《雷次宗传》，北京：中华书局，1974 年版，第 2293—2294 页。
③ 《宋书》卷五十五，北京：中华书局，1974 年版，第 1553 页。
④ 《宋书》卷八十五《谢庄传》，北京：中华书局，1974 年版，第 2167—2168 页。

这次文会的主角是谢庄，而其组织者显然是宋文帝。文中提到作赋的谢庄与袁淑两人，皆是文才极为出色的当世大家，从袁淑的感叹中可知，谢庄、袁淑在当时文坛的重要分量和地位。文帝"普诏群臣为赋"，除了谢、袁，应该还有其他文士参与，且参与人数还不少。这次文会的作品，《宋书》中没有载录，谢庄所作的《赤鹦鹉赋》后被《艺文类聚》所收录，见该书卷九十一，而其他群臣的作品，包括袁淑的，今已皆不可考。

自西汉以来纬谶之学起，即被统治阶级拿来作为论证统治顺应天意民心的合理性依据，《宋书》亦为此专列《符瑞志》。像刘铄所献赤鹦鹉，即为祥瑞，在《符瑞志》中也有记载，只是没有记谢庄、袁淑等人作赋之事。事实上，天降祥瑞，说明政通人和，献诗赋以颂美，乃人臣之本义。《宋书》卷二十九《符瑞志下》载，元嘉二十四年(447)七月乙卯，嘉禾旅生华林园及景阳山，江夏王刘义恭上表，赋《嘉禾颂》，沈演之不甘落后，也有《嘉禾颂》。元嘉十八年(441)八月庚午，会稽山阴商世宝获白鸠，眼足并赤，何承天上《白鸠颂》，元嘉二十四年(447)九月，白鸠又见，沈演之亦上颂。像这样因某一祥瑞而集中引发的文学创作，类似于文学集会中的群体活动，在刘宋朝廷经常发生，是一种重要的文学活动形式。

当然，更热闹更像聚会的文学活动，还是赠往迎来，嘉会宴饮。元嘉十一年(434)三月上巳，文帝召集群臣于建康近郊乐游苑，效兰亭之会，令群臣赋诗。本次诗会《宋书》不载。《文选》卷二十有颜延之《应诏宴曲水作诗》与范晔《乐游应诏诗》，卷四十六有颜延之《三月三日曲水诗序》。在颜延之的诗及序前，李善引《宋略》，交代了此次诗会的缘由："文帝元嘉十一年三月丙申，禊饮于乐游苑，且祖道江夏王义恭，衡阳王义季，有诏，会者赋诗。"[①]可见，这次的上巳诗会由文帝下诏，除了酬应节日外，还为了给刘义恭、刘义季二人饯行。

孝武帝刘骏，善诗能文，并以此自负，其召集群臣宴会，往往也都有吟诗作赋的活动。《宋书》卷七十七《沈庆之传》，记载孝武帝宴会群臣赋诗之事，颇有意思：

> 上尝欢饮，普令群臣赋诗，庆之手不知书，眼不识字，上逼令作诗，庆之曰："臣不知书，请口授师伯。"上即令颜师伯执笔，庆之口授之曰："微命值

---

① 萧统编，李善注《文选》卷二十，上海：上海古籍出版社，第962页。

多幸，得逢时运昌。朽老筋力尽，徒步还南岗。辞荣此圣世，何愧张子房。”上甚悦，众坐称其辞意之美。[①]

沈庆之乃“手不知书，眼不识字”的大老粗，孝武尤令其赋诗，在孝武的宴会上赋诗之重要性，更是可想而知了。沈庆之虽不知书，也不识字，参加这类宴会多了，耳濡目染，也多少熏陶了一些文学气质，再加上真情实感，我口咏我心，这首小诗既应景在诗中颂美了贤君盛世，又表达了自己意欲隐退的想法，清浅流畅而又含蓄蕴藉，难怪“众坐称其辞意之美”。

前述文帝朝刘义恭因嘉禾之祥瑞而上《嘉禾颂》，到了孝武朝，刘义恭此类文学作品更多了。《宋书》卷六十一《刘义恭传》：“时世祖严暴，义恭虑不见容，乃卑辞曲意，尽礼祇奉，且便辩善附会，俯仰承接，皆有容仪。每有符瑞，辄献上赋颂，陈咏美德。”[②]孝武帝比文帝要暴虐得多，刘义恭更是战战兢兢，每次外地献上符瑞，他也同时献上赋颂以陈咏美德。如果说在文帝朝，还可以偷偷懒，到孝武帝朝，那可一次也不能偷懒，不能拉下。实际上，以孝武之严暴，各级官吏为讨其欢心，在符瑞之前能文者踊跃献上赋颂，更是必不可少，不独刘义恭如此。因此，每次有符瑞，同时也就是一次诗赋盛会。

《宋书》卷二十九《符瑞志下》：大明五年正月戊午元日，花雪降殿庭。时右卫将军谢庄下殿，雪集衣。还白，上以为瑞。于是公卿并作花雪诗。[③]

在这段之后，《宋书》有一节史臣的解释：

按《诗》云：“先集为霰。”《韩诗》曰：“霰，英也。”花叶谓之英。《离骚》云：“秋菊之落英。”左思云“落英飘飖”是也。然则霰为花雪矣。草木花多五出，花雪独六出。[④]

---

① 《宋书》卷七十七《沈庆之传》，北京：中华书局，1974年版，第2003页。
② 《宋书》卷六十一《刘义恭传》，北京：中华书局，1974年版，第1650页。
③ 《宋书》卷二十九《符瑞志下》，北京：中华书局，1974年版，第873页。
④ 《宋书》卷二十九《符瑞志下》，北京：中华书局，1974年版，第873页。

“霰”为小雪粒或小冰粒，不当有所谓“六出之花”，而此雪有六出之花，且集于衣良久不化，应是含水较少的大雪花，故被孝武认为是祥瑞而诏群臣赋诗。谢庄所赋《和元日花雪应诏诗》，见于《古今岁时杂咏》①。从题目上就可以看出，这是一首奉和的应制诗，同时当还有不少同题之作，只是除了谢庄的这一首，皆散佚了。

从文帝到孝武帝，谢庄皆是类似聚会中的重要作家。《宋书》卷六《孝武帝本纪》，大明二年(458)八月乙酉，“河南王遣使献方物”②。《宋书》卷八十五《谢庄传》：

> 时河南献舞马，诏群臣为赋，庄所上其词曰：……又使庄作《舞马歌》，令乐府歌之。③

谢庄《舞马赋》在其本传中全文载录，而《舞马歌》未载，今亦失传。按《谢庄传》所云“诏群臣为赋”，孝武帝召集群臣欣赏河南王所献舞马，并下诏让大家皆作诗赋，这是一次文学聚会，并非仅谢庄一人作诗赋。然这次文会，所存者仅谢庄《舞马赋》一篇而已，良为可叹。自然界的祥瑞与地方的贡纳，皆是孝武文学聚会的契机，与舞马相关的聚会，除了谢庄的这次，《宋书》中还记载了一次，见卷九十六《鲜卑、吐谷浑传》：

> 世祖大明五年，拾寅遣使献善舞马，四角羊。皇太子、王公以下上《舞马歌》者二十七首。④

这次因鲜卑献舞马，招勋贵及众臣作诗以贺，所集作品有二十七首，规模也颇为可观。

《孝武帝本纪》多次提到孝武于华林园听讼。大明元年(457)：五月癸酉，于华林园听讼；八月壬寅，于华林园听讼；十二月戊戌，于华林园听讼。大明二

---

① 蒲积中编，徐敏霞校《古今岁时杂咏》，沈阳：辽宁教育出版社，1998年版，第2页。
② 《宋书》卷六《孝武帝本纪》，北京：中华书局，1974年版，第122页。
③ 《宋书》卷八十五《谢庄传》，北京：中华书局，1974年版，第2175—2176页。
④ 《宋书》卷九十六《鲜卑吐谷浑传》，北京：中华书局，1974年版，第2373页。

年(458)：九月癸卯，于华林园听讼。大明三年(459)：夏四月癸卯，上于华林园听讼，丙午，以建宁太守苻仲子为宁州刺史；十二月戊午，上于华林园听讼，辛酉，置谒者仆射官。大明四年(460)：五月庚辰，于华林园听讼，乙酉，以徐州之梁郡还属豫州，丙戌，尚书左仆射褚湛之卒；九月辛未，以冠军将军垣护之为豫州刺史，甲申，上于华林园听讼；十二月乙未，上于华林园听讼。[①]

虽然本纪中只标出某一日于华林园听讼，但实际上很可能接连很多天皆在华林园，比如《宋书·孝武帝本纪》所记的“大明元年五月癸酉，于华林园听讼”，而《南史·宋孝武帝本纪》在此后记叙：“丙寅，芳香琴堂东西有双橘连理，景阳楼上层西南梁栱间有紫气，清暑殿西甍鸱尾中央生嘉禾，一株五茎。改景阳楼为庆云楼，清暑殿为嘉禾殿，芳香琴堂为连理堂。”[②]“丙寅”当为“丙子”之误，中华书局点校本有校勘可参，则自“癸酉”到“丙子”，至少这四天都在华林园无疑。按，《宋书·符瑞志下》亦载大明元年(457)五月华林园清暑殿生嘉禾事，但日期记在“戊午”，在丙子前十九日。再如大明三年(459)夏四月癸卯在华林园，丙午安排朝廷人事变动，时隔二日，该项任命估计即在华林园发布，亦为其听讼之内容及结果之一。十二月的戊午至申酉，当也是如此。

建康的华林园，原址为三国东吴孙皓所造之宫苑，毁于西晋苏峻之乱，东晋渡江后，王导主持新都建设，于孙皓旧苑“仿洛都起华林园”。至刘宋元嘉，又有多次修缮扩建。《宋书》卷五《文帝纪》：“是岁(元嘉二十三年)，大有年。筑北堤，立玄武湖，筑景阳山于华林园。”[③]《宋书》卷六十六《何尚之传》：“二十二年，迁尚书右仆射，加散骑常侍。是岁造玄武湖，上欲于湖中立方丈、蓬莱、瀛洲三神山，尚之固谏乃止。时又造华林园，并盛暑役人工，尚之又谏，宜加休息，上不许。”[④]《何尚之传》的“二十二年”，诸本作“二十三年”，中华书局点校本据《文帝纪》改为“二十二年”，与《文帝纪》中所述何尚之迁尚书右仆射时间一致。但这样一改，又与《文帝纪》中二十三年造玄武湖抵触，有学者认为可能是二十二年开始造，因工程浩大，逾一年始完成，所记者当为一事[⑤]。但两篇史传“是岁，立

---

① 《宋书》卷六《孝武帝本纪》，北京：中华书局，1974年版，第122—126页。

② 《南史》卷二《孝武帝本纪》，北京：中华书局，1975年版，第60页。

③ 《宋书》卷五《文帝本纪》，北京：中华书局，1974年版，第94页。

④ 《宋书》卷六十六《何尚之传》，北京：中华书局，1974年版，第1734页。

⑤ 罗建伦《宋孝武帝刘骏文学雅集》，《中国韵文学刊》2012年第4期。

玄武湖”“是岁，造玄武湖”，明言是开工建造时间，这只能有一个。诸本作二十三年，估计是指后文的造湖时间，何尚之因屡次谏止文帝造湖扩园，而囊入此节叙述，此节时间若误，误在何尚之迁职时间，而非造湖。又《宋书》卷五十三《张永传》：“二十三年，造华林园、玄武湖，并使永监统。”①所记造华林园时间亦为二十三年。故本书倾向于认为宋文帝元嘉二十三年(446)，扩建华林园，始造玄武湖，大致不差。经文帝之改造，华林园成为皇家宴赏游乐的胜地，前文所述文帝时刘义恭、沈演之上《嘉禾颂》，祥瑞及诗文的发生地，都在华林园。到了孝武帝，不但在华林园宴饮群臣，也在那里处理政务，更是将其当成办公与娱乐一体化的场所，华林园成为刘宋的政治中枢，也成为刘宋的文学活动胜地，见证了孝武帝君臣无数的诗词文赋。

这些文学活动，很多《宋书》中并未记载，但可以从别的史料里发现踪迹。比如《宋书》卷六十三有文帝刘义隆《景阳楼诗》，卷二十八有刘义恭与颜延之的《登景阳楼诗》，根据所写内容很容易判断为一时应制之作，当为文帝造园之后，召集臣属聚会作诗，是在同一次文会上的唱和。再如《艺文类聚》卷五十六有《华林都亭曲水联句效柏梁体诗》，就是在华林园的一次君臣唱和，联句的有孝武帝、江夏王刘义恭、竟陵王刘诞、柳元景、谢庄、何偃等；《艺文类聚》卷六十二有孝武帝、江夏王刘义恭、何尚之《华林清暑殿赋》各一首，当是孝武朝在华林园中的又一次文学聚会。大明元年(457)五月丙子(或戊午?)，清暑殿改名为嘉禾殿，则这次文会的时间当在大明之前。观赋内容，大段篇幅皆在称美该殿避暑生凉之功效，则当作于暑月，则只能是孝建年间的某个暑月。

宋明帝刘彧即位，也将华林园当成文学与学术活动的理想场地。刘彧在刘宋诸帝中，亦为文才突出者，史谓其“好读书，爱文义，在藩时，撰《江左以来文章志》，又续卫瓘所注《论语》两卷”，其才学可见。明帝即位初，“才学之士，多蒙引进，参侍文籍，应对左右。于华林园含芳堂讲《周易》，常自临听”②。《宋书》卷四十九《袁粲传》：“(泰始)六年，上于华林园茅堂讲《周易》，粲为执经。”③可见，华林园在宋明帝朝，亦为文化与学术重地，为文学活动的热点场域。裴子野《雕虫论序》叙及刘彧时的文学盛会云：“每有祯祥，及幸宴集，辄陈诗展义，且以命

① 《宋书》卷五十三《张永传》，北京：中华书局，1974年版，第1511页。
② 《宋书》卷八《明帝本纪》，北京：中华书局，1974年版，第170页。
③ 《宋书》卷八十九《袁粲传》，北京：中华书局，1974年版，第2231页。

朝臣。其戎士武夫,则托请不暇,困于课限,或买以应诏矣。”[①]明帝与孝武的文学聚会,不仅文人要写诗,连武将也不能幸免,则文学聚会,变成确证帝王威权与才智的一次次谀美大会,则其弊亦甚也。

刘宋藩王及宗室的文学活动,其中尤著者,宗室中当为临川王刘义庆无疑。《宋书》本传谓其“为性简素,寡嗜欲,爱好文义,文词虽不多,然足为宗室之表”,尤其指出其对文士的招揽、延引:

> 招聚文学之士,近远必至。太尉袁淑,文冠当时;义庆在江州,请为卫军咨议参军。其余吴郡陆展、东海何长瑜、鲍照等,并为辞章之美,引为佐史国臣。太祖与义庆书,常加意斟酌。[②]

传中提到的袁淑、何长瑜、鲍照等都是当时一流文士,弄得文帝与之书信,都要格外斟酌,以免出糗。刘义庆与文士的交往,除了其本传所述,其他地方也有很多记载,《宋书》如卷五十九《何偃传》:“州辟议曹从事,举秀才,除中军参军,临川王义庆平西府主簿。召为太子洗马,不拜。元嘉十九年,为丹阳丞,除庐陵王友,太子中舍人,中书郎,太子中庶子。”[③]刘义庆为平西将军、荆州刺史始于元嘉元年(424),至元嘉十六年(439)改授散骑常侍,计十六年。何偃入刘义庆府时间不详,按“甲族以二十登仕”的惯例来推算,其入义庆幕当在元嘉十年(433),则从元嘉十年(433)至元嘉十六年(439),与刘义庆前后盘桓达六年;同卷《张畅传》:“又为义季安西记室参军、南义阳太守,临川王义庆卫军从事中郎……”[④]大约是在元嘉十七年(440)之后,刘义庆为卫将军南兖州刺史任期;《宋书》卷七十八《萧思话传》:“(元嘉)十四年,迁使持节、临川王义庆平西长史、南蛮校尉。”[⑤]一直到元嘉十六年(439),衡阳王刘义季代义庆平西将军,与义庆盘桓有两年……刘义庆在不同的职所,身边皆聚集着一群文人,可以说就是一个移动的文学集团。

---

① 裴子野《雕虫论序》,见《文苑英华》卷七百四十二,北京:中华书局,1966 年版,第3873 页。
② 《宋书》卷五十一《刘义庆传》,北京:中华书局,1974 年版,第 1477 页。
③ 《宋书》卷五十九《何偃传》,北京:中华书局,1974 年版,第 1607 页。
④ 《宋书》卷五十九《张畅传》,北京:中华书局,1974 年版,第 1599 页。
⑤ 《宋书》卷七十八《萧思话传》,北京:中华书局,1974 年版,第 2103 页。

再如王僧达，是刘义庆女婿，关系更为特殊。《宋书》卷七十五《王僧达传》叙僧达少年时，除了“好学，善属文”之外，还“性好鹰犬，与闾里少年相驰逐，又躬自屠牛”，刘义庆了解到这些，“令周旋沙门慧观造而观之。僧达陈书满席，与论文义，慧观酬答不暇，深相称美”①。刘义庆为好慕文义之人，可能正是这一番考察，王僧达的学问令其非常满意，方才欣然接受了文帝所指许的联姻。还有不少文士，《宋书》中没有记载，如盛弘之，再如陆展，《宋书》也仅仅提及姓名。曹道衡、沈玉成《中古文学史料丛考》有《刘义庆幕中文士》一文，较详细地考察了刘义庆幕府文士的全貌，可参②。《宋书》中也未有相关刘义庆举办文会的直接记载，但从其他史料中，却可以考察出其与幕下文士的文学聚会等活动，非常频繁。范子烨《〈世说新语〉研究》(黑龙江教育出版社，1998)，刘跃进、范子烨主编《六朝作家年谱辑要》(黑龙江教育出版社，1999)等著作皆可参。而《世说新语》《幽明录》等著作的编纂，正是刘义庆与幕中文士文学活动的历史记录。

在刘裕诸王子中，刘义真、刘义恭兄弟皆好文义，义恭文才最高，义真则最有文人缘，与当世有名的几位文士皆有密切交往。《宋书》卷六十一《刘义真传》：

> 义真聪明爱文义，而轻动无德业。与陈郡谢灵运、琅邪颜延之、慧琳道人并周旋异常，云得志之日，以灵运、延之为宰相，慧琳为西豫州都督。徐羡之等嫌义真与灵运、延之昵狎过甚，故使范晏从容戒之。义真曰：“灵运空疏，延之隘薄，魏文帝云鲜能以名节自立者。但性情所得，未能忘言于悟赏，故与之游耳。”将之镇，列部伍于东府前，既有国哀，义真所乘舫单素，不及母孙修仪所乘者。义真与灵运、延之、慧琳等共视部伍，因宴舫内，使左右剔母舫函道以施己舫，而取其胜者。及至历阳，多所求索，羡之等每裁量不尽与，深怨执政，表求还都。而少帝失德，羡之等密谋废立，则次第应在义真，以义真轻吵，不任主社稷，因其与少帝不协，乃奏废之，曰：……③

义真本传所谓“轻动无德业”云云，实非公允之论。按义真被杀时年仅十八岁，其与谢灵运、颜延之等周旋昵狎，都还在成年之前，其口无遮拦，以及在日常

① 《宋书》卷七十五《王僧达传》，北京：中华书局，1974年版，第1951页。
② 曹道衡、沈玉成《中古文学史料丛考》，北京：中华书局，2003年版，第325—326页。
③ 《宋书》卷六十一《刘义真传》，北京：中华书局，1974年版，第1635—1636页。

生活中逾制越轨，乃至犯了政治上的忌讳，正是少年心性活泼、不谙政坛规则的体现。他因此遭徐羡之加害，只能说明徐羡之等权臣操弄权术，专横跋扈，生杀予夺，而非义真当承担责任。刘义真与谢灵运、颜延之等交往，在谢、颜的本传中也都有记录。《宋书》卷六十七《谢灵运传》："庐陵王义真少好文籍，与灵运情款异常。"[①]《宋书》卷七十三《颜延之传》："庐陵王义真颇好辞义，待接甚厚"[②]。义真年少活泼，所投缘者皆脱略形迹，有几分名士气的人，谢灵运、颜延之性格狷放，故情交款密。与刘义真颇多交往的还有何尚之，但在个人情感上则有所疏远。《宋书》卷六十六《何尚之传》云尚之"少时颇轻薄，好摴蒱，既长折节蹈道，以操立见称"，正因其"操立"，与刘义真脾性不投。这从《何尚之传》记叙一事可见："少帝即位，为庐陵王义真车骑咨议参军。义真与司徒徐羡之、尚书令傅亮等不协，每有不平之言，尚之谏戒，不纳。"[③]刘义真与颜延之等都与傅亮不协，且他们都有文人习气，不愿虚与委蛇，文人习性，言无所忌，何尚之毕竟要稳重成熟，所以屡次进谏，然义真年少，既不能理解，也就听不进去，最终招致杀身之祸，良可叹息。

刘义恭为刘裕第五子，自小聪明，且相貌俊美，深得刘裕宠爱。文帝时，亦优游富贵，宠任浓渥。刘劭弑立，义恭十二子惨被刘劭杀害。在孝武朝，义恭曲奉侍应，如临深履薄，备受煎熬。前废帝刘子业继位，义恭因之无道，欲行废立，结果反为子业所戮。义恭为诸王子中文才最佳者，其与诸位文人之交往多在宫廷文会之中。前面论及武帝、文帝及孝武时的文学活动，都出现过刘义恭的身影。比如义熙十三、十四年的几次彭城诗会，义恭应该都在场。谢晦替刘裕作诗的那次，虽无确切资料考证义恭所作诗，但其参加诗会当无疑；而义熙十四年(418)重阳为孔季恭饯行的诗会，刘义恭与王昙首、谢瞻、谢灵运等皆有诗作，则于史有记，义恭诗见《艺文类聚》卷二十八。元嘉十一年(434)三月上巳，文帝召集群臣于建康近郊乐游苑，效兰亭之会，令群臣赋诗。《文选》卷四十六有颜延之《三月三日曲水诗序》，在颜延之的诗及序前，李善引《宋略》，交代了此次诗会的缘由："文帝元嘉十一年三月丙申，禊饮于乐游苑，且祖道江夏王义恭，衡阳王义季，有诏，会者赋诗。"[④]可见，这次的上巳诗会由文帝下诏，除了酬应节日外，

① 《宋书》卷六十七《谢灵运传》，北京：中华书局，1974年版，第1753页。
② 《宋书》卷七十三《颜延之传》，北京：中华书局，1974年版，第1892页。
③ 《宋书》卷六十六《何尚之传》，北京：中华书局，1974年版，第1733页。
④ 《文选》卷二十，上海：上海古籍出版社，第962页。

还为了给刘义恭、刘义季二人饯行。刘义恭不但参加这次诗会，且是主角。再如元嘉二十三年(446)华林园造成之后，文帝召集群臣诗会，文帝、义恭、颜延之皆有诗作留存。孝武帝朝，刘义恭参加的文学聚会更多。如《艺文类聚》卷六十二有孝武帝、江夏王刘义恭、何尚之《华林清暑殿赋》各一首，当即为华林园中的一次文学聚会。大明元年(457)五月丙子(或戊午?)，清暑殿改名为嘉禾殿，则这次文会的时间当在大明之前。观赋内容，大段篇幅皆在称美该殿避暑生凉之功效，当作于暑月，则只能是孝建年间的某个暑月。再如大明五年(461)的花雪诗会。该次诗会见于《宋书》卷二十九《符瑞志下》记载，但未提及刘义恭诗。《初学记》卷三录有刘义恭《夜雪诗》残句，结合谢庄《和元日雪花应诏诗》考察，当为元日宴会的同题之作。在孝武朝，刘义恭侍奉暴虐之君，如临深履薄，异常煎熬。孝武好文义，每有祥瑞或献纳，往往都要宴会吟诗作赋。《刘义恭传》云“时世祖严暴，义恭虑不见容，乃卑辞曲意，尽礼祗奉，且便辩善附会，俯仰承接，皆有容仪。每有符瑞，辄献上赋颂，陈咏美德”①。对于刘义恭来说，这些文学活动所带给他的，并不都是愉悦的体验，却都是他无从拒绝的。

除了在皇家宴饮与文会上与文人有交集外，刘义恭私下与不少文士皆有密切关系，如徐湛之。徐湛之为徐羡之兄孙，其母为刘裕长女会稽公主，乃刘裕外孙。其“善于尺牍，音辞流畅”，文才颇为出色。《宋书》卷七十一《徐湛之传》载：“湛之幼孤，为高祖所爱，常与江夏王义恭寝食不离于侧”②，刘义恭为刘裕最偏爱的皇子，刘裕将湛之与义恭一起带在身边，可见他对徐湛之的喜爱程度。此条也能见出义恭与徐湛之属于竹马之交，二人均爱好文义，少年时当免不了相互切磋，共同精进。

第三节 《宋书》中的文学交往：文士及臣僚

皇室之外，文人之间的文学交游，在刘宋亦极为频繁，《宋书》中的相关记叙也很多。今就其中比较重要的几组作一缕述。

① 《宋书》卷六十一《刘义恭传》，北京：中华书局，1974年版，第1650页。
② 《宋书》卷七十一《徐湛之传》，北京：中华书局，1974年版，第1843页。

谢灵运、谢瞻等是刘宋最重要的作家,谢氏家族的文学交游,其文学史的意义不言而喻。在《宋书》中,关于谢氏家族的文学交游,有以下几条较为重要。一是谢氏子弟的“乌衣之游”。卷五十八《谢弘微传》:

混风格高峻,少所交纳,唯与族子灵运、瞻、曜、弘微并以文义赏会。尝共宴处,居在乌衣巷,故谓之乌衣之游。混五言诗所云“昔为乌衣游,戚戚皆亲侄”者也。其外虽复高流时誉,莫敢造门。瞻等才辞辩富,弘微每以约言服之,混特所敬贵,号曰微子。谓瞻等曰:“汝诸人虽才义丰辨,未必皆惬众心,至于领会机赏,言约理要,故当与我共推微子。”常云:“阿远刚躁负气;阿客博而无检;曜恃才而持操不笃;晦自知而纳善不周,设复功济三才,终亦以此为恨;至如微子,吾无间然。”又云:“微子异不伤物,同不害正,若年迨六十,必至公辅。”尝因酣宴之余,为韵语以奖劝灵运、瞻等曰:“康乐诞通度,实有名家韵,若加绳染功,剖莹乃琼瑾。宣明体远识,颖达且沈俊,若能去方执,穆穆三才顺。阿多标独解,弱冠纂华胤,质胜诚无文,其尚又能峻。通远怀清悟,采采标兰讯,直辔鲜不踬,抑用解偏吝。微子基微尚,无倦由慕蔺,勿轻一篑少,进往将千仞。数子勉之哉,风流由尔振,如不犯所知,此外无所慎。”灵运等并有诫厉之言,唯弘微独尽褒美。①

本段通过谢混之口,交代了谢氏子弟“乌衣之游”的大致情形。主要参加者有谢混、谢瞻、谢灵运、谢弘微、谢晦,组成一个小型的文学集团,“其外虽复高流时誉,莫敢造门”,家族性,是这个文学集团最大的特点。谢混年辈最高,在其中起到领袖作用。该文学集团每个人皆有其才情个性,谢瞻躁急刚烈,灵运博学但不知精检,谢曜有才华,但不笃厚,谢晦知道自己的不足,但不能够完整地学习别人的长处,只有谢弘微各方面皆较出色。从传文看,他们的“文义赏会”,包括吟诗作文,也包括探讨玄理,其主要赏会方式则是宴饮。在《宋书》卷五十六《谢瞻传》中,对“乌衣之游”还有详细记叙:

瞻善于文章,辞采之美,与族叔混、族弟灵运相抗。灵运父瑍,无才能。

① 《宋书》卷五十八《谢弘微传》,北京:中华书局,1974 年版,第 1590—1591 页。

为秘书郎，早年而亡。灵运好臧否人物，混患之，欲加裁折，未有方也。谓瞻曰："非汝莫能。"乃与晦、曜、弘微等共游戏，使瞻与灵运共车，灵运登车，便商较人物，瞻谓之曰："秘书早亡，谈者亦互有同异。"灵运默然，言论自此衰止。①

这则材料生动叙述了谢灵运在谢氏赏会中的表现，谢混作为赏会的前辈，对家族中人的秉性、才能及其长处与缺陷都有准确的了解，他为灵运口不择言而担忧，让谢瞻去劝说灵运，显示出一个文学集团的领袖气质。从这条材料还能看出，品评人物，也是谢氏家族文会的一项重要内容。

谢混因依附刘毅，于义熙八年(412)被刘裕下狱赐死，因此，以谢混为首的"乌衣之游"，还不能算是严格意义上的刘宋文学活动。"乌衣之游"所培育出来的谢灵运、谢瞻、谢晦等人，后来才逐渐成为刘宋文坛的大家，"乌衣之游"是刘宋文学的预热与序幕。

谢灵运在刘宋时代的交游，才是属于刘宋文坛的大事。《宋书》卷六十一《刘义真传》中，提到义真与灵运的交往，已见前述，同时参与交游的，还有颜延之、慧琳道人等。颜、谢之交在《宋书》中多次提及，如卷七十三《颜延之传》："延之与陈郡谢灵运俱以词彩齐名，自潘岳、陆机之后，文士莫及也，江左称颜、谢焉。"②卷九十三《隐逸・王弘之传》："谢灵运、颜延之并相钦重。"③等等。《刘义真传》中提到的慧琳，是刘宋上层文化圈中的重要人物。慧琳是谢氏家族交好，来往密切，不独与谢灵运，在《谢弘微传》中，也多次出现慧琳。慧琳除了与谢、颜等文人及大族打交道，也是文帝、刘义真等君王与勋贵的座上客。

谢灵运在文帝朝，较重要的交游即"四友之游"，《宋书》卷六十七《谢灵运传》：

灵运以疾东归，而游娱宴集，以夜续昼，复为御史中丞傅隆所奏，坐以免官。是岁，元嘉五年。灵连既东还，与族弟惠连、东海何长瑜、颍川荀雍、泰山羊璿之，以文章赏会，共为山泽之游，时人谓之四友。惠连幼有才悟，

① 《宋书》卷五十六《谢瞻传》，北京：中华书局，1974 年版，第 1558 页。
② 《宋书》卷七十三《颜延之传》，北京：中华书局，1974 年版，第 1904 页。
③ 《宋书》卷九十三《隐逸・王弘之传》，北京：中华书局，1974 年版，第 2282 页。

而轻薄不为父方明所知。灵运去永嘉还始宁，时方明为会稽郡。灵运尝自始宁至会稽造方明，过视惠连，大相知赏。时长瑜教惠连读书，亦在郡内，灵运又以为绝伦，谓方明曰："阿连才悟如此，而尊作常儿遇之。何长瑜当今仲宣，而饴以下客之食。尊既不能礼贤，宜以长瑜还灵运。"灵运载之而去。①

所谓"四友"，指谢灵运、何长瑜、荀雍、羊璿之。谢惠连最幼，是何长瑜的弟子，谢灵运探访谢方明，对谢惠连大加赏识，时何长瑜正教授谢惠连读书，灵运又以为绝伦，故于此结识何长瑜，并携谢惠连同游，故谢惠连依附于灵运、何长瑜，未予前辈之游。"四友之游"的时间大约在元嘉五年(428)春至八年(431)，地点在其故乡始宁及会稽一带。对于谢灵运来说，这是其一生较为快意放荡的时间。此前在朝为秘书监，谢灵运即"多称疾不朝直……出郭游行或一日百六七十里，经旬不归，既无表闻，又不请急"，这次放归山泽，与好友游山玩水，宴饮酬唱，则其放浪逍遥更可想而知了。"四友之游"，既有宴饮赏会，也有同游山泽，还有以书信往还相酬唱。此期也是谢灵运的一个创作高峰，如《入东道路》《登临海峤初发强中作与从弟惠连见羊何共和之》《酬从弟惠连》《登石门最高顶》《石门岩上宿》等名篇皆出自这段时间，谢氏山水诗的成熟也在此期，则"四友之游"在整个文学史上的意义，可谓极其巨大。

谢灵运之外，何尚之元嘉中为丹阳尹，聚生徒探讨玄学，也是刘宋极其重要的文人文化交游活动。何尚之早年与谢混有交游，也是谢氏家族的朋友。《宋书》卷六十六《何尚之传》：

(元嘉)十三年，彭城王义康欲以司徒左长史刘斌为丹阳尹，上不许。乃以尚之为尹，立宅南郭外，置玄学，聚生徒。东海徐秀、庐江何昙、黄回、颍川荀子华、太原孙宗昌、王延秀、鲁郡孔惠宣，并慕道来游，谓之南学。②

据《隐逸·雷次宗传》，何尚之立玄学，乃文帝的诏令，可能是文帝所立"四

① 《宋书》卷六十七《谢灵运传》，北京：中华书局，1974年版，第1774—1775页。
② 《宋书》卷六十六《何尚之传》，北京：中华书局，1974年版，第1734页。

学”中最早设立的专学馆。何尚之丹阳玄学馆广聚生徒，从所举出的几位代表性人物来看，这些人的来源非常广，说明了该学馆在全国的号召力，丹阳在何尚之任上俨然就是一个颇具规模的学术中心，并且在此基础上形成一个学术流派："南学"。材料中提到的几位"慕道来游"者，其人皆不可考，然颍川荀子华、太原王延秀、鲁郡孔惠宣，荀、王、孔皆当地望姓，则其人为世家大族无疑。其中有一黄回者，《宋书》卷八十三有《黄回传》，但二者并非一人。一为庐陵人，一为竟陵军人出身，一为文士，一为武将，不应混为一人。

何尚之与雷次宗等亦有密切交往。《宋书》卷八十二《沈怀文传》：

> 隐士雷次宗被征居钟山，后南还庐岳，何尚之设祖道，文义之士毕集，为连句诗，怀文所作尤美，辞高一座。①

从这条材料也可以看出，何尚之是为雷次宗饯行的组织者，文义之士毕集，一方面是对雷次宗的尊重，另一方面也说明了何尚之的影响力，从中可见何尚之在当时文坛的地位。

刘宋文人与僧人的交往，是刘宋文化史一大景观，对刘宋文学的发展亦具有重要意义。随着佛教在中土的传播不断深入，士大夫受佛教的影响越来越大，谢灵运、颜延之都是其中的突出代表，不但诗文受到佛教的影响，甚至直接以诗文歌咏佛教义理，弘扬教义，与僧人的密切联系，也就是自然而然的事。前文所述慧琳周旋于刘宋文人、世家大族乃至王公贵戚之间，慧观与刘义庆的交好等情形，可见上层人士以结交高僧、通晓佛理为时尚，乃时代风气。类似慧琳这样厕身刘宋文化史的高僧，在《宋书》中还记载了不少。如有名的诗僧惠休。惠休俗姓汤，在《宋书》卷七十一《徐湛之传》中有简略附传：

> 时有沙门释惠休，善属文，辞采绮艳，湛之与之甚厚。世祖命使还俗。本姓汤，位至扬州从事史。②

---

① 《宋书》卷八十二《沈怀文传》，北京：中华书局，1974 年版，第 2102 页。

② 《宋书》卷七十一《徐湛之传》，北京：中华书局，1974 年版，第 1847 页。

惠休为南朝著名诗人，生卒年不详，钟嵘称其为“齐惠休上人”，李白诗云“梁有汤惠休，常从鲍照游”(《赠僧行融》)，其跨越宋、齐应有可能，梁代当已无其人了。钟嵘《诗品》谓“惠休淫靡，情过其才”，列其诗为下品，惠休诗今存十一首，诗风清丽流畅，也算不得如何“淫靡”。如李白诗所云，惠休交往最密切的文人是鲍照。鲍照有《秋日示休上人》《答休上人》赠惠休，而惠休亦有《赠鲍侍郎》酬答，二人往还酬唱，情交款密，一时并称“休鲍”，如《南齐书・文学传论》即云“休鲍后出，咸亦标世”①。惠休交游的文人中，吴迈远也是较著名的一位，该人在《宋书》中无传，《南史》卷七十二《文学传》于《檀超传》中有略述，其人好诋苛古人。钟嵘《诗品》亦列吴迈远于下品，并记其与惠休之交游事：

汤休谓远云：“吾诗可为汝诗父。”以访谢光禄，云：“不然尔，汤可为庶兄。”②

此条亦可见在惠休、吴迈远的交往中，也有谢庄的身影，当时文人互相评题诗作，并广泛求正同道，以延时誉，文坛之热闹繁盛，从中可见一斑。

文人交游，形式多样，酬赠应和、宴饮赋诗等是主要形式，前述“四友之游”，就含有宴饮、酬赠等集体活动与两两之间的私人活动，何尚之为雷次宗饯行，属酬赠、宴饮的集体活动，鲍照与惠休的酬赠则是两人之间的私人活动，惠休与吴迈远则涉及几个人的交往以及围绕作品的传播、品评等问题。

有些文会中的文学活动，有很重要的文学史意义。如何尚之那次聚会中提到的连句诗。在《宋书》卷四十四《谢晦传》中，提到谢晦临刑前与其侄谢世基作连句诗：

世基，绚之子也，有才气。临死为连句诗曰：“伟哉横海鳞，壮矣垂天翼。一旦失风水，翻为蝼蚁食。”晦续之曰：“功遂侔昔人，保退无智力。既涉太行险，斯路信难陟。”③

---

① 《南齐书》卷五十二《文学传・论》，北京：中华书局，1972年版，第908页。
② 钟嵘著，曹旭注《诗品集注》，上海：上海古籍出版社，1994年版，第440页。
③ 《宋书》卷四十四《谢晦传》，北京：中华书局，1974年版，第1361页。

谢晦作为"乌衣之游"子弟，文才自不必说，这从其本传中载录的诗、文、赋中可以很清楚地看到。谢世基也是刘宋名诗人，钟嵘《诗品》将其诗列为"中品"，与晋处士郭泰机、晋常侍顾恺之、宋参军顾迈和宋参军戴凯四人并举，称赞他们"文虽不多，气调警拔。吾许其进，则鲍照、江淹，未足逮止"[①]。二人的临终诗，世基诗表现壮志未酬，为小人算计之恨，谢晦诗则表现不知退保，导致生祸的悔悟，年龄与阅历的不同，对于其最后命运的理解与感受也各不一样。值得提出的，就是这里的"连句诗"，连句类似于绝句，五言四句，往往是即席吟咏，即席作答，形式轻巧便捷，为文人宴饮酬唱所习用。《南史》卷七十二《文学传》中叙及吴迈远，也提及连句诗：

> 又有吴迈远者，好为篇章，宋明帝闻而招之。及见曰："此人连绝之外，无复所有。"[②]

这里所说的"连绝"，其实也就是连句，又可称为"联句"，是文人之间互相唱和的一种形式，每人五言四句，有倡有和，独立出来，每首诗就成为后来的新体小诗的先声。吴迈远留存下来的作品，倒没见到多少"连绝"，或许是已经散佚了。但在后代的诗人那里，连句诗很普遍，如何逊，其作为新体诗的代表作家，实际上他的很多新体诗就是唱和时的连句诗。如《范广州宅联句》，就是何逊与范云的唱和。

范诗云：

> 洛阳城东西，却作经年别。昔去雪如花，今来花似雪。

何诗云：

> 濛濛夕烟起，奄奄残晖灭。非君爱满堂，宁我安车辙？

---

① 钟嵘著，曹旭注《诗品集注》，上海：上海古籍出版社，1994年版，第255页。

② 《南史》卷七十二《文学·檀超传附吴迈远》，北京：中华书局，1972年版，第1766页。

二首诗同韵相和，在格律上已经非常接近后来的五言绝句了。再如何逊的名篇《相送联句》：

客心已百念，孤游重千里。江暗雨欲来，浪白风初起。

很多诗选皆将“联句”二字省略了，导致这首诗的属性也就变模糊了，实际上它并不是一首独立的五言诗。何逊集中冠以“联句”的诗极多，可见当时的风气，而这一风气的起源当在刘宋。从宋明帝评价吴迈远的话来看，刘宋时对这一新兴的五言四句小诗颇为轻视，这也是人们对于新生事物常见的态度。但对于整个诗歌史来说，连句诗是从古体走向近体的重要环节。正是在文人以五言四句的连句相唱时，声律、音韵等规则越来越凸显出其重要性，而五言四句的形式也越来越规范，这样慢慢导致新体格律诗的成熟与定型。

文士诗赋往还中，诞生了不少文学名篇或佳句，仔细寻绎，能发现其中显示出的文学史演进轨迹。《宋书》卷五十二《王诞传》，叙王诞少有才藻，其从叔王珣曾为晋武帝哀策文，久而未就，谓诞曰“尤少序节物一句”，王诞提笔续道：“霜繁广除，风回高殿。”王珣叹其清拔，因而用之。[①] 王诞对景物的描写、刻画，才情与藻采并重，这既因为王诞个人的文学才华，也体现了晋宋以来文学描写水平的不断提高。晋宋以来，这类“名章迥句，处处间起”的现象越来越普遍，像郭璞“林无静树，川无停流”，王献之“从山阴道上行，山川自相映发，使人应接不暇”，等等，都是与王诞续句同样的文学现象。这类现象显示人们对山水的感受及其表达不断走向成熟、精练和准确，将人的主观情感与自然山水越来越融洽地融汇一起，山水既是促发、感染人之情感的自然物，同时又成为情感的寄托，这些“迥句”显示了自然山水及景物的人化与诗化，为其后刘宋时代以谢灵运为代表的山水诗的繁荣与成熟，作了先期的酝酿和准备。

以上文人交游对于文学风气、文学发展乃至文学史，都具有积极意义，文人的交游，也都是友谊的交好之游。但实际上，文人之间也有不友好、不愉快的交往，这其实也是一种交游现象。比如宴饮中写诗作赋，一般来说，是文人交游之雅事，但有时也会徒生是非，成为意气与观念的争执。《宋书》卷四十二《刘穆之

① 《宋书》卷五十二《王诞传》，北京：中华书局，1974 年版，第 1491 页。

传》附《刘邕传》：

> 河东王歆之尝为南康相，素轻邕。后歆之与邕俱豫元会，并坐。邕性嗜酒，谓歆之曰："卿昔尝见臣，今不能见劝一杯酒乎？"歆之因斆孙晧歌答之曰："昔为汝作臣，今与汝比肩。既不劝汝酒，亦不愿汝年。"[①]

元日朝会，群臣拜贺，济济多士，也算得上盛会了。然因刘邕的昧于自见及错估情势，将其与王歆之的矛盾公开化了，而王正好借这次盛会，一出旧时的郁气。孙晧的尔汝之歌作于晋武席上，乃亡国为虏，由君而臣，对晋武帝表示由衷的臣服。其歌曰："昔与汝为邻，今与汝为臣，上汝一杯酒，令汝寿万春。"王歆之效孙晧之歌，然其意相反，这一曲下来，让刘邕难堪无比。

卷四十二《王弘传》叙及刘裕宴集群聊，谓群公曰："我布衣，始望不至此。"傅亮等撰辞欲盛称功德。王弘率尔对曰："此所谓天命，求之不可得，推之不可去。"[②]这样的言辞，使得傅亮等搜肠刮肚撰述的谀词，顿时显得极为难堪，一方搭台唱戏，一方却在拆台，诸人对王弘的感觉肯定好不了。这类出现不和谐音的文会，对于参会的各方，都不能说是愉快的经历。

《宋书》卷四十六《张畅传》：

> 孝武宴朝贤，畅亦在坐。何偃因醉曰："张畅信奇才也，与义宣作贼，而卒无咎。苟非奇才，安能致此！"畅曰："太初之时，谁黄其阁？"帝曰："何事相苦。"初，尚之为元凶司空，及义师至新林门，人皆逃，尚之父子共洗黄阁，故畅以此讥之。[③]

这是孝武帝举行的一次宴会，但张畅与何偃在宴会上闹得很不愉快。何偃因醉挑衅，讽刺张畅能随风使舵，根本没有政治立场，在皇室权争中首鼠两端，以保全自己的富贵为唯一目的。张畅反唇相讥，指责何偃的父亲何尚之，当时

---

① 《宋书》卷四十二《刘邕传》，北京：中华书局，1974 年版，第 1308 页。

② 《宋书》卷四十二《王弘传》，北京：中华书局 1974 年版，第 1313 页。

③ 《宋书》卷四十六《张畅传》，北京：中华书局 1974 年版，第 1399 页。按，《宋书》卷五十九亦有一篇《张畅传》，当是传抄过程中的粗心重复，然卷五十九的《张畅传》未叙及与何偃对话的内容。

依附刘劭，在义师纷纷讨伐刘劭之际，弄得张皇失措，狼狈不堪。显然，这次朝贤毕聚的宴会，对于张、何二人来说，成了互相讽刺、挖苦的斗场。

《宋书》卷五十八《王惠传》，载谢瞻曾与兄弟拜访王惠，席间谈玄论理，文史间发，王惠"时相酬应，言清理远"，使得谢瞻等人"惭而退"①。《宋书》卷六十《王准之传》载王准之尝作五言诗，范泰嘲笑他"卿唯解弹事尔"。王准之时为宋王御史中丞，因正直敢言，为僚友所惮。范泰云其只解弹事，是笑他只知道弹劾别人，于作诗之道一无所通。王准之则反唇相讥："犹差卿世载雄狐。"②"雄狐"出自《诗·齐风·南山》："南山崔崔，雄狐绥绥。"郑玄笺："襄公之妹，鲁桓公夫人文姜也。襄公素与淫通…… 齐大夫见襄公行恶如是，作诗以刺之。"③王准之的这一回击，可谓毫不留情，且完全超出一般口舌之争的界限，而涉及侮辱人格的人身攻击了。

再如《谢灵运传》中提到的"四友之会"中的何长瑜，谢灵运之外，以何文才最高，谢灵运谓之为"当今仲宣"。何长瑜为刘义庆记室时，曾作诗调侃义庆僚佐，语嫌轻薄，招致义庆大怒，白太祖贬何为广州增城令。刘义庆去世，何勖曾向袁淑建议，招长瑜回来，袁淑答曰："国新丧宗英，未宜便以流人为念。"④刘义庆招致文学之士，何长瑜、袁淑同为麾下，据此可知，二人并不相得。这也是文人交往的一种情况，除了相互欣赏和提携，还有排挤、嫉妒与踩踏。

文人之间交恶的原因很多，比如性格因素，像谢灵运那样目下无人，口无遮拦，且行为放荡不羁，得罪的人就多，前后受到多人弹劾。颜延之也差不多。《宋书》卷七十三《颜延之传》谓颜延之与傅亮不协，云傅亮自以为文义之美，一时莫及，然颜延之负其才辞，不为之下，傅、颜于是交恶。何长瑜性格狷狂，喜戏谑，与同僚相处并不融洽，袁淑对其排斥，与此当有不小的关系。当然，除了这些，也有政治立场的不同。谢灵运、颜延之均与刘义真交好，而与傅亮、徐羡之为敌，刘义真后来即为徐羡之等所害，这其中就有皇族权争的因素。

再如张敷，其人门第清华，风韵高雅，文章学问皆为一时之选，因此自矜，

① 《宋书》卷五十八《王惠传》，北京：中华书局，1974 年版，第 1589 页。

② 《宋书》卷六十《王准之传》，北京：中华书局，1974 年版，第 1624 页。

③ 《诗·齐风·南山》，《毛诗正义》卷五，《十三经注疏》影印本，北京：中华书局，1980 年版，第 352 页。

④ 《宋书》卷六十七《谢灵运传》，北京：中华书局，1974 年版，第 1775 页。

《宋书》卷四十六《张敷传》载其诸多行事，见出其人颇不易处。其为江夏王刘义恭记室参军时，宋文帝使其同载一学义沙门赴江陵刘义恭处，辞不奉诏；中书舍人狄当、周赳欲趋府拜谒，张敷先设二床，去壁三四尺，二客就席，敷呼左右曰："移我远客！"令周赳等失色而去。[①] 史传云其"其自标遇如此"，则同僚在与其人的交往中，体验如何，也就可想而知了。

文人之间的交谊，往往是变化的，如《宋书》卷五十九《何偃传》叙及何偃与颜竣的关系：

> 侍中颜竣至是始贵，与偃俱在门下，以文义赏会，相得甚欢。竣自谓任遇隆密，宜居重大，而位次与偃等未殊，意稍不悦。及偃代竣领选，竣愈愤懑，与偃遂有隙。竣时势倾朝野，偃不自安，遂发心悸病，意虑乖僻，上表解职，告医不仕。[②]

何偃与颜竣本来交好，但随着颜竣不断受到孝武帝的宠任，其地位越来越高，虽其职位变化不大，还是与何偃差不多，但不由心生对何偃的忌恨。而何偃也因此深为忧惧，乃至激发心悸之症。官场倾轧，其间的凉薄险恶，真令人望而生畏。因此，很多文人厕身官场，惶然怵惕，《宋书》卷五十九《江智渊传》：

> 智渊爱好文雅，词采清赡，世祖深相知待，恩礼冠朝。上燕私甚数，多命群臣五三人游集，智渊常为其首。同侣未及前，辄独蒙引进，智渊每以越众为惭，未尝有喜色。每从游幸，与群僚相随，见传诏驰来，知当呼己，耸动愧恧，形于容貌，论者以此多之。[③]

对于孝武的恩宠，江智渊不以为喜，反以为忧，一方面他深知孝武之暴虐，伴君如伴虎，宠之愈深，而越容易无端招祸。后文就有孝武诟辱群臣，并让大家互相取笑，则愈受宠者即愈易受辱。此外，独得君宠，又会招致同僚的忌恨，像何偃那样，还只是与颜竣分宠，就已经让颜视若芒刺了，而江智渊这样宠冠群僚

① 《宋书》卷四十六《张敷传》，北京：中华书局，1974 年版，第 1395—1396 页。
② 《宋书》卷五十九《何偃传》，北京：中华书局，1974 年版，第 1608 页。
③ 《宋书》卷五十九《江智渊传》，北京：中华书局，1974 年版，第 1609—1610 页。

的话，该树多少无谓的敌人啊。所以他越受宠，在同僚面前越谦卑，反而因此得到众人的好感，与同僚能融洽相处。

第四节 《宋书》文学交往与刘宋文学

以上几节择要叙述了《宋书》中所记载的一些重要的文学活动，包括君主、王子及皇室宗亲、勋贵等与文人的交往，文人之间的交往，从中可以看出刘宋时期文学风气的浓厚，而这些正构成刘宋文学发展的重要条件与基础。

从刘裕开始，上层统治集团在取得政权之后，一方面要提高自身文化素质，另一方面要维护与巩固统治基础，都必须支持与发展文化学术，加强与文化士族的联系，刘宋皇室的文化素养也在不断提高。固然，刘宋历代帝王都算不得贤明，但他们普遍都具有一定的文化水平，且多爱好文义，对整个时代的文学发展起到较多的正面促进作用。

刘宋皇室及宗亲对文学正面起促进作用的具体表现，第一个方面是文学风气的提倡与发扬。刘宋皇室、宗亲经常举行饮宴，要吟诗赋诗；国家出现祥瑞、地方与外族的献纳，要呈诗作赋……能诗善赋成为时尚，标志着一个人的社会层次，而皇族与文士交往，则能为自己广延声誉。建平王刘宏之子刘景素"好文章书籍，招集才义之士，倾身礼接，以收名誉。由是朝野翕然，莫不属意焉"①。刘景素后来被人诬以谋反，而众臣皆极力为之保护，就是平时交接朝士所起到的良好效果。但他也因此招致外戚的猜忌，终至酿成刀兵之祸。再如庐陵王刘义真，其与文士交往密切，在士林中有良好的声誉，然也正因此而被徐羡之、傅亮等忌惮。对于皇室成员个人而言，与文人朝士的密切交往，具有正反两方面的作用，然其对于促进文学史的演变发展，总是多具积极作用。在刘宋时期，因为文才而被征辟、重用的例子非常多，像颜延之为文帝袁皇后作哀策而受赏识，谢超宗写《殷淑妃诔》被孝武大加赞赏，韩兰英因献《中兴赋》被孝武诏入宫。不仅男性作家，即便女性，也可因文才而出头，这对于士人的文学写作，无疑是非常大的激励。

刘宋皇室及宗亲在各类文学交流与文学活动中所表现出的好尚，引领与改变着时代的文化及文学风气，丰富了文学史演进与深化的内容，此是其影响到

---

① 《宋书》卷七十二《刘景素传》，北京：中华书局，1974 年版，第 1861 页。

文学的第二个方面。刘勰曾谓“宋初讹而新”(《文心雕龙·通变》),实际上刘宋文风的“讹而新”,也有一个渐进的演变过程。刘裕登基后,全面提倡文化学术,如其在永初征周续之到京,开馆以居之,并亲临听讲,重视的是儒学教化,欲以之重建统治的文化基础。宋文帝立四学,儒、玄、文、史并重,且其文学也是重典章学术,非仅辞章之学。从刘裕到文帝,整个社会的文化面貌得到很大改善,崇文重学蔚为风尚,《宋书》卷七十六《宗悫传》有一段话:“时天下无事,士人并以文义为业,炳素高节,诸子群从皆好学,而悫独任气好武,故不为乡曲所称。”①所述当为文帝时情形,可见刘宋中期的社会风尚。这其中当然与整个文士学者阶层的活跃都有关系,然上层的提倡,起到的是事半功倍的引领作用。不过,此之重文义、好学云云,并不就是今日之文学,而是包含文学在内的广义上的文化学术。文学,特别是诗赋的大兴,并且突出辞藻修饰与情感绮丽,在孝武朝方形成风气。裴子野《雕虫论》云:“宋初迄于元嘉,多为经史,大明之代,实好斯文。高才逸韵,颇谢前哲,波流相尚,滋有笃焉。自是闾阎年少,贵游总角,罔不摈落六艺,吟咏情性,学者以博依为急务,谓章句为专鲁,淫文破典,斐尔为功。”②孝武帝大明时期的文风,开始倾向于靡丽,与孝武本人的文学趣味密切相关。孝武帝在元嘉中接连出任南豫州、江州刺史,其长期生活的江汉与苏杭一带,正是吴歌与西曲的流行地区,其地风俗与文化对刘骏影响甚大。其所作《丁督护歌》《自君之出矣》《夜听妓诗》等,绮艳柔靡,长于言情,很明显能看出是受江南一代绮丽民歌的影响。故其登基之后,个人的文学趣味也就左右了文坛的风尚,导致整个时代文风的转向。从孝武到明帝,这一趋新趋讹愈演愈烈。裴子野在《雕虫论序》中论明帝重诗赋云:“每有祯祥,及幸宴集,辄陈诗展义,且以命朝臣。其戎士武夫,则托请不暇,困于课限,或买以应诏矣。”③明帝喜好宴饮群臣,而每有宴饮,必索诗赋,不仅文士,甚至武夫也不能幸免。这固然使得诗赋被人们普遍看重,其社会地位越来越高,然应制诗赋,有时徒具形式之美(不必说有些还不具形式美的),内在的情感与精神却是对文学的悖离,则因帝王宗室

① 《宋书》卷七十六《宗悫传》,北京:中华书局,1974 年版,第 1971 页。

② 裴子野《雕虫论》,见《文苑英华》卷七百四十二,北京:中华书局,1966 年版(影印本),第 3873 页。

③ 裴子野《雕虫论序》,见《文苑英华》卷七百四十二,北京:中华书局,1966 年版(影印本),第3873 页。

之爱好、倡扬的文学表面繁荣之下，其隐弊亦须引起注意，甚至是尤其需要拈出加以讨论的。

以帝王宗室为中心的应制类诗赋，视帝王与王子之脸色，多以敷荣取悦为职事，往往并不能代表诗人的真情实感。扬雄论赋云："诗人之赋丽以则，辞人之赋丽以淫。"(《法言·吾子》)然宫廷献赋，又如何做到既丽且则，入"诗人之流"呢？汉武帝好神仙，司马相如上《大人赋》以讽，帝反缥缥有凌云之志。其实，相如上赋究竟是逢迎还是"欲以讽"，只有天晓得。扬雄晚年深刻认识到宫廷大赋"劝而不止"的宿命，以及词臣"颇似俳优淳于髡、优孟之徒"的处境，于是"辍不复为"①。汉赋体制宏大，体物、藻采乃至想象皆多有可取，然论及情感，终难动人。宫廷文学的特性，先天决定了它与文学抒情精神的疏离，汉赋的体物与藻采，既是对情感不足的补充，又进一步削弱了情感的力度，铺采摛文，事实上正构成对抒情的反制。

汉武帝对文学词臣还算优待，御前献赋虽类同俳优，却也其乐融融，而刘宋文人则没那么幸运。《宋书》史臣曰："徐乐、严安，偏富汉世；东方、主父，独阙宋时。盖由用与不用也。"②实际上不仅是"用与不用"，而是君虐臣危，只能唯唯而已。算上刘劭，刘宋共历九帝，除了宋文帝稍显宽厚，其他几位或则苛虐，或则荒淫，或兼而有之，以诗赋侍君，每须察言观色，如临深履薄，又哪里会有多少真文学。

刘宋皇室之先世本非清显，又侨居于北来武装集团萃聚之京口，这决定其文化素质的先天不足③。刘裕自己也承认"我本无术学"，故其掌权后颇注意延揽学者，加强自身文化修养。《宋书·郑鲜之传》："高祖少事戎旅，不经涉学，及为宰相，颇慕风流，时或言论，人皆依违之，不敢难也。"④看得出来，在有刘裕参与的学术讨论中，诸人不过承应附和而已。郑鲜之作为刘裕腹心，是少有的例外。实际上刘裕不学有术，思虑沉深，"以诈力得天下"⑤，故侍奉刘裕，须揣摩声色，分忧于言旨之前，其难可知。如傅亮、谢晦之蒙宠，即因此也。刘裕北伐后回彭城，欲受晋禅，然难于启齿，于是集群臣宴饮，席间云其南征北伐，功成业

① 《汉书》卷八十七《扬雄传下》，北京：中华书局，1964 年版，第 3575 页。
② 《宋书》卷八十二《周朗，沈怀文传》，北京：中华书局，1974 年版，第 2106 页。
③ 参陈寅恪《从史实论切韵》，载《金明馆丛稿初编》，北京：三联书店，2001 年版，第 387 页。
④ 《宋书》卷六十四《郑鲜之传》，北京：中华书局，1974 年版，第 1696 页。
⑤ 赵翼著，王树民校证《廿二十札记校证》，北京：中华书局，1984 年版，第 154 页。

著，而年将衰暮，有归老之意。而群臣唯盛称功德，莫晓其意。唯傅亮悟旨，于是夜扣宫请见：

> 亮入便曰："臣暂宜还都。"高祖达解此意，无复他言，直云："须几人自送？"亮曰："须数十人便足。"于是即便奉辞。[①]

会心处毋庸多言。这份希旨承颜、为主分忧的能力，令人叹为观止。傅亮之得宠，岂偶然哉。

义熙末，刘裕彭城诗会，谢晦恐刘裕有失，代其作诗："先荡临淄秽，却清河洛尘，华阳有逸骥，桃林无伏轮。"[②]既标明功绩，又抒写壮志，最能契合刘裕当时的心境与境遇。谢晦不但能揣测到刘裕的心思，且能预作安排，解君隐忧于未然，其承颜观色之能力，亦不在傅亮之下，故其二人皆能深得刘裕宠信。然而，像谢晦这样的诗，其文学价值究竟几何，与谢晦的个人体验及主体情感又有几分关联呢？

文帝虽较后面几位皇帝显得宽厚，然一旦危及其统治，则一样毫不容情，其诛杀徐羡之、傅亮、谢晦等，就是最显见的例子了。刘义康由于不谙君臣之道，"自谓兄弟至亲，不复存君臣形迹，曾无猜防"[③]，最终给自己带来杀身之祸。刘义庆虽出镇外藩，然一样惶惶惕惕。其本传云"少善骑乘，及长以世路艰难，不复跨马"[④]，周一良先生认为这是刘宋旧史中的隐晦之词，被沈约沿用下来了[⑤]，从中可见刘义庆对政局与个人处境的忧惧。元嘉十七年(440)，徙彭城王义康于豫章，义庆时为江州刺史，至镇，相见而哭。相传乐府《乌夜啼》，即因此而作也。[⑥] 文帝时之朝臣，同样伴君如虎，在那些大大小小的宴会上，吟诗作赋，也不过润色鸿业，诺诺而已。

至孝武帝，文士以诗赋事君，更为不易。《宋书》卷五十一《鲍照传》："上好

① 《宋书》卷四十三《傅亮传》，北京：中华书局，1974年版，第1336—1337页。

② 《南史》卷十九《谢晦传》，北京：中华书局，1975年版，第522页。

③ 《宋书》卷六十八《刘义康传》，北京：中华书局，1974年版，第1790页。

④ 《宋书》卷五十一《刘义庆传》，北京：中华书局，1974年版，第1477页。

⑤ 周一良《世说新语与作者刘义庆身世的考察》，载其《魏晋南北朝史论集》，北京：北大出版社，1997年版。

⑥ 《旧唐书》卷二十九《音乐志二》，北京：中华书局，1975年版，第1065页。

为文章，自谓物莫能及，照悟其旨，为文多鄙言累句。”①孝武好文章，反而使得真正的文士不能做出好文章，谁也不敢把帝王比下去。鲍照的“鄙言累句”，就是拜孝武好文之赐。《宋书》卷六十一《刘义恭传》：“时世祖严暴，义恭虑不见容，乃卑辞曲意，尽礼祇奉，且便辩善附会，俯仰承接，皆有容仪。每有符瑞，辄献上赋颂，陈咏美德。”②这段材料最生动地写出了文学词臣在暴虐君主前的真实处境，这类卑辞曲意、俯仰承接，以陈咏美德为主旨的赋颂，几无多少文学价值。作家在这样的环境中生活、写作，事实上也是对作家个体与文学的戕害。

宋明帝好诗赋较孝武有过之无不及，前引裴子野《雕虫论序》述及明帝时情形，武将被逼作诗，只好事先买诗赋或请人代作，其间又能有多少好作品。钱锺书先生论这类帝王强迫臣僚应制奉和、歌功颂德现象，就特别批评了宋明帝，云“宋明未可为明”③。其实这还算好。宋孝武以后诸帝，视臣僚如草芥，以朝堂为戏场，对臣属当众取笑、侮辱，在朝堂及后宫宴饮荒淫，君臣之体度、尊严荡然无存，诗酒歌会，与风雅文化自然也就南辕北辙。如孝武之轻侮群臣，《宋书》卷七十六《王玄谟传》载：

> 孝武狎侮群臣，随其状貌，各有比类，多须者谓之羊。颜师伯缺牙，号之曰齴。刘秀之俭吝，呼为老悭。黄门侍郎宗灵秀体肥，拜起不便，每至集会，多所赐予，欲其瞻谢倾路，以为欢笑。又刻木作灵秀父光禄勋叔献像，送其家听事。柳元景、垣护之并北人，而玄谟独受“老伧”之目。凡所称谓，四方书疏亦如之。尝为玄谟作四时诗曰：“堇茶供春膳，粟浆充夏飡。𤉹酱调秋菜，白醝解冬寒。”又宠一昆仑奴子，名曰主。常在左右，令以杖击群臣，自柳元景以下，皆罹其毒。④

这些还不算，孝武尤其喜欢在宴会上当众诟辱群臣，并使自相嘲讦，以为欢笑。有一次宴会，他令王僧朗嘲戏其子景文，江智渊看不下去，正色曰：“恐不宜有此戏。”因此惹怒孝武，斥曰：“江僧安痴人，痴人自相惜。”使得江智渊伏席流

① 《宋书》卷五十一《鲍照传》，北京：中华书局，1974年版，第1480页。
② 《宋书》卷六十一《刘义恭传》，北京：中华书局，1974年版，第1650页。
③ 钱锺书《管锥编·全梁文卷五三》，北京：三联书店，2001年版，第2241页。
④ 《宋书》卷七十六《王玄谟传》，北京：中华书局，1974年版，第1975页。

涕，大受折辱，从此以后，智渊也就失去了孝武的恩宠。孝武子前废帝刘子业，暴虐昏聩超过桀纣，《宋书》卷七十二《始安王刘休仁传》记：

时废帝狂悖无道，诛害群公，忌惮诸父，并囚之殿内，殴捶凌曳，无复人理。休仁及太宗、山阳王休祐，形体并肥壮，帝乃以竹笼盛而称之，以太宗尤肥，号为“猪王”，号休仁为“杀王”，休祐为“贼王”。以三王年长，尤所畏惮，故常录以自近，不离左右。东海王祎凡劣，号为“驴王”，桂阳王休范、巴陵王休若年少，故并得从容。尝以木槽盛饭，内诸杂食，搅令和合，掘地为坑阱，实之以泥水，裸太宗内坑中，和槽食置前，令太宗以口就槽中食，用之为欢笑。①

明帝刘彧登基，好不了两年，也堕入荒秽淫靡。《宋书》卷四十一《后妃·明恭王皇后传》：

上尝宫内大集，而赢妇人观之，以为欢笑。后以扇障面，独无所言。帝怒曰：“外舍家寒乞，今共为笑乐，何独不视？”后曰：“为乐之事，其方自多。岂有姑姊妹集聚，而赢妇人形体。以此为乐，外舍之为欢适，实与此不同。”帝大怒，遣后令起。②

明帝即位初，对于共患难的兄弟及臣僚颇多感戴，如对始安王刘休仁，委以重任，然刘休仁总揽朝政，获得诸多大臣的拥护，又让明帝不悦。《刘休仁传》云：

休仁悟其旨，其冬，表解扬州，见许。……太宗末年多忌讳，猜害稍甚，休仁转不自安。及杀晋平王休祐，忧惧弥切。其年，上疾笃，与杨运长等为身后之计，虑诸弟强盛，太子幼弱，将来不安。运长又虑帝宴驾后，休仁一旦居周公之地，其辈不得秉权，弥赞成之。上疾尝暴甚，内外莫不属意于休

① 《宋书》卷七十二《刘休仁传》，北京：中华书局，1974年版，第1871—1872页。
② 《宋书》卷四十一《后妃·明恭王皇后传》，北京：中华书局，1974年版，第1295页。

仁，主书以下，皆往东府诣休仁所亲信，豫自结纳，其或直不得出者，皆恐惧。上既宿怀此意，至是又闻物情向之，乃召休仁入见。既而又谓曰："夕可停尚书下省宿，明可早来。"其夜，遣人赍药赐休仁死，时年三十九。①

刘休仁与刘彧年龄相近，且都爱好文籍，做藩王时素相亲爱，又共同经历了前废帝的磨难，苦尽甘来，本当同心协力，然宫廷的游戏规则决定了一切都得让位于权力，最后刘休仁不得不死于刘彧之手。前废帝戮杀弟兄时，刘子鸾面临刀斧，绝望地喊出"愿身不复生王家"；刘宋末代皇帝宋顺帝刘準被萧道成逼迫禅位时也说："愿后身世世勿复生天子家"……身处权力的漩涡，命不由人，又哪里来的人格与尊严。

上述帝王之品性、行径，实际上就构成宫廷诗赋、御前应奉的文学背景，而这样的背景，对于作家创作必须具备的主体精神、自由人格无疑是极大的戕害与扼杀。因此，帝王爱好文学，经常举行宴饮吟诗作赋，固然能在社会层面形成一种尊崇诗文的风气，然对于个中人来说，未必就是赏心乐事，尤其是这些举行宴饮的帝王暴虐猜忌，则宴饮之上，就更难产生优秀诗文了。就作家个人来说，将才情与精神耗费于此类宴饮中，卑颜承欢，阿谀奉承，对于其文学创作，终究是弊大于利。

比较起来，宫廷之外文人间的交流，相对自由轻松，少了诸多禁忌与猜疑。如前文提到的谢氏家族的"乌衣之游"，谢灵运的"四友之游"，等等。此外，像谢灵运与王弘之、孔淳之等隐者的游处，王微与兄弟的书信往还，颜延之与陶渊明的交往等，也都是文人间较为自由的交游来往。这类交往对刘宋文学的发展，具有非常积极的意义。谢氏子弟以谢混为首的"乌衣之游"，既是家族中的文学雅会，也为刘宋文坛培育了一批优秀的作家；谢灵运与何长瑜等在永嘉一带游历，又与孔淳之等隐士往还，代表了魏晋以来山水审美意识的大觉醒，谢灵运山水诗的成就，也与这一交游经历密切相关。文人交往，探讨文义，既促进创作，也展开批评。《宋书》卷六十二《王微传》记王微为始兴王刘浚府吏，"浚数相存慰，微奉答笺书，辄饰以辞采。微为文古甚，颇抑扬，袁淑见之，谓为诉屈"，这就包含了袁淑对王微古文的批评。王微没有直接与袁淑理论，而是附书于从弟王

① 《宋书》卷七十二《刘休仁传》，北京：中华书局，1974年版，第1873页。

僧绰。在信中，王微论及其作文之经历及对写作古文的心得体会："吾少学作文，又晚节如小进，使君公欲民不偷，每加存饰，酬对尊贵，不厌敬恭。且文词不怨思抑扬，则流澹无味。文好古，贵能连类可悲，一往视之，如似多意。当见居非求志，清论所排，便是通辞诉屈邪。尔者真可谓真素寡矣。"①文词须"怨思抑扬"，才有韵致曲包，古文连类可悲，看起来意蕴更为丰富。对于那些没有抑扬怨思的文章，王微认为是"真素寡矣"，颇为不屑。像这类文字，就非常具有文学批评价值，反映了当时文人对于古文写作的认识水平。

《宋书》作为历史著作，其意并不在展示当时的文坛情状与文学风貌，然在对历史的客观叙述中，当时君王勋贵、朝臣士子及名士高人的酬酢往还、书疏叙问、契阔谈宴，却包含着丰富的信息，生动展示了当时文坛的真实图景，是认识刘宋文坛情状的第一手史料。本章从文学的角度，对《宋书》中各类人士之交往，择其要者，作了初步的梳理与叙述，从中可见刘宋一代文学活动之繁盛。本章中所论述的各类人等，大多数的本职身份并非文人，实际上，在整个古代社会，亦无所谓专职文人。但这些人留下的作品，有一定文学价值，或其行止履历及日常活动，具有文学史的意义，即在叙述之列。本章对于所涉文人，是从群体的角度，将其放在文学活动来叙述，而在下一章，将就其中有代表性的作家，再作具体叙述。

---

① 《宋书》卷六十二《王微传》，北京：中华书局，1974年版，第1667页。

第六章
《宋书》文人述略

《宋书》中涉及的文人,粗略统计近百人,其中谢灵运、颜延之、鲍照、陶渊明、谢庄等,皆为文学史所必书的刘宋大家。然文学大家在史著中未必能占多少篇幅,如鲍照、陶渊明,皆以附传形式,以寥寥数十行予以交代,而史著中予以慷慨篇幅的,却有不少被文学史所埋没。本章所要拈出予以表彰的,即是一些在史著中较为显著而在文学史中被忽略或重视不够的文士。上一章在论述《宋书》所载文学活动时,对所涉文人也有概括介绍,本章以《宋书》中的资料为基础,对相关作家的介绍与考述,稍作拓进。《宋书》所涉文人近百计,本书因篇幅限制,所论仅其中较具代表性且不应被忽视者。

第一节　皇族文人:刘义恭与刘骏叔侄

刘义恭与刘骏是刘宋皇室中文才最为突出的两位,与刘宋其他较有名的文人相比,也很有特色,然二人在文学史上却多被忽略,故有论述之必要。

刘义恭,刘裕第五子,为文帝刘义隆异母弟,孝武帝刘骏之叔。本传云其"幼而明颖,姿颜美丽",最受刘裕钟爱,为其他诸子所莫及。本传说刘裕饮食寝卧,都带着义恭,须臾不离。刘裕本人崇尚节俭,诸子食不过五盏盘,而义恭爱宠异常,凡求果食,则无限制,多得都来不及吃,转而让给旁人,而庐陵王等其他皇子,想多要一点也不可能。① 刘义恭性格比较懦弱,喜好奢靡享乐,无多少政治野心,加上胆怯谨慎,因此在文帝与孝武帝朝皆得保全。

---

① 《宋书》卷六十一《刘义恭传》,北京:中华书局,1974年版,第1640页。

刘义恭的作品,《隋书·经籍志》著录"宋江夏王义恭集十一卷。梁十一卷,录一卷,又有江夏王集别本十五卷,亡。"[①]严可均辑《全宋文》,录刘义恭各体文章三十八篇,逯钦立《先秦汉魏晋南北朝诗》录其诗计十三首,其中整篇七首,残句六首。其中,录自《宋书》中的各类文章有二十三篇。《宋书》中提到的一些创作情况,因作品未随之载录,严、逯编集未提及,如元嘉二十四年(447),刘义恭建议,以一大钱当两,以防翦凿,议者多同[②]。此议当也有上表,属于义恭著述,且基本内容也比较清楚,然诸书不提。另,逯编《全宋诗》所收诗,皆在《宋书》之外,然其中《彭城戏马台集诗》《登景阳楼诗》《夜雪诗》等,都能在《宋书》中找到写作背景,借助《宋书》可以更深刻地理解其作品。

就《宋书》所录义恭作品及其文学活动来看,主要集中在武帝、文帝及孝武三朝,其创作主要为应制之诗赋及章表书奏等应用文。武帝时,刘义恭年龄尚幼,当无多少创作[③]。义熙十三(417)、十四年(418)刘裕在彭城聚集大臣,皆有饮宴赋诗,一次是谢晦代武帝作诗,王昙首最先赋成,另一次是十四年重阳节为孔季恭饯行。义恭诗见《艺文类聚》卷二十八,题《彭城戏马台集诗》,似乎与武帝彭城诗会有关,然义熙十三、十四年,刘义恭不过四五岁之幼儿,纵使天才,能冲口而出天然之音,也断不能写出如下诗句:

骋骛辞南京,弭节息东楚。懿蕃重遐望,兴言集僚侣。
于役未云淹,时迁变淳暑。眷恋江水流,回首独延伫。

这是《艺文类聚》所录《彭城戏马台集诗》原诗。首两句言诗人辞别京城,驻守彭城(东楚);三句言此地非常重要,四句言召集僚属聚会;五、六句感叹时节变易,转瞬已是溽暑季节,而王事靡盬;七、八句抒发思君望阙之情。从诗意上看,老成苍凉,绝非五岁儿童所作诗。刘义恭成年后出镇彭城凡两次,一次为元嘉三年(426),监南徐兖二州、扬州之晋陵诸军事、徐州刺史,然"未之任";一次为元嘉二十七年(450)春至二十八年(451)或二十九年(452),《刘义恭传》载:

---

① 《隋书》卷三十五《经籍四》,北京:中华书局,1973年版,第1071页。

② 《宋书》卷六十六《何尚之传》,北京:中华书局,1974年版,第1734页。

③ 按,义恭生于晋安帝义熙九年(413),刘裕永初三年(422)去世,终刘裕之世,义恭也不过虚龄九岁。尽管史传云其如何聪慧,即便有创作,其数量和质量应该都很有限。

“二十七年春，索虏寇豫州，太祖因此欲开定河、洛。其秋，以义恭总统群帅，出镇彭城，解国子祭酒。虏遂深入，径至瓜步，义恭与世祖闭彭城自守。二十八年春，虏退走，自彭城北过，义恭震惧不敢追。”非但不敢追，还准备弃彭城而逃，后因为部属坚持才免做逃兵，文帝因此降其号为“骠骑将军”，元嘉二十八年（451）三月，移镇盱眙，至元嘉二十九年（452）冬方返朝①。本诗作于夏日，在彭城刘义恭仅度过一个夏天，就是元嘉二十七年（450）夏，此亦为本诗写作的具体时间。

刘义恭的创作，今可见者当即始于元嘉时期。一类是《彭城戏马台集诗》这类的诗作，一类即应制类诗赋与章表奏疏等应用文。《宋书》所录元嘉时期其所作的就有《嘉禾甘露颂》（卷二十九《符瑞下》），《举才表》、《答诫敕》（卷六十一《刘义恭传》），《答诏慜雷次宗》（卷九十三《隐逸·雷次宗传》），等等。《嘉禾甘露颂》是颂圣之作，刘宋最重符瑞，以之作为政治圣明的天应之象，《宋书》为此专立《符瑞志》三卷。每当出现符瑞，即是词臣施展才华、歌功颂德的极佳时机。元嘉二十四年（447），华林园及景阳山现野生嘉禾，刘义恭带头上表并献《嘉禾甘露颂》，其后又有吉阳县侯沈演之也奏上《嘉禾颂》。刘义恭在献颂的上表中，将祥瑞的出现说成是圣王之德影响二仪，甄陶万有的结果，嘉谷之生乃“神明之应”。在颂中，他竭力赞颂文帝“皇功帝绩，理冠区宇”，以致“四民均极”，“九族既睦，万邦允厘”，并且“降及重华，倚扇清庖。铄矣皇庆，比物竞昭”，一般借祥瑞颂圣德，最多是天人感应的套式，即因圣德之隆，而有天象之感应，比如沈演之的《嘉禾颂》就是这样：“至和所感，靡况弗彰。鸳出丹穴，鹦起西湘。……”德感天地，所以才有种种祥瑞应征②。然刘义恭的颂在此更进一步，把祥瑞说成也是帝王圣德降育滋溉的结果，这样圣德与祥瑞的关系就不是外在的因德而感，而是由德滋育，帝王并非被动地期待着上天对其肯定，而是主动地将德施及万物而得到祥瑞之兆。在上天与帝王的关系中，上天由施动者变为受动者，而帝王由受动者变为施动者。这是一种全新的思维与视角，把帝王捧得比天还高，将颂圣推进到一个新高度。这类文章的写作功夫，可以说是刘义恭在刘宋朝廷安身立命的基本功夫，到孝武朝还将发挥更大的作用。

① 《宋书》卷六十一《刘义恭传》，北京：中华书局，1974年版，第1644—1645页。

② 《宋书》卷二十九《符瑞志下》，北京：中华书局，1974年版，第830—831页。

元嘉九年(432),文帝令内外百官举才,义恭上《举才表》推荐宗炳、徐森之、王天宝三人。该表开篇即称颂文帝朝举贤公正,人尽其才,尽管如此,文帝仍然“发虑英髦,垂情仄陋”,又大开奖掖荐举之门。这一段文字,转折顿挫,层进延展,极具章法。兹后进入正题,推荐人选,对于宗炳,主要从其操守、德行等方面,陈述推荐理由;徐森之、王天宝则根据二人的具体情况,为其推荐藩卫边鄙的合适职位。这充分体现义恭知人善荐,从大局出发处理人事的能力。①

《答诏愍雷次宗》是元嘉二十五年(448)雷次宗去世后,文帝与义恭书谈及次宗之死,义恭的复信。在信中追忆了雷次宗的道德文章,表示哀悼之意,并表请文帝多加哀悯抚恤。

宋文帝在刘宋诸帝中,相对来说较为宽厚。像刘义恭在戍守彭城时畏战而逃,也不过是降了一个尊号,其他一切如故,元嘉二十九年(452)冬还朝,文帝还用自己乘坐的苍鹰船迎接。因此,元嘉时期对刘义恭来说,是其一生较为舒适优渥的时期,在这一时期的文章,虽不少皆是迎合文帝之作,但基本也都表达了自己的真实思想,在有些文章中,还能对文帝提出合适的建议。而在孝武帝朝,刘义恭表面上依然位尊宠渥,然以孝武之个性,义恭的生活处境与元嘉比,犹若冰火两重天地。刘义恭周旋权力场,隐忍媚附,是其孝建、大明时期创作的主要特色,那种含泪之笑,忍辱之歌,所饱含人生苦辣滋味,外人恐怕很难体会得到。

元嘉三十年(453),刘劭弑父篡位,刘义恭冒险逃依刘骏,刘劭遣始兴王杀其十二子,义恭惨遭灭门之痛。刘义恭在新林浦见到刘骏的第一件事,就是上表劝其即位:

> 臣闻治乱无兆,倚伏相因,乾灵降祸,二凶极逆,深酷巨痛,终古未有。陛下忠孝自天,赫然电发,投袂泣血,四海顺轨,是以诸侯云赴,数均八百,义奋之旅,其会如林。神祚明德,有所底止,而冲居或跃,未登天祚,非所以严重宗社,绍延七百。昔张武抗辞,代王顺请;耿纯陈款,光武正位。况今罪逆无亲,恶盈衅满,阻兵安忍,戮善崇奸,履地戴天,毕命俄顷,宜早定尊号,以固社稷。景平之季,实惟乐推,王室之乱,天命有在,故抱拜兆于压壁,赤龙表于霄征。伏惟大明无私,远存家国七庙之灵,近哀黔首荼炭之

① 原文见《宋书》卷六十一《刘义恭传》,北京:中华书局,1974 年版,第 1643—1644 页。

切,时陟帝祚,永慰群心。臣负衅婴罚,偷生人壤,幸及宽政,待罪有司,敢以漏刻视息,披露肝胆。[①]

这一份劝进表,是义恭经历丧家之痛后锥心泣血之作。表中痛陈刘劭、刘浚弑君弑父之暴"乾灵降祸,二凶极逆,深酷巨痛,终古未有",这一终古未有的"深酷巨痛",正义恭所亲历。他在表中还控诉"二凶""恶盈衅满","戮善崇奸",恳请刘骏"赫然电发,投袂泣血",亦是自己的心志所在。国仇家恨集于一身,是其与刘骏建立牢固联盟的现实基础。在刘骏登基之后,义恭倾心辅佐,在国家经济、制度及文化建设方面,多有献策,贡献了自己的忠诚与智慧。

孝武即位之初,根基未稳,刘义恭自觉充当了类似托孤顾命的角色,为孝武皇权的巩固,尽心扶持,百般思谋。孝建元年(454),刘义恭与竟陵王刘诞合上《奏请严章服》,鉴于多年来"章服崇滥"的情况,建议孝武严格章服的等级差序,一是使上下有序,尊卑有别,建立起规范的等级秩序,有助于孝武王权的威严与巩固;二是抑制奢靡逾制之风,为财政薄弱的新朝节省用度。并请从自己这类皇室勋戚入手,严正章服等制度规范,为百官做出榜样。[②] 刘义恭本是奢侈无度之人,然为孝武新朝的基业巩固,上表自愿以身作则,其体情酌势,用心良苦,实为难得。

孝建元年(454)二月,刘义宣起兵反叛,来势汹汹,但孝武依靠王玄谟、柳元景等,很快就平复了刘义宣的叛乱,前后不过四个月的时间。孝武平刘义宣,义恭为名义上的统帅,平叛之前,刘义恭给刘义宣去信劝喻,该信《宋书》全文载录,见卷六十八《刘义宣传》。信一开头,义恭表示听闻其举兵反叛,以为是谣言,这一则表示素来对刘义宣的了解和信任,二则表示刘义宣起兵,在常理看来也是不可能与不能理解的事。接着分析一般藩镇起兵反叛的原因,或是主弱臣强,朝政被大臣主宰,这还可以打着"清君侧"的旗号来起兵;或是君主昏聩,威逼藩镇,起兵图存,似乎还有点正当性。但刘义宣面对的情况完全不是如此,孝武非弱幼之主,国家一切都步入正轨,此时举兵反叛,既无正当的理由,且无成功的可能,刘义宣不仅不忠,且极为不智。在讲明其起兵的不当与不智之后,刘义恭又动之以情,用高祖对他们的养育之情及高祖基业的来之不易来晓谕刘义

① 《宋书》卷六十一《刘义恭传》,北京:中华书局,1974 年版,第 1645—1646 页。
② 《宋书》卷六十一《刘义恭传》,北京:中华书局,1974 年版,第 1647 页。

宣要顾全大局,接着用己方雄厚的军事实力与充足的军事准备来威慑,并透漏从刘义宣作乱的几位干将皆已归服,从内部瓦解刘义宣阵营,警告其起兵必将失败。最后给义宣留出转圜,将其作乱归结为属下的蒙蔽妄为,指出只要将作乱的属下交给朝廷,息兵止戈,则依然不失为朝廷柱石。这篇书信,有理有节有情,既言明利害,又给出解决问题的切实途径与方法。考虑到刘义恭当时主持平叛事务,该文出色的逻辑与论说力,是建立在切实解决现实问题的才干与能力上的。刘义宣兵败被俘,如何处理他又是一个难题,如果孝武明正典刑,刘义宣纵有万般不是,孝武也难逃弑叔内戕之口舌,刘义恭忧在君先,给荆州刺史朱修之写信,要其劝刘义宣自尽谢罪,这样就避免给孝武添麻烦。书信未到,朱修之已先抵江陵,于狱中斩杀了刘义宣。刘义恭的安排落了空,然其急君之所急,既有忠心,又有智谋,孝武帝都看在眼里。

刘义宣之乱平息后,孝武鉴于刘义宣的教训,有意削弱藩王势力。刘义恭及时上表省录尚书,以增强帝王的集权。是年十月,有司奏章皇太后庙毁置之礼,孝武将此议交付群臣讨论,当时具有二品资品的官员计六百六十三人参加①,其中,赞同不毁的有六百三十六人,仅二十七人同意毁庙,刘义恭上议不毁,是多数人的意见领袖。章皇太后,即刘裕婕妤胡道安,为文帝生母,孝武帝祖母,义熙五年(409)被刘裕赐死,文帝登基后,追尊为章皇太后,并立庙于京师。这次毁章太后庙的动议,当是按礼制相关规制,以之归入武帝妃后进行合祭。然章太后生前位分很低,母因子贵方得以享此尊荣,一旦归入武帝后宫合祭,则如何安排位次就很费斟酌,因其毕竟不是武帝皇后。孝武帝显然不愿意自己的祖母降尊纡贵,但如何处理,既保持自己的脸面,又能符合礼制,这个难题就交给群臣去处理。大多数臣僚显然知道应该持何等立场态度,所以赞成毁庙的仅占极少一部分人。这里,刘义恭的上表所起的引导与风向作用,至关重要。

刘义恭《章皇太后毁庙议》全文如下:

经籍残伪,训传异门,谅言之者罔一,故求之者鲜究。是以六宗之辩,

---

① 《宋书》卷十七《礼制四》原文:“二品官议者六百六十三人……六百三十六人同义恭不毁,散骑侍郎王法施等二十七人议应毁。”散骑侍郎官品为第五,原文所谓“二品官议者”的二品官,指的是个人资品达到二品,魏晋同一资品的人可能会出任官阶不等的职位,官品同于资品,而不等于官阶,与隋唐以后官品即官阶不同。参陈长琦《制度史研究应具整体观》(《史学月刊》2007 年第 7 期)。

> 舛于兼儒，迭毁之论，乱于群学。章皇太后诞神启圣，礼备中兴，庆流胙胤，德光义远。宜长代崇芬，奕叶垂则。岂得降侔通伦，反遵常典。夫议者成疑，实傍纪传，知一爽二，莫穷书旨。按《礼记》不代祭，爰及慈母，置辞令有所施。《谷梁》于孙止，别主立祭。则亲执虔祀，事异前志。将由大君之宜，其职弥重，人极之贵，其数特中。且汉代鸿风，遂登配祔，晋氏明规，咸留荐祀。远考史策，近因暗见，未应毁之，于义为长。所据《公羊》，祇足坚秉。安可以贵等帝王，祭从士庶，缘情访制，颠越滋甚。谓应同七庙，六代乃毁。①

该奏议首先对古老的儒家经典作了解构，认为对经典的理解不应固执，一是经籍因年代久远，其物质形态往往并不完备，经典的本意因此也会失真；二是训传流派纷纭，各有其立场与态度，很少能有全面真实探究经典本意的。这就从根本上瓦解了腐儒死搬经书作出的结论了。此为破对方之论。接着从两个方面立自家之说。一是章皇太后生育圣明贤德的太祖皇帝，其尊荣显贵不同寻常，故不应依常礼来对待其庙的毁置；其二对儒家经典作出自己的解释，为自己的立场、主张提供理论支持。最后明确自己的结论："应同七庙，六代乃毁"，即要与天子享受七庙一样的待遇。

这份奏表在严可均所辑《全宋文》中名之《章皇太后毁庙议》，严氏以"议"规范本文文体，如果揆之南朝文体及本文实际写作情形，这是在皇帝诏令下的写作，虽然其中含有议论成分，但与那种独立就某一问题展开论说的议论文还是有所不同，应属于奏启类文章。《文心雕龙·奏启》有云："奏之为笔，固以明允笃诚为本，辨析疏通为首。"②"明允笃诚"与"辨析疏通"本文都做到了。辨析疏通，即其破与立的论析部分，表现了刘义恭出色的逻辑辨析能力。这份辨析能力既要对儒家经典及礼制特别熟悉，同时又要具备通达睿智的见解，方可做到"群经注我"，利用经书作出对自己有利的判断。"明允笃诚"中的"笃诚"，即其对孝武的了解与忠诚，其观点与态度在于和孝武站在同一立场，为孝武寻找理由与根据，并极力为之辩说。这是最为根本的地方。这里所有的申说，其实都

① 《宋书》卷十七《礼制四》，北京：中华书局，1974 年版，第 470 页。

② 刘勰著，詹锳注《文心雕龙义证》，上海：上海古籍出版社，1989 年版，第 862 页。

是结论确定在先，论证附依于后，帝王的尊严与权威是一切的核心。刘义恭的聪明才智及其文章，都是围绕着这个核心，因此，该奏启的写作，及义恭大部分应用文写作，本质上皆是投机与依附性的写作。

刘义恭处处以孝武为重，忧在君前，思深虑苦，其终孝武一朝，虽伴暴虐之君，不免怵惕惶恐，却也能保全富贵，端赖这一份智谋与忠心。刘义恭本传云："时世祖严暴，义恭虑不见容，乃卑辞曲意，尽礼祗奉，且便辩善附会，俯仰承接，皆有容仪。每有符瑞，辄献上赋颂，陈咏美德。"①在孝武统治逐渐巩固并走上正轨之时，刘义恭的角色就变为承颜希宠，近似于弄臣了。大明元年(457)，有三脊茅生石头西岸，此亦是所谓天降祥瑞，刘义恭借机屡次上表劝封禅，令孝武龙颜大悦。盖封禅皆天子祭祀天地，以成功告于神明，是盛世的象征与宣告，秦皇汉武都曾"登封报天，降禅祀地"，于泰山行封禅之礼。刘义恭进表劝封禅，将孝武看成历史上功业彪炳的雄主，以大明之世为千秋盛世，自然大得圣心。该表见于《宋书》卷十六《礼志三》，刘义恭在表中称颂孝武"亲翦凶逆，躬清昏墉，天地革始，夫妇更造，岂与彼承业继绪，拓复禹迹，车一其轨，书罔异文者，同年而议哉"，其功业已远远超过书同文、车同轨的秦皇了。故孝武也当有更宏伟的封禅来"赞扬幽奥，超声前古"，已彰其世之盛。孝武下诏，谦虚地表示虽然上天屡降祥瑞，但自己"德薄勋浅"，还是等"拓清中宇"之时再行封禅。义恭上表之事虽未行，然义恭之心迹令孝武极为愉悦，恐怕这也就是其上表所希望收获到的效果吧。《初学记》还录有刘义恭四句诗："大明总神武，乘时以御天。金牒封梁甫，玉简禅岱山。"②大概也应是劝封泰山的颂诗中的几句。

孝武一朝，刘义恭的创作多是以帝王为中心，《艺文类聚》《初学记》等类书中载录了刘义恭的《华林清暑殿赋》《桐树赋》《白马赋》《登景阳楼诗》等，皆是"卑辞曲意，尽礼祗奉"的"俯仰承接"之作。刘义恭的安身保命之术，除了这类正面的趋奉歌颂之作，还要随时避嫌，防止孝武的猜忌。义恭本传云"义恭常虑为世祖所疑，及海陵王休茂于襄阳为乱，乃上表曰……"这份表严可均辑录于《全宋文》，名之为《条制诸王府镇表》。刘义恭在上表中提出节制诸王权力，防止藩镇作乱的种种措施，如诸王不应派遣到边远之地，文武赴任家室不随行，并

① 《宋书》卷六十一《刘义恭传》，北京：中华书局，1974 年版，第 1650 页。
② 逯钦立编《先秦汉魏南北朝诗》，北京：中华书局，1983 年版，第 1249 页。

经常性轮岗，等等，不仅自己不居嫌疑之地与遭忌之职，还进一步提出削弱藩镇、巩固中央集权的具体措施。

刘义恭在孝武一朝小心恭顺，避嫌疑，歌盛德，进款忠，终保得富贵平安，然其临深履薄，内心遭受到巨大的焦虑煎熬，也是度日如年。所以孝武一去世，让刘义恭如释重负，终于可以恣意放松起来了。《宋书》卷七十七《柳元景传》："世祖严暴异常……太宰江夏王义恭及诸大臣，莫不重足屏气，未尝敢私往来。世祖崩，义恭、元景等并相谓曰：'今日始免横死。'义恭与义阳等诸王，元景与颜师伯等，常相驰逐，声乐酣酒，以夜继昼。"[①]由此可见，义恭在孝武朝是何等苦闷压抑。孰料继位的刘子业，残暴荒淫较其父更有过之，柳元景、刘义恭等欲行废立，柳元景更力推刘义恭称帝以代之，然几位谋事不决，优柔寡断，反为刘子业乘先，将刘义恭连同其四个儿子一起残酷杀害。刘子业杀死叔祖尚不解恨，还将义恭尸首肢解，"分裂肠胃，挑取眼精，以蜜渍之，以为鬼目精"，其残暴悖戾，禽兽不如，旷古罕见。可怜刘义恭一生谨慎，"逃孝建、大明之网罗，翱翔百僚之上，而终授首于子业"[②]，这也是中世纪皇权政治、宫廷权争无地可逃的宿命。刘义恭天纵聪慧，文采学问皆为上等人才，然生于皇家，浮沉于权力的黑暗染缸中，其才华也不过就是给那些俯仰承颜的文章多增添些绚烂的藻绘而已。从其留下的作品来看，在文学史上的定位，应是颇有才华的应制文人，在应制文学中，以巧于构思、精于结撰见长，其文字陈情推理，多具说服力。

刘义恭的创作特色，是与文帝刘义隆、孝武帝刘骏两位帝王紧密联系在一起的，尤其是刘骏，对刘义恭的创作风格更是决定性的因素。刘骏本人因其帝王之身份地位，自然不需要谄谀媚附的文字，其留下的作品，文学价值更高，且因其地位，对刘宋一代的文学风气产生引领性的巨大影响。

刘骏为文帝第三子，生母路惠男，为文帝淑媛。刘骏是刘宋皇族中资质较佳者，《南史》说他"少机颖，神明爽发。读书七行俱下，才藻甚美，雄决爱武，长于骑射"[③]，乃文武兼备之才。刘骏的创作可分为藩王与帝王两大时期，然在风格上颇多一致，其在藩王时期形成的文学趣味与创作个性，一直影响到其后来称帝。元嘉十二年(435)，刘骏六岁，被封为武陵王，食邑二千户；元嘉十六年

---

① 《宋书》卷七十七《柳元景传》，北京：中华书局，1974 年版，第 1990 页。
② 王夫之《读通鉴论》卷十五，北京：中华书局，1975 年版，第 508 页。
③ 《南史》卷二《宋本纪》，北京：中华书局，1975 年版，第 55 页。

(439),即开始督镇外藩,先后都督湘州、南豫州、秦州、雍州、江州等一州或多州军事,长期生活在长江中下游荆、襄一带,受江汉文化影响很大,爱好歌舞妓乐,饱听吴歌西曲,也养成喜爱侧艳文学的趣味。刘骏今存的几首拟古、拟乐府及杂诗,如《丁督护歌》《夜听妓诗》《自君之出矣》《七夕诗二首》等,抒情细腻而缠绵,文辞绮丽而清浅,读来极为动人。

刘骏为君,严暴苛虐,史书还多载其荒淫之行,乃至还诬言其与母后有不伦之举[①]。然其也有深情且多情的一面,如其与刘义宣之女殷淑仪的感情,就极为真挚动人。《南史》卷十一《后妃·殷淑仪传》对其来历有所交代:"殷淑仪,南郡王义宣女也。丽色巧笑。义宣败后,帝密取之。宠冠后宫。假姓殷氏,左右宣泄者多死,故当时莫知所出。"[②]殷淑妃大明六年(462)卒,孝武悲不自胜,《宋书》卷八十《刘子鸾传》载:"追进淑仪为贵妃,班亚皇后,谥曰宣。葬给辒辌车,虎贲、班剑,銮辂九旒,黄屋左纛,前后部羽葆、鼓吹。上自临南掖门,临过丧车,悲不自胜,左右莫不感动。"[③]他甚至不忍下葬,为殷氏作"通替棺",每当思念时,辄引屉睹尸,用情之深之痴如此。并使巫士招魂,仿汉武帝《李夫人赋》,作赋以悼念,该赋《宋书》全文收录:

朕以亡事弃日,阅览前王词苑,见《李夫人赋》,凄其有怀,亦以嗟咏久之,因感而会焉。

巡灵周之残册,略鸿汉之遗篆。吊新宫之奄映,喭壁台之芜践。赋流波之谣思,诏河济以崇典。虽媛德之有载,竟滞悲其何遣。访物运之荣落,讯云霞之舒卷。念桂枝之秋賨,惜瑶华之春翦。桂枝折兮沿岁倾,瑶华碎兮思联情。彤殿闭兮素尘积,翠所芜兮紫苔生。宝罗暍兮春幌垂,珍簟空

① 刘骏与母后不伦之举,窃以为并不足信。《宋书》卷四十一《路淑媛传》:"上于闺房之内,礼敬甚寡,有所御幸,或留止太后房内,故民间喧然,咸有丑声。宫掖事密,莫能辨也。"写得很含蓄,而且说明此事真假难辨。言之凿凿的是《魏书》卷九十七《岛夷列传》:"骏淫乱无度,蒸其母路氏,秽污之声,布于欧越。"《魏书》将南朝诸帝皆贬为"岛夷",自然愿意生发南朝丑闻,其言并不足信。刘骏与其母路淑媛皆不得文帝之宠,刘骏长期驻守外藩,母亲在宫中别无所恋,随子赴任,相依为命。刘骏本人不拘礼法,行事常出人意表,估计与母亲相处之亲密无忌,令腐儒难以理解,遂以己度人,秽乱猜测。再加上孝武严苛,对其不利之传言,宁信其有,而无人愿辩其无,以致谣言由庙堂传播民间。

② 《南史》卷十一《后妃·殷淑仪传》,北京:中华书局,1975年版,第323页。

③ 《宋书》卷八十《刘子鸾传》,北京:中华书局,1974年版,第2063页。

兮夏帱扃。秋台恻兮碧烟凝，冬宫冽兮朱火清。流律有终，深心无歇。徙倚云日，裴回风月。思玉步于凤墀，想金声于鸾阙。竭方池而飞伤，损园渊而流咽。端蚕朝之晨罢，泛辇路之晚清。[illegible]南陆，跸阊阖，轹北津，警承明。面缟馆之酸素，造松帐之葱青。俯众胤而恸兴，抚藐女而悲生。虽哀终其已切，将何慰于尔灵。存飞荣于景路，没申藻于服车。垂葆旒于昭术，竦鸾剑于清都。朝有俪于征准，礼无替于粹图。閟瑶光之密陛，宫虚梁之余阴。俟玉羊之晨照，正金鸡之夕临。升云轝以引思，锵鸿钟以节音。文七星于霜野，旗二耀于寒林。中云枝之夭秀，寓坎泉之曾岑。屈封嬴之自古，申反周乎在今。遣双灵兮达孝思，附孤魂兮展慈心。伊鞠报之必至，谅显晦之同深。予弃西楚之齐化，略东门之遥衽，沦涟两拍之伤，奄抑七萃之箴。①

本赋虽是模拟汉武帝《李夫人赋》而作，然篇幅要有更多扩展，抒情也更为细腻。汉武帝的《李夫人赋》不过是以大自然景物变化来衬托自己忧伤的情感，取景比较虚括，实际上并无很突出的针对性。而孝武帝此赋细细描摹殷淑妃生前所生活的活动场所，这些地方的亭台楼阁、树木花草，如今是如何笼罩在无边的凄清与悲凉之中。赋以殷淑妃所处之各个场所与四时之景的变化，将悼亡放在无终无始的时空之流中，抒写无时不在、无地可避的思念伤怀之情。情景交融无间，宫室庭院，花草树木，帷帐车辇，无一不浸透着作者悲伤欲绝的情感。魏晋以来，悼亡类的诗词赋写作达到新的艺术高度，其特征就是写景抒情的细腻与深化。“潘岳悼亡犹费辞”，这一“费辞”现象，实际上就是描写不断趋向细腻，取景的范围更为具体、真切，抒情建立在更为真实、生动的现实生活场景之中，因此也就更具有感染力。

刘骏留下的文籍，在史书中载录的多为各类诏书，这些诏书的作者不好判断，孝建、大明两朝尚书职上都有多人轮换，史传也未言专职诏告的大臣。这些诏书虽然最终都由孝武审核定夺，能代表其思想，但不一定就能代表其文字风格。不过也有部分诏书，尤其是那些具有私人通信性质的，因其帝王之身份，凡所文字皆为诏书，但实际上是私人书信，这类文字大致能判断是孝武本人所拟。如《答子业》（《前废帝纪》）、《答王玄谟诏》（《王玄谟传》）、《与

① 《宋书》卷八十《刘子鸾传》，北京：中华书局，1974年版，第2063—2064页。

颜竣诏》(《颜竣传》)、《又与颜竣诏》(《建平王刘宏传》)等。《宋书》中载录的与颜竣的两份诏书,都是布置对亡故臣僚与亲王的纪念事宜,《颜竣传》中载录的是纪念何偃:

> 何偃遂成异世,美志长往。与之周旋,重以姻媾,临哭伤怨,良不能已。往矣如何!宜赠散骑常侍、金紫光禄大夫,本官如故。①

孝武布置追悼大臣的诏书在《宋书》中收录了不少,如大明五年(461)的《经王弘墓下诏》(《王弘传》)、《经殷景仁墓下诏》(《殷景仁传》),这两份诏书乃经故臣墓下,触景生情而作,为孝武亲撰的可能性比较大,然可能因为此二人在现实生活中与之并无交集,故这两份诏书虽有哀悼之意,终究还是流于官样文章。孝武对何偃的感情就完全不同了。何偃与颜竣为孝武两大宠臣,二人因俱爱好文义,常以文相切磋,关系也非常好。颜竣本以为自己任遇隆密,最为孝武所看重,但后来发现自己的位次始终与何偃不相上下,意颇不悦,两人的关系也变得有些生疏,这说明何偃在孝武心目中的位置之重要。孝武与何偃还是儿女亲家,孝武长女山阴公主嫁何偃子何戢,二人不仅是君臣,还是姻亲。何偃的去世,孝武是发自内心的悲伤。他写给颜竣的信,虽寥寥数行,却是一往深情,读之令人感慨不已。此段文字,可与曹丕《与吴质书》追念七子的文字并读,都是语约意永,言外有无限低徊的小品佳作。孝武在这些文字里面,表现出文人突出的感性特征,在这一方面,他实际上是继承了魏晋人性解放、文学自觉的新传统。

孝武的著述,还涉及史学领域。《宋书》卷一百沈约在《自序》中叙述《宋书》的撰述情形云:"至于臧质、鲁爽、王僧达诸传,又皆孝武所造。"②臧质、鲁爽、王僧达等人,臧质、鲁爽皆附依刘义宣作乱者,臧质在孝武初登基时,"以少主遇之,是事专行,多所求欲"③,对孝武颇多轻蔑与不敬。王僧达也是桀骜不驯之徒,多与孝武违忤,最后被下狱赐死。此三人,皆孝武之仇怨,孝武为之立传,是要令之遗臭万年。因此,沈约后来整理重撰《宋书》,对这类传记都予以删削重

---

① 《宋书》卷五十九《何偃传》,北京:中华书局,1974 年版,第 1609 页

② 《宋书》卷一百《自序》,北京:中华书局,1974 年版,第 2467 页。

③ 《宋书》卷七十四《臧质传》,北京:中华书局,1974 年版,第 1914 页。

撰。尽管如此，孝武亲撰传记对沈约撰述还是有不小的影响，像臧质、鲁爽等传，都是属于所谓恶传，无论是对其历史定位，还是叙述时的用词与语调，皆多有贬低。孝武不仅为仇敌撰传，也为其所亲赖者撰传，比如刘义恭。《刘义恭传》云："大明中撰国史，世祖自为义恭作传。"①从中可见刘骏的史学兴趣，大明间修国史，他是亲力亲为，自己也深度参与其中。

刘骏在文学史上的贡献，主要是引领了一代文学风气，为齐梁更为绮丽、柔靡的文风导夫先路。刘勰曾谓"宋初讹而新"(《文心雕龙·通变》)，更准确地说，刘宋的"讹新"是在孝武帝时期才真正形成风气的。裴子野《雕虫论》云："宋初迄于元嘉，多为经史，大明之代，实好斯文。高才逸韵，颇谢前哲，波流相尚，滋有笃焉。自是闾阎年少，贵游总角，罔不摈落六艺，吟咏情性，学者以博依为急务，谓章句为专鲁，淫文破典，斐尔为功。"②裴子野认为大明时期，社会习尚由经史转向诗文，且诗文喜欢驱事用典，辞藻也趋向繁缛。实际上，这段话更切合元嘉时期以谢灵运、颜延之为代表的文风，孝武时期诗文因受江南民间乐府的影响渐巨，诗文已由尚典转向尚情与重辞藻。如果说元嘉时期的文风代表是颜、谢，则孝建、大明时期的代表是休、鲍，颜、谢的特点是缛词与事典，而休、鲍的特点则是尚情、清丽与趋俗。钟嵘云"大明、泰始中，休鲍美文，殊以动俗"③，其所谓动俗之美文，即休、鲍等仿效民间乐府的情诗。颜延之对鲍照、汤惠休颇为厌忌，据《南史·颜延之传》："颜之每薄汤惠休诗，谓人曰：'惠休制作，委巷中歌谣耳，方当误后生。'"④他还将惠休与鲍照并提，"立休鲍之论"，对鲍照、惠休吸取江南民歌而创作的委巷歌谣甚为鄙薄。然而，孝武却对惠休颇为赏识，《宋书》卷七十一《徐湛之传》记孝武令惠休还俗事，并授其扬州从事史⑤。孝武令惠休还俗可能与大明二年(458)的《沙汰沙门诏》有关⑥，也有以为是惠休嗜酒色，无仪法，孝武以其污沙门行，诏勒还俗⑦。不管这些记录是否属实，孝武令

---

① 《宋书》卷六十一《刘义恭传》，北京：中华书局，1974年版，第1651页。

② 裴子野《雕虫论》，见《文苑英华》卷七百四十二，北京：中华书局，1966年版，第3873页。

③ 《诗品下》谢超宗诸人条，钟嵘著，曹旭注《诗品集注》，上海：上海古籍出版社，1994年版，第432页。

④ 《南史》卷三十四《颜延之传》，北京：中华书局，1975年版，第881页。

⑤ 《宋书》卷七十一《徐湛之传》，北京：中华书局，1974年版，第1847页。

⑥ 《宋书》卷九十七《夷蛮传》，北京：中华书局，1974年版，第2386—2387页。

⑦ 释神清《北山录》卷九《异学》，《大正藏》第52册，台北：佛陀教育基金会，1990年版，第629页。

其为扬州从事史，也算是知人善任。惠休的委巷歌谣，也是孝武本人乐府诗的特色，其在藩时所作《丁督护歌》《自君之出矣》《夜听妓诗》等，都是以男女之情、离别相思等为基本内容，歌儿舞女，柔情缱绻。尤其是像《夜听妓诗》这样的作品，直接以歌舞妓乐为标目，较以往用《艳歌行》之类的含蓄委婉，要直白大胆得多。在孝武之后，像丘巨源《听邻妓诗》、谢朓《夜听妓诗》、梁简文帝《听夜妓》，等等，就纷纷出现了，所谓"声色大开"，莫此为甚，而孝武适始作俑者。

孝武登基后，江汉一带的"新哇""俗谣"也被其带入宫廷。《宋书》卷十九《乐志一》："孝武大明中，以《鞞》、《拂》、杂舞合之钟石，施于殿庭。"这是孝武首次将民间俗乐施于宫廷。其后，"随王诞在襄阳，造《襄阳乐》，南平穆王为豫州，造《寿阳乐》，荆州刺史沈攸之又造《西乌飞哥曲》，并列于乐官。歌词多淫哇不典正。"[①]这就是孝武所带动的音乐革新，理所当然遭到一些保守派的反对。孝武、明帝爱好相近，且皆为独断之君，没人敢逆龙鳞，到顺帝朝，王僧虔就上表历数新乐种种不合儒家礼制之处。然正如其上表所云："家竞新哇，人尚谣俗，务在噍危，不顾律纪，流宕无涯，未知所极"[②]，新声在孝武的推动下，已深入朝野，广植人心，个别保守派反对也无济于事了。

在孝武朝，围绕在孝武身边的一群文士，也上行下效，在文学趣味与创作上趋向绮靡。孝武有《七夕诗》，谢庄就有《七夕夜咏牛女应制诗》，王僧达有《七夕月下诗》，徐爰后来也有《咏牛女诗》，可见这一题材影响之广。孝武有《夜听妓诗》，鲍照也有同题诗；孝武有《自君之出矣》，刘义恭、颜师伯也有《自君之出矣》……风格、情味也多相近。这类以女子、相思、情爱等为主题的诗歌，在孝武朝非常流行，描写渐趋细腻，用词日益流靡，在某种程度上，与齐梁时期的宫体诗极为相似，因此，也有不少学者认为齐梁宫体诗，实际上在孝武朝已露端倪。

孝武以帝王之尊，引导文学新风气，使其在大明及其后明帝时的泰始时期，不断成长壮大，为齐梁文学新时代的到来，奠定坚实的基础。就这一角度来说，孝武对于中古文学史的演进，实具深远之影响。

---

① 《宋书》卷十九《乐志一》，北京：中华书局，1974 年版，第 552 页。

② 《宋书》卷十九《乐志一》，北京：中华书局，1974 年版，第 553 页。

第二节　朝士文人：从傅亮到袁粲

《宋书》朝庭重臣中，文义之士甚多，皆有文籍传世，虽然不少今已散佚，但仅以《宋书》所叙录，亦可见其人在刘宋文学中之风采及地位，今择其较著名而文学史重视不够的几位，略作论述，借此观察刘宋文学史，或可得更为客观、丰满的映像。

在刘裕朝，徐羡之、傅亮、谢晦是最为重要的三位大臣，其中，傅亮、谢晦之文义，亦为拔萃。傅亮字季友，灵州人，曾祖傅玄、祖傅咸，皆为晋著名文学家，傅玄留下的《秦女休行》《豫章行·苦相篇》，乃诗史之名篇。父傅瑗，亦以学业知名。傅亮可称得上是家学渊源，门第清华。傅亮的作品，《隋书·经籍志》载："宋尚书令《傅亮集》三十一卷，梁二十卷，录一卷。"[①]为《隋志》著录刘宋文集中最多的一位，在《宋书》载文中，傅亮所作各类作品选了十二首，也属于数量较多的。这些作品以朝庭公文类居多，傅亮文集数量在《隋志》之所以为刘宋作家之冠，大概即因为这类作品所占据的分量。

《宋书》卷四十三《傅亮传》："高祖登庸之始，文笔皆是记室参军滕演；北征广固，悉委长史王诞；自此后至于受命，表策文诰，皆亮辞也。"[②]刘裕攻克广固在义熙六年(410)二月，则自此后至元熙二年(420)晋宋之禅，差不多十年，与刘裕相关的大多数表策文诰，皆由傅亮职司。傅亮所写的很多公文今已散佚，然仅就因《宋书》载录而存留的部分来看，确实当得起宋台第一手笔的地位。

《策加宋公九锡文》是傅亮存世最长的一篇策文[③]。该文作于义熙十二年(416)，以朝廷名义为刘裕册封就锡，这是朝臣所能享受到的最高荣耀，也是其权力达到巅峰的象征。汉魏晋时期，王莽、曹操、司马昭等接受过九锡之封。司马昭受九锡，阮籍被迫作《劝进表》，压着一肚子不情愿，堆积满纸的谀词恭维，读起来终究有些空洞；而傅亮则是借朝廷的名义，积极为刘裕表功，比阮籍的《劝进表》就写得细致、切实得多，篇幅也是阮表的数倍。该表将刘裕的功绩德行一桩桩落实到纸上。前半为刘裕表功，在陈述其破桓玄迎安帝的勤王首功之

① 《隋书》卷三十五《经籍四》，北京：中华书局，1973年版，第1072页。
② 《宋书》卷四十三《傅亮传》，北京：中华书局，1974年版，第1337页。
③ 该文见《宋书》卷二《武帝纪中》，北京：中华书局1974年版，第38—40页。

后，接连有八个“此又公之功也”，合在一起，堪为九阳之功。对于每一桩功绩，逻辑上先铺述时势之艰危，再渲染刘裕扶坚济危之功勋，语言则皆用极堂皇而铿锵的四言骈体美文。如叙勤王之首功，先叙桓玄篡夺之恶：“桓玄肆僭，滔天泯夏，拔本塞源，颠倒六位，庶僚俯眉，四方莫恤。”天昏日暗，大厦将倾，却无人能挺身而出，这时刘裕“精贯朝日，气凌霄汉，奋其灵武，大歼群慝，克复皇邑，奉帝歆神”，可谓是一人不出，其奈苍生何！充分说明了刘裕于历史与时局的重要性，是国家的赖以维系的柱石。再如叙其北伐鲜卑之功，先叙鲜卑之为非之巨：“鲜卑负众，僭盗三齐，狼噬冀、青，虔刘沂、岱，介恃遐阻，仍为边毒。”这一叙述，为刘裕的出场作了充分铺垫，在此危难之际，刘裕“搜乘秣驷，敻入远疆，冲橹四临，万雉俱溃，窃号之虏，显戮司寇，拓土三千，申威龙漠”，在茫茫大漠、万乘千骑的雄伟背景下，刘寄奴的英雄形象及气概，真有气吞万里之势。此表可见傅亮文笔之雄丽。

《为宋公加赠刘前军表》是刘穆之去世之后，刘裕向朝廷请求追赠刘穆之的上表，起草者为傅亮①。该表追记刘穆之勤恳奉公的种种表现，尤其着重指出刘裕自己所做出的一些功绩，背后都有刘穆之的襄助，其与刘穆之，一个挥戈于外，一个筹谋于内，通力协作，才有卓著之功业。“臣伏思寻，自义熙草创，艰患未弭，外虞既殷，内难弥结，时屯世故，靡岁暂宁。岂臣以寡乏，负荷国重，实赖穆之匡翼之益。”两人互相扶持，在风雨如磐的时局中，共度艰危，患难与共，二人因此凝成深厚的情谊。该表为刘穆之请功求封，既因为刘穆之对晋室的贡献，也因为刘裕对刘穆之真诚的友谊。傅亮准确地把握到这一点，将刘穆之的功劳与刘裕紧密联系在一起，以情行文，将此表写得情深意挚，催人泪下。

在傅亮本传中，还载录了傅亮数首诗赋及杂文。《感物赋》写作背景是少帝继位后，不修君德，傅亮作为顾命大臣，置身两难境地：进谏无路，而废立无疑要承担很严重的政治责任。该赋通过飞蛾扑火，感物伤情，抒发身处危局，进退两难的孤危心境。赋由铺陈、渲染环境入手，暮秋之夜，霜严风肃，蜻蛚哀鸣，冷月当空，作者深夜不眠，见习习飞蚋，在眼前飞来飞去，“糜兰膏而无悔，赴朗烛而未惩；瞻前轨之既覆，忘改辙于后乘”。飞蛾扑火，前赴后继，对于前车之覆，仿佛视若无睹。与昆虫相比，人作为万物之灵，却有不少人“徇末而舍本，或耽

① 《宋书》卷四十二《刘穆之传》，北京：中华书局，1974年版，第1307页。

欲而忘生。碎随侯于微爵，捐所重而要轻”，正是“矧昆虫之所昧，在智士其犹婴”，昆虫昧惑不明，自甘赴死，而智士有时同样如此，不禁让人感慨万端。其实，“悟雕陵于庄氏”云云，可见作者并非不知其处境之孤危，然知道是一回事，做起来又是一回事，也许人生的悲剧正在于此。如果说当局者迷，糊里糊涂地走到覆灭，也没有什么痛苦，而对于傅亮来说，是当局者依然清醒，知道那最后的结果，但他没有第二条路可供选择。[①] 与《感物赋》主旨类似，《宋书》载有傅亮《演慎论》一篇，博引史事，纵论古今，论述“慎终如始”之理[②]。与《感物赋》相比，一侧重于情，一侧重于理，表现出因为文体之异而导致的不同风格。该文为骈体，但句式多变，既有句句相对，又有隔句相对，工整而又不板滞，在南朝骈文中，亦为可数的佳作。

傅亮除了文章，也擅诗，迎接刘义隆继位时，于道路赋诗三首，颇为后人称道。《宋书》引载其一，云：

> 夙棹发皇邑，有人祖我舟。饯离不以币，赠言重琳球。知止道攸贵，怀禄义所尤。四牡倦长路，君辔可以收。张邴结晨轨，疏董顿夕辀。东隅诚已谢，西景逝不留。性命安可图，怀此作前修。敷衽铭笃诲，引带佩嘉谋。迷宠非予志，厚德良未酬。抚躬愧疲朽，三省惭爵浮。重明照蓬艾，万品同率由。忠诰岂假知，式微发直讴。[③]

知止为贵，怀禄多尤的道理，诗人并非不知，古人也有很好的样板在那里，自己也非迷宠忘返之人，且马疲人倦，正是归憩之时。然而先皇的厚德未酬，其所作所为一为报先皇顾遇之恩，二为刘宋之江山社稷。本诗言忠悃之情，指出之所以不能抽身而退的缘由，而更多的则是抒发身在局中，无力自拔的无奈之情。

傅亮与徐羡之、谢晦等废少帝，迎立刘义隆继位，是为宋文帝。而当文帝权力巩固之后，这些权倾朝野，擅行废立的重臣，就成为皇权的最大威胁，傅亮悲剧性的结局，在其起意废黜少帝之时，无论成败与否，皆已注定。傅亮对于自己

① 傅亮《感物赋》，见《宋书》卷四十三《傅亮传》，北京：中华书局，1974 年版，第 1340 页。
② 《宋书》卷四十三《傅亮传》，北京：中华书局，1974 年版，第 1338—1339 页。
③ 《宋书》卷四十三《傅亮传》，北京：中华书局，1974 年版，第 1341 页。

的命运，既有不祥的预感，而又无能为力，《宋书》本传所载傅亮的两篇诗、赋，生动展现了傅亮的处境及其心境，那种切身的感触，非局中人实难体味。

与傅亮同为顾命重臣，参与废黜少帝、迎立文帝的谢晦，出身于陈郡谢氏家族，门第高华，文才亦极为出众，在谢氏子弟的"乌衣之游"中，是重要成员之一。不过，谢晦的著作，今所存者甚少。《宋书》本传载谢晦最终为刘宋朝廷所击败，谢本人也兵败被俘，于路作《悲人道》，情感真挚、文辞哀切，有一定的艺术价值。赋之主旨在"悲人道之实难，哀人道之多险，伤人道之寡安"，谢晦在赋中回顾自己一生经历，从追随刘裕开国建业，到接受顾命辅佐少帝，再到迎立文帝，并剖陈心迹云"矧吾侪之体国，实启处而匪遑。藉亿兆之一志，固昏极而明彰。谅主尊而民晏，信卜祚之无疆。国既危而重构，家已衰而载昌。获扶顾而休否，冀世道之方康"，一片报国赤诚，最终却"横遭罹之殃衅"，从昔人那里听到的"功弥高而身蹙"的人生教训，终于应验到自己身上，此时再想到庄子的哲言，为时已晚。整篇赋写得曲折回环，悲慨淋漓，在某种程度上，其情其怨，与《离骚》的抒情颇有几分类似。该赋以骈句为主，篇幅较大赋大为减少，而比一般抒情小赋有所扩展，属于较早出现的骈赋，有体制上的创新意义，文学史价值不容忽视。

谢晦与其侄谢世基一起被戮，世基作《临终诗》："伟哉横海鳞，壮矣垂天翼。一旦失风水，翻为蝼蚁食。"发出时运不济，功败垂成的哀叹，颇似项羽的"非战之罪"。谢晦续之曰："功遂侔昔人，保退无智力。既涉太行险，斯路信难陟。"理性思考自己悲剧性的命运，是因为缺乏保退之智力。实际上，身在权力场，受各方面因素的制约，保退无力，有时也不仅仅是智力不济。

《宋书·谢晦传》中还留下两篇表文与一篇檄文，据《宋书》卷六十四的《何承天传》，谢晦将见讨，"使承天造立表檄"，严可均《全宋文》将此三篇文字皆归之于何承天名下，大致不差。何承天受谢晦知遇，为其咨议参军，领记室。谢晦领兵东下，何承天留府未跟从，到彦之兵至，何承天即诣军前请罪，故得宥，后颇为文帝看重。何承天不仅是文帝朝的学界领袖，为国子学博士，文帝立四学，他主持史学。在其主持下，为刘宋一代之史奠定了初步的规范。何承天本传中，载录其所上威戎御远之表，既见文才，更显治国理政的能力。何承天在为谢晦掌书记时，替谢所草的两表一檄，最能反映何的文学成就。这两篇表文皆为替谢晦向文帝陈情之作，其一作于元嘉三年(426)。宋文帝诛杀徐羡之、傅亮，又杀害了谢晦的弟弟及儿子，然后引兵讨谢。谢晦闻知朝廷之变，也在军事上作好充分准备，然其并无对抗之意，故向文帝陈情。在这份表中，何承天替谢晦历数功绩，云："臣忝居蕃任，乃诚匪懈，为政小大，必先启闻。纠剔群蛮，清夷境内，分留弟侄，并侍殿省。"并以刘裕与之申以婚姻，来说明先皇对其顾遇。谢晦在表中还尤其陈述其对迎立文帝的功劳，希望能引起文帝的忆念。在陈述自己功绩的同时，也为徐羡之、傅亮陈功鸣冤。接着将屠戮大臣的责任归咎于王弘兄弟及王华，云其陈兵只为肃清君侧，一旦"戮此三竖，申理冤耻"，即"谢罪阙庭，虽伏锧赴镬，无恨于心"。该表陈冤述忠，文情并茂，诚恳动人，而在控诉朝中奸佞弄权，提出陈兵肃奸之时，又义正辞严，刚介内蕴[①]。但谢晦的陈情表，既未使文帝动情，谢晦清君侧的要求亦未使文帝有所顾忌，朝廷的军队继续逼近荆州，在最初的交战中，谢晦颇占上风，于是又再次给文帝上表，陈述自己只有肃清君侧奸佞，而非蓄意对抗朝廷的心曲。这第二份奏表以"臣闻凶邪败国，先代成患；谗竖乱朝，异世齐祸"开篇，历数史上祸乱朝纲的奸臣，接着指出王弘等人迷惑君主，导致文帝对徐羡之、傅亮等的诛杀，以致政局紊乱。该表分析了文帝的心理，认为文帝亲政，而辅佐大臣权重威盛影响到皇帝的专权，所以产生嫌隙，是一件很正常的事，王弘等人正是利用这一点，构陷大臣的阴谋才得逞。表中特别指出文帝的举措不过是因王弘等人的谗佞而"暂惑"，于是表的重点转到叙述当时废少帝迎文帝的不得不为之情势，并再次剖明自己忠心为国，忠于文帝的心迹。[②]《文心雕龙·章表》有云："章表之为用也，所以对扬王庭，昭明心曲。"[③]何承天所草拟的两份上表，情感充沛，言辞恳切，而又理气流畅，堪称典范之作。第二份奏表因作于初战告捷，较第一份奏表气势更足，文辞更为骋华。在其第一次上表未果，朝廷征讨旋至的情况下，谢晦不得不聚兵缮甲，并传檄天下，以正出师之名。该檄文的内容与两份奏表大多类同，然用词及语气却大有区别。檄文开篇即慨叹"王室多故，祸难荐臻。营阳失德，自绝宗庙"，接着指斥王弘等人"谬蒙时私，叨窃权要"，并历数桩桩事实。然后笔锋一转，写到自己"虽以不武，忝荷蕃任，国家艰难，悲愤兼集"，在此背景下，不欲"小人得志，君

① 谢晦《上文帝表》，见《宋书》卷四十四《谢晦传》，北京：中华书局，1974年版，第1350—1352页。

② 谢晦《再上文帝表》，见《宋书》卷四十四《谢晦传》，北京：中华书局，1974年版，第1356—1358页。

③ 《文心雕龙·章表》，刘勰著，詹锳注《文心雕龙义证》，上海：上海古籍出版社，1989年版，第834页。

子道消，凡百有殄瘁之哀，苍生深横流之惧”，“辄纠勒义徒，缮治舟甲，舳舻亘川，驷介蔽野，武夫鸷勇，人百其诚”，既剖陈自己心系国家社稷的一片忠诚，又展示了军威之盛，人心之所向。[①] 与上表的泣泪相交、以情动人相比，檄文辞锋锐利，气势夺人，体现出不同的文体，其表达方式与审美风格的差异。刘勰《文心雕龙·檄移》云檄文的写作须“事昭而理辨，气盛而辞断”[②]，何承天所草拟的檄文，正可当之。《谢晦传》中之檄文与上表，以及前述傅亮之赋与论，因为文体的不同，在基本内容及主旨相同的情况下，其写作及风格皆表现出较大的差异，说明在刘宋时期，人们的文体观念已经比较确定，有着较为明确的文体区分意识，而刘勰相关文体论述，也正是建立在当时写作实践的基础上。何承天著作等身，有集三十二卷，在史、经、天文、历法等领域，皆有卓越的贡献。其文学才华，《宋书》所载录的相关文章，给予了较充分的反映。

宋文帝时期，朝廷重臣中，徐湛之、王僧绰、江湛、王昙首等，也都是文义出众之士。江湛、王僧绰在《宋书》中无作品载录，文帝欲废刘劭太子位，密遣江湛草拟诏告，可知江湛在某种程度上既是文帝心腹，亦为文胆。王僧绰亦为文帝心腹，刘劭在东宫夜飨将士，僧绰密以启闻，文帝又令其撰汉魏以来废诸王故事，此中亦可见王僧绰的文才与史识。徐湛之为皇室宗亲，其母为高祖长女会稽公主，故其是高祖外孙，文帝之外甥，自幼即为高祖所溺爱。《宋书》本传云湛之“善于尺牍，音辞流畅”，但其所作尺牍，今已无存，所存之作品，唯两篇表文，《上范晔等反谋表》见于《范晔传》，《还郡自陈表》见于徐湛之本传。这类表文实际上也无特别之处，但能见出徐湛之的文才亦自不弱。王昙首为高祖、太祖两朝重臣，与上述诸人比，爱好文义，兄弟分财，王昙首唯取图书而已，文才也最为突出。高祖彭城戏马台诗会，王昙首诗最先成。他与王球拜谒高祖时，高祖曰：“此君并膏粱盛德，乃能屈志戎旅。”王昙首回答：“既从神武之师，自使懦夫有立志。”既得体地奉承了刘裕，又足显辩给捷悟。

刘宋王室出身行伍素门，历代刘宋帝王为巩固皇权，对士族既排斥又拉拢，王、谢二家，依然活跃在刘宋政坛，王弘、王昙首为兄弟，王昙首、王僧绰为父子，皆琅邪王氏。王弘之少子，王昙首之侄王僧达，亦为琅琊王氏之特出者，仕文

① 谢晦《檄京邑》，见《宋书》卷四十四《谢晦传》，北京：中华书局，1974 年版，第 1353—1355 页。
② 《文心雕龙·檄移》，刘勰著，詹锳注《文心雕龙义证》，上海：上海古籍出版社，1989 年版，第 783 页。

帝、孝武帝二朝，文才在王氏子弟中也较为突出。文帝曾召其于德阳殿，问其书学及家事，应对闲敏，文帝妻以临川王刘义庆之女。《宋书》王僧达本传载其书启、上表各一篇，从中可以看出他的文章才华。王僧达还是当时较出色的诗人，钟嵘《诗品》将其与谢瞻、谢混、袁淑、王微等人同列为中品，认为这几位诗人“才力苦弱，故务其清浅，殊得风流媚趣”①。就王僧达所存的几首诗来看，确有清浅妩媚之美，如《答颜延年》：“轻云出东岑，麦垄多秀色”，写景清新，笔触灵动；《和琅邪王依古》：“仲秋边风起，孤蓬卷霜根。白日无精景，黄沙千里昏”，写边塞风光，颇有苍莽之气。更重要的是，其诗音韵和谐，注重对仗，显示出从古体到近体的趋向，具有较重要的诗歌史意义。

谢氏家族中谢弘微，是家族中的芝兰玉树，最为出色者。谢混评价“乌衣之游”诸子弟，对谢瞻、谢曜、谢灵运等“并有诫厉之言，唯弘微独尽褒美”。谢弘微受知于文帝，在文帝镇江陵时，即辟为文学；文帝即位后，任其为黄门侍郎，与王华、王昙首、殷景仁、刘湛等号曰五臣，后迁尚书吏部郎，参予机密，又寻转右卫将军，是文帝朝极为倚重之臣。但谢弘微本人不好荣禄，虽权重位显，却居身清约。谢弘微作为元嘉名臣，参予机密，关于时局国政，当有数量可观的章表奏疏传世，谢弘微在“乌衣之游”中，以“文义”参与家族赏会，并蒙长辈赏识，其文章才华自不待言，然谢弘微传世作品很少，《隋书·经籍志》亦无其文集记载，盖其献策进言，当仅限于君前，而不欲立诸文字以传后。三国时吴国名臣顾雍，“军国得失，行事可不，自非面见，口未尝言之”②，谢弘微行事谨微，庶几近之。《谢弘微传》重在突出谢的修养与道德，实际上对其事功与著述并无多少记叙，谢氏作为元嘉名臣，其影响力主要亦在人格修为。如果从文学史的角度来看，其并无名篇传世，然其名家子弟和名臣风范所产生的精神与人格方面的影响，同样具有不可小觑的意义。

文帝朝重臣中，文才最出色而在文学史中未得到足够重视的，当为袁淑。袁为陈郡阳夏人，其姑父王弘对其极为赏识。《宋书》本传云：“不为章句之学，而博涉多通，好属文，辞采遒艳，纵横有才辩。”③《宋书》卷八十五《谢庄传》载元

① 《诗品中》宋豫章太守谢瞻诸人条，钟嵘著，曹旭注《诗品集注》，上海：上海古籍出版社，1994年版，第277页。

② 《三国志》卷五十二《吴书七·顾雍传》注引《江表传》，北京：中华书局，1964年版，第1227页。

③ 《宋书》卷七十《袁淑传》，北京：中华书局，1974年版，第1835页。

嘉二十九年(452),南平王刘铄献赤鹦鹉,文帝普诏群臣为赋。“太子左卫率袁淑文冠当时,作赋毕,赍以示庄;庄赋亦竟,淑见而叹曰:‘江东无我,卿当独秀。我若无卿,亦一时之杰也。’遂隐其赋。”[①]在这里虽然是赞许谢庄的文才超过袁淑,然袁所推服者仅谢庄一人,也足见袁淑本人的文学才华。

袁淑的作品,《隋书·经籍志》载录有十一卷,至张溥录《汉魏六朝百三家集》,尚辑有一卷。《宋书》中载录了袁淑文章三篇,在其本传载录《上防御之术议》《与始兴王浚书》,在《何尚之传》录其《与何尚之书》一篇。其中,《上防御之术议》,骈对工稳,辞藻华丽,确如《宋书》之评“辞采遒艳”。袁淑的文学地位,在当时及整个南朝都比较高,《宋书》本传云其“文冠当时”,是客观的叙述。在《宋书》卷五十一《刘义庆传》中,述及刘义庆“招聚文学之士,近远必至”,云:“太尉袁淑,文冠当时,义庆在江州,请为卫军咨议参军;其余吴郡陆展、东海何长瑜、鲍照等,并为辞章之美,引为佐史国臣。”袁淑成为刘义庆藩府文士之首,陆展、何长瑜、鲍照等,不过副翼而已。沈约对袁淑文才的评论,是时人及其后很长时间内的共识。如萧子显就说:“谢庄、袁淑又以才藻系之,朝廷之士及闾阎衣冠,莫不昂其风流,竞为诗赋之事。”[②]道出二人在当时文坛并肩为率,领袖群伦的事实。《文心雕龙·时序》叙及南朝文学,云:“王袁联宗以龙章,颜谢重叶以凤采。”[③]王袁与颜谢并称,不少学者以王、袁指两大家族,如范文澜云“王袁二姓,文士多人,故曰联宗”[④];周振甫亦云:“王家如王诞、王僧达、王微,袁家如袁淑、袁湛、袁凯、袁粲,同一家族中有好多文才。”[⑤]即便如此,袁淑为袁氏家族中文才出色并能作为时代文风之代表,当无疑义。至于钟嵘《诗品》在《宋光禄谢庄》条云:“希逸诗,气候清雅,不逮王、袁,然兴属闲长,良无鄙促也。”此中之王指王微,袁指袁淑,已有学者作过专门论述[⑥]。在钟嵘那里,袁淑的品位高于谢庄,被列入中品。张溥辑《汉魏六朝百三家集》,在袁淑集题辞中说:“此人不死,颜

① 《宋书》卷八十五《谢庄传》,北京:中华书局,1974年版,第2167—2168页。

② 《通典》卷十六裴子野《雕虫论》之后引,北京:中华书局,1988年版,第390页。

③ 《文心雕龙·时序》,刘勰著,詹锳注《文心雕龙义证》,上海:上海古籍出版社,1989年版,第1716页。

④ 《文心雕龙·时序》,刘勰著,詹锳注《文心雕龙义证》,上海:上海古籍出版社,1989年版,第1716页。

⑤ 周振甫《文心雕龙今译》,北京:中华书局,1986年版,第405页。

⑥ 钟嵘《诗品下·宋光禄谢庄》,钟嵘著,曹旭注《诗品集注》,上海:上海古籍出版社,1994年版,第409—410页。

谢未必能出其上也。”[①]对袁淑致以“千古文章未尽才”的感慨。袁淑在诗才之外,文章及史传才华亦可称。《宋书》卷九十三《隐逸传》前序云:“陈郡袁淑集古来无名高士,以为《真隐传》。”[②]《真隐传》全书已佚,逸文可见《艺文类聚》等类书。从残留下来的部分文字可以看到,袁淑此类传记,是以史著体例和小说笔法,传叙古来具有传奇性的高士,延续嵇康、皇甫谧等《高士传》叙事传统,具有重要的文学史意义。袁淑的大多数作品皆赖《艺文类聚》《初学记》《太平御览》等类书保全,如其《俳谐集》已佚,其中收录的《鸡九锡文》《劝进笺》《驴山公九锡文》《大兰王九锡文》《常山九命文》等,都散落在上述类书中。钱锺书先生认为袁淑《俳谐集》中的文字,“纯供解怡抚掌之资,未寓褒贬”,但后世文人受其影响,写作了不少俳谐文字,则往往含有寓讽了。如沈约《修竹弹甘蕉文》、王琳《鳝表》、颖王《十阮图》、毛胜《水族加恩薄》等,皆为袁文之流裔[③]。袁淑的文名之盛及其著述对后人的广泛影响,由此也可见一斑。

今人著文学史,谢庄之显赫,袁淑之隐淡,既不符合二者实际的文学成就,与古人的认识相比,也悬差过大。《宋书》中对袁淑文学成就及其历史地位的叙述,基本是客观且符合实际的,将《宋书》相关叙述拈出,足以表彰袁淑的文学成就。

袁淑在刘劭篡位中,因不肯附逆被害,与之齐名的谢庄却隐忍求全,直至孝武登基。谢庄在古人那里的文学地位并不比袁淑高,《宋书》几次提到袁淑,云“文冠当时”,《诗品》列袁淑为中品,谢庄为下品,皆以袁淑高于谢庄;然在近现代文学史著述中,谢庄的地位远远超过袁淑,对谢庄的研究也比较充分,故本书对谢庄不再多做赘述。孝武朝重臣而文才出色,值得一叙者,当为颜竣。颜竣为颜延之子,文帝曾问颜延之诸子谁有父风,延之云:“竣得臣笔,测得臣文。”[④]颜测早卒,颜竣因在刘劭之乱中依附刘骏,在孝武一朝最受重用,权倾朝野。所谓“竣得臣笔”,指颜竣的各类应用性文章写得出色。

刘劭弑君,时颜竣为刘骏南中郎咨议参军,为刘骏谋划兴兵讨伐,并造檄

---

① 张溥编,殷孟伦注《汉魏六朝百三家集题辞注》,北京:人民文学出版社,1960 年版,第 179 页。

② 《宋书》卷九十三《隐逸传》,北京:中华书局,1974 年版,第 2276 页。

③ 钱锺书《管锥编》,《全宋文》第 174 则,北京:三联书店,2001 年版,第 2049 页。

④ 《宋书》卷七十五《颜竣传》,北京:中华书局,1974 年版,第 1959 页。

文。《宋书》记刘劭以该檄示颜延之，“问曰：‘此笔谁所造？’延之曰：‘竣之笔也。’又问：‘何以知之？’延之曰：‘竣笔体，臣不容不识。’”①该檄文载于《宋书》卷九十九的《元凶劭传》，文章一开头就感慨“运不常隆，代有莫大之衅”，接着列出几种表现并分析原因：“或因多难以成福，或阶昏虐以兆乱，咸由君臣义合，理悖恩离。”又称颂文帝“圣德在位，功格区宇，明照万国，道洽无垠，风之所被，荒隅变识；仁之所动，木石开心”，此圣明之主，德化所及，木石开心，刘劭“夙蒙宠树，正位东朝”，更是蒙受君恩，然而“礼绝君后，凶慢之情，发于龆昇，猜忍之心，成于几立”，刘浚“险躁无行”，二人“自幼而长，交相倚附，共逞奸回”。先帝之圣明及恩德如彼，二凶之凶慢如此，两相对照，其悖逆行径，禽兽不如，人神共愤。作者在此采用比较、推进等种种写作方法，显示出较高的论述技巧。此段之后，文章转到刘骏这边对刘劭的态度与策略。刘骏在刘劭弑君之后，并未立刻发兵讨逆，甚至慑于刘劭的威势，有依顺之意，后来看到刘劭不得人心，才顺势而为，表现得有些首鼠两端。颜竣却将此解释为在刘劭弑君之前，虽发现其多有不轨，却“以王室不造，家难亟结，故含蔽容隐，不彰其衅，训诱启告，冀能革音”，希望其能自行改正，在刘劭凶行暴露后，即举兵讨逆。这里对历史事实就作了曲折的讳护。兹后，檄文壮自家军威，叙民心所向，召天下响应，“谲诡以驰旨，炜晔以腾说”，体式笔法，堪称檄文之典范。② 从这篇檄文，可以看出颜竣的文章之才，在孝武朝重臣中，出类拔萃。作为能臣干吏，颜竣的才华主要表现在治国理政等方面，《宋书》本传载录的几篇讨论货币铸造、流通的文章，虽非文学论文，然理据充分，论述有力，文字整饬，亦可见其文章之才。

颜竣在孝武朝相善者，周朗、沈怀文，也都颇有文才。《宋书》周朗本传载其《报羊希书》，是一篇极富文采的骈文。该文作于元嘉末年，羊希从刘义恭出镇，与周朗书戏之，使献奇策，周朗回信报之。此文词气纵横，既有说理议论，在写自己“杜长者之辙，绝世豪之顾”的隐逸理想时，抒情写景，文笔优美，摇曳生姿。《宋书》以该文为代表，云周朗“辞意倜傥，类皆如此”。又录周朗在孝武帝时的上书，从农桑税赋、文化教育、战守官制等方面，纵论时政，陈弊献策，既见谋国之忠与治国之能，文中洋溢的纵横议论之辨才，同样也使文章显得“辞意倜傥”。

---

① 《宋书》卷七十三《颜延之传》，北京：中华书局，1974年版，第1903页。

② 颜竣《为世祖檄京邑》，《宋书》卷九十九《元凶劭传》，北京：中华书局，1974年版，第2429—2431页。

沈怀文，与《宋书》作者沈约同出吴兴沈氏，诗文俱佳，《宋书》本传云“隐士雷次宗被征居钟山，后南还庐岳，何尚之设祖道，文义之士毕集，为连句诗，怀文所作尤美，辞高一座”，从这里可以看出沈怀文的诗才。沈氏节操凛然，也令人感佩。刘劭弑立，以之为中书侍郎，世祖入讨，劭令怀文作符檄，怀文固辞，险遭不测。世祖继位后，又多次直言进谏，《宋书》本传收录了沈怀文的《省录尚书议》，详古准今，论述“不宜虚废”之理，被孝武否决；孝武伐竟陵王刘诞，破扬州，大肆杀戮，怀文进谏，又惹孝武不快。孝武游宴无度，每宴集，在座者咸令必醉，沈怀文素不饮酒，又不好戏调，被孝武看成是故意与自己有异。谢庄曾劝其改变，怀文曰：“吾少来如此，岂可一朝而变。非欲异物，性所得耳。”最后，终于触怒刘骏，被收付廷尉赐死。①

孝武朝臣文士中，江智渊也是比较突出的一位。《宋书》卷五十九《江智渊传》：“智渊爱好文雅，词采清赡，世祖深相知待，恩礼冠朝。上燕私甚数，多命群臣五三人游集，智渊常为其首。”②江智渊性格谨小慎微，孝武因其文才，对其另眼相看，而智渊每每“以越众为惭，未尝有喜色”，最终还是惹恼孝武帝，屡遭申斥，后因忧惧而卒，时年四十六。江智渊勤于著述，留有文集十余卷，至唐时尚为完璧。

孝武之后的宋明帝，爱好文义，常引才学之士，参侍文籍，应对左右。明帝经常举行文学集会，令群臣赋诗，连武将也不得豁免，弄得那些戎士武夫托请不暇，只好“买以应诏”③。袁粲在明帝朝，即是常蒙引进参侍文籍的要人。《宋书》卷八十九《袁粲传》载其侍奉明帝于华林园茅堂讲《周易》，为帝执经事④，可见其在明帝朝的荣宠。沈约重文人，在《宋书》中，袁粲与袁淑、颜延之、谢灵运等享受同等待遇，独得一卷篇幅，说明沈约对其文才的高度认可。《宋书》本传载袁粲《妙德先生传》，具有一定的文学价值与文学史价值，有必要在此略作申述。

《宋书》云袁粲的《妙德先生传》是续嵇康《高士传》，所不同者，袁传是用以自况。嵇康《高士传》，全称《圣贤高士传》，是其撰录“上古以来圣贤、隐逸、遁

① 《宋书》卷八十二《沈怀文传》，北京：中华书局，1974 年版，第 2102—2105 页。

② 《宋书》卷五十九《江智渊传》，北京：中华书局，1974 年版，第 1609—1610 页。

③ 裴子野《雕虫论序》，见《文苑英华》卷七百四十二，北京：中华书局，1966 年版（影印本），第3873 页。

④ 《宋书》卷八十九《袁粲传》，北京：中华书局，1974 年版，第 2231 页。

心、遗民者，集为传赞，至混沌至于管宁，凡百一十有九人。盖求之于宇宙之内，而发之乎千载之外者矣”①。嵇康的《高士传》至宋已亡佚，清人严可均《全三国文》有辑本。从该书的内容及体例来看，是以史传的形式，择史上或传说中之高人，述其行事，其中自有作者的情怀寄寓。但嵇康之传毕竟是为他人作传，而袁粲《妙德先生传》托妙德先生以自况，则传人与自传相融合，是刘宋以来一种全新的传述形式。兹前陶渊明有《五柳先生传》，述五柳先生，寄托个人不求闻达，安贫乐道的情怀，即是以他传为自传。袁传中的妙德先生为陈国人，“气志渊虚，姿神清映，性孝履顺，栖冲业简，有舜之遗风。先生幼夙多疾，性疏懒，无所营尚，然九流百氏之言，雕龙谈天之艺，皆泛识其大归，而不以成名”，正是袁粲“少好学，有清才”“清整有风操”等的写照；传的后半段托狂泉故事，亦能见出袁粲自视甚高、个性狷介之特点，以之讽世之同污，标己之独清，寓意至为显豁。袁传在自寓之外，复含刺世之意，则是在陶渊明《五柳先生传》之后，为这一传述形式开拓出新的空间。明帝驾崩，袁粲、褚渊、刘勔等同为顾命大臣，萧道成篡位，袁粲欲诛萧，结果因褚渊告密，反为萧所杀，身殉宋室。袁粲留有文集十一卷，著述颇丰。

与袁粲同为顾命大臣的褚渊、蔡兴宗、沈攸之，以褚渊文才较突出，蔡兴宗、沈攸之等次之。褚渊才貌双全，尚文帝南郡公主，而最终却叛宋附齐，故《宋书》未为之立传，然其生活经历，却多在刘宋一朝，《宋书》在其他地方，对其也有多次记叙。如《前废帝纪》叙其因容貌之美，被山阴公主强霸，“侍主十日，备见逼迫，誓死不回，遂得免”；《明帝纪》记其于泰始三年(467)慰劳缘淮将帅事；《后废帝纪》记其与袁粲共辅朝政事；《始安王休仁传》录明帝《与诸方镇及大臣诏》，云其与王景文、沈攸之等上启，陈刘休仁之罪；等等。《宋书》中没有直接载录褚渊文章，但褚渊著述，有文集十五卷，《文选》及《乐府诗集》中均录有褚渊文、诗多首，在当时诸臣中，数量与质量均在前列。

蔡兴宗在《宋书》中有传，见卷五十七。《宋书》载蔡兴宗文仅两篇，一见于其本传的《申坦子令孙罪议》，一见于《宋书》卷九十一《孝义·郭世道传》的《馈米郭原平及朱百年妻教》。蔡兴宗以道德与谨行立身，为一代名臣，与当时的文士多有交往，而其自身的文才，不算突出。沈攸之传见于《宋书》卷七十四。《宋

---

① 《晋书》卷四十九《嵇康传》，北京：中华书局，1974年版，第1374页。

书》中选其文三篇，皆是与皇室成员答问与赞叹之作。沈攸之本以武勇见称，晚好读书，手不释卷，《史》《汉》事多所谙忆，常叹曰："早知穷达有命，恨不十年读书。"其留下的文章著述有限，也属于才运不济了。

上述从傅亮到袁粲、褚渊、蔡兴宗等刘宋重臣，都有文集问世，其创作涵盖各个方面，以应用性的公文书牍为主，生动诠释了在刘宋时代，文章作为"经国之大业"的属性及地位。在古人的文学史论述中，上述诸人如傅亮、袁淑等，还占有较高的地位；而在今天的文学史著述中，这些人中的大部分，却不无遗憾地缺席了。这一方面是由于文学观念的变化，另一方面，也是因为作品的散佚。本书拈出这些朝臣，就存世的可数篇目中，实际很难对他们的文学地位作出恰当的品述，但这并不妨碍他们在刘宋文学史上，皆是真实而重要的存在。

第三节　名士文人：从高门到山林隐逸

《宋书》所述文士中，还有很大一部分不在朝堂，或归隐山林，或无心仕进，或因客观原因而自放于外，或有官职而其位不显，等等。尤其是那些世家大族，其人在朝堂及刘宋政局中不占据重要位置，却声名在外，有很大的影响力，这类人在《宋书》中大多立有佳传，其文学活动及创作，也都具有很大的社会影响。

世家大族，琅邪王氏与陈郡谢氏无疑最为显赫。在这两大家族中，既有谢晦、王弘这样身居要位的权臣，也有王微、王惠、谢瞻这类恬淡素退之士，后者的文学活动及创作，不同于朝廷重臣多以章表奏疏等公文为主，而是有不少与个人生活密切关联的创作，往往更具有文学性。王惠，为王弘从祖弟，其传见于《宋书》卷五十八。王惠无作品传世，《宋书》本传云谢瞻曾带兄弟群从拜访他，众人"谈论锋起，文史间发"，而王惠"时相酬应，言清理远"，使得谢瞻等人"惭而退"[①]。王惠以其文才史识及无碍之辩才，折服谢家子弟，可见非等闲之辈。本传还记录一事：时会稽内使刘怀敬之郡，送者倾京师，惠亦造别，还过从弟球。球问："向何所见？"惠曰："惟觉即时逢人耳。"[②]此事既见王惠的不同流俗，又见其言语之辞锋，如《世说新语》中人物。王惠弟王球，颇好文义，与颜延之相善，

① 《宋书》卷五十八《王惠传》，北京：中华书局，1974 年版，第 1589 页。
② 《宋书》卷五十八《王惠传》，北京：中华书局，1974 年版，第 1589 页。

与其兄性格相似，皆不好交游，其“筵席虚静，门无异客”。王球曾居选职，然“接客甚希，不视求官书疏，而铨衡有序，朝野称之”。[①]《宋书》二人传后的史臣论王惠为“简”，王球为“淡”，二人这种“简淡”的个性与性格，恐怕也与魏晋以来玄学风气的影响有关，如王惠与谢瞻兄弟的清谈，就是魏晋风气的延续。正因此，二人皆未留下多少作品，但这并不妨碍他们在刘宋文坛的地位及影响力。

王氏家族中，真正有文学创作而又不入仕途的，是王微。王微传见于《宋书》卷六十二，为王弘之侄。王微“素无宦情”，屡次被荐举为官，每每“称疾不就”。《宋书》中载录了王微数封书信，以之串联起整个人物传记，这几封书信叙事从容，情味隽永，为书信中之佳品，具有很高的文学性。《与江湛书》是对江湛荐举其为吏部郎的回复。王微在信中陈述自己从身体到性格，皆不适合履行所推举的职位，因此，“其举可陋，其事不经”，并引据孟、卜式等例，指出社会中人才济济，各色人等皆有，认为江湛实无必要举非宜之人。最后说明其之所以回信的原因，是不愿“顾影负心，纯盗虚声”，写信为了明其心志。该信引古叙今，文采飞扬，是王微书信中比较尚辞藻的一篇。《与从弟僧绰书》论及自己的行事、性格及王氏“持盈畏满”的家风，从中可见其行为处事的心理依据，在信中表达对从弟的思念，流露出浓厚的人伦亲情，颇为感人。此外，该信谈到对于古文写作的认识，具有一定的文学批评价值，也值得重视。《报何偃书》自陈心志，敞述胸襟，谈及自己服食求仙，放游山水的爱好，娓娓而谈，显得恳切真诚。《以书告弟僧谦灵》，以书信的形式悼念其弟王僧谦，实质上是一篇祭文。文中回忆往昔，叙说兄弟之情，情真意切。祭文结尾，表达兄弟长逝留给自己的无尽的孤单和忧伤：“阿谦！何图至此！谁复视我，谁复忧我。”“吾临灵，取常共饮杯，酌自酿酒，宁有仿佛不？冤痛！冤痛！”[②]语调沉痛，锥心泣血，令人动容。在王僧谦卒后四旬，王微亦随之而去，僧谦之死所致哀毁，恐怕也是重要的原因。王微性格恬淡素退，无谢庄、袁淑那样显赫的仕途，然在当时名声之著，不在谢、袁之下。《宋书》卷八十五《谢庄传》叙及北魏李孝伯来使，访问谢庄与王微，传中云“其名声远布如此”[③]，可见王微的知名度，已远播北魏。王微著述，有集十余卷。《宋书》本传云其“为文古甚，颇抑扬”，这在南朝骈文时代，颇显个性。《宋

① 《宋书》卷五十八《王球传》，北京：中华书局，1974年版，第1594页。

② 《宋书》卷六十二《王微传》，北京：中华书局，1974年版，第1672页。

③ 《宋书》卷八十五《谢庄传》，北京：中华书局，1974年版，第2167页。

书》中所选王微的几封书信，即多以散文为主，骈偶夹杂其间，很好地印证了史臣对王微文章的评价。

在谢氏家族中，谢瞻名高才盛，却素退恬淡，与其弟谢晦之性格及行事，截然不同。谢晦为宋台右卫，权遇隆重，有次还家，宾客辐辏，门巷填咽，谢瞻惊责谢晦，云："汝名位未多，而人归趣乃尔。吾家以素退为业，不愿干预时事，交游不过亲朋，而汝遂势倾朝野，此岂门户之福邪？"[①]于是以篱隔门庭。后谢晦权势愈重，而谢瞻忧虑愈深。刘裕以瞻为吴兴郡太守，瞻又自陈请，乃为豫章太守。太守为两千石之官，位分也不算低，然谢瞻由吴兴改为豫章，刻意远离政治中心建康，故其在晋宋之际的政治乱局中，能避祸独全，最后归骨山足，虽年寿不永，三十余岁即故去，但好过谢晦最后死于刀斧之下的命运。谢瞻在政治上隐退无名，然其文学之才，却远近闻名。《宋书》本传云："瞻善于文章，辞采之美，与族叔混、族弟灵运相抗。"谢灵运在南朝的文学地位，史有公认，钟嵘有所谓"元嘉之雄"的论评，而谢瞻能与之相抗。

据《宋书》本传，谢瞻"年六岁，能属文，为《紫石英赞》、《果然诗》，当时才士，莫不叹异"[②]，所述作品今已不可见。六岁能为诗、赞，并能达到极高的艺术水准，为才士所叹异，或有所夸张，但谢瞻的文学天赋之高，当无疑义。《宋书》中载录谢瞻的作品较少，仅其临终前遗谢晦书："吾得启体幸全，归骨山足，亦何所多恨。弟思自勉厉，为国为家。"[③]此当为节录，虽寥寥数行，但颇为感人。《隋书·经籍志》载宋豫章太守谢瞻集三卷，今佚。《文选》中录有谢瞻《于安城答灵运诗》《答康乐秋霁诗》《经张子房庙诗》《九日从宋公戏马台送孔令》《王抚军庾西阳集别时为豫章太守庾被征还东诗》等，在刘宋文人中，属于录诗较多者。钟嵘《诗品》将谢瞻与谢混、袁淑、王微、王僧达等五人列中品，于同一条叙述，认为他们的诗同出于张华，而"才力苦弱"，"故务其清浅，殊得风流媚趣"[④]。李世萼总结谢瞻诗歌三大特点：清悟有媚趣、兴托多奇、情抑味永，并作了较细致的阐释，可参[⑤]。谢瞻早期追随刘裕，但后来隐退谦抑，与政治中心保持距离，故其

① 《宋书》卷五十六《谢瞻传》，北京：中华书局，1974年版，第1557页。

② 《宋书》卷五十六《谢瞻传》，北京：中华书局，1974年版，第1557页。

③ 《宋书》卷五十六《谢瞻传》，北京：中华书局，1974年版，第1558页。

④ 钟嵘《诗品中·宋豫章太守谢瞻、晋仆射谢混、宋太尉袁淑、宋徵君王微、宋征虏将军王僧达条》，钟嵘著，曹旭注《诗品集注》，上海：上海古籍出版社，1994年版，第277页。

⑤ 李世萼《论晋末宋初诗人谢瞻》，载《山东大学学报》1992年第2期。

在刘宋政坛的位置并不显赫，然文名较盛，古人对其文学的评价也较高，今人著文学史，对谢瞻却多有忽略，这无疑会影响到对刘宋一代文学的客观认识。

王、谢家族之外，《宋书》中还有一些名士文人，在当时颇有影响而为今日之文学史所忽略，比如《谢灵运传》中所附荀雍、羊璿之、何长瑜。荀、羊、何三姓郡望分别为颍川、泰山、东海，即三人寄籍之地，故皆为当地名家。元嘉五年(428)，谢灵运东还，与三人“以文章赏会，共为山泽之游，时人谓之四友”[①]，“四友”形成一个颇具影响的文学小集团，成为元嘉文坛一道靓丽的风景，此固然与谢灵运在文坛的地位有关，但其他三人的文学成就也是重要因素。《宋书·谢灵运传》云：“长瑜文才之美，亚于惠连，雍、璿之不及也。”谢惠连是何长瑜弟子，不应杂入三人来作比较，亦非“四友”中人。故在何、荀、羊三人之中，以何长瑜文才最高，谢灵运曾谓其为“当今仲宣”。《宋书》载其为刘义庆记室参军，作诗戏义庆僚佐，有“陆展染鬓发，欲以媚侧室。青青不解久，星星行复出”等句，诗虽调侃，却也饶有风趣，“轻薄少年遂演而广之，凡厥人士，并为题目，皆加剧言苦句，其文流行”[②]。然刘义庆乃谨肃之人，“受任历藩，无浮淫之过”，不解文士风流，闻此大怒，白太祖贬为广州增城令。后庐陵王刘绍镇寻阳，以长瑜为南中郎行参军，掌书记之任。行至板桥，遇暴风溺死。何长瑜留有文集八卷，在唐前已亡。

“四友”中，除谢灵运外，何长瑜、羊璿之皆入钟嵘《诗品》下品，云：“才难，信矣。以康乐与羊、何若此，而二人文词，殆不足奇。”[③]因原文有脱，钟嵘对二人的具体评价已不可知。二人能入《诗品》，尽管位次靠后，其文学才能也值得重视。“四友”中的荀雍，《隋志》著其集二卷，并谓梁有四卷，略逊何、羊。

大族名流，不以军功勋业，以文义名标史乘，借助史著，今人获知刘宋文坛更全面而真实的情形。这些人虽非政坛要人，但作为名人，其社会影响力丝毫不逊于朝堂重臣，在刘宋时代，他们都在社会舞台相对中心的位置。既有相对中心，就有相对的边缘。《宋书》中有隐逸专传，所叙者，乃所谓晦道而避世的贤人，晦其道而不用，在当时的文化与政治图景中，甘愿作为旁观者。而拉长历史

---

① 《宋书》卷67《谢灵运传》，北京：中华书局，1974年版，第1774页。

② 《宋书》卷67《谢灵运传》附何长瑜，北京：中华书局，1974年版，第1775页。

③ 钟嵘《诗品下·宋记室何长瑜、羊曜璠条》，钟嵘著，曹旭注《诗品集注》，上海：上海古籍出版社，1994年版，第400页。

焦距，旁观者的意义亦不容低估。此外，所谓旁观者，也是相对而言，在不少情况下，旁观者同样被人观看，往往也不可避免为时人或时代所聚焦，由旁观走到前台。如周续之、雷次宗等，皆曾出山，于都城布道讲学，成一时之盛。周续之，字道祖，本雁门广武人，其先过江居豫章建昌县。少年时师事豫章太守范宁，居学数年，通《五经》并《纬候》，名冠同门，号曰“颜子”；后又通《老》《易》，入庐山事沙门释慧远，通佛学。因之声名广播，刘毅镇姑孰，命为抚军参军，征太学博士，不就。后应刘裕世子刘义符之邀，于建康安乐寺设馆讲《礼》；刘裕还镇彭城，遣使迎之，礼赐甚厚；刘裕称帝后，复召之，乃尽室俱下。刘裕为之开馆东郭外，招集生徒，规模颇盛。《隐逸·周续之传》记刘裕亲临问学之盛况：“乘舆降幸，并见诸生，问续之《礼记》‘傲不可长’、‘与我九龄’、‘射于矍圃’三义，辨析精奥，称为该通。”①《颜延之传》对此一盛况也有记叙，并详记颜与周的论辩，谓周续之对刘裕所问“三义”的回答，“雅仗辞辩”，而延之“每折以简要”②。周续之由“寻阳三隐”之一，变成朝野闻名的大学者，颜延之年轻负气，通过与周的论难，一时声名鹊起，也进一步说明了周在当时文化中心的地位。周续之后来因为风痹，不复堪讲，于是移居钟山养病，景平元年(423)卒。

雷次宗，亦为豫章人，少入庐山，师事慧远，明《三礼》《毛诗》，隐退不交世务，本州征辟，皆不就。不过，元嘉十五年(438)宋文帝立儒学，征雷次宗至京师，次宗应征前往，开馆于鸡笼山，聚徒教授，置生百余人。文帝数幸次宗学馆，资给甚厚。久之，还庐山，公卿以下，并设祖道。雷氏从时代的旁观者进入中心，虽然又由中心撤出，然王公卿相为之祖道，其所谓“不交世务”，亦难能也。元嘉二十五年(448)，又征次宗诣京邑，“为筑室于钟山西岩下，谓之招隐馆，使为皇太子诸王讲《丧服》经。次宗不入公门，乃使自华林东门入延贤堂就业”，是年卒于钟山，年六十三。③

周、雷二人，主要还是以学问著称，是刘宋闻名的大学者。二者着力的领域主要以儒学为主。刘宋早期，为政权的稳固，推崇儒学，周、雷的出山讲学，使得儒家思想在元嘉时期呈现再度复兴的局面，对当时的文人产生不小的影响，冲淡了东晋以来诗文中的玄风。如谢灵运，虽然诗歌中还有一些玄学的影子，但

① 《宋书》卷九十三《隐逸·周续之传》，北京：中华书局，1974年版，第2281页。

② 《宋书》卷七十三《颜延之传》，北京：中华书局，1974年版，第1892页。

③ 《宋书》卷九十三《隐逸·雷次宗传》，北京：中华书局，1974年版，第2292—2294页。

主旨还是功业抱负的追求及这一追求失落后的苦闷；再如颜延之、鲍照等元嘉时期的重要文人，其表现出来的思想倾向与人生追求，也都是儒家精神，这与东晋时期的文化风气有着很大的区别。故周、雷虽未曾直接以创作介入文学史，却以学术改变、影响时代风气，进而对文学史产生作用。《雷次宗传》载录雷次宗与子侄书信一封，言及其志向，文章抒情言志，平和畅达，意味隽永，且富有文采。由此可见，雷氏不仅是学问家，文章也自有可观之处。

《隐逸传》中像周、雷这样最后名动京师的一代大儒毕竟很少，大部分人隐栖恬淡，罕值人事，始终未曾走到前台。这些人中或能诗文，或解音声，或擅书画，各有所长。如戴颙精音乐，曾为衡阳王刘义季鼓琴，"并新声变曲，其三调《游弦》、《广陵》、《止息》之流，皆与世异"，又尝"合《何尝》、《白鹄》二声，以为一调，号为清旷"。戴颙的艺术鉴赏力也为人所称道，瓦官寺铸铜像，铸成而铜像面瘦，工人不能治，戴颙谓"非面瘦，乃臂胛肥耳"，于是错减臂胛，瘦患即除。戴颙的解决方法，包含着艺术的辩证对比思想。在艺术才能之外，戴颙学问淹博，"述庄周大旨，著《逍遥论》，注《礼记・中庸》篇"，儒、道兼通。因之，戴氏在吴地名声颇著，其出居吴下时，"吴下士人共为筑室，聚石引水，植林开涧"，三吴将守及郡内衣冠，皆欲共其来往。其人虽不居朝职，而声名远布。再如宗炳，"妙善琴书，精于言理"，在山水画及理论方面作出重要贡献，是中国文化史上杰出的艺术家与艺术理论家。又如关康之申述《易》理难金陵顾悦之，又作《毛诗义》，为当时精通《易》《诗》的大家；龚祈"时或赋诗，言不及世事"，王素"为《蚿赋》以自况"，传中叙及二人善诗赋，则是以文才见称。

这些隐士幽栖于山水林泽，过着琴书诗酒的生活，当时的一些著名文士，如颜延之、谢灵运等，也多喜与山林隐栖者交往。像王弘之，就是颜、谢的好友，为颜、谢所钦重。谢灵运曾与刘义真笺曰："会境既丰山水，是以江左嘉遁，并多居之。但季世慕荣，幽栖者寡，或复才为时求，弗获从志。至若王弘之拂衣归耕，逾历三纪；孔淳之隐约穷岫，自始迄今；阮万龄辞事就闲，纂成先业；浙河之外，栖迟山泽，如斯而已。既远同羲、唐，亦激贪厉竞。殿下爱素好古，常若布衣，每意昔闻，虚想岩穴，若遣一介，有以相存，真可谓千载盛美也。"①王弘之卒，颜延之欲为之作诔，而以弘之才德"短笔不足书美"，诔竟不就。

① 《宋书》卷九十三《隐逸・王弘之传》，北京：中华书局，1974 年版，第 2282 页。

文人与隐士的交往，共同徜徉于山水之间，吟诗作赋，促进了山水审美的觉醒与深化，对于山水诗在刘宋的兴盛及成熟，起到关键性的作用。比如谢灵运山水诗的成就，与其交往隐逸之士，受幽栖隐逸之风气的影响，纵游山水就有着莫大的关系。《谢灵运传》云其移籍会稽之后，“与隐士王弘之、孔淳之等纵放为娱，有终焉之志。每有一诗至都邑，贵贱莫不竞写，宿昔之间，士庶皆遍，远近钦慕，名动京师。作《山居赋》并自注，以言其事”①。显然，谢氏模山范水的艺术进境，正是发生在其中隐会稽，与王弘之、孔淳之等隐者交往的过程中。

陶渊明也厕身《隐逸传》。本书以《宋书》为文学史研究资料，旨在申述那些被忽视的作家，使刘宋一代文学的面貌更显完整，陶、谢、颜、鲍等文学史显赫作家，历来研究已极为充分，本不拟多作讨论，但对于陶渊明，本书就《宋书》中所叙，对于陶氏之隐逸，觉得有几点尚有饶舌之必要。陶渊明在后世之地位极高，但在刘宋及其后的齐、梁，确实处于比较边缘的地位。《宋书》中谢灵运、颜延之皆有专传，而陶仅在《隐逸传》中占列传中很少篇幅。从传中叙述来看，陶与当时文化中心及时代名流的关系，不仅远疏于周续之、雷次宗，即与王弘之、周颙比，也多有逊色。虽然如此，陶渊明传中叙及江州刺史王弘欲与之结识，颜延之在寻阳与之情洽，以及陶氏名列“寻阳三隐”之一，而周续之名动京城，等等，也能看出，陶氏在当时也非籍籍无名者。这就涉及对“隐逸”这一问题的认识，从《宋书》所叙述史实来看，古人所谓“隐逸”，显然与今人的理解有很大不同。

《宋书·隐逸传序》中为隐逸作了“身隐”“道隐”之区分，明确其所传者，乃“道隐”之贤人，列传中诸人虽有不少迹涉尘世，然只要能激贪厉俗，秉自异之资，皆在所传之列。《宋书》对于隐逸，所重者乃在内之心境而非外之行迹，而此一心境，亦非单纯避世而已。实际上，像周续之、陶渊明等所居之江州，远非世外桃源，况且，寻阳还是州治所在。江州与荆州地理位置类似，皆在长江中上游，居上游之形胜，在刘宋时期，为大州要地，所守者皆朝廷重臣。如徐羡之、傅亮、谢晦等废少帝迎立刘义隆之后，徐、傅二人居朝廷中枢，而将谢晦派往荆州，“欲令居外为援，虑太祖至或别用人，故遽有此授”②。可见，这一区域为各方瞩

---

① 《宋书》卷六十七《谢灵运传》，北京：中华书局，1974 年版，第 1754 页。

② 《宋书》卷四十四《谢晦传》，北京：中华书局，1974 年版，第 1348 页。

目的必争之地。陶渊明在江州前后所历之刺史王弘、檀道济，皆宋室第一等的元勋重臣，陶之声名，实际上也远播于庙堂。江州寻阳不仅是政治和军事的重镇与热点地区，其地文化学术在晋宋时期也异常繁荣发达。东晋范宁任豫章太守，于郡立学，招致生徒，远方至者甚众，使江州成为学术重镇，周续之即求学于范宁，后遂成名。《隐逸传》中，寄籍或本籍寻阳者甚多，如周续之、雷次宗、翟法赐等，而周、雷以学问名满天下，几次被征，又几次放归，来往于建康与寻阳，促进了学术风气的传播与流动。寻阳成为文化学术重镇，庐山以慧远为代表的佛学，贡献了莫大之功。

慧远主持东林寺期间，周续之、雷次宗、宗炳等一时高士，皆驱拜问学。谢灵运更是执弟子礼，在其逝后为之撰写碑文。来往或治守寻阳的官吏，从桓玄、殷仲堪到何无忌，都与慧远有交往。陶渊明的好友刘遗民也与慧远关系密切，野史有慧远邀陶入白莲社之说，无论真伪，陶对于慧远总是也会有所了解。慧远主持庐山东林寺，持"沙门不敬王者"论，来往者无分贵贱，送客不过虎溪，其弘法崇教，使得佛学的地位大为尊崇。寻阳一地，隐士文人，往来辐辏，儒、玄、佛等思潮碰撞融合，在文化史、学术史上熠熠生辉。

就以上来看，当时所谓隐逸，远非今人印象中的离群索居，门前冷落，陶渊明的确也是"结庐在人境"地生活在一个异常热闹的处所，各类人员来往频繁，各种信息畅通无阻，陶的隐逸是"心远地自偏"。这恰恰印证了《宋书·隐逸传》对于隐逸的论述：

> 若乃高尚之与作者，三避之与幽人，及逸民隐居，皆独往之称，虽复汉阴之氏不传，河上之名不显，莫不激贪厉俗，秉自异之姿，犹负揭日月，鸣建鼓而趋也。①

真隐者乃大贤，其心脱俗，其志高尚，至于其迹隐与不隐，或履城市，或居山泽，也就退而其次了。

本章论述《宋书》中涉及的一些文人，从王公勋贵、朝堂重臣到普通文士、山林隐逸，笔者以为应当在刘宋文学乃至整个文学史中有一席之地，而以往文学

① 《宋书》卷九十三《隐逸传》，北京：中华书局，1974年版，第2276页。

史或有所忽略，或不够重视，故拈出予以彰表。个别文人，未必有多少创作，或者其作品也未必优秀，或者其学问也不以文学为主，却能以声望、品行对刘宋的文学生态产生影响，本章也作了简要阐述。希望这些文人在刘宋文坛出入的身影，能够得到学界的重视，从而对刘宋一代文学，会有一些新的认识。

结　语

史著的文学研究，近年来呈现出越来越繁盛的局面，像《史记》《汉书》《后汉书》等的文学研究，成果蔚为大观；《三国志》《晋书》、两《唐书》也开始得到文学研究者越来越多的关注。《宋书》的文学研究，就整体而言，较《史记》《汉书》逊色，但个别部分，如《谢灵运传》的史臣评论，一直是整个南朝文学与文学批评研究的重点所在。近年来，开始有一些学者陆续投入到《宋书》及南朝其他史著的文学研究中。如张亚军、鲁云华等学者的系列研究，一者以南朝全部史著为对象，一者专注于《宋书》，从叙事、写人、语言、修辞等文学要素之方方面面，展开系统而全面的研究，是其中佼佼者。这在本书的《绪论》部分也都有介绍。

包括《宋书》在内的史著文学研究，今人所采取的立场和视野，多是在当下文学观念下，将史著中符合现代文学观念之要素进行筛选、归纳，比如史著的叙事，以其生动、形象性作为文学价值的判断标准，叙事越近乎小说的表达效果，则文学性越高；史著中的人物，也以文学写人的标准来衡量，个性是否突出与鲜明，成为塑造历史人物是否成功的关键。所以，近年来史著文学的研究模式，基本上也就是小说、散文的研究模式，从叙事、写人、细节、环境等方面，提炼史著的文学性因素。以这样的标准来衡量，在魏晋以前的史著，像《史记》《汉书》等，因学科分野尚不清晰，史著的文学性因素比较突出，在某些方面，甚至成为后来文学写人叙事的艺术渊薮；但到了魏晋以后，学科分属意识越来越自觉，史著逐渐有意识地摆脱文学特征，如摛藻、夸饰、虚拟等，建立起自身的文体规范与写作原则。因此，现代文学观念下对史著的解读，就难免比附式的拔高，反而淹没了史著自身的文本特征及写作特点。以《宋书》而言，按现代文学概念，其所蕴涵的某些文学因素，其实亦无特别突出之处，至少不曾超越《史记》《汉书》，那么，《宋书》文学研究，意义在哪里，究竟该着眼于哪些方面？

因此，本书在写作中，着重在如下几个方面。首先，《宋书》产生于著史风气蔚为浓厚的南朝，史体意识逐渐自觉，与此前史著相比，其文学性特征是在不断消减的。然仍可以从文学角度对其予以考察，或曰仍具有文学研究价值，说明即便文、史分途，其间仍有可通之处。这一可通之处，就是“文章”，即它们都是要使用文章这一载体，都要以叙事作为手段。古人的文学概念比较宽泛，往往涵盖文、史、哲等各门类，主要原因即在于以文章为统摄，凡以文字书写，皆有其章法规范，古人分文体论写作，而不大注意此文体的学科属性。章太炎曾云：“文学者，以有文字著于竹帛，故谓之文；论其法式，谓之文学。”①此之“文学”，实即文章之学也。从这一角度来看，《宋书》自有其重要特色，如文字之雅正精赅，叙述之序次章法，结构之互见回贯，等等，对于其他门类的文章写作，皆足以为式。本书以两章篇幅，对此作了专门讨论，即是以文章学为基本立足点，而非以现代文学观念作比附。

《宋书》文学研究更重要的意义在于其以真实、客观的历史叙述，还原了刘宋士人文学活动的场景。从《宋书》的叙述中，我们看到庙堂的诏答对问、君王勋贵的宴饮诗会、名流高士的交游酬唱……刘宋各阶层人士向我们展开全面而生动的生活场景，文学活动包含在其中，以最接近历史本真的形态而存在，是我们了解刘宋文学创作的最佳窗口。从《宋书》所涉刘宋文学活动的相关内容可以看到，刘宋一代文学风气非常浓郁，刘宋几代帝王都雅好辞章，刘裕本人虽无学，但颇附庸风雅；文帝对文士较优容；孝武自身善辞章，热衷文学赏会；明帝刘彧亦能文，诗赋酬唱更成为朝堂及社会生活的风气，连武将都被逼着创作，这对于文学的发展，自然具有很大的促进作用。刘宋的皇室及宗亲，像刘义真、刘义恭、刘义庆等人，既能文，又多喜与文人交游，提携奖掖文学创作，刘宋一代浓厚的文学风气，因以养成。孝武在藩时，即热爱南方乐府民歌，即位后，引俗乐入乐府，对乐府诗有重要改造之功；其自作乐府，偏向绮丽柔靡一路，已开齐梁宫体之兆。谢灵运的“四友之游”及与隐逸高僧的往来，优游山水，往还酬唱，使山水诗作为一种重要的诗歌类型，得以成熟并达到很高的艺术境地。齐梁以迄隋唐五言山水诗之繁盛，谢灵运为滥觞。《宋书》中的相关叙述，让我们看到那源

① 章太炎《国故论衡·文学总略》，章太炎著，庞俊、郭诚永疏证《国故论衡疏证》，北京：中华书局，2008年版，第247页。

头的风景。

作为史著,《宋书》自无意专注于文学,然其所述历史人物,大多皆为刘宋文学活动之主体,是各种作品的创作者,再加上沈约重视文人,对于文章辞赋突出者,给予较多的篇幅,对于文学活动,也总是津津乐道。因此,客观上为我们观察刘宋文坛,提供了更为丰富的信息。这些信息中,最直接和最实在的就是其中的载文。《宋书》载文,往往不厌其烦,通篇征引,此外,又多引录原始档案文献,这为研究刘宋文学,留存了大量的第一手文学史料。由于战乱、兵燹、天灾人祸等因素,南朝的诸多文献,在唐时即有严重的损毁、缺佚,《宋书》引录的文献,不少在后代成为仅存的唯一史料,是辑佚、整理刘宋文学文献的史源。《宋书》中的载文,除了文献学的重要价值之外,也可以充分反映刘宋时期文学的创作情况,具有文学史与文学批评的重要价值。本书从上述诸方面,对《宋书》载文作了专门研究,并在文后将《宋书》所载文章列表整理,使得刘宋时期文章写作的情形一目了然。

以《宋书》为基本史料来考察刘宋时代的作家作品及文学活动,得出的认识与今人文学史著述有着很大的区别。今人文学史中的显赫作家,在《宋书》中表现平平,今人文学史中偏居一隅,甚至无名姓可传的,在刘宋当代却是名噪一时的大家。盖今人著文学史,建立在存世文献的基础上,刘宋时代的作家作品散佚极其严重,诸多当时的名家,留下的作品实在有限,自然影响了他们的文学史地位。然而,这种建立在存世文献基础上的文学史论述,实际上是不符合历史事实的。因文献的缺失使我们难以抵达刘宋文学的真相,但我们至少应该清楚,刘宋文学并不是今天文学史所叙述的那样。《宋书》文学研究,将当时名家作了基本梳理与缕述,尽量还原当时文学史的实际格局。尽管不少人留下的作品有限,然就是从这些有限的作品中,即已让后人窥探到他们的文采与才华。如袁淑、王微等,《宋书》中载录的文字虽然有限,却清楚地告诉人们,其人在当时文坛之盛名并非苟得。本书对于《宋书》中的文人,在今日文学史中声名显赫者,如陶渊明、谢灵运、颜延之、谢庄等,未作过多叙述,一是因为学界的相关研究成果已极为丰富,不必在此饶舌;二是《宋书》中还有不少声名同样显赫者,却在今人的文学史叙述中被忽略或遮蔽了,应该将更多的笔墨留给他们,为其找到合适的文学史位置。确切的真实是什么,或许永远不清楚,但至少我们知道,今人的有些描述,是偏离真实的。《宋书》以最接近历史的叙述,告诉我们真实的另一种可能，后人若再著刘宋文学史，有必要对此引起充分重视。

放宽文学的视界，《宋书》无疑是研究南北朝文学的丰富宝藏，其中蕴含着无数有待开拓的领域，可为南北朝文学研究打开新的空间。本书在很有限的范围内进行了初步的探索，而未尽之处甚多，如《符瑞志》中的不少叙述较切近于小说家言，文学色彩较为浓郁；《乐志》部分对于乐府文学研究的重要意义，《宋书》中所涉及的文论思想与文学批评资源；等等。这些皆因出版篇幅的限制及时间关系，未能深入展开。除此之外，立项时的不少设想，在实际研究与写作时，或与研究结果有错舛，或因牵涉过多，也难以在有限的篇幅中实现。刘勰论著述曾云："方其搦翰，气倍辞前；暨乎篇成，半折心始。"(《文心雕龙·神思》)既然著述总是遗憾的事业，就将它留在这里，作为日后继续探索的契机吧。

主要参考文献

（汉）司马迁《史记》,北京：中华书局,1973年版。

（汉）班固《汉书》,北京：中华书局,1962年版。

（晋）陈寿《三国志》,北京：中华书局,1964年版。

（南朝宋）范晔《后汉书》,北京：中华书局,1965年版。

（南朝梁）沈约《宋书》,北京：中华书局,1974年版。

（南朝梁）萧子显《南齐书》,北京：中华书局,1972年版。

（唐）姚思廉《陈书》,北京：中华书局,1972年版。

（唐）李延寿《南史》,北京：中华书局,1975年版。

（唐）魏徵《隋书》,北京：中华书局,1973年版。

（后晋）刘昫《旧唐书》,北京：中华书局,1975年版。

（宋）欧阳修、宋祁《新唐书》,北京：中华书局,1975年版。

苏晋仁、萧炼子《宋书乐志校注》,济南：齐鲁书社,1982年版。

（清）朱铭盘《南朝宋会要》,上海：上海古籍出版社,1984年版。

（唐）许嵩《建康实录》,北京：中华书局,1986年版。

（唐）刘知几著,（清）浦起龙释《史通通释》,上海：上海古籍出版社,2009年版。

（清）顾炎武《日知录》,上海：上海古籍出版社,2006年版。

（清）王夫之《读通鉴论》,北京：中华书局,1975年版。

（清）钱大昕《廿二史考异》,南京：凤凰出版社,2008年版。

（清）王鸣盛《十七史商榷》,北京：中国书店影印本,1987年版。

（清）赵翼著,王树民校证《廿二史札记校证》,北京：中华书局,1984年版。

（清）章学诚著,叶瑛校注《文史通义校注》,北京：中华书局,1985年版。

钱穆《中国史学名著》,北京:三联书店,2000年版。

陈寅恪《陈寅恪集》,北京:三联书店,2001年版。

周一良《魏晋南北朝史札记》,北京:中华书局,1985年版。

唐长孺《魏晋南北朝史论丛》,石家庄:河北教育出版社,2000年版。

金毓黻《中国史学史》,石家庄:河北教育出版社,2000年版。

逯耀东《魏晋史学及其他》,台北:东大图书股份有限公司,1998年版。

汤用彤《汉魏两晋南北朝佛教史》,上海:上海书店出版社,1991年版。

汪荣祖《史传通说》,北京:中华书局,2003年版。

田余庆《东晋门阀政治》,北京:北京大学出版社,1989年版。

毛汉光《中国中古政治史论》,上海:上海书店出版社,2002年版。

朱大渭《六朝史论》,北京:中华书局,1998年版。

郝润华《六朝史籍与史学》,北京:中华书局,2005年版。

王晓毅《儒释道与魏晋玄学形成》,北京:中华书局,2003年版。

韩兆琦《史记通论》,桂林:广西师范大学出版社,1996年版。

张大可《史记研究》,北京:商务印书馆,2011年版。

潘定武《〈汉书〉文学论稿》,合肥:安徽大学出版社,2008年版。

钟书林《〈后汉书〉文学初探》,北京:中国社会科学出版社,2010年版。

(宋)晁公武撰,孙猛 校证《郡斋读书志校证》,上海:上海古籍出版社,1990年版。

(宋)陈振孙《直斋书录解题》,上海:上海古籍出版社,1987年版。

(明)张燮著,王京州笺注《七十二家集题辞笺注》,上海:上海古籍出版社,2016年版。

(清)永瑢 等撰《四库全书总目》(影印本),北京:中华书局,1960年版。

杜云虹《〈隋书·经籍志〉研究》,北京:文物出版社,2016年版。

唐明元《魏晋南北朝目录学研究》,成都:巴蜀书社,2009年版。

(南朝梁)萧统编,(唐)李善注《文选》,上海:上海古籍出版社,1986年版。

(南朝梁)萧统编,(唐)李善等注《六臣注文选》,杭州:浙江古籍出版社,1999年版。

(南朝陈)徐陵编,(清)吴兆宜注《玉台新咏笺注》,北京:中华书局,2017

年版。

（宋）郭茂倩《乐府诗集》，北京：中华书局，1979 年版。

（明）张溥《汉魏六朝百三名家集》，南京：江苏古籍出版社，2002 年版。

（清）严可均《全上古三代秦汉三国六朝文》，北京：中华书局，1958 年版。

逯钦立《先秦汉魏晋南北朝诗》，北京：中华书局，1983 年版。

（南朝宋）刘义庆 编，徐震堮《世说新语校笺》，北京：中华书局，1984 年版。

（北朝齐）颜之推撰，王利器校《颜氏家训集解》，上海：上海古籍出版社，1980 年版。

（明）胡应麟《少室山房笔丛》，上海：上海书店出版社，2009 年版，

黄节《谢康乐诗注》，北京：人民文学出版社，1958 年版。

钱仲联《鲍参军集注》，上海：上海古籍出版社，1980 年版。

袁行霈《陶渊明集笺注》，北京：中华书局，2003 年版。

龚斌《陶渊明集校笺》，上海：上海古籍出版社，1996 年版。

曹融南《谢宣城集校注》，上海：上海古籍出版社，1991 年版。

陈庆元《沈约集校注》，杭州：浙江古籍出版社，1995 年版。

（清）许梿评选，（清）黎经浩笺注《六朝文絜笺注》，上海：上海古籍出版社，1982 年版。

（清）李兆洛《骈体文钞》，上海：上海书店出版社，1988 年版。

（民）高步瀛《南北朝文举要》，北京：中华书局，1998 年版。

（唐）欧阳询编，汪绍楹 校《艺文类聚》，上海：上海古籍出版社，1982 年版。

（唐）徐坚著《初学记》，北京：中华书局，1962 年版。

（唐）欧阳询编，汪绍楹 校《艺文类聚》，上海：上海古籍出版社，1982 年版。

（宋）李昉等编《文苑英华》，北京：中华书局，1966 年版。

（宋）李昉等辑《太平御览》，北京：中华书局，1960 年版。

（清）何文焕编《历代诗话》，北京：中华书局，1981 年版。

（民）丁福保编《历代诗话续编》，北京：中华书局，1983 年版。

（晋）陆机著，张少康注《文赋集释》，北京：人民文学出版社，2002 年版。

（南朝梁）刘勰撰，詹锳注《文心雕龙义正》，上海：上海古籍出版社，1989年版。

（南朝梁）钟嵘撰，曹旭注《诗品集注》（增订本），上海：上海古籍出版社，2011年版。

（日）遍照金刚撰，卢盛江注，《文镜秘府论汇校汇考》，北京：中华书局，2015年版。

刘汝霖《汉晋学术编年》，北京：中华书局，1987年版。

刘汝霖《东晋南北朝学术编年》北京：中华书局，1987年版。

章太炎著，庞俊、郭诚永疏证《国故论衡疏证》，北京：中华书局，2008年版。

钱锺书《管锥编》，北京：三联书店，2001年版。

余英时《士与中国文化》，上海：上海人民出版社，1987年版。

李申《中国儒教史》，上海：上海人民出版社，1999年版。

董乃斌《中国文学史学原理研究》，石家庄：河北人民出版社，1998年版。

董乃斌《中国文学叙事传统研究》，北京：中华书局，2012年版。

骆鸿凯《文选学》，北京：中华书局，1989年版。

刘师培《中国中古文学史讲义》，上海：上海古籍出版社，2000年版。

萧涤非《汉魏六朝乐府文学史》，北京：人民文学出版社，1984年版。

王瑶《中古文学史论》，北京：北京大学出版社，1986年版。

曹道衡《中古文学史论文集》，北京：中华书局，1986年版。

曹道衡、沈玉成《中古文学史料丛考》，北京：中华书局，2003年版。

曹道衡、沈玉成《南北朝文学史》，北京：人民文学出版社，1991年版。

穆克宏《魏晋南北朝文学史料述略》，北京：中华书局，1997年版。

王运熙《王运熙文集》，上海：上海古籍出版社，2012年版。

王仲陵《中国中古诗歌史》，南京：江苏教育出版社，1998年版。

陈庆元《中古文学论稿》，天津：天津人民出版社，1992年版。

胡大雷《中古文学集团》，桂林：广西师范大学出版社，1996年版。

钱志熙《魏晋南北朝诗歌史述》，北京：北京大学出版社，2005年版。

刘跃进《门阀士族与永明文学》，北京：三联书店，1996年版。

刘跃进、范子烨 主编《六朝作家年谱辑要》，哈尔滨：黑龙江教育出版社，1999年版。

范子烨《〈世说新语〉研究》，哈尔滨：黑龙江教育出版社，1998 年版。

程章灿《世族与六朝文学》哈尔滨：黑龙江教育出版社，1998 年版。

陈桥生《刘宋诗歌研究》，北京：中华书局，2007 年版。

林家骊《沈约研究》，杭州：杭州大学出版社，1999 年版。

唐燮军《六朝吴兴沈氏及其家族文化研究》，北京：文津出版社，2006 年版。

史凤仪《中国古代的家族与身份》，北京：社会科学文献出版社，1999 年版。

张可礼《东晋文艺综合研究》，济南：山东大学出版社，2001 年版。

傅刚《〈昭明文选〉研究》，北京：中国社会科学出版社，2000 年版。

丁福林《东晋南朝的谢氏文学集团》，哈尔滨：黑龙江教育出版社，1998 年版。

王运熙、杨明《魏晋南北朝文学批评史》，上海：上海古籍出版社，1989 年版。罗宗强《魏晋南北朝文学思想史》，北京：中华书局，1996 年版。

郭预衡《中国散文史》，上海：上海古籍出版社，2000 年版。

褚斌杰《中国古代文体概论》，北京：北京大学出版社，1984 年版 。

葛晓音《八代诗史》，北京：中华书局，2007 版。

（日）兴膳宏《六朝文学论稿》，长沙：岳麓书社，1986 年版。

（日）川胜义雄《六朝贵族制研究》，上海：上海古籍出版社，2007 年版。

杨耀坤、伍野春《陈寿、裴松之评传》，南京：南京大学出版社，1998 年版。

曹虹《慧远评传》，南京：南京大学出版社，2002 年版。

瞿林东、李珍《范晔评传》，南京：南京大学出版社，2011 年版。

按：参考文献所列为本书写作时所参考的主要著作，期刊论文见文中脚注，未附录。文献序次为正史、史学研究著作、目录与集部著作、文论、中外文学研究著作。

人